비밀과 공모

서재원 평론집

새미

소설은 비밀에서 탄생한다. 그것은 존재의 비밀이기도, 문학의 비밀이기도, 삶의 비밀이기도 하다. 또한 비밀은 두려움과 호기심, 고통과 아름다움, 숨김과 드러냄, 상처와 치유가 뒤섞인 소용돌이치는 욕망의 늪과 같다. 소설은 명료하게 드러낼 수 없는 비밀의 풍경을 낯설음의 언어로 표현한다. 그러기에 소설의 언어는 외침이 아닌 속삭임이며, 소설의 사유는 개념적인 답이 아닌 감각적인 질문의 형태이다. 소설가가 비밀을 속삭이는 사람이라면 비평가는 비밀을 듣는 사람이다. 비평가란 비밀의 속삭임을 감지하는 예민한 귀를 가진 사람이다. 비평은 비밀의 떨림과 울림을 온몸으로 아로새기는 작업이다. 비밀을 속삭이는 작업이 소설이라면, 그 비밀의 속삭임에 공모하는 작업이 비평이다. 비평은 비밀의 늪에 공모의 덫을 놓는다. 비평은 비밀의 운명을 공모의 형식으로 완성한다.

책을 엮으면서 내 평론들을 다시 읽어 보았다. 여러 작가와 여러 테마에 관심을 쏟으면서 써 온 글들이 다양하면서도 동시에 하나로 모아지고 있다고 생각되었다. 나의 비평적 관심은 '소설의 운명'과 '비평의 형식'에 놓여 있었다. 소설의 운명이 '비밀'과 관련된다면, 비평의 형식은 '공모'와 관련된다. 오랫동안 창작과 비평 사이에서 서성이며 걸어온 내게, 창작과 비평은 뫼비우스의 띠처럼 분리될 수 없는 한 몸이다. 나의 비평적 관심을 선명하게 드러낼 수 있는 '비밀'과 '공모'를 조합하여 책 제목으로 삼는다.

Ⅰ부에는 총론에 해당하는 글 2편을 실었다. '소설가는 어떻게 탄생하는가'는 소설의 존재론적 기반을 살펴본 것으로 '비밀'이라는 소설의 운명과 관련

된다. '악녀의 미학'은 여성작가들의 최근 작업을 살펴본 것으로 '공모'라는 비평의 형식과 관련된다. II부에는 작가론과 작품론 6편을 실었다. 김소진, 최인석, 성석제, 최윤, 오정희, 조정래의 작품을 통해 인간의 욕망과 소통의 문제를 살펴보았다. III부에는 계간평이나 월평 형식으로 발표된 9편의 글을 모았다. 같은 시기에 발표된 작품들을 대상으로 당대적인 문제의식과 함께 현장 비평의 생생함을 포착하려고 했던 글들이다. 상처, 분열, 환상 등은 늘 나를 긴장시키고 매혹시키는 테마이다.

첫 평론집을 내려니, 많은 분들이 떠오른다. 오탁번 선생님과 서종택 선생님께서는 창작의 소중함을 깨닫게 해주셨다. 최동호 선생님께서는 창작과 비평 사이에서 균형잡는 법을 가르쳐 주셨다. 이남호 선생님께서는 끊임없이 탐색하는 비평가의 자세를 보여주셨다. 권영민 교수님은 나를 비평가로 이 세상에 내보내 주셨다. 인생을 걸고 소설을 쓰고 있는 이 시대의 많은 소설가들과 발표지면을 내주었던 여러 잡지사의 편집진을 생각해본다. 어려운 상황에서 새미출판사는 비평집을 내주었다. 모든 분들께 머리 숙여 감사 드린다. 끝으로 항상 힘이 되어주는 가족 모두에게 사랑을 전한다.

2004년 10월

서 재 원

차 례

제 I 부

소설가는 어떻게 탄생하는가

- 최인훈과 박완서

1. 전쟁과 자전적 소설

자서전이란 실제 인물이 자신을 소재로 하여 개인적인 삶을 기술하는 과거 회상형의 이야기이다. 자신의 삶을 과거 회상의 방식으로 서술하는 자서전의 핵심은 바로 '화자-나'가 '주인공-나'와 거리를 유지하면서 삶을 서술하는 방식에 있다. 즉 자서전에서는 저자와 화자와 주인공이 동일인이 된다는 것이 특징이다. 자서전은 '자아의 글쓰기'를 드러낸다. 그렇다면 자서전과 자전적 소설의 차이는 어디에 있을까? 이에 대해서 필립 르죈은, 자서전은 무엇보다도 저자와 주인공의 '동일성'이 언술 행위의 층위에서 이루어지는 반면 자전적 소설은 저자와 주인공의 '유사성'이 언술 내용의 층위에서 이루어진다고 본다. 즉 자서전은 동일성에 의해 자전적 소설은 유사성에 의해 논의가 전개된다. (필립 르죈, 『자서전의 규약』, 문학과지성사, 1998.)

자전적 소설을 통해 화자가 밝히고자 하는 것은 어른이 되어서도 간직하고 있는 과거의 개별적 진실이다. 그것은 어떤 질문과 고뇌에 답하기 위해 만들어진 이야기로 기억의 공간을 헤집는 작업이다. 그런 글쓰기는 드러내고자 하는 욕망과 숨기고자 하는 욕망의 팽팽한 긴장감 속에서 이루어진다. 자전적 소설이란 그런 점에서 고해성사와 같은 '고백의 서술'이다.

우리 문학에서 자전적 소설 가운데 규모나 문학적 성과에서 주목할 만한 것으로 최인훈의 『화두』(민음사, 1994)와 박완서의 『그 많던 싱아는 누가 다 먹었을까』(웅진닷컴, 1992), 『그 산이 정말 거기 있었을까』(웅진닷컴, 1995)를 들 수 있다. 최인훈과 박완서는 이미 독자적인 작품세계를 구축한 작가이다. 이 소설들은 두 작가가 쓴 자전적 소설이라는 점에서 각 작가의 소설세계를 종합하는 작품으로 볼 수 있다. 두 작품은 모두 6·25에 대한 총체적인 탐구와 증언이라는 자기성찰을 드러내고 있다. 작가가 자신이 살아온 삶을 통해 인간과 역사와 이데올로기에 대한 탐구를 성실하고 깊이 있게 행하고 있기 때문이다. 그러나 소설의 형식에서는 차이를 보인다. 최인훈 소설이 자신을 유랑으로 몰고 간 전쟁의 이데올로기를 찾아 나선 근대 지식인의 인문학적 탐구를 담고 있다면, 박완서 소설은 전쟁 속에서 중산층 여성의 삶의 체험을 담고 있다. 최인훈의 소설이 지성과 사색으로 가득 찬 지식인의 시각에서 기술된다면, 박완서의 소설은 행동과 체험으로 가득 찬 중산층의 시각에서 기술되고 있다.

최인훈의 『화두』와 박완서의 『그 많던 싱아는 누가 다 먹었을까』, 『그 산이 정말 거기 있었을까』는 식민지 시대에 태어나 6·25를 겪은 '전쟁세대'의 경험을 대표하는 소설이다. 이 두 자전적 소설들은 한 개인이 전쟁이라는 상처를 통해 소설가로 탄생되는 과정을 보여준다. 최인훈과 박완서의 자전소설은 우리에게 소설가는 어떻게 탄생되는가에 대한 흥미로운 해답을 던져줄 것이다.

2. 근대 지식인의 이데올로기 탐구 -최인훈의 경우

최인훈의 『화두』는 식민지에서 태어난 지식인이 전쟁으로 고향을 떠나 유랑하면서 이데올로기 문제를 풀어 가는 자전 소설이다. 그는 북한에서 남한으로, 남한에서 미국으로 떠도는 유랑의 시간을 견뎌냈으며, 소설가와 극작가로서 글을 쓰며 시대와 이데올로기를 탐구했다. 그러기에 최인훈은 근대의 두 체제인 자본주의와 공산주의에 대한 탐구와 글쓰기를 지속적으로 전개한다. 최인훈의 『화두』는 자신이 겪은 전쟁의 실체를 찾아 나선 근대 지식인의 정신적 탐색을 담고 있다.

『화두』에서 최인훈은 분단된 조국의 각기 다른 정치 체제를 경험한 근대주의자로서 전쟁을 야기한 미국과 소련이라는 두 강대국을 탐구한다. 1부가 미국 체험을 중심으로 전개된다면 2부는 소련 기행을 중심으로 전개된다. 이런 거시적인 탐구와 더불어 소설가로서의 삶에 대한 내밀한 고백도 병행된다. 최인훈의 자전적 소설은 과거와 현재가 교차되면서 의식의 흐름을 따라가는 형식으로 되어 있다.

자전적 소설은 대부분 가족사(家族史)와 함께 운명적 사건을 진술의 축으로 삼는 경향이 있다. 이 소설 1부의 1장은 어린 시절과 고등학교 시절을 이야기하는데, 자전적 소설의 기본인 가족사와 함께 화자가 어떻게 소설가가 되었는가 하는 운명의 장면을 보여주는 한 편의 드라마이다. 화자는 해방 전 두만강 가에 있던 H시에서 살았다. 아버지는 홀어머니를 모시고 자수성가하여 작은 산판을 경영하는 목재상인이었다. 해방은 어린 화자에게 천지가 개벽하는 뒤바뀜이었다. 그 동안 학교에서 국어라고 쓰던 것이 일본말이라는 사실과 함께 국민학교 5학년이 되어서야 한글을 배우게 된다. 그와 함께 해방은 체제의 변화도 몰고 왔는데, 북쪽의 체제가 바뀌자 중소 상업자인 아버지는 모든 거점을 잃고 고향을 떠나게 된다. 화자는 이 최초의 떠남을 "어딘가로 늘 떠나거나 어디선가 늘 도착하는 일밖에 없는 그 리듬이며 이런 것들이 철도환상이라 불러 봄직한 표상의 응어리(21쪽)"로 기억한다. 이후 화자의 아버지는 항구도시 W로 와서 국영기업이 된 목재회사의 직원으로 살게 되며, 화자는 중학교와 고등학교를 그곳에서 보낸다.

10대 시절에 그는 '기계'와 '책'의 발견을 통해 자아를 형성해 간다. 화자는 시장과 공장과 물건들을 구경하는 일을 즐기며 동시에 책을 읽는 일에도 열중한다. 기계와 책이야말로 근대를 움직이는 두 개의 기본 축으로 볼 수 있다. 기계가 상품을 산출하는 것이라면 책은 문화를 산출한다. 기계가 물질문명의 풍요를 넓혀간다면 책은 정신문화의 깊이를 더해간다. "어떤 경치가 유달리 아름답다거나 멋있다고 느껴본 경험은 없다. 그 대신 맞닥뜨리는 대부분의 물건이, 집이건 길이건, 나무이건, 기계 붙이건, 나에게는 신기했다"(19쪽)와 같은 화자의 진술은 기계문명을 체험한 도시 근대주의자의 탄생을 예고하고 있다.

> 나는 퇴교길이면 이 강 건너 기관구 공장 앞에서 자주 멈춰서서 구경하였다. 철골로 짓고 유리천장을 씌운 그 건물은 이쪽에서 훤히 볼 수 있게 벽이 트여 있었는데 기관차가 거기서 슬몃슬몃 움직이는 사이로 일하는 사람들이 보였다. 대개 불이 밝혀진 속에서 움직이는 쇠덩치와 사람들은 뉴스 영화의 장면 같아 보였다.
> ─최인훈, 『화두』, 1부, 20쪽.

위 인용문은 화자가 공장에서 사람들이 불을 밝혀가며 일하는 모습을 지켜보는 장면이다. 기관차의 힘찬 움직임과 공장 노동자들의 활기는 바야흐로 근대의 탄생을 알리는 신호탄이다. 더구나 그 풍경을 기술하는 화자는 그 장면이 "뉴스 영화의 장면" 같아 보인다고 말하고 있다. 자연의 풍경이 아닌 공장의 불빛에 대한 그리움이란 화자가 농촌이 아닌 도시에서 성장했음을 알 수 있게 하는 예이다. 공장에서의 일상적 노동을 영상 이미지로 인식했던 화자는 이미 근대주의적 감수성을 체득하고 있는 인물이다.

해방 직후 시장에는 모든 것이 있었다. 하다못해 러시아 군인이 판 체코슬로바키아 바이올린도 있었다. 화자는 축음기를 사서 서양 고전 음악을 들으면서 성장한다. 축음기라는 물질 문명이야말로 서구 고전 음악이라는 정신문화를 화자에게 제공하고 있다.

화자는 시장의 온갖 물건 가운데에 유독 책에 욕심을 내게 되는데, 이는 도서관과 인연을 맺게 되는 계기가 된다. 사람들이 오지 않는 도서관은 그에게 다른 도시와 다른 나라로 가는 비밀의 통로를 수없이 숨기고 있는 미로였다. 화자는 도서관에서 고전들을 읽어가면서 인문학적 교양을 쌓으며 성장해간다.

> 도서관에서 나는 무엇인가가 되기 위해서 태어나 가고 있었다. 도서관은 큰 책이다. 너무 커서 들고 다닐 수 없기 때문에 한 곳에 놓아두고 있는 큰 책이다. 도서관 지붕은 책의 등이고 도서관 벽은 책의 겉장이고 도서관 문은 이 큰 책의 안 표지이고 목록은 이 책의 목차다. 이 집은 아기집(胎)이다. 이 속에서 사람은 사람이 된다.
> ─ 최인훈, 『화두』, 1부, 45쪽.

화자는 도서관에 다니며 책들에 탐닉한다. 책은 비현실적 개념으로 현실적 자료를 해석하려는 시도이다. 그에게 책의 세계는 '현실의 거울'이 아니라 말의 힘만으로 홀연히 존재하는 '그 자체로서의 현실'이었다. 말의 유희를 알게 된다는 것은 미적 자아를 경험하는 것이다. 그가 도서관을 아기집으로 비유하는 까닭도 책읽기를 통해 진리와 진실로 나가는 인간의 모습을 강조하고 싶었기 때문이다. 이제 화자는 글읽기의 세계에 몰입하게 된다.

그러던 중 운명적인 두 가지 사건이 발생한다. 하나는 긍정적인 자아정체성을 형성하는 사건이며, 다른 하나는 부정적인 자아정체성을 강요하던 사건이다. 앞의 것은 조명희의 「낙동강」과 관련된 국어시간의 행복한 기억이며 뒤의 것은 자아 비판회의 불행한 기억이다.

소설의 시작과 끝을 아우르는 포석 조명희의 소설 「낙동강」이 화자에게 끼친 영향은 지대하다. 국어시간에 조명희의 「낙동강」을 읽고 작문을 해오라는 숙제를 받은 화자는, 그 즈음 다녀간 사촌누나와의 이별을 떠올리며 글을 써 가고 그 작문을 학생들 앞에서 읽게 된다. 작문의 내용은 사실에 기초해 있었지만 사실만은 아니었다. 특히 여자 주인공에 대한 묘사는 전날 떠난 사촌누님을 머리에 두고 한 것이었다. 그런데 국어선생은 "이 작문은 작문의 수준을 넘어섰으며 이것은 이미 유망한 신진 소설가의 <소설>"이라고 선언한다. 이 부분은 최인훈의 생애에 있어 가장 중요한 순간이다. 바로 글읽기에서 글쓰기로 옮겨가는, 소설가가 탄생하는 순간을 보여준다.

다른 하나는 학교에서 사상에 문제가 있다는 이유로 자아비판을 강요받던 기억이다. 전학 왔을 때 운동장에 널려 있는 바윗덩어리가 어수선해 보였다는 진술이 계기가 되어 사상적 태만에서 나온 반동적 생활 작풍으로 몰려 자아비판을 당하게 된다. "그런 공부를 하면서 무엇을 느꼈는가를 동무에게 묻고 있는 것입니다."(29쪽)라는 질문은 칼날이 되어 화자의 정신에 지울 수 없는 상처를 남긴다.

지도원 선생님이 물었다. 나는 내 앞에서 알릴락말락 흔들리는 촛불에서 눈길을 옮기지 않은 채 그의 질문의 뜻을 헤아려 보려고 안간힘을 쓴다. 진심을 알리려는 성의를 담아 보낸 눈길이 번번이 거절당한 다음부터는 지도원 선생님의 눈을 마주보기가 두렵고 결코 도움도 되지 않으리라는 것도 안다. 나는 촛불이 켜진 교탁 뒤에서 있다. 학급소년단 간부 세 사람과 학교 청소년단 간부 한 사람이 나를 마주보고 교탁 바로 앞 책상에 옆으로 한 줄 앉아 있고 두어 줄 뒤에 지도원 선생이 앉아 있다 …(중략)… 비판회를 시작하는 도중에 전기가 나갔을 때 중지되는 줄 알았다가 촛불을 준비하는 것을 보고 두려움은 더 죄어든다. 학교 안에는 이 교실에 있는 사람들 말고는 이제 아무도 없을 것이다.

ㅡ최인훈, 『화두』, 1부, 25쪽.

지도원에 둘러싸인 화자는 커다란 짐승들에게 포위당한 한 마리의 상처 입은 동물을 연상시킨다. 화자는 부당하다는 느낌에도 불구하고 지도원 선생님의 질책을 견뎌낸다. 이미 지도원 선생과 자신은 교사와 학생이라는 친밀한 관계가 아니라, 미래의 공화국 공민을 혁명전사로 길러내야 하는 막중한 책임을 맡은 혁명검찰관과 믿을 수 없는 가정에서 온 학생이라는 공적인 관계임을 깨달았기 때문이다. 화자는 비판회에서 느낀 두려움의 정체를 찾아내기 위해 평생 동안 글쓰기를 지속한다.

두 가지 사건은 자아를 형성하는 시기에 '글쓰기'로 인해 일어난 일이라는 점에서 평생 동안 따라 다니는 원체험으로 작용한다. 똑같이 자신이 쓴 글로 인해 일어나지만 하나가 재능발견과 관련된 축복의 경험이라면, 다른 하나는 죄의식과 관련된 단죄의 경험이다. '축복'과 '단죄'라는 대조적인 두 가지 사건은 자아 정체성의 시기에 갈등의 원인이 된다. 나아가 어떤 것이 진실에 가까운 것인가를 탐색하기 위한 작업이 바로 책읽기와 글쓰기이다. 현실을 정확하게 이해하기 위한 읽기의 과정과 자신이 파악한 현실을 정리하는 글쓰기의 과정은 광장과 밀실을 오가는 작업이다. 그의 글쓰기는 광장에서 대중들을 선동하는 정치와도 다르며, 밀실에서 자신의 화두를 풀어 가는 종교적 수행과도 다르다. 화자는 어린 시절을 분열시킨 두 가지 사건의 간극을 스스로 풀어나가야 했다. 그리고 그 방법은 바로 소설을 쓰는 작업이었다. 그런 점에서 최인훈 문학은 밀실과 광장, 개인과 역사라는 씨실과 날실로 짠 그물이다.

　개인사에 대한 성찰이 '축복'과 '단죄'라는 두 가지 삽화를 중심으로 변주
된다면, 20세기 역사에 대한 탐색은 미국과 소련이라는 강대국과 관련되어
나타난다. 전쟁에 내몰린 가족들은 W에서 월남을 한 이후 미국으로 이민을
떠난다. 그러나 화자는 혼자 한국에 남아 소설을 쓴다. 그러다 미국으로 창작
연수를 떠나게 되면서 처음으로 미국을 경험하게 된다. 미국이란 나라는 화자
에게 아이러니의 느낌을 준다. 화자는 미국의 풍요에 놀라면서 동시에 어린
시절을 떠올린다. 그가 W를 떠나게 된 결정적 이유는 미국이 쏟아대는 폭탄
때문이었다. W를 떠나던 날을 화자는 다음과 같이 묘사한다.

> 　그날 새벽에 우리 가족은 꾸려둔 짐을 지고 부두에 나갔다. … (중략) …나는
> 배칸에서 갑판으로 올라와서 항구 쪽을 보았다. 항구 전체가 처음 보는 곳 같았다.
> 지금 배를 타고 들어와 잠깐 머물게 된 어느 이름 모를 항구처럼 보였다. 정을
> 붙일까 하는데 이렇게 낯설게 된 그 도시를 바라보면서 내 안에서도 누군지 모를
> 낯선 사람이 나하고 상관없이 그 항구를 보고 있는 것 같은 이상한 느낌이 있었다.
> … (중략) … 배는 움직이고 있었다. 언제 닻이 올려졌는지 모르는 사이에 그렇게
> 항해가 시작돼 있었다. 그것은 전쟁의 시작과 승리자의 뒤바뀜이 그랬던 것처럼
> 이 사람들 대부분과는 상관없는 곳에서 그렇게 정해졌고 사람들은 겹겹이 포개
> 앉고 눕고 하면서 배가 내는 소리를 듣고 있었다.
>
> —최인훈, 『화두』, 1부, 234-236쪽.

　해방으로 인해 어린 시절을 보낸 고향을 떠나야 했던 화자는 다시 한번
전쟁으로 인해 학창 시절을 보낸 도시를 떠나게 된다. 자신들의 의지와는
관계없이 그들의 항해는 시작된 것이며 이는 앞으로 평생 계속될 유랑을
알리는 시작에 불과했다. 아이오와 창작 연수로 오게 된 미국에서 잠깐 머물
려고 했던 것이 어머니의 죽음으로 인해 길어지면서 화자는 아버지로부터

미국에서 사는 것이 어떻겠냐는 제안을 받는다. 화자는 미국에서 살기 위해 서적 창고에서 일을 하기도 하고, 폐광에서 장사를 하기도 한다. 그러다 문득 하루만에 희곡 한 편을 쓰고는 한국으로 돌아올 결심을 한다. 1976년 5월 초순, 한국으로 돌아오기로 결심하면서 1부는 끝을 맺는다.

2부는 1989년 초여름, 학생들에게 문학을 가르치면서 살아온 최인훈이 이용악의 「오랑캐꽃」시집을 손에 넣는 사건에서 시작된다. 이 즈음 화자는 월북한 문인들의 작품이 해금되면서 식민지 시대의 훌륭한 작가들을 다시 만날 수 있게 된다. 문학 교수인 그의 관심은 우리 문학의 여러 선배 작가들에 게 놓인다. 이태준의 집을 방문하며 감격해 하는 장면이나 임화의 시를 읽는 장면에는 고등학교 교과서에서 만난 작가들을 다시 만나는 감격이 드러난다. 화자가 이용악의 시를 특히 좋아한 것은, 시에 자신의 고향 풍경이 녹아있기 때문이다. 화자는 식민지 시대의 선배 문학가들의 삶을 깊게 생각하는데 그것 은 바로 자신의 삶과 연결되기 때문이다. 선배소설가에 대한 그의 관심은 단순한 동지 의식만은 아니다. 오랫동안 남쪽에서 금기였던 월북 소설가들이 화자에게 중요한 것은 식민지 지식인의 지적 계승자라는 심리적 자기 동일성 때문이다. 또한 일생을 두고 간직해온 두 가지 기억, 즉 '자아비판'의 치욕과 '작문시간'의 축복의 딜레마를 풀 수 있는 계기로 작용하리라는 기대감 때문 이다.

이 축복된 소명의 의식과 위협적인 재판의 전과 사이의 모순이 나의 생애를 두고 나의 무의식과 나의 이성의 공간, 나의 의식의 모두를 지배하려고 싸운다. 한 장면은 피고로서의 나를 확보하려한다. 다른 장면은 가치 있는 재능으로서의 나를 축복해 준다. 게다가 이 두 장면에서 단죄하고 축복하는 이유가, 죄의 증거와 축복의 원인이 같은 사물이다. 같은 것을 놓고 한편에서는 탄핵하고 다른 쪽은 축복한다.
— 최인훈, 『화두』, 2부, 84쪽.

「낙동강」의 주인공인 박성운은 화자에게는 '이상 자아'로 존재한다. 화자는 항상 지도원 선생과 작문 선생 어느 쪽이 「낙동강」의 주인공인 박성운의 뜻을 대변하는 인물인가 고민해왔다. 그러다 화자는 동독이 무너지는 역사적 전환기를 맞고, 조명희가 소련에서 해방 전에 간첩으로 몰려 총살되었다는 사실을 알게 된다. 그는 "혁명의 이름에 숨어 온갖 부조리의 존재를 부정하던 나라조차도 대담한 자기 부활의 몸부림을 보이는 세계에서, 권력에 의한 모욕적인 대중조작의 술수만 높아 가는 세상에서 사람은 어떻게 살아야 옳은가?"(164쪽)라는 고뇌를 품고 소련 기행에 오른다.

화자는 1953년 서울에서 대학교를 빼먹고 헌 책방에서 책을 읽던 시절, '화두'라는 용어에 벼락을 맞은 듯한 느낌을 받는다. 그리고 그 책들을 통해 초라할지언정 무엇인가가 자신 안에 있는 것을 경험한다. 그는 피난민, 학교 탈락자, 집안의 장남 등과 같이 현실을 옥죄는 어려움에도 책들을 통한 인문학적 탐구 속에서 느꼈던 정신적인 희열을 끝까지 놓치지 말아야 한다고 생각해왔다. 거기에는 20세기를 살지 못하고 20세기에 동원되어 온 전쟁의 상처가 놓여 있다. 소련 기행을 하면서 그는 오랫동안 새로운 소설을 쓰지 못하는 소설가의 비애에서 벗어나 무엇인가 희미하게나마 마음 속에 움직이고 있다는 예감을 받게 된다. 그것은 오랫동안 쓰지 못했던 새로운 소설이 잉태되고 있다는 예감이다.

2부의 마지막 장은 화자가 소련 여행을 통해 화두를 풀어가는 과정을 보여준다. 정신적 피난민으로 살아온 한국 근대지식인이 오랜 정신적 유랑의 끝에서 자아 정체성을 확립하는 과정이 생생히 드러난다. 소설가의 러시아 여행은 러시아 문학 기행의 성격을 띤다. 최인훈은 톨스토이 집과 푸슈킨 박물관과 도스토예프스키 기념관을 돌아보며 톨스토이와 푸슈킨과 도스토예프스키에 대해 논한다. 화자는 문학과 역사와 혁명에 대해 사색한다. 특히 그는 꿈을 통해 조명희의 총살장면을 식민지 지식인의 상징적 최후로 반추해 보기도

한다. 그리고 조명희가 총살되기 전에 행한 연설문을 구하여 읽은 후 다음과
같은 답을 얻는다.

> 나 자신의 주인일 수 있을 때 써둬야지. 아니 주인이 되기 위해 써야한다. 기억의
> 밀림 속에 옳은 맥락을 찾아내어 그 맥락이 기억들 사이에 옳은 연대를 만들어내게
> 함으로써만 나는 나 자신의 주인이 될 수 있겠다. 그 맥락, 그것이 <나>다. 주인이
> 된 나다. … (중략) … 원고지를 꺼내놓고 마주 앉는다. 첫 문장을 적는다. -낙동강
> 칠백 리, 길이길이 흐르는 물은 이곳에 이르러 곁가지 강물을 한몸에 뭉쳐서 바다로
> 향하여 나간다. …이 소설은 어느 가을밤에 그렇게 시작되었다.
>
> —최인훈, 『화두』, 2부, 542-543쪽.

최인훈의 『화두』는 식민지에서 태어난 근대 지식인이 정치적 추방에 의해
내몰리면서 평생을 걸고 고민해온 문제를 긴 인생길 속에서 풀어내는 모습을
담고 있다. 또 그 과정은 동시에 오랫동안 소설을 쓰지 못하고 살아온 한
소설가가 다시 소설을 쓰게 되는 과정과도 일치한다. 근대 지식인의 사회역사
에 대한 탐구는 올바른 길로 나아가는 것이 무엇인가 하는 '자아의 길 찾기'
문제와 긴밀히 연관되어 있었다. 이 작품은 준거할 만한 원칙이나 진리를
축적할 사이도 없이 항상 내몰림을 당하면서 역사가 아닌 세월을 견디며
살아온 지식인이 독서와 사색을 통해 이데올로기의 지층을 탐사해 가는 과정
을 담고 있다. 최인훈의 『화두』는 한 개인의 기억이면서 동시에 한 시대의
역사를 담고 있는 소설이다.

3. 중산층 여성의 증언과 기록 – 박완서의 경우

박완서의『그 많던 싱아는 누가 다 먹었을까』와 『그 산이 정말 거기 있었을까』는 한 여자아이가 서울생활과 학교교육을 통해 성장하고 6·25를 겪으며 어른이 되어 가는 모습을 담은 자전적 소설이다.『그 많던 싱아는 누가 다 먹었을까』가 작가의 어린 시절과 학창시절을 진술하고 있다면,『그 산이 정말 거기 있었을까』는 작가가 스무 살의 처녀로 겪은 전쟁 체험과 전후의 삶을 진술한다.

박완서의 자전적 소설은 식민지에서 태어나 근대 교육을 받으며 성장한 중산층 여성이 전쟁으로 인해 생계를 책임져야하는 상황을 다루고 있다. 전쟁에 대한 체험과 더불어 소설가로서의 운명을 자각하는 내밀한 고백도 병행되고 있다. 최인훈의 소설은 과거와 현재가 교차되면서 의식의 흐름을 따라가는 형식을 취하고 있는데 비해, 박완서의 소설은 시간적 흐름에 의해 경험의 진술을 따라가는 형식으로 되어 있다.

『그 많던 싱아는 누가 다 먹었을까』는 고향에서의 어린 시절과 6·25가 터지고 피난을 가지 못하고 서울에 홀로 남게 되는 과정을 담고 있다. 이 시기는 역사적으로는 식민지와 해방과 분단으로 이어지는 기간이었다. 자전적 소설은 자신의 가족사와 함께 개인의 운명적 사건을 보여준다. 이 작품 역시 어린 시절과 학창 시절을 이야기하는데, 박완서 소설의 원형을 그대로 보여주고 있다. 이 작품도 최인훈의 경우와 같이 자전적 소설의 기본인 가족 이야기와 함께 화자가 어떻게 소설가가 되었는가 하는 운명의 탄생을 담고 있다.

화자는 개성에서 남서쪽으로 이십 리 가량 떨어진 농촌에서 할아버지와 할머니 그리고 숙부와 숙모들이라는 대가족 제도 아래에서 어린 시절을 보낸다. 최인훈과 달리 박완서는 농촌 체험을 갖고 있으며 자연의 아름다움과 전통의 힘을 경험하며 성장한다. 어린 시절의 화자는 아버지는 없었지만 할아버지가 그 자리를 대신했으며, 부자는 아니었지만 궁핍하지 않게 자란다. 그러나 어머니가 오빠와 그녀를 데리고 서울 유학을 시작하면서 그녀는 변화를 맞게 된다. 그 시대의 흐름에 비추어볼 때 과부인 어머니가 남매 둘만을 데리고 서울로 터전을 옮길 생각을 한다는 것은 굉장한 일이었는데, 자식을 서울에서 길러야 되겠다는 것은 엄마의 신앙에 가까운 믿음이었다. 이런 배경에는 엄마의 두 가지 체험이 작용하고 있는데, 하나는 엄마가 처녀 적에 체험했던 서울 생활에 대한 동경이고, 다른 하나는 병원에 가면 살릴 수 있었던 남편을 시아버지의 약방문과 시어머니의 무당 푸닥거리로 잃어버린 뼈아픈 경험 때문이다.

고향에서 야성의 시기를 보내던 화자는 "미지의 세계에 덮어놓고 이끌리면서도 한 편 뒷걸음질치고 싶던"(42쪽) 마음으로 서울에 오게 되지만, 그녀를 맞은 것은 서울의 가난한 살림살이였다. 교육열이 남다른 화자의 어머니는 사대문 밖인 현저동 남의 집에 세를 살면서 삯바느질로 오빠를 상업학교에 보내고 있다. 어머니의 교육열로 화자도 사대문 안에 있는 매동 초등학교를 다니게 된다. 그러다 보니 사대문 안의 학교에서 사대문 밖의 집까지 혼자 걸어서 돌아와야 했다. 어린 시절에 화자는 동무 없는 아이로 외롭게 지낸다. 화자는 그 외로움을 고향을 향한 그리움으로 달랬다. 고향에 대한 그리움이야말로 화자를 소설가로 키워낸 자양분이었다.

나는 불현듯 싱아 생각이 났다. 우리 시골에선 싱아도 달개비만큼이나 흔한 풀이었다. 산기슭이나 길가 아무 데나 있었다. 그 줄기에는 마디가 있고, 찔레꽃 필 무렵 줄기가 가장 살이 오르고 연했다. 발그스름한 줄기를 꺾어서 겉껍질을 길이로 벗겨 내고 속살을 먹으면 새콤달콤했다. 입 안에 군침이 돌게 신맛이, 아카시아

꽃으로 상한 비위를 가라앉히는 데는 그만일 것 같았다.

　나는 마치 상처난 몸에 붙일 약초를 찾는 짐승처럼 조급하고도 간절하게 산 속을 찾아 헤맸지만 싱아는 한 포기도 없었다. 그 많던 싱아는 누가 다 먹었을까? 나는 하늘이 노래질 때까지 헛구역질을 하느라 그곳과 우리 고향 뒷동산을 헷갈리고 있었다.

―박완서, 『그 많던 싱아는 누가 다 먹었을까』, 77쪽.

　화자는 매일 헐벗고 정기 없는 서울의 인왕산을 지나며 항상 풍요롭던 고향의 뒷동산을 그리워한다. 위의 인용문은 인왕산에서 서울아이들이 먹던 아카시아 꽃을 처음 따먹고는 비위가 상해 고향의 싱아를 찾는 모습이다. "청아한 아침이슬을 머금은 남빛 달개비꽃을 무참히 짓밟노라면 발은 저절로 씻겨지고 상쾌한 환희가 수액처럼 땅에서 몸으로 옮아오게 돼 있다."(75쪽)와 같은 진술처럼, 고향에 대한 그리움을 미각 이미지로 드러내고 있다. 화자는 외로움을 잊기 위해 산과 들을 헤매며 자연의 장엄함과 숭고함에서 미적 감각을 충족시키는 동시에 자연과의 교감을 경험한다. 소설의 제목이기도 한 "그 많던 싱아는 누가 다 먹었을까"와 같은 진술은 전통적인 삶과 근대적인 삶의 경계, 농촌 체험과 도시 체험의 경계의 자리에 서 있는 화자의 심정을 단적으로 드러내는 표현이다. 박완서 소설에서 '싱아'란 바로 자연과의 영적 교감이 가능했던 시절, 훼손되지 않은 유년을 상징한다. 자연과의 영적 교감이 불가능해진 서울에서의 삶이란 바로 화자가 농촌공동체에서 근대화된 도시문명권으로 진입했음을 알리는 신호탄과도 같다.

　오빠가 취직하면서 집안 형편이 나아지자 엄마는 현저동에 집을 장만한다. 집과 오빠의 월급으로 안정을 찾아갈 즈음, 혼자였던 화자는 드디어 친구를 사귀게 되고 그 친구로 인해 도서관과 인연을 맺게 된다. 화자는 친구와 함께 도서관에서 수많은 책을 통해 꿈의 세계를 경험한다. 자아를 형성하던 즈음,

화자는 '자연'과 '책'의 발견을 통해 성장해 간다.

> 내 꿈의 세계 창 밖엔 미루나무들이 어린이 열람실의 단층 건물보다 훨씬 크게
> 자라 여름이면 그 잎이 무수한 은화(銀貨)가 매달린 것처럼 강렬하게 빛났고, 겨울
> 이면 차가운 하늘을 향해 쭉쭉 뻗은 힘찬 가지가 감화력을 지닌 위대한 의지처럼
> 보였다. 책을 읽는 재미는 어쩌면 책 속에 있지 않고 책 밖에 있었다. 책을 읽다가
> 문득 창 밖의 하늘이나 녹음을 보면 줄창 봐 온 범상한 그것들하곤 전혀 다르게
> 보였다. 나는 사물의 그러한 낯섦에 황홀한 희열을 느꼈다.
> 　　　　　　　　　　－박완서, 『그 많던 싱아는 누가 다 먹었을까』, 135쪽.

　화자는 책읽기의 즐거움이 책 안의 내용은 물론 책으로 인한 상상력의
확장에 있음을 이미 몸으로 깨닫고 있다. 그녀에게 책의 세계는 '황홀한 낯섦'
이었다. 낯선 것에 매혹된다는 것은 허구의 즐거움을 깨닫게 되는 과정이다.
고향상실과 책이라는 물질적 정신적 자양분을 섭취한 화자는 순탄한 성장의
과정을 밟는 듯하다. 그러나 화자가 여고에 입학하고 해방되기 반 년 전,
회사를 그만 둔 오빠는 병색이 짙은 여자와 결혼하고, 해방 된 이듬해 결혼한
지 일년도 안 되어 올케가 죽자 좌익 운동을 한다. 이 때문에 오빠는 쫓기는
신세가 되고 엄마는 이사를 한다. 한동안 위태롭던 집안은, 오빠가 시골학교
선생이 되면서 전향을 하고 다시 새로운 여자와 결혼을 하여 아이를 낳으면서
안정을 찾게 된다.
　전쟁이 일어났을 때, 화자는 대학교 신입생이었다. 이 소설에서 전쟁은
해방과 마찬가지로 아무도 예상하지 못하는 상황에서 그야말로 "도적처럼"
발발한 것으로 묘사되어 있다. 대학에 입학하자마자 터진 전쟁 중에 오빠가
의용군으로 끌려가 생사를 알 수 없게 되자, 화자의 가족은 피난을 떠나지
못한다. 화자의 가족은 피난도 가지 못한 채 고스란히 서울에 남아 전쟁을
온 몸으로 겪게 된다. 북쪽의 밥을 해주었다는 이유로 부역자로 몰려 숙부는

총살당하고 화자 역시 청년단체에 끌려가 수모를 당한다. 그 즈음 오빠가 돌아오나 심한 피해망상증을 앓고 있었으며, 시민증 없이는 한강을 넘지 못하기 때문에 오빠는 시민증을 받기 위해 근무하던 중학교에 갔다가 오발사고로 다리에 총상을 당하게 된다. 화자 가족은 또 한번 한강을 넘지 못하고 현저동에 남게 된다. 모두가 떠나버린 서울에 남아 서울의 전쟁을 목격해야만 했던 화자에게 전쟁은 다른 무엇보다도 '공허'와 '공포감'으로 설명된다.

> 이 큰 도시에 우리만 남아 있다. 이 거대한 공허를 보는 것도 나 혼자뿐이고 앞으로 닥칠 미지의 사태를 보는 것도 우리뿐이라니. 어떻게 그게 가능한가. 차라리 우리도 감쪽같이 소멸할 방법이 있다면 그러고 싶었다.
> 　그때 문득 막다른 골목까지 쫓긴 도망자가 획 돌아서는 것처럼 찰나적으로 사고의 전환이 왔다. 나만 보았다는데 무슨 뜻이 있을 것 같았다. 우리만 여기 남기까지 얼마나 많은 고약한 우연이 엎치고 덮쳤던가. 그래, 나 홀로 보았다면 반드시 그걸 증언할 책무가 있을 것이다. 그거야말로 고약한 우연에 대한 정당한 복수다. 증언할 게 어찌 이 거대한 공허 뿐이랴. 벌레의 시간도 증언해야지. 그래야 난 벌레를 벗어날 수가 있다.
> 　그건 앞으로 언젠가 글을 쓸 것 같은 예감이었다.
> 　　　　　　　　　　－박완서, 『그 많던 싱아는 누가 다 먹었을까』, 268-269쪽.

이처럼 박완서를 소설가로 탄생시킨 것은 전쟁의 폐허에 남겨진 공포체험이다. 그 고약한 운명의 장난에 대한 복수의식이다. 그리고 다른 사람들이 알지 못하는 경험에 대한 증언 의식이다. 최인훈이 소설가가 되리라고 국어선생이 예언한 바 있다면, 박완서가 소설가로 탄생하리라는 것은 자신의 예감이었다. 그것은 자신이 살아가는 동안 전쟁에 대한 글쓰기를 하게 될 것이라는 예감이다. 작가는 "고약한 우연에 대한 정당한 복수"라고 표현하고 있는데, 박완서 소설이란 결국 홀로 본 것에 대한 증언이자 전쟁이라는 공포에 대한 복수로서의 글쓰기이다.

자전소설의 2부에 해당하는 『그 산이 정말 거기 있었을까』는 1951년 1.4 후퇴 때부터 시작하여 1953년 결혼할 때까지를 다루고 있다. 2부는 정신적 지주였던 오빠의 죽음에서 시작하여 가장이 된 화자가 생활 전선에서 살아남기 위해 올케와 연대하여 분투하는 모습을 그리고 있다. 화자가 겪은 직접적 불행의 근원은 전쟁이다. 2부에서는 한강을 넘지 못하고 서울의 인민군 치하에서 보내야 했던 공포를 생생하게 보여준다. 그 동안 우리 문학에서 남쪽의 전쟁은 주로 피난 체험이 대부분이었고, 피난을 가지 못한 서울에서의 삶을 그린 것은 드물었다. 모두가 서울을 버리고 대구나 부산으로 가버린 후 서울에 남은 사람들은 어떻게 생명을 부지했으며 인민군들은 어떻게 입성했을까, 하는 궁금증은 그 동안 전쟁을 다룬 소설에서는 풀기 힘든 부분이었다. 박완서의 소설은 모두가 떠난 그 서울에서 어떤 일이 있었으며 버림받은 사람들은 어떻게 살았는가를 증언하고 있다.

> 그리고 우리는 보았다. 어둠 속에서 우리의 시야에 닿는 한, 무악재 고개로부터 독립문까지 묵묵히 인민군대가 움직이고 있는 것을. 앞세운 탱크도, 깃발도, 군가도 없이, 무엇을 신었는지, 군화 소리도 없이, 마치 무악재 고개 너머의 깊이 모를 어둠에서 풀려나듯이 한없이 우울하고 조용하게 입성을 하고 있었다. 각자 뭔가 잔뜩 지고 있었는데도 그 너무도 조용함 때문에 무장을 하고 있는 지조차 의심스러웠다. 지난 여름 탱크를 앞세우고 미아리고개를 넘어오던 인민군과 같은 군대라는 게 믿어지지 않았다. 입성을 한다기보다는 야음을 틈타 침투하는 것처럼 숨죽인 행렬이 마냥 이어졌다.
> —박완서, 『그 산이 정말 거기 있었을까』, 16쪽.

모두가 떠나 버린 겨울 아무도 없는 서울에 남아 화자는 인민군의 입성을 지켜보고 있다. 인민군의 두 번째 서울 입성은 전쟁을 시작하던 당시와는 달리, "한없이 우울하고 조용하게" 이루어졌다. 위 인용문은 그 동안 6.25를 다룬 다른 소설에서는 알아낼 수 없는 새로운 역사적 사실을 증언하고 있다. 자전적 소설의 풍요로움은 이와 같은 독특한 경험의 솔직하고 치밀한 진술에 달려 있다. 자신을 미화하고 싶은 욕망이나 금기를 피해가고 싶은 욕망을 억누르면서 목격한 사실을 그대로 되살리려는 증언과 기록의 정신이 없다면, 자전 소설은 생명력을 유지하기 힘들다.

오빠는 총상 이후 급속하게 변해가고 있었다. 아버지 없이 자란 화자에게 오빠는 아버지 대리인이었다. 이에 대해 화자는 "오빠가 넘어온 이데올로기의 전선은 나로서는 처음부터 상상을 초월한 것이긴 했지만 이런 오빠를 보고 있으면 그 선의 잔인하고 음흉한 파괴력에 몸서리가 쳐지곤 했다. 오빠 같은 한낱 나약한 이상주의자가 함부로 넘나들 수 없는 선"(39쪽)이었다고 생각한다. 그녀에게 전쟁이란 이데올로기의 광포함이라기보다는, 목숨을 부지하기 위한 먹을 것과 텅 빈 도시의 진공상태를 견뎌내야 하는 소외감과의 싸움으로 요약되는 것이었다.

총상을 입어 허깨비가 된 오빠로 인해 스무 살의 화자는 졸지에 가장의 자리에 놓이게 된다. 그녀에게 급한 것은 당장 목숨을 부지하기 위해 양식을 확보해야 한다는 사실 뿐이었다. 집안의 양식이 떨어지자 화자는 올케와 피난 떠간 사람들의 집으로 식량을 도둑질하기 위해 들락거린다. 사실 목숨을 연명해야하는 절대절명의 순간에 이념이나 도덕의 문제가 끼어들 여유는 없었다. 박완서 소설에서 여성화자의 성장은 생활 전선에 뛰어든 두 사람 사이에 생겨나는 자매애(sisterhood)의 발견을 통해 좀 더 생생하게 드러난다.

올케의 낮은 비명을 들은 것 같았다. 올케는 엉덩방아를 찧은 자리에 주저앉아 발목을 틀어쥐고 일어나지를 않았다. 나는 더럭 겁이 났다. 엎드려서 그녀의 발목을 주무르기 시작했다. 정성을 다해 주무르면서 입으로는 연방 '내 손은 약손'이라는 소리를 웅얼대고 있었다. 나도 믿어지지 않는 소리였지만 자꾸 되풀이하는 사이에 그 소리에 어떤 주술적인 힘이 가해지고 있다는 황당한 믿음이 생기는 것이었다…(중략) ….올케가 푹 하고 웃으면서 내 등위로 자신의 상체를 꺾었다. 그녀의 젖가슴이 내 등을 짓눌렀다. 처음에 나는 그녀가 터져 나오는 폭소를 참느라 가슴이 그렇게 간헐적으로 경련 하는 줄 알았다. 안심이 되어서인지 나도 웃음이 나려고 했다. 얼마나 우스우냐 말이다. 늙은이도 아니고 스무 살밖에 안된 계집애가 내 손은 약손이라니 그러나 이윽고 나는 내 목덜미가 홍건히 젖어 오는 걸 느꼈다. 그녀는 울고 있었다. 소리가 없어서 더욱 태산 같은 울음이었다.
　　　　　　　　　　　　　　　　　　—박완서,『그 산이 정말 거기 있었을까』, 41-41쪽.

위 인용문은 식량을 구하기 위해 남의 집 담을 넘다가 올케가 다리를 삐는 장면에 대한 묘사이다. 이 장면에서 가장 인상적인 것은 '촉각'이라는 감각을 통해 화자와 올케가 소통하는 부분이다. 여성의 몸이 갖는 유체성과 친밀한 촉각은 동시성을 재현하면서 여성적 문체를 드러낸다. 올케의 발을 주무르는 화자나 화자의 등에 젖가슴을 대고 소리 없이 흐느끼는 올케의 모습을 통해 두 사람이 전쟁이라는 극한 상태에서 서로에게 느끼는 강한 동지애를 표현하고 있다. 특이하게도 화자는 오빠에게는 연민을 엄마에게는 애증을 느끼는데 반해, 올케에게는 강한 동지애를 나타내왔다. 그것은 화자의 표현대로 "육친애나 우정보다 훨씬 더 속 깊은 운명적인 연민 같은" 감정으로 일종의 여성간의 유대라고 말할 수 있다. 더구나 촉각에 의한 '자매애의 발견'은 여성 화자의 성장을 자연스럽게 보여준다.

인민위원회 일을 돕던 올케와 화자는 북쪽 군대의 퇴각으로 말미암아 북쪽으로 보내질 위기를 맞는다. 그들은 마음속에 임진강을 넘으면 안 된다는 생각을 갖고 있었는데 올케의 지혜로 임진강은 넘지 않는다. 교하면에서 '구렁재 할멈'을 만나 그 그늘에서 전쟁을 잠시 피한 후 서울로 다시 돌아온다. 그리고 그녀는 빨갱이로 몰려 취조를 받다가 극적으로 향토 방위대에 들어간

후, 식구들과 떨어져 혼자 향토 방위대 사람들과 함께 그토록 원하던 한강을 넘어 피난을 갔다 온다. 피난 후 집에 돌아온 한여름에, 오빠는 결국 죽음에 이른다. 전쟁 중이라 제대로 묻지도 못하고 미아리 근처에 암매장을 한 가족들은 서로에 대한 혐오감에 치를 떤다. "엄마가 헛소리처럼 말하면서 팥죽을 가져오라고 손짓했다. 우리는 둘러앉아, 사랑하는 가족이 숨 끊긴지 하루도 되기 전에 단지 썩을 것을 염려하여 내다버린 인간들답게, 팥죽을 단지 쉴까 봐 아귀아귀 먹기 시작했다."(181쪽)와 같은 진술은 역으로 오빠의 죽음이 살아있는 사람들에게 남긴 상처의 깊이를 보여주고 있다. 참혹한 전쟁을 치르는 인간의 모습이란 바로 짐승의 시간을 보내는 것임을 오빠의 죽음 이후 팥죽 먹는 장면으로 집약시키고 있다.

오빠의 죽음 이후 식구들을 먹여 살리기 위해 화자는 미군 피엑스에서 돈을 벌고 올케는 양갈보에게 물건을 팔아 돈을 번다. 그야말로 "온 식구가 양키한테 붙어먹고 사는" 신세가 된다. 이에 대해 화자가 느끼는 감정은 "남루와 비참함"이다. 이 비참한 심정은 화자가 첫 월급을 타 왔을 때의 에피소드와 올케의 구역질 에피소드로 선명하게 그려지고 있다. 헛구역질을 오해한 어머니에게 올케가 자신이 양갈보에게 물건을 팔아 돈을 벌고 있음을 말하자 화자는 말할 수 없는 참담함을 느낀다.

어쩌다 우리가 이 지경까지 이르고 말았을까? 엄마는 건강하여 손자들을 잘 돌보고, 올케는 사나흘에 한 번씩 주머니마다 돈을 하나 가득 벌어오고, 아이들은 살찌고 기름이 흐르고, 나는 한 달에 사십 만원이나 되는 수입이 보장돼 있고, 집안에는 구메구메 양키 물건이고, 오빠가 살아있어도, 전쟁이 안 났어도 이보다 더 잘 살기를 바라기는 어려울 터였다. 그런데 왜 이렇게 마음은 점점 추비하고 남루해지는 걸까. 도둑질해서 먹고 살 때도 이렇지는 않았다. 온 식구가 양키한테 붙어먹고 사는 거야 말로 남루와 비참의 극한이구나 싶었다. 개천에서 희미하게 썩은 내가 올라왔다. 얼음이 풀리고 있나보다. 나는 개천을 향해 몇 번 웩웩 마른 토악질을 했다.

전쟁에 내몰린 중산층 시민들이 생계를 유지하기 위해 보이는 눈물겨운 모습과 그에 대한 비참함은 '토악질'이라는 상징적 모습으로 나타난다. 또한 미군의 구호물자로 연명해 가던 당시의 상황을 단적으로 보여주고 있다. 화자와 화자의 올케 모두 "양키한테 붙어먹고" 있다는 자각은 뼈아픈 수치심과 슬픔의 표현이다. 이 부분은 전쟁이 어떻게 평범한 중산층의 삶에 치유되지 못할 깊은 상처를 남기는가를 보여주고 있다. 전쟁 중에도 목련꽃은 피듯 끔찍한 전쟁 중에서 화자는 연애를 하고 결혼까지 하게 된다. 엄마는 그 결혼을 반대한다. 엄마가 화자에게 원했던 것은 보통 여자의 삶이 아닌 특별한 여자의 삶이었기 때문이다. 엄마에 대한 이중적 감정은 박완서 소설의 핵심을 이루는데, 화자는 결혼을 통해 엄마로부터의 독립을 성취한다.

박완서의『그 많던 싱아는 누가 다 먹었을까』와『그 산이 정말 거기 있었을까』는 식민지에서 태어난 한 여성 인물이 전쟁 속에서 생존을 위해 짐승의 시간을 견뎌야 했던 체험을 담고 있다. 그 체험은 한 개인의 성장의 기록이며 동시에 역사의 숨겨진 일면을 증언하고 기록하는 과정이다. 근대 중산층의 전쟁에 대한 기록은 그 시대를 어떻게 살아냈는가에 대한 생활사적 증언이다. 박완서의 자전적 소설은 한 개인의 삶의 기록이면서 동시에 한국 20세기 역사에 대한 탐구라고 볼 수 있다.

4. 기억의 그물

최인훈과 박완서의 자전 소설은 식민지 시대에 태어나 6.25를 겪은 '전쟁 세대'의 자기 성찰을 담고 있다. 두 편의 자전 소설을 통해 전쟁이라는 상처를 딛고 평범한 개인이 어떻게 소설가로 탄생되는가를 살펴보았다. 자전 소설은 개인의 사적 체험을 다루고 있다. 그러나 개인의 사적 체험이라는 씨실이 보편적인 역사라는 날실과 만날 때, 개인의 사적 체험은 단순히 개인의 경험에 그치지 않고 보편적인 역사 속으로 편입된다. 전쟁 체험의 그물로 짜여진 자전 소설에서 중요한 덕목은 정확성과 성실성이다. 정확성이 기록의 정신과 관련된다면 성실성은 인식의 폭과 깊이와 관련된다. 해방직후 북쪽 지역의 경험과 기록을 담고 있는 최인훈의 소설과, 국군이 수복하기 전 인민군 치하에서 서울에 있었던 경험과 기록을 담고 있는 박완서의 소설은 기존 전쟁 문학에서 보여주지 못했던 새로운 사실을 증언하고 있다.

두 작가는 작품을 풀어내는 방식에서는 차이를 보인다. 최인훈의 작품이 자신을 유랑으로 내몬 전쟁의 이데올로기를 찾아 나선 근대 지식인의 인문학적 탐구를 담고 있다면, 박완서의 작품은 전쟁 속에서 중산층이 어떻게 살아왔는가에 대한 체험적 증언을 담고 있다. 최인훈의 소설이 지성과 사색으로 가득 찬 지식인의 시각에서 이루어지고 있다면, 박완서의 소설은 행동과 체험으로 가득 찬 중산층의 시각에서 이루어지고 있다. 최인훈이 역사적인 인물과 사건 중심의 세계사적 흐름에 중심을 둔다면 박완서는 개인적 경험과 생활사적 풍속에 중심을 맞춘다. 최인훈과 박완서의 자전 소설은 살아남은 자들의 영혼에 지울 수 없는 화인(火印)을 남긴 전쟁을 견디고 살아낸 세대의 자기 고백을 담아내고 있다. 전쟁은 그들을 고향에서 쫓겨나게 하였으며 육친을 빼앗아가는 상처를 남겼다. 최인훈이 살아가는 내내 단죄와 축복 사이에서 사색을 멈추지 않았고, 박완서가 평생 동안 구토와 분노의 체험을 되새김할 수 있었던 힘도 전쟁에 있었다. 두 작가는 전쟁의 기억을 화두로 삶아 평생을 걸어왔다. 그런 점에서 전쟁으로 인한 생채기는 작가들에게 악몽이면서 동시에 축복이기도 했다.

그들을 소설가로 탄생시킨 것은 전쟁의 상처였다. 자신이 경험한 전쟁에 대한 체험과 사색이야말로 최인훈과 박완서를 소설가로 이끈 운명적인 힘일 것이다. 소설가란 역사가도 아니고 예언자도 아니며 실존의 탐구자일 뿐이라는 밀란 쿤데라의 말을 떠올려보면, 두 작가를 소설가로 탄생시킨 것은 바로 전쟁이라는 기억이다. 그렇다면 그들은 전쟁체험이라는 바다에서 기억을 잡아 올리기 위해 평생을 고투하며 그물을 던지는 어부에 다름 아니다.

(2004)

악녀의 미학

– 은희경과 정이현

1. 악녀의 등장

신화 속에는 여러 유형의 여성들이 등장한다. 그곳에는 훌륭한 여신과 아름다운 미인과 숭고한 열녀와 함께 비난받는 악녀(惡女)들이 살아 숨쉬고 있다. 그리스 신화에 등장하는 유명한 악녀로는 메데이아와 클뤼타임네스트를 들 수 있다. 메데이아는 사랑에 눈이 멀어 조국과 아버지를 배신하고 적군인 이아손을 따라 조국을 등지며 배신한 남편에게 복수하기 위하여 자신의 아이까지 죽이는 비정한 악녀로 등장한다. 또 클뤼타임네스트는 남편인 아가멤논이 트로이 원정을 떠난 이후 아이기스토스와 눈이 맞아 남편을 죽이는 악녀로 등장한다. 그러나 이렇게 악녀로 지칭되는 인물들을 살펴보면 그 '악녀'라는 관점이 타자인 남성의 입장에서 이루어지고 있다는 점을 쉽게 찾아볼 수 있다.

이런 악녀들 가운데 예술가들에게 많은 예술적 영감을 불러일으킨 대표적인 인물로 '살로메'를 들 수 있다. 살로메는 『신약성서』의 「마태복음」 중 세례요한의 죽음을 설명하는 부분에 등장하는 소녀이다. 세례요한은 헤롯왕이 동생의 아내 헤로디아를 아내로 삼은 사실을 비난하다가 감옥에 갇히게 되었다. 그 무렵 마침 헤롯의 생일 잔치가 벌어졌는데, '헤로디아의 딸'이 손님들 앞에서 춤을 추었고 흡족히 여긴 헤롯은 소녀에게 무엇이든 청하는 대로 주겠다고 약속한다. 소녀는 "세례요한의 머리를 쟁반에 담아서" 가져다 달라고 청하였고, 왕은 마음이 몹시 괴로웠지만 사람을 보내 감옥에 있는 요한의 목을 베어오게 했다. 그리고 그 머리를 쟁반에 얹어 소녀에게 건네자 소녀는 요한의 머리를 제 어미에게 갖다주었다.

성서에서 '헤로디아의 딸'로 등장하는 소녀는 이름도 없고 그다지 특징도 발견되지 않는 인물이었다. 그런 그녀가 매력적인 인물로 다시 태어날 수 있었던 것은 오스카 와일드의 희곡 덕분이었다. 계부 헤롯의 살로메에 대한 광적인 사랑과 살로메의 세례요한에 대한 애증에 초점을 맞춘 이 희곡은 1896년 파리에서 초연(初演)되었고 1905년 슈트라우스에 의해 오페라로 제작되면서 선풍적인 인기를 끌었다.

오스카 와일드 희곡 속에 등장하는 살로메는 계부의 끈적거리는 시선을 피해 연회석을 빠져 나왔다가 맑은 우물 속에 갇힌 채 예언을 하는 요한에게 호기심을 느끼고 그를 우물 속에서 끌어낸다. 살로메는 파리한 살결과 붉은 입술을 가진 요한에게 마음이 끌려 입맞춤을 하게 해달라고 간청한다. 그러나 요한은 "간음이 낳은 딸"이라 저주하고 제 발로 다시 우물 속으로 들어간다. 상처받은 사랑에 의해 복수심에 불타던 살로메는 연회석으로 들어가 일곱 겹 베일의 춤을 추고 헤롯에게 '은 쟁반에 담은 요한의 머리'를 청한다. 살로메는 요한의 머리를 받아들자, "그대만을 사랑해. 그대의 아름다움에 굶주렸고, 그대의 육체에 목말라 있어"라며 피 흘리는 요한의 입술에 키스한다. 섬뜩해진 헤롯왕이 살로메를 죽이라고 하자, 병사들은 그녀를 방패로 눌러 죽인다.

요한을 죽음으로 몰아넣은 살로메는 오랫동안 '악녀'의 대명사로 불려왔는데, 본능적이고 색정적이라 소개되는 이러한 여성인물은 결국에는 단죄의 대상이 되거나 자멸하는 모습으로 그려졌다. 이는 가부장제 속에서 여성에게 주어진 천사(天使)와 악녀(惡女), 혹은 성모(聖母)와 마녀(魔女)라는 이분법적 그물을 벗어나지 못했기 때문으로 보인다. 이런 악녀가 다시 우리 소설 속에서 새로운 모습으로 등장하기 시작한 것은 여성 작가들이 문단에서 활발하게 활동한 이후에 이르러서이다. 여성 작가들에 의해 되살아난 악녀는 단죄의 대상이 되지도 자멸하지도 않는다. 오히려 강한 카리스마를 가진 매혹적인 대상으로 나타난다.

이 글은 최근 우리 소설 속에 등장하는 악녀(惡女)가 갖는 의미를 알아보기 위해 쓰여진다. 이를 위해 검토할 텍스트는 은희경(『상속』, 문학과지성사, 2002)과 정이현(『낭만적 사랑과 사회』, 문학과지성사, 2003)의 소설이다. 최근 소설에 나타나는 악녀는 권선징악을 위한 징벌의 대상이 아니라, 기존의 선악관념을 냉소적으로 비웃는 매혹의 대상으로 등장한다. 특히 사랑에 관해 냉소적인 포즈를 취하는 은희경의 인물이나 성공을 위해 위악적 행동을 일삼는 정이현의 인물들은 가부장제가 부과한 '낭만적 사랑'이나 '도덕적 관념'을 정면에서 공격한다.

2. 낭만적 사랑에 대한 냉소와 조롱

근대는 국가의 탄생과 함께 시작되었으며 국가를 유지하는 근본은 바로 가족 제도였다. 가부장제는 생존의 법칙이 지배하는 사회와 생존의 법칙이 지배하지 않는 가정을 나누었다. 그리고 그 이분법 속에 남성과 여성의 자리가 놓여있다. 남성들은 사회에, 여성들은 '아내와 어머니라는 이름'으로 사회가 아닌 가정의 영역 속에 자리매김되었다. 이를 위해 필요한 것이 '낭만적 사랑'이라는 신화였다. 낭만적 사랑에 기반한 일부일처제라는 가족제도를 근간으로 근대적 국가는 탄생하였다.

은희경의 「누가 꽃피는 봄날 리기다소나무 숲에 덫을 놓았을까」와 정이현의 「낭만적 사랑과 사회」는 '여성성'과 '낭만적 사랑'에 대한 허위성을 통해 가부장제가 만든 여성신화를 조롱하고 있다. 은희경의 경우 전형적인 여성성에 사로잡힌 여자의 행동이 얼마나 허위와 가식으로 점철된 무의미한 것인가를 통해 드러낸다면, 정이현의 경우는 결혼을 통해 신분상승을 꿈꾸는 신데렐라 유형을 통해 역시 낭만적 사랑의 허위성을 드러낸다. 가부장제가 부과하는 낭만적 사랑이란 것이 얼마나 쉽게 무너질 수 있는가를 보여줌으로, 낭만적 사랑을 조롱하고 있다.

은희경의 「누가 꽃피는 봄날 리기다소나무 숲에 덫을 놓았을까」는 여성 이미지의 허위성을 폭로하고 냉소적으로 비웃고 있는 소설이다. 작가는 전형적인 여성성에 묶여 있는 인물을 통해, 가부장제가 강요하는 '여성성'에 대해 냉소하고 있다. 소라라는 인물은 가부장제가 요구하는 여성상의 전형으로 등장한다. 가부장제에서의 여성은 남성 시선의 수동적 대상의 위치에 놓이고, 여성 스스로 '여성성'이라는 이미지를 만들어 가는 과정에 공모하게 된다. 이 과정에서 여성은 파편화되어 재현된다. 여성은 자신을 남성이 갖고 있는 이상적인 여성상에 끼워 맞추고 고쳐야 할 대상으로 생각한다. 이에 여성들은 남성들이 정해놓은 미적 기준을 내면화하고 남성의 인정을 받으려 노력하고 남성의 욕망을 위해 움직이게 된다.(수잔나 D. 월터스 『이미지와 현실 사이의 여성들』, 또하나의 문화, 1999)

이 소설은 소라라는 인물이 가부장제의 '여성성'을 내면화하는 과정을 어린 시절과 결혼 생활과 직장 생활을 통해 보여주고 있다. 소라는 "이미지 관리를 하면서" 자신의 진정한 삶이 아닌 타인들에게 맞추기 위한 가짜 삶을 살아왔다. 소라의 삶은 실제의 삶이라기보다는 허구의 삶, 자신의 욕망에 의한 삶이라기보다는, 부모에서 남편으로 이어지는, 타인의 욕망에 의한 것이었다.

어린 시절 그녀에게 '여성성'을 강요한 것은 부모였다. 소라는 공무원인 아버지와 주부인 어머니와 함께 읍내 이층집에서 살았다. 소라는 가난한 촌의 아이들과는 달리, 레이스가 달린 원피스에 에나멜 구두를 신고 표준말을 쓰고 자라도록 강요되었다. 소라의 아버지와 어머니는 교육에 극성이었지만 결코 다정한 성격은 아니었다. 그녀가 가부장적인 여성성을 체현(體現)하고 있는 모습은 서울에서 전학 온 군수 아들인 현우의 눈을 통해 드러나고 있다.

전학생 소년은 어쩔 수 없는 시골 소녀이면서 인형옷 같은 옷을 입고 굳이 유식한 표현을 골라 쓰며 자신이 받고 있는 선망과 질시를 지나치게 의식하고 있는 소라에게 가벼운 동정 그리고 냉소를 품고 있었다. 반 아이들 몇 명이 사택으로 놀러왔던 날 소공녀처럼 흰 레이스 깃이 달린 공단 원피스를 입고 눈을 내리깐 채 사뿐히 현관을 들어서는 소라를 보고 마룻바닥에 엎드려 만화책을 보고 있던 소년이 소라를 너무나 유심히 쳐다보았으므로 이미 소년의 특별한 관심을 짐작하고 있던 소라는 내내 눈길을 피해야 했다. 소라가 지나치게 진지한 것도 소년에게는 한 가지 즐거움이었다. 일기를 쓰지 않는다는 소년의 말에 소라는 놀라는 표정을 지었다. ..(중략)… 자신은 한 번도 의심해본 적 없는 당연한 일들에 대해 의문을 품고 또 부정하거나 무시할 줄까지 안다는 것이야말로 소라의 눈에 비친 소년의 가장 큰 매력이었다. 자기에게 모아지는 여자애들의 관심을 당연하게 생각하는 전학생 소년에게 소라는 그중 하나일 뿐이었고 보다 근본적으로는 남자애든 여자애든 촌구석 아이들한테 별로 관심이 없다는 걸 소라가 알 리 없었다. 사람을 진심으로 대하지 않을 때의 여유에서 생겨나는 매력이 기만이나 모독과 크게 다르지 않다는 것 역시 알지 못했다.

　　─은희경, 「누가 꽃피는 봄날 리기다소나무 숲에 덫을 놓았을까」, 54-55쪽.

"흰 레이스 깃이 달린 공단 원피스"나 "소년의 눈길을 피하는 행동" 등은 소라가 이미 가부장제가 요구하는 '여성성'을 내면화하고 있음은 물론, 나아가 여성의 이미지를 작위적으로 연출하고 있다는 것을 의미한다. 소라는 자신의 욕망이 아닌 부모의 욕망에 의해 삶을 "연출"하는 사람으로 성장한다. 도시의 부르주아 소녀처럼 키우고자 한 부모의 허영심이라는 덫에 걸려, 그녀는 평생을 자신의 욕망이 아닌 타인의 욕망에 조율되어 살아간다.

또한 소라는 가부장제가 원하는 전형적인 요조숙녀의 모습으로 그려지고 있다. 남편에 따르면 그녀는 "문학이나 음악, 예술 어떤 화제에도 탄력적으로 대화할 수 있는 교양을 갖추었고 화려한 용모는 아니지만 어느 자리에서건 빠지지 않는 세련된 미적 감각을 갖고 있다. 눈치 없이 설치거나 드세지도 않았고 천생 여자라는 주변의 평판대로 다정하고 온순한데다 남을 배려할 줄 아는" 인물이다. 그녀가 얼마나 남편의 시선에 사로잡힌 여성인가는 남편이 바람을 피우는 것을 알게 되었을 때 보인 반응을 통해 알 수 있다. 그녀는 남편의 바람에 대해서 남편 잘못이 아닌 남편에게 매력을 잃은 자신이 원인이라는 판정을 내리고 개선책을 찾기까지 한다.

그녀는 직장 생활 역시 회사가 요구하는 커리어 우먼의 이미지를 너무 작위적으로 연출하고 있기에, 직장 사람들에게도 좋은 점수를 받지 못했다. 동료들은 그녀가 모든 것을 다 잘 하려고 하는 '욕심 많은 칭찬중독자'라거나 모든 사람들로부터 사랑 받기 위해 애쓰는 '허영심이 많은 공주'라고 대놓고 싫어했다. 그러던 중, 소라는 사장과 함께 자신에게 호감을 보이는 젊은 화가 김영재를 만나게 되었다. 어린 시절 같은 반 친구였던 김영재는 자신이 소라를 오랫동안 흠모해왔다는 사실을 고백한다. 그는 술에 취한 소라를 객실로 데리고 들어오고 결국 그녀를 안게 된다.

남편이 아닌 남자의 몸은 말할 수 없이 거북하고 혐오스러웠지만 갑자기 밀치고

일어난다거나 욕을 퍼붓는다거나 하여 두 사람 다 무안하고 어색해지는 것 또는
책임을 묻고 비난을 퍼붓는 따위의 상투적 광경을 겪는 것은 원하는 바가 아니었다.
쉴 새 없이 "어떻게 이런 일이! 내가 너를 안다니!"라고 속삭이며 몸을 떠는 김영재
의 감동과 희열을 존중해주겠다는 배려 또한 소연이 눈을 꾹 감고 그 순간을 참아낸
이유가 될 수 있었다.

—은희경, 「누가 꽃피는 봄날 리기다소나무 숲에 덫을 놓았을까」, 89쪽.

소라는 섹스조차도 자신의 욕망이 아닌 타인의 욕망에 맞추어 치른다. 그
녀는 김영재와의 섹스를 원하지 않으면서도, 그가 어색하고 무안해 할까봐
그냥 견딘다. 소라라는 인물은 가부장제가 요구하는 여성상의 전형이라 할
수 있다. 착하고 부드럽고, 타인의 욕망을 받아주는 여성이다. 소라의 삶 속에
는, 어릴 적 소라가 흠모했던 이현우와 지금의 남편과 소라를 흠모하는 김영
재 등 세 명의 남성이 등장한다. 이들이 소라에 대해 드러내는 반응은 상반된
다. 이현우는 소라에게 "동정과 냉소"라는 비하의 감정을 드러내는 반면,
김영재는 소라를 신비화된 이미지로 간직하고 있다. 남편은 연애할 때의 신비
화된 이미지에서 결혼 후 비하의 감정으로 변모하는 반응을 보인다. 여성에
대한 폄하와 신비화는 가부장제 속에서 남성이 여성에게 보일 수 있는 두
가지 반응이다.

작가는 이런 여성 인물이 과연 어떤 의미를 갖는가에 대하여 냉혹하게
파고든다. 은희경은 여성성을 체현한 인물을 창조하고 그에 대해 비판과 조롱
을 감행함으로 '여성성'이라는 것이 얼마나 '작위적인 연기(演技)'인가를 보
여주고 있다. 가부장제가 요구하는 여성상을 내면화한 소라라는 인물을 통해
가부장제 속의 여성성이란 것이 여성 인물에게 '닻'이 아닌 '덫'으로 작용하
고 있음을 드러낸다. 여성성을 내면화한 여성에 대한 냉소와 조롱을 통해,
가부장제의 허위의식을 비판하고 있다.

정이현의 「낭만적 사랑과 사회」는 '낭만적 사랑'에 사로잡힌 유리라는 인물에 대한 조롱을 다룬 소설이다. 가부장제의 핵심을 이루는 것은 낭만적 사랑이며, 낭만적 사랑의 핵심은 순결한 사랑이다. 유리는 중소기업 임원인 아버지와 주부인 어머니와 함께 반포에서 살고 있다. 부모님은 자신의 가족이야말로 행복한 중산층의 전형이라는 것을 몸소 보여주듯 일요일 아침은 가족이 함께 모여 식사하는 것을 불문율로 여기며, 딸에게 몸 간수를 당부한다. 그러나 엄격한 규칙을 요구하는 엄마에 대한 딸의 시선은 냉소적이다.

> 깨진 유리를 붙이지 못해 여기까지 온 사람은 오히려 엄마였다. 엄마의 큰 딸, 내 생일은 5월이고 부모의 결혼 기념일은 그 전해 크리스마스 이브였다.···(중략)··· 내 인생, 엄마처럼 사는 일은 절대로 없을 테니까. 스스로 중산층이라 굳게 믿어 의심치 않으며, 허울만 좋은 중소기업 임원의 아내로, 이십몇 년 결혼 생활 동안 백화점 세일 때 허접한 옷 골라 사고 문화센터 노래교실에 다닐 수 있게 된 걸 생활의 여유라고 생각하는, 쉰 살 다 된 여자의 인생을 떠올리면 정신이 바짝들곤 했다. 나를 임신하지 않고 아빠 같은 남자와 서둘러 결혼하지 않았다면 엄마 인생은 어떻게 되었을까?
>
> ─정이현, 「낭만적 사랑과 사회」, 20-21쪽.

낭만적 사랑의 관념들은 분명 여성에게는 가정의 종속과 외부세계와의 상대적 분리를 동반하는 개념이다.(앤소니 기든스, 『현대 사회의 성, 사랑, 에로티시즘』, 새물결, 1996) 유리 엄마의 삶을 특징짓는 '백화점'과 '노래교실'은 한국 중산층 여성의 삶을 대표적으로 드러내는 기호이다. 유리는 결혼 전 자신을 가져서 어쩔 수 없이 아빠와 결혼하여 평범한 삶을 살아가는 엄마를 보며, 평범한 중산층의 삶을 혐오한다. 그런데 유리가 생각하는 강한 여자의 삶은 스스로의 독립이나 성공이 아니라, 결혼을 통해 신분상승을 이루어 중산층을 뛰어넘어 상류층으로 진입하는 것이다. 그녀에게 결혼이란 미래를 걸고 하는 배팅이요, 도박인 것이다.

그녀는 신분상승을 하기 위한 결혼의 담보로 순결을 생각한다. 유혹에 넘어가지 않고 순결을 지키기 위해 그녀는 레이스가 없는 팬티를 입고 다니며 오랄 섹스는 허용할지라도 삽입만은 거부한다. 그러다 드디어, 자신의 인생을 걸고 배팅할 만한 남자를 만나게 된다. 부유한 집의 막내아들일뿐더러, 막내며느리는 평범한 집안의 반듯하게 자란 아가씨를 원한다는 남자의 말이 그녀의 마음을 움직인다. 그래서 이 남자와 자기로 결정한다. 그러나 그토록 그녀가 고대하던 혈흔은 발견되지 않고, 남자는 여자의 섹스에 대해 악평을 한다.

> 주차장까지 걸어 나오는 동안 그는 내 손을 잡아주지 않았다… (중략) …..나는 루이 뷔통 쇼핑백 위에 가만히 손을 얹어보았다. 순간, 맹렬한 불안감이 솟구쳤으나 곧 가라앉았다. 집에 가자마자 보증서를 확인해보면 될 것이다. 그리고 설마 면세점에서 '진짜 짝퉁'을 취급할 리는 없을 것이다. 조용히 운전에 몰두하고 있는 그의 옆얼굴이 어쩐지 낯설게 느껴져서, 나는 마음속으로 황급히 고개를 저었다. 아니다. 아니다. 누가 뭐래도 그는 내가 사랑하는 사람이다. 우리는 서로, 사랑하는 사이다. 유리의 성이 점점 멀어져가고 있다. 큐빅처럼 흩뿌려진 서울의 불빛들이 눈 한번 깜빡이지 않고 나를 바라다본다.
> —정이현, 「낭만적 사랑과 사회」, 33-35쪽.

유리는 자신의 신분을 상승시켜줄 남자와 섹스를 하고 나오면서, 그가 정말 자신을 사랑하는가에 대한 불안감을 나타낸다. 작가는 이를 "유리의 성"이라는 이름으로 조롱하고 있다. 즉 쉽게 깨어지는 유리처럼 그들의 사랑이라는 것이 쉽게 깨어질 수도 있다는 것을 암시한다. 또한 유리가 꿈꾸는 장밋빛 결혼이 "큐빅"이라는 가짜 다이아몬드처럼 속임수에 불과함을 암시해놓고 있다. 작가는 이 소설에서 이중의 조롱을 감행하고 있다. 우선 유리라는 인물의 눈을 통해 현재 한국자본주의 아래에서 돈과 신분에 의해 이루어지는 결혼제도의 속악함을 보여줌으로 낭만적 사랑의 허위성을 드러낸다. 또한 유리라는 인물 역시 동시에 조롱의 대상이 된다. 결코 유리의 미래가 그녀의 생각처럼 장밋빛만은 아닐 것이라는 암시를 통해, 현대판 신데렐라 콤플렉스에 사로잡힌 유리라는 인물을 비판하고 있다.

은희경의 「누가 꽃피는 봄날 리기다소나무 숲에 덫을 놓았을까」와 정이현의 「낭만적 사랑과 사회」는 '여성성'과 '낭만적 사랑'에 대한 냉소와 조롱을 드러내는 소설이다. 두 소설의 여성 인물은 자신의 생의 목표를 사회적 일이 아닌 사랑과 결혼이라는 것에 두고 있음으로 인해, 어머니의 삶으로부터 한 발짝도 나가지 못한다. '누가 여성들의 삶에 덫을 놓았을까'라는 은희경의 질문에 대해 정이현은 '낭만적 사랑을 갈구하는 여성'이라고 답하고 있다.

3. 남성적 질서에 대한 도전으로서의 악(惡)

은희경의 「딸기 도둑」과 정이현의 「순수」와 「트렁크」는 모두 살인사건과 관련된 이야기 구조를 갖고 있다. 이 소설에 등장하는 여성 인물들은 살인을 했거나 살인을 방조한 인물이라는 점에서, 그리고 살인에 대하여 어떤 양심적인 가책이나 문제의식도 갖고 있지 않다는 점에서 악녀의 전형을 드러내고 있다. 특히 은희경의 「딸기 도둑」과 정이현의 「순수」는 법정에 서서 진술을 하는 형식을 공통적으로 취하고 있다.

은희경의 「딸기 도둑」은 살인혐의를 받고 있는 여성 인물이 자신의 삶에 대해 진술하는 형식으로, 구성의 반전(反轉)과 도덕관념에 대한 냉소(冷笑)가 돋보이는 작품이다. 「딸기도둑」의 여자가 자신에 대해 이야기하는 말에 의하면, 그녀는 11평 짜리 임대주택에서 살고 있으며 월 70만원 정도 받는 직장에 다니고 있다. 그녀는 가난하지만 그렇다고 "보잘것없는 현실을 극복한다든지 더 나은 미래를 추구한다든지 하면서 성실하고 건전하게 살아가는 타입은 못된다."(160쪽) 그녀는 관리사무실의 경리 일을 하는 노처녀로 아무 기호도 주장도 없는, 마치 물과 같이 타인의 그릇에 군말 없이 담기는 인물이다. 그녀를 거쳐갔던 남자들은 모두 그녀에게 "헤픈 여자라고 또 둔하고 무식하다고 욕을 하며" 떠났다는 것이다.

그러다 여자는 우연히 슈퍼에서 고향 성당 친구인 은혜를 다시 만나게 된다. 은혜와 여자는 여러 가지 면에서 대조를 이룬다. 여자가 결혼도 아직 못했으며 임대아파트에 살고 성당에도 나가지 않는데 비해, 은혜는 증권회사에 다니는 남편과 널따란 고층 아파트에서 살며 일요일에는 성당에 나간다는 것이다. 이에 대해 여자는 "어릴 때에도 늘 칭찬만 받던 반듯한 아이였고 그런 아이들의 인생은 큰 굴곡 없이 계획대로 되어가게 마련"(165쪽)이라며, 은혜가 어린 시절 자신의 수호천사였다는 것을 말한다. 주일학교 수녀님이 처지가 다른 친구들끼리 수호천사를 맺어 서로 도와주고 보살펴 주도록 한 적이 있었는데 그때 은혜가 여자의 수호천사였다. 이에 대해 여자는 다음과 같이 말한다.

> 서로 격이 다른 아이들끼리 맺어놓은 수호천사라니. 얼마나 위험한 놀이였던지 요. 한쪽은 위선을 익혔을 뿐이지만 다른 한쪽은 자기가 이 세상에서 어떤 존재로서 살아가게 되어 있는지 깨달았고 제 인생을 혐오하게 되었으니까요.
>
> —은희경, 「딸기 도둑」, 165쪽.

여자는 어린 시절 수녀님에 의해 맺어진 은혜와 자신의 관계로 인해 선과 악, 빛과 어둠, 우등과 열등과 같은 이분법을 깨닫게 되었으며, 악과 어둠과 열등의 역할에 자리매김된 자신의 존재를 느끼며 상처를 받는다. 이미 아홉

살에 착한 아이가 될 기회를 영영 잃어버리고 '딸기도둑'이라는 이름을 얻게 된 사연을 고백한다. 아홉 살의 어느 날 여자는 딸기밭에 갔다. 여자는 딸기밭의 딸기를 본 순간을 다음과 같이 묘사하고 있다.

> 톱니처럼 끝이 뾰족뾰족한 세 쪽짜리 초록 잎사귀 뒤에 숨어서 빨갛게 익어가고 있는 딸기는 정말 예뻤습니다. 더러 흙이 묻은 것도 있었지만요. 통통하고 붉은 딸기의 살을 처음 이로 콱 깨물었을 때의 그 한없이 부드럽고도 탱탱한 과육의 감촉. 달고도 시고도 어느 틈에 녹아 없어져 버리는 황홀한 맛. 꿀 같기도 하고 꽃 같기도 한 진하디진한 향기… 저는 바구니 가득 담긴 딸기를 정신없이 먹기 시작했지요.
>
> —은희경, 「딸기 도둑」, 167쪽.

딸기에 대한 매혹을 묘사하는 이 부분은 욕망의 발견과 관련된다. 딸기를 다 먹고 나자 양자언니와 연애 중이었던 아버지는 동네 허드렛일을 거드는 상기 아저씨에게 여자를 데려다 주라고 했고, 보건소 아저씨는 손수건에 가득 들어 있는 딸기를 자신의 딸인 은혜에게 전해주라고 했다. 어린 여자는 상기 아저씨의 자전거를 타고 가다가 딸기에 대한 탐욕을 느껴 다 먹어치운다. 그 모습을 본 상기 아저씨는 아홉 살의 여자에게 뽀뽀를 하고 치마 속으로 손을 집어넣어 더듬기까지 했다. 여자는 그때의 심정에 대해 "착하지 않은 아이로서 어른의 보호 없이 살아가야 할 미래가 두려워 며칠 악몽을 꾸었습니다. 저의 바람은 비밀이 지켜지는 일뿐이었습니다. 세상을 속이는 것 말예요. 차라리 조롱해버리는 방법까지는 아직 알 수가 없는 나이였으니까요"(169쪽)라고 고백한다.

여자는 앞집에 살던 남자와 함께 살고 있다. 여자에 의하면 남자는 아주 뻔뻔한 인간이다. 둘은 서로가 착한 인간이 아니라는 동지의식 때문에 가까워졌다는 것이다. 여자는 남자가 어렵게 말하는 것과 남을 비웃고 꾸짖는 일을 즐거워하는 사람이라고 냉소적으로 말한다. 우연한 기회에 여자와 남자와 은혜는 어울리게 되는데, 은혜가 여자의 어렸을 때 별명이 딸기 도둑이었다고 남자에게 말한다. 은혜로 인해 여자는 잊으려했던 과거의 악몽을 다시 떠올리게 된다. 그런데 남자는 이후 은혜를 흠모하게 된다. 여자는 은혜를 찾아갔다가 은혜를 만나지 못했고 돌아와 배추 한 통을 자르다가 어지러워 쓰러졌다고 말한다.

그런데 이 소설의 묘미는 구성의 반전에 있다. "그들의 상상"이라는 진술로 이어지는 정반대의 이야기는 엽기적인 살인사건과 관련된다. 여자가 은혜의 온몸을 딸기로 짓이겨 아파트 옥상에서 밀어 떨어뜨렸고, 그런 다음 집으로 돌아와서 잠들어 있는 남자의 배를 배추통처럼 칼로 갈라 김칫거리를 절이듯 소금을 뿌려 구덩이에 던져 넣었다는 것이다. 또한 전에 그녀와 함께 살았던 전기 기술자와 사진 작가와 방역 회사 인부 등이 모두 이 세상에서 사라졌다는 사실까지 서술된다.

마지막으로 여자의 이름 역시 은혜라는 사실이 밝혀진다. 그것도 자신의 아버지가 호적신고를 하러가다가 은혜 할아버지에게 부탁을 했는데, 은혜 할아버지가 아버지가 일러준 이름을 기억해내지 못하자 읍사무소 직원이 똑같이 은혜라고 썼던 것이었음이 드러난다. "세상에는 선과 악이 섞여있듯 은혜에도 두 종류가 있으니까요"(191쪽)라는 여자의 말에도 드러나듯, 여자는 자신을 악을 상징하는 인물로 여기고 있다. 여기에 이르면 독자들은 지금까지 여자에 의해 속았다는 사실을 자각하게 된다. 즉 독자는 신뢰할 수 없는 화자의 진술을 읽어온 것이다. 불우한 어린 시절을 보내고 생에 대해 아무런 의욕도 없으며 남자에게 늘 이용만 당하는 대상으로 그려졌던 여자는 기실 엽기적인 살인광이었음이 암시된다. 그녀는 수호천사 은혜를 죽인 것에서 드러나듯, 천사를 죽이는 악의 화신에 다름 아니었던 것이다.

그렇다면 은희경이 이러한 악녀를 소설의 인물로 다시 살려낸 의도는 어디에 있을까? 은희경 소설 속의 악녀는 권선징악적 의미에서 징벌의 대상이 되지는 않는다. 작가의 의도가 권선징악에 있었다면 이 작품은 지금과는 다른 구성과 서술자가 선택되었을 것이다. 오히려 작가의 관심은 기존의 도덕에 대한 냉소와 조롱에 맞추어져 있다.

> 영리한 아이들은 너도나도 죄를 고백해 용서를 받고 착한 아이가 되었지요. 저는 무슨 죄를 지었는지 아무래도 생각해낼 수가 없어서 한 번도 착한 아이라는 칭찬을 받지 못했습니다. 저 자신 착한 아이라는 생각은 해본 적이 없으니 억울할 것은 없었지만 용서받기 위해서 죄를 찾아내야 한다는 게 약간은 이상했어요.
>
> ─은희경, 「딸기 도둑」, 157쪽.

> 저는 착한 여자가 아니고 또 솔직히 말해 착한 사람들을 그다지 좋아하지 않아요. 착하고 좋은 사람들, 그런 사람들이 살 수 있는 인생은 너무 뻔해서 조금도 부럽지 않습니다. 제 인생을 질식할 듯한 규격 속으로 밀어넣은 것은 바로 그 착하다고 하는 사람들이었어요. 자기들이 만든 틀 속에 들어가야 한다고 강요할 때는 언제이고, 뭐야, 이건 잘 안 맞잖아, 라고 구박하면서 한순간 쓰레기 더미 위로 가볍게 던져버리는 거죠.
>
> ─은희경, 「딸기 도둑」, 179-180쪽.

작가는 죄가 없는 아이에게 죄를 고백해 용서받도록 강요하는 세상, 선이라는 이름으로 복종을 강요하는 세상을 비판하고 있다. 더구나 아홉 살의 순진한 어린아이를 "딸기도둑"으로 낙인 찍어버린 어른들 때문에 아이는 치명적인 상처를 받는다. 어른들은 장난으로 한 말이지만 아이는 자신의 정체성을 도둑으로 규정받을 수밖에 없는 상황에 빠지고 지울 수 없는 상처를 입게 되었다. 이런 상황에서 여자가 자신을 유지할 수 있는 방법이란, 기존의 선악 관념에서 도망치거나 아니면 냉소적으로 비웃는 것 뿐이었다.

은혜는 눈부신 태양의 빛을 쓰고 나타나 저의 삶에 딸기 도둑이라는 그림자를 되살려놓았습니다. 저는 무엇엔지 공포를 느꼈던 모양입니다. 어린 시절 딸기밭에 갔다 온 그날처럼 이틀을 앓았습니다. 물컹하고 끈끈하고 검은 반죽 같은 그림자가 담을 넘고 벽을 뚫어가며 악착같이 저를 따라다니는 꿈을 반복해서 꾸었던 것 같습니다. 아무리 떼내려 해도 발꿈치와 등허리와 뒤통수로 옮겨다니며 어느 틈엔가 다시 내 몸에 달라붙어 있는 어둠의 존재 ─ 소름 끼치는 악몽이었어요.

―은희경, 「딸기 도둑」, 185쪽.

선이란 기실 악이라는 타자를 규정함으로만 존재할 수 있는 개념이다. 은혜가 "눈부신 태양의 빛"이기에 여자는 "어둠의 그림자"로 규정받게 된다. 빛이 없다면 어둠도 그림자도 존재하지 않는다. 즉 여자가 나쁜 아이였던 것은 은혜가 착한 아이라는 것과 대조를 이루기 때문에 가능하였다. 좋은 사람이 존재하기 위해서는 나쁜 사람을 필요로 한다는 사실을 여자는 알고 있다. 이런 악녀를 주인공으로 하여 자신의 어린 시절과 생각을 피력하게 한 작가의 의도는 어디에 있을까? 이는 도덕이라는 관념을 냉소적으로 비웃고 조롱하기 위해서이다. 여자는 죄를 뉘우치고 용서를 구하라는 기존의 관념에도 맞선다. 여자는 자신이 착한 여자는 아니지만 착하게 살고 싶은 생각이 없다는 것을 분명히 진술한다. 동시에 작가는 구성의 반전을 통해 여자에게 동정의 입장에 섰던 사람들도 비웃는다. 알량한 동정심이란 것이 얼마나 쉽게 무너질 수 있는지를 여자가 엽기적인 살인광이라는 암시를 통해 알게된다.

정이현의 「순수」는 살인사건의 참고인 자격으로 법정에 선 여성 인물이 자신의 삶에 대해 진술하는 형식으로 전개되는 소설이다. 인물이 서술하는 사실과 독자들이 추측하는 사실 사이의 차이로 말미암아 악녀(惡女)의 탄생을 드러내는 소설이다.

정이현의 「순수」는 세 번째 남편이 그의 딸에게 죽임을 당한 사건과 관련하여, 여자가 참고인 자격으로 나가 자신의 삶에 대해 진술하는 내용으로 전개된다. 그녀의 첫 번째 남편은 토목기사였는데 자동차 사고로 죽었으며 그녀는 그 보험금을 타서 발리로 여행을 떠났다. 그 여행에서 부유한 중국계 남자를 만나 두 번째의 결혼을 해서 캐나다로 오게 되었다. 그 남자는 침실에서의 매너와 여자에게 전화를 많이 건다는 것을 제외하면 나쁜 것이 없는 남자였다. 여자는 자신의 운전기사와 밀회를 했는데 그 운전기사가 골프채로 남편을 죽이는 바람에 또 다시 혼자가 된다. 남편의 빌라를 처분하여 고층 맨션으로 이사한 여자는 교양있는 학자와 세 번째의 결혼을 하게 된다. 그 남자에게는 열 다섯 살의 딸이 있는데 여자에게 깍듯한 예의를 지키는 것 같지만 기실 차가운 적의를 보인다. 그런데 자신이 쇼핑을 하고 돌아와 보니 그 딸이 아버지를 칼로 찌른 사건이 발생해 있었다. 세 번째 남편은 죽지는 않고 식물인간이 되었지만 그 딸아이는 교도소에 보내졌다는 것이다.

여자의 진술에 의하면, 그녀는 결혼하는 족족 남편이 죽는 지독히도 운이 없는 여자이다. 그런데 스스로의 이야기 속에 남편의 죽음과 관련되는 사건들이 단순한 우연만은 아니었음이 암시되어 있다. 첫 번째 남편의 경우 뭔가 우연한 사고라기에는 의혹이 있으며 두 번째와 세 번째 경우도 살인을 직접 하지는 않았지만 살인을 하도록 유도하고 있음이 드러난다.

> 보험회사 조사원은 수상해하는 기색이 역력했으나, 아무리 노련한 조사원이라 해도 남편이 자살했다는 근거를 찾을 수는 없었을 겁니다. 피보험인 김창수는 성실한 샐러리맨이었으며, 숨겨놓은 애인이나 카드 빚도 전혀 없었고, 제 목숨을 초개처럼 버려서 아내가 보험금을 타도록 할 만큼 이타적인 성격의 인간도 못 되었으니까요.
>
> —정이현, 「순수」, 101쪽.

첫 번째 남편의 사고 이후 보험금을 타게 된 아내가 보험금에 관해서 진술하는 이 부분을 보면 뭔가 석연치 않은 부분이 있음이 암시되어 있다. 더구나 보험금이 들어오던 날, 모든 것을 챙겨 발리로 떠났다는 진술로 미루어 보면 첫 번째 남편의 죽음이 여자에게 급작스럽게 일어났다고 하기에는 여자의 행동이 너무나 계획적이다. 나아가 여자의 두 번째 남편인 찰리가 살해당하는 상황은 좀더 많은 의혹을 불러일으킨다. 그녀는 운전기사와 밀회를 나누면서 남자가 도망가자고 말했을 때에 "자신도 그러고 싶지만 남편이 이혼해주지 않아서 안 된다"고 말한다. 그러면서 "나도 사랑해. 그렇지만 우린 떠나지 못할 거야. 찰리가 죽기 전엔 결코"(111쪽)라고 남자에게 말한다. 결국 정황을 미루어보면 여자는 돈은 많으나 변태적이고 의처증이 있는 남편에게 벗어나기 위해 순진한 운전 기사를 이용한 것이다. 그리고 자연스럽게 그 운전기사의 살인을 방조했던 것이다.

첫 번째와 두 번째 남편의 죽음으로 인해 막대한 부를 축적한 여자는 세 번째 남편으로 교양 있는 학자를 선택한다. 그런데 그의 어린 딸이 자신을 무시하고 있음을 눈치 챈 여자는 딸과 아버지 사이를 이간질할뿐더러 결국에는 죽이도록 은밀히 유도한다. 딸이 아버지를 죽이던 그 날 아침 여자는 딸아이의 귀에 대고 "멍청하게 징징거리지 마라. 하나도 귀엽지 않아. 네 아빠가 그러는데, 넌 그 순간에도 어린아이처럼 흐느끼며 남자에게 매달린다지?"(119쪽)라며 모욕적인 언사를 했기 때문이다. 여자는 결국 "분노나 모멸감 따위의 감정은 제 안으로 꾹 참고 삭여야 한다는 걸, 제 마음을 어설프게 표출하는 건 때론 저 자신에게 치명적인 맹독이 될 수도 있다는 걸"(117쪽) 보여주기 위해 딸을 이용한 것이다. 비록 여자는 자신의 손으로 타인을 죽이는 살인을 하지는 않았지만, 주위 사람들을 살인과 죽음으로 밀어 넣도록 유혹하는 역할을 했다.

정이현의 「순수」에서 여자는 스스로를 "벌레 한 마리 눌러 죽이지 못하는 성품"이라고 진술하고 있지만 소설을 통해 독자들은 여자가 어두운 어린 시절을 거쳤으며 치밀하게 자신의 계획을 밀어붙여 이루고자 하는 것을 이루어 내는 악녀(惡女)임을 알게 된다. 그렇다면 '순수'라는 제목은 역설적인 의미를 담게 된다. 이 소설의 제목은 순수란 없다는 의도로 읽힐 수도 있을 것이고, 순수란 것이 얼마나 취약한 기반을 가지고 있는가를 드러내는 의도로도 읽힐 수 있을 것이다. 이 작품의 주인공이야말로 우리시대에 드물게 만나는 악녀(惡女)임에는 틀림없어 보인다. 그렇다면 작가가 이런 인물을 통해 하고 싶은 이야기는 무엇이었을까? 그녀 역시 이런 악녀에 대해 권선징악적 징벌을 가하지는 않는다. 이들은 다만 만인이 만인에게 늑대가 되는 후기 자본주의 시대에 "정글의 먹이"(105쪽)가 되지 않기 위해 혹은 "운명이 주는 어떤 시련에도 굴복하지 않기 위해"(120쪽) 악을 선택한 것뿐이다.

정이현의 「트렁크」역시 사회적 성공과 출세를 위해서 살인까지 서슴지 않는 악녀를 그린 소설이다. 화장품 회사의 차장이자 아름다운 커리어 우먼이 이 소설의 여성 인물이다. 그녀가 직장에 들어와 차장이 되기까지 그녀의 노력과 함께 사적 공적 파트너인 상사 '권'의 도움이 작용했다. 그러나 와튼 출신의 브랜든이 지사장으로 온 이후 그녀는 그를 새로운 파트너로 만들기 위해 치밀한 작업을 전개한다. 그리고 그로부터 장미까지 받게 됨으로 그녀의 앞길은 탄탄대로로 보인다.

> 커피 심부름 때문에 회사 생활이 힘들다고 징징대는 여자들은 신물나게 많았다. 그러나 조직 생활의 마인드가 그토록 부족하다면 일찌감치 결혼 정보 회사에 가입하여 집에 들어앉는 편이 유익하다는 것이 그녀의 견해였다.
>
> ─정이현, 「트렁크」, 44쪽.

그녀는 남성적 사고로 무장한 인물로 그려지고 있다. 그녀가 파악하는 사회란 약육강식이 존재하는 생존의 정글이다. 그곳은 철저하게 강한 자만이 살아남고 약한 자는 도태되거나 죽음을 당하는 곳이다. 정글에서 살아남기 위해 필요한 것은 오직 하나 이기적 유전자가 요구하는 생존 감각이다. 그래서 정이현의 여자들은 생존 감각을 익힌다. 그녀들에게 애초에 도덕 관념이란 생존의 법칙에서 진 사람들, 니체 식으로 말하면 노예들의 도덕관념이라는 것이다.

일반적으로 남자들은 일에서 자신의 정체성을 찾아왔다. 남성들은 남성연대성의 의례들과 결합되어 있으며 물질적 보상을 요구하는 일을 통해 남자들 사이의 인정투쟁을 벌인다. 남성에게는 일이 우선일 뿐 사랑은 항상 종속적이었다. 가부장제가 지배하는 남성들의 사회에서 남성들은 진작에 이러한 생존 감각을 익히고 정글의 법칙 속에서 살아왔다. 정글의 법칙이 지배하는 남성적 질서란 진담이 아닌 농담이, 진실이 아닌 전략이 지배하는 사회이다. 혈연과 학연과 지연으로 거미줄처럼 얽힌 남자만의 리그에서 살아남기 위해서 그녀들이 선택하는 방법은 철저한 프로 정신으로 무장한 채 남성들의 전략으로 강자가 되는 것이다.

그러던 중 그녀 차 트렁크 속에 소녀가 들어가 있는 기괴한 일이 일어난다. 그녀는 회사심부름을 하는 소녀를 자신의 차로 지하철역까지 태워준 일이 있었다. 그런데 소녀가 그녀의 소나타 트렁크에 들어있었던 것이다. 그 시체를 유기(遺棄)하기 위해서 '권'이 필요해진 그녀는 '권'을 그녀의 오피스텔로 끌어들인 후 시체유기를 청하지만 남자는 완강하게 거절한다. 이런 가운데 그녀는 우연히 꽃병을 그의 머리에 내려쳐서 그를 죽게 만든다. 의도하지 않은 살인이었지만 그녀는 '권'의 죽음을 능숙하게 처리한다. 그녀는 '권'의 시체를 이민 백에 넣은 후에 화장까지 지우고 잠을 자는 대담한 행동을 보인다. 다음날 브랜든과 런칭 행사 미팅을 위해 시체가 실린 차를 몰고 나가기까지 한다.

트렁크는 다만 고요했다. 겨울 해가 운전석 위로 비스듬히 쏟아지자 갑자기 좀 외롭다는 생각이 들었다. 어딘가, 빛이 들어오지 않는 작고 캄캄한 공간에서 사지를 웅크리고 잠들고 싶었다. 아기집 같은 동굴 속. 비로소 그녀는 모든 비밀을 이해할 것도 같았다. 그날, 어쩌면 선미도 그녀와 같은 기분이었을 것이다. 안온하고 조용한 곳을 찾다가 제 손으로 트렁크 덮개를 열고 들어가, 그 안에서 곤한 잠을 청했을 것이다. 그렇게 생각하자 왠지 마음이 푸근해졌다.

　　　　　　　　　　　　　　　　　　　　　　－정이현, 「트렁크」, 61쪽.

이 소설에서 소녀가 왜 그녀의 트렁크 속에 들어갔는지는 중요하지 않다. 또한 두 명의 시체를 유기한 그녀의 미래가 어떻게 전개될지에도 작가의 관심은 실려 있지 않다. 트렁크를 묘사하는 앞의 인용문에서 볼 수 있듯 트렁크는 변형된 자궁의 이미지로 드러난다. 그렇다면 트렁크란 그녀가 애써 부인하고자 했던 편안하고 따뜻한 곳에 대한 그리움, 순수한 시절에 대한 그리움을 의미한다. 성공을 위해 그런 감상은 그녀가 버려야 할 가장 커다란 적인 것이다.

은희경의 「딸기도둑」과 정이현의 「트렁크」, 「순수」 속의 여성인물들은 유혹 당하는 역할이 아닌 유혹하는 역할로 그려지고 있다. 여성이 능동적으로 행하는 유혹은 성(性)을 보호하고 통제하는 남성적 질서에의 도전이 숨어 있다. 여성 작가들의 소설에서 악녀가 등장하는 배면에는 남성적 질서에 대한 도전 의식이 들어있다. 그녀들은 통념적인 여성을 배반한다. 그녀들은 사랑이 아닌 성공과 부를 추구하며, 피해자가 아닌 가해자로, 유혹 당하는 자가 아닌 유혹하는 자로 등장한다. 가부장제에서 좋게 평가되는 착한 여자가 아닌 나쁜 여자들이 소설 속에 다시 등장하는 이유는 바로 남성적 질서에 대한 도전 의식 때문이다.

4. 과잉과 위반의 전략

은희경과 정이현이 악녀(惡女)들을 통해 의도하는 소설적인 전략은 분명해 보인다. 그녀들은 크게 두 가지 작업을 병행하고 있다. 하나는 가부장제 사회에 편입된 여성을 조롱하는 작업이고 다른 하나는 가부장적 질서에 악으로 맞서는 작업이다.

우선, 가부장제 이데올로기를 냉소하고 조롱하는 소설로는 은희경의 「누가 꽃피는 봄날 리기다소나무 숲에 덫을 놓았을까」와 정이현의 「낭만적 사랑과 사회」를 들 수 있다. 이 두 소설은 낭만적 사랑을 비판하고 있다는 점에서 공통점을 드러낸다. 은희경의 경우 전형적인 여성성에 사로잡힌 여자의 행동이 얼마나 가식적인가를 통해 가부장제의 허위성을 드러낸다면, 정이현의 경우는 결혼을 통해 신분상승을 꿈꾸는 신데렐라 인물 유형을 통해 역시 낭만적 사랑의 허구성을 드러내고 있다. 다음으로, 남성적 질서에 진짜 악으로 대적함으로 생존을 모색하는 소설로는 은희경의 「딸기 도둑」과 정이현의 「트렁크」, 「순수」를 들 수 있다. 이 작품들은 남성의 세계에 놓인 여성들이 자신의 생존을 모색하기 위해 악을 행사하는 과정을 보여준다. 악녀만이 살아남고 출세하는 과정을 통해 냉혹한 사회의 현실을 보여주고 있다.

물론 이러한 작업이 갖고 있는 한계 또한 분명해 보인다. 앞의 작업이 '과잉(過剩)'에 기반하여 여성인물을 만들어내고 있다면 뒤의 작업은 '위반(違反)'에 기반하여 여성인물을 만들어내고 있기에 현실성을 결여하고 있는 듯이 보인다. 사실 은희경과 정이현의 소설에 등장하는 여성인물들은 일상적이 인물이라기보다는 극단적인 인물이다.

이처럼 여성작가들이 착한 여자를 조롱하고 나쁜 여자에 주목하는 이유는 무엇일까? 이는 일차적으로 가부장제가 강요해온 착한 여자의 허구성을 비판하는 데에 있다. 그러나 여기에서 끝나지 않고, 나쁜 여자의 의미를 새롭게 창조하려는 시도로도 볼 수 있다. 이런 점에서 은희경과 정이현의 소설은 징후적 텍스트로 읽어야 한다. 21세기의 여성들은 백마 탄 왕자의 선택을 기다리는 '착한 공주'로 존재하기보다는 자신의 욕망을 추구하기 위해서 악조차 행할 수 있는 '나쁜 마녀'를 소망한다. 아비의 눈을 위해 인당수 재물이 되는 효성스런 딸이나, 오라비의 학비를 위해 몸을 팔아 돈을 벌어야 했던 착한 누이가 아닌, 자신의 욕망을 당당하게 추구한다. 그렇다면 여성작가들이 되살려낸 이 시대의 악녀(惡女)란 여성의 욕망을 억압하는 가부장제에 맞서서 여성의 욕망을 적극적으로 추구하려는 여성적 판타지가 불러낸 인물이라고 보아야 할 것이다.

(2004)

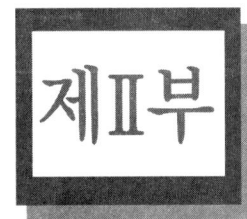

제Ⅱ부

오이디푸스의 고통과 아름다움

- 김소진론

1. 항아리 안의 황금빛 똥

김소진 전집이 2002년 문학동네에서 6권으로 간행되었다. 김소진 전집은 1권 『장석조네 사람들』, 2권 『열린 사회와 그 적들』, 3권 『자전거 도둑』, 4권 『신풍근 배커리 약사』, 5권 『바람 부는 쪽으로 가라』, 6권 『그리운 동방』으로 구성되어 있다. 김소진의 소설은 미아리 산동네에서 보낸 유년 시절과 가족사에 얽힌 기억을 복원해내기 위한 작업이다. 김소진이 유년시절을 보낸 미아리 산동네와 그 땅에 발을 딛고 살다갔던 많은 사람들에 대해 끊임없이 이야기하는 까닭도 바로 이러한 이유에서이다. 작가가 지금은 사라진 시간과 공간과 인물들에 대해 끊임없이 이야기하는 것은 온전한 기억에 대한 복원을 소망하기 때문이다.

장편 『장석조네 사람들』은 미아리 산동네에서 보낸 유년시절의 여러 풍경들을 고스란히 보여주고 있다. 엿장수 최씨, 육손이, 폐병쟁이 진씨, 쌍과부, 함경도 욕쟁이 아즈망, 박씨 형제 등 같은 집에 모여 사는 다양한 사람들의 모습을 그려내고 있다. 그 속에는 끈끈하게 목숨을 이어가는 장삼이사(張

三李四)들의 욕망과 슬픔과 아픔이 생생하게 드러난다. 작가는 1960-1970년대, 서울 변두리에서 살아온 다양한 사람들의 끈끈한 삶을 재구성함으로 지나간 한 시대를 세밀(細密)하게 복원하고 있다.

그가 죽기 전에 발표한 마지막 작품은 「눈사람 속의 검은 항아리」로 '미아리 산동네'가 재개발로 사라지는 내용을 담고 있다. 김소진의 요절이 겹치면서, 작가와 미아리 산동네는 같은 운명에 놓이게 되었다. 「눈사람 속의 검은 항아리」는 어린 시절을 보낸 산동네가 재개발로 헐리게 될 즈음, 그곳에 가서 어린 시절의 기억을 회상하는 소설이다. 작가는 "그 종이처럼 얇은 기억이, 나를 이렇게 사라져 가는 동네로 밀고 가는 것"(294쪽)이라고 말하고 있다. '나'는 재개발로 사라지는 미아리 산동네로 가는 버스 안에서 아홉 집이 함께 살았던 어린 시절의 사건을 기억해낸다. 오줌이 마려워 새벽에 잠을 깬 어린 나는 변소를 나오다가, 욕쟁이 함경도 할머니의 짠지 항아리 뚜껑을 깬다.

> 나는 어린애답지 않게 몹시 피로하다는 생각이 들었던 듯하다. 동시에 그 피로감은 어쨌든 세상에 대한 것이라는 게 명백해졌다. 그 피로감이란 육체적 고단함에서 비롯된 게 아니라 정신적 흔들림에서 우러난 것이 분명했다. 그런 의미에서 그 피로감은 어른에게나 해당하는 피로였다. 한편으로는 그 피로감은 몹시 물리치기 어려운 불길함을 품고 있었다. … (중략) … 그리고 무엇보다도 앞으로도 오랫동안 그 피로감을 떨쳐낼 수 없을 것이라는 지루한 예감이 그 날 어슴푸레한 새벽에 덮친 절망감의 핵심이었다.
>
> ─김소진, 「눈사람 속의 검은 항아리」, 『신풍근 배커리 약사』, 298-299쪽.

항아리를 깨고 나서의 순간적인 느낌을 정신적 피로감으로 설명하고 있다. 티없이 맑아야 할 어린아이가 삶에 대해 느끼는 '피로감'과 '절망감'이란 너무 일찍 삶의 고통을 알아버린 자의 비애이다. 나는 그 깨진 단지를 감쪽같이 눈사람 속에 집어넣었다. 겁이 나 온 동네를 쏘다니다 집에 왔는데 눈사람은 깨끗이 치워져 있고 단지도 눈에 띄지 않았다. 그러자 오히려 나는 "자신이 짐작하고 생각하는 세계와 실제 세계 사이의 거리감" 때문에 세계는 나와는 상관없이 돌아간다는 느낌을 갖게 되었다.

재개발이 막 시작된 미아리 산동네는 재개발을 이용해 한몫 챙기려는 사람들로 인해 어수선하기만 하다. 나는 "나를 지탱해왔던 기억, 그 기억을 지탱해온 육체인 이 산동네가 사라진다는 사실"(315쪽)에 절망하게 된다. 그러기에 나는 재개발로 많이 달라진 미아리 산동네에 와서 폐허를 떠올린다. 나는 씁쓸한 마음으로 폐가가 된 미아리 산동네를 걷던 중 갑자기 변의(便意)를 느낀다. 그러나 집과 사람이 사라진 어느 곳에서도 화장실을 찾을 수 없게 된다. 이에 나는 깨어진 항아리 속에 똥을 누게 된다.

잠시 주춤거리는 새에 마침 세로로 절반쯤 깨진 큼직한 항아리가 눈에 띄었다. 그 안에는 아마 그 항아리의 반을 깨고 들어왔을 한 뼘짜리 벽돌이 들어 있었다. 크기로 봐서는 한 열 명쯤 되는 식구는 좋이 먹여 살렸을 장독 같았다. 나는 누렇게 마른 소금기 자국이 얼비치는 옹색한 항아리 안으로 엉덩이를 비집고 들어가 벽돌과 깨진 장독 쪼가리를 디디고 서서 허리띠를 풀었다. 귀밑이 달아오르도록 용을 쓰느라 기침이 터졌다. 기침이 끝나자 나는 서러운 아이처럼 입초리가 비죽비죽 위로 치켜져 올라가는 걸 알았다. 울고 싶은 모양이었다. 나는 구린내가 나는 두 가랑이 사이로 고개를 바짝 쑤셔박고 굵은 김이 무럭무럭 오르는 굵은 황금빛 똥을 쳐다보았다. 왠지 모르게 뿌듯했다.

　　　　　　－김소진, 「눈사람 속의 검은 항아리」, 『신풍근 배커리 약사』, 314-315쪽.

김소진에게 소설이란 어린 시절의 기억이라는 질료에 육체적 형상을 입힌 것으로, 수면 위에 떠오른 기억과 수면 아래 가라앉은 기억의 균열을 메우는 작업이다. 폐허가 된 동네 앞에서 그가 할 수 있는 일이 "기껏 똥을 눌 뿐"이라는 진술처럼, 희미해지는 기억 앞에서 그가 할 수 있는 일이란 기껏해야 희미한 기억의 균열을 상상력으로 봉합하는 형식인 '소설'을 써 내려가는 일이었다. 그렇다면 김소진의 소설이란 바로 '항아리 안의 황금빛 똥'이 아닌가?

소설 속의 서술자가 작가와 완전히 일치하지는 않더라도, 서술자와 작가의 거리가 상당히 가까운 것만은 틀림없어 보인다. 실제 삶과 기억 속에 포착되는 인물과 사건이 소설적 육체를 부여받아 되살아난다면, 작가는 비상한 기억력의 소유자라기보다는 기억을 잊지 않고 되새김질하는 자이다. 무궁무진한 기억의 창고 안에는 미아리 산동네에서 보낸 어린 시절과 함께 그의 가족사가 놓여있다.

한 인간에게 운명이라는 것이 있다면, 김소진에게 그것은 가족이라는 삼각형의 세 꼭지점을 차지하는 아버지와 어머니 그리고 자기 자신일 것이다. 그의 첫 작품은 아버지를 소재로 한 「쥐잡기」이고 두 번째 작품은 어머니를 소재로 한 「키 작은 쑥부쟁이」이고 세 번째 작품은 자신을 소재로 한 「수습일기」이다. 아버지와 어머니와 나의 삼각형은 김소진 소설의 출발점이자 동시에 도착점이다. 10년도 되지 않는 짧은 작품활동이 아버지를 다룬 「쥐잡기」라는 첫 작품에서 시작하여 어머니를 다룬 「눈사람 속의 검은 항아리」로 끝나고 있다. '흰쥐라는 헛것 잡기'로 시작한 그의 소설은 '항아리 속에 똥누기'라는 어머니에 대한 욕망으로 끝맺음 한다. 이런 점에서 김소진 소설의 인물은 바로 어머니를 욕망하고 아버지를 적대시하는 우리 시대의 오이디푸스로 보아도 무방하다. 그래서 김소진의 작품은 두 개의 바퀴가 모여 움직이는 자전거와 같다. 그 하나가 아버지가 남긴 상처라면 다른 하나는 어머니라는 욕망이다. 아버지라는 상처와 어머니라는 욕망의 바퀴를 고통스럽게 돌리며 자전거 타는 사람이 바로 김소진이며, 그 자전거의 바퀴 자국이 바로 그의 소설이다.

2. 아버지라는 상처

김소진에게 소설쓰기란 아버지라는 상처와의 지난한 싸움이었다. 아버지라는 내면의 상처를 응시하면서 때로는 환부를 덧내고 때로는 치유하면서 그 상처와 상흔까지 세세하게 기록하고 있다. 등단작인 「쥐잡기」와 「개홀레꾼」과 「아버지라는 자리」 등 표나게 아버지를 소재로 삼은 작품은 물론 그 외의 많은 작품에서도 아버지의 이야기는 배면에 숨겨져 반복되고 있다.

「쥐잡기」는 아버지의 임종을 겪은 상황에서 아버지를 회상하는 소설이다. 그러므로 그 어조에는 아버지에 대한 증오보다는 연민과 회한과 화해의 흔적이 강하게 드러난다. 또한 이 작품은 김소진 소설의 기원인 아버지와 어머니와 아들이라는 삼각형의 인물이 고스란히 드러나고 있다는 점에서, 김소진 소설의 원형에 해당된다.

우선 아들 '민홍'을 살펴보자. 그는 학생운동을 했던 인물로 아버지의 임종 순간에도 눈물을 내비치지 않을 만큼 아버지와는 소원한 관계를 유지해 왔다. 그는 가게를 하는 어머니와 함께 지내는데 요즘 쥐에 대한 노이로제 때문에 잠을 이루지 못하고 있다. 어머니인 '철원댁'은 구멍가게로 생계를 유지하는 입담이 좋고 생활력이 강한 여자로, 일진이나 토정비결을 믿으며 무능한 아버지에게 악다구니를 하지만 여전히 전쟁에 대한 공포로 가득 찬 인물이다.

쥐 사건이 계기가 되어, 민홍은 임종 일년 전에 쥐와의 전쟁을 치른 아버지를 떠올린다. 아버지는 처자를 이북에 둔 함경도 출신의 전쟁 포로로 수용소에 있었다. 이데올로기가 다른 포로들이 함께 있는 수용소 안에서 아버지는 살아남기 위해 침묵으로 일관했다고 한다. 그러다 '흰 쥐' 한 마리를 구해서 길들이게 되었다. 아버지는 어느 날 '흰 쥐' 때문에 잠에서 깨어 화장실에 갔다 와보니, 자신의 자리에 돌이 떨어져 사람들이 무참히 죽은 것을 목격하게 된다. '흰 쥐'가 아버지의 목숨을 구해준 것이다. 그러던 중 포로수용소에서 이북과 이남 가운데 하나를 선택해야 하는 결단의 날이 온다.

> 저쪽으로 갔다는 사람이 꼭 사상이 벌개서인가 아니믄 이쪽에 남갔다는 사람이 꼭 사상이 허예서인가 말이다. 거거이 아니었단 말이야 내 말은… (중략) …저 복도는 단순한 복도가 아니라 이미 삼팔선 바로 그것이었다. 아 이를 어쩐단 말이냐. 그때 아버지는 자신의 두 눈을 의심했다. 차 오르는 숨을 가누지 못해 고개를 쳐든 아버지의 눈동자에는 희끄무레한 물체가 들어왔다. 폭동의 와중에서 우연히 아버지를 깨우는 바람에 목숨을 건지게 해준 그 흰쥐가 꼬랑지를 살랑살랑 흔들며 이남 쪽으로 걸음을 떼고 있었다.
>
> ―김소진, 「쥐잡기」, 『열린 사회와 그 적들』, 23-24쪽.

아버지는 "창문으로 쏟아져 들어오는 햇살이 그저 너무 좋다는 생각"(23쪽)에 북쪽 편에 앉아 있다가 흰쥐가 남쪽으로 가는 것을 보고 남쪽으로 옮겨오게 되었다는 것이다. 아버지의 경험에 따르면 이쪽과 저쪽의 선택은 "사상"이라는 필연이 아닌 "맹탕 헛것"이라는 우연에 의해 이루어졌다한다. 남과 북이라는 선택의 순간에 아버지의 조건이 된 것은 가족도 이데올로기도 아닌 우연의 산물이었던 것이다.

어머니의 핀잔에 연탄집게를 들고 쥐를 잡으려는 민홍은 결정적인 일격을 가하려다 그만 쥐를 놓치고 만다. 민홍은 "오랫동안 목숨을 부지하면서 터득한 경험과 새끼를 가진 암컷의 빈틈없고 대담한 산술"을 드러낸 쥐에 대해 감탄한다. 이런 쥐의 모습은 단순히 쥐에 대한 서술일 뿐만이 아니라 흰쥐에 홀려 남쪽을 선택한 아버지의 삶을 상징적으로 드러내는 모습이기도 하다. 등허리 털이 벗겨진 쥐는 아버지의 야윈 등을 기억나게 했기에 그는 차마 쥐를 죽이지 못한다. 그 사건은 증오했던 아버지의 삶과 화해를 하는 계기로 작용한다. 그러나 화해로 시작된 소설 쓰기는 이후 아버지라는 상처의 근원을 적나라하게 바라보는 작업으로 본격화되어 나타난다.

「개흘레꾼」은 아버지에 대한 부정적인 기억을 가장 적나라하게 드러내는 작품이다. 표면에는 대학 서클 동기인 장명숙과의 만남이 놓여있고, 그 이면에는 아버지의 이야기가 놓인다. 출판사에 다니는 '나'는 5년만에 첫사랑이었던 장명숙의 전화를 받는다. 그녀는 대학 동아리 친구로 얼마 전 희곡으로 등단했으며, 같은 동아리 선배와 결혼한 사이이다. 그녀의 전화로 인해 나는 아버지의 문제로 고민하던 대학 시절을 회상하게 된다. 선배의 아버지와 명숙의 아버지와 자신의 아버지는 그 이력이 달랐다. 선배의 아버지는 사업을 하는 자본가였고 그녀의 아버지는 사회주의 운동을 한 사람이었는데 반해 나의 아버지는 이념과는 아무런 상관이 없는 사람이었다.

> 아버지는 마치 신바람 난 골목대장인 양 활갯짓으로 바람을 잡으며 우줄우줄 앞장서서 세찬이네 골목으로 암내를 잔뜩 풍기는 누런 황구 한 마리를 구슬려 끌고 나갔다. 몇 올 남지 않은 머리카락이 헝클어져 쑥대강이처럼 너울너울 춤을 췄다. … (중략) … 하관이 빤 턱에는 덜 뽑은 돼지비계의 그것처럼 까칠한 털이 숭숭 솟아 있고, 동굴처럼 벌어진 시커먼 입 속으로 움푹 빨려 들어간 양볼에 위엄 따위가 서릴 만한 구석은 조그만치도 없었다. 게다가 흰자위가 검은자위를 덮어버릴 만큼 후뜹 두 눈은 어릿광대의 표정처럼 우스꽝스럽기조차 해 아이들이 겁을 집어먹기는 커녕 주먹쑥떡을 먹이는 놈들도 있었다.
>
> ─김소진, 「개흘레꾼」, 『열린 사회와 그 적들』, 394쪽.

개흘레를 붙이러 나가는 아버지에 대한 모습은 희화화되어 있다. "몇 올 남지 않은 머리카락"이나 "움푹 들어간 양볼"이나 "돼지비계의 그것처럼 까칠한 털"등의 외면에 대한 묘사나 "신바람이 난 골목대장" 같은 표현에는 우스꽝스러운 인물에 대한 '나'의 싸늘한 시선이 담겨 있다. 해방공간에서 사회주의 활동을 한 이력이 있는 명숙의 아버지는 그녀에게 하나의 테제였고,

서클 선배의 경우 자본가인 아버지는 안티 테제일 수밖에 없었다. "그러나 내게 아버지란 존재는 이도 저도 아닌 개홀레꾼에 불과했다."(399쪽) 아버지에 대한 '나'의 감정은 "수치스러움"과 "절망감"이다. 나에게 아버지는 테제도 안티 테제도 아닌 그저 하나의 악몽일 뿐이었다.

그런 아버지에 대해 연민을 느끼며 화해하게 된 계기는 아버지가 들려주는 포로수용소 사연 때문이었다. 북쪽의 군수요원이었던 아버지는 미군의 포로가 되어 수용소에 있었는데, 사람들의 돈을 간수하는 임무를 맡았다. 그러던 중 잠결에 얼굴에 보자기를 씌운 채로 어디론가 끌려갔다. 어느 편에서 끌고 갔는지 알 수 없는 상황에서 말을 할 수가 없어 아버지는 침묵으로 일관했다. 알고 보니 우익이었는데, 간수하고 있던 돈을 탐내서 한 행동이었다. 집채만 한 개를 끌어와 개의 입에 성기를 집어넣고 위협을 했고 결국 아버지는 혼절을 했다는 것이다. 소설을 쓰겠다고 나를 찾아온 명숙에게 "너 같은 애가 베껴먹을 거라곤 애비밖에 더 있겠어?"라고 한 말은 기실 자신에게 해당하는 이야기였다. 김소진에게 소설이란 결국 수치스러운 아비 이야기였으며, 소설 쓰기란 바로 개홀레꾼인 아비와 그 때문에 받았던 내면의 상처와 콤플렉스를 치유하는 제의(祭儀)에 다름 아닌 것이다.

「아버지의 자리」는 두 겹의 이야기로 되어 있다. 하나는 '나'의 어린 시절과 '아버지'의 모습이고, 다른 하나는 '나의 아이'와 아버지가 된 '나'의 이야기이다. 두 이야기의 공통점은 아버지의 역할을 제대로 하지 못하는 무능한 아버지이다. '나'는 다니던 출판사에 아내와 상의도 없이 사표를 내던지고 백수로 지내며 아내가 출판사에 나가 버는 돈으로 살아가고 있다. 나의 어머니는 이를 딱히 여겨 남대문 시장에 나가 장사라도 하려다 무안만 당한다. 그 광경을 목격하고 남대문의 인력시장에 나간 '나'는 이삿짐을 나르다가 발등만 찍히고 창피를 당한 후 삼 만원을 품삯으로 받아 술로 날린다. 그러다 문득 예전에 일하던 출판사에 들려 자신의 심정을 토로한다.

그 책 더미 밑에 무덤처럼 깔려 죽는다 해도 여한이 없을 듯한 느낌마저 밀려들었다. 그러나 당장은 돌아가 팔을 걷어붙일 일터가 없었다. 가장으로서, 애비의 이름을 걸고 돌아갈 곳이 없었던 것이다. 나는 하마터면 눈물을 왈칵 쏟을 뻔했다. 아윽, 아버지 당신은 돌아갈 곳이 없었던 그 세월을 어떻게 견디셨나요? 왜 견뎠나요?

— 김소진, 「아버지의 자리」, 『자전거 도둑』, 88쪽.

아비의 이름을 걸고 돌아갈 일자리가 없다는 절망감은 아비의 역할을 하지 못해 나의 원망의 대상이었던 과거 아버지의 모습과 조우하게 만든다. "애비 노릇을 그렇게 하는 것이 아니다. 애비라는 게 돈벌이를 고정적으로 해서 처자식을 벌어 먹일 국량이 제대로 서야 온전한 애비지"(78쪽)라는 어머니의 지청구와 백수인 아버지가 부끄러워 유치원에 데리러 온 자신을 피해버린 아이의 모습을 통해, 자신이 그토록 수치스럽게 여긴 '아버지'의 모습을 스스로 답보하고 있음을 알게 된다. 그렇다면 '나'에게 아버지가 입힌 마음의 상처는 무엇인가?

김소진 소설에서 아버지는 "아들의 등록금을 정분이 난 여자의 단속곳 속으로 밀어 넣어준 사내"로 등장한다. 여자에게 빠져 아들의 등록금을 갖다 바치고 여자를 꼬인 후 돈을 다시 되돌려달라고 애원하는 아비의 모습(「춘하 돌아오다」)이나, 북에 두고 온 아내를 닮은 떠돌이 심청극의 여자 배우에게 홀린 아비의 모습(「고아떤 뺑덕어멈」)이나, 바람 피는 아비의 모습(「원생학습 생물도감」) 등으로 반복되어 나타난다.

「춘하 돌아오다」에는 아들의 등록금을 춘하에게 갖다바친 아비와 함께, 그 아비로 인해 위악(僞惡)을 행하는 아들의 모습이 소상하게 드러난다. 숱한 남정네와 정분을 뿌렸던 얼굴 반반한 춘하와 그녀에게 폭 빠져들었던 아버지로 인해 등록금을 날려 중학교를 가지 못한 나는 '돈'과 '성'에 눈뜨면서 급속히 타락한다. 등록금이 없어 중학교를 못 가고 쉬고 있는 '나'는 구세주

약국의 잔심부름꾼이 되었다. 약사의 남편은 바람둥이로 경애누나와 바람을 피웠는데, 나는 그 사실을 묵인하는 조건으로 약국의 약품을 빼돌릴 수 있었다. 그 사실을 알게된 약사가 남편과 경애누나가 어디서 만나는 지를 묻지만 '나'는 약사가 찾아가지도 못할 것이라는 확신에 비웃고 만다. 이 사건이 돈과 관련된 에피소드라면 공장에 다니는 옥자의 몸뚱어리를 함부로 만지는 에피소드는 성과 관련된다. 그런데 옥자와 같이 있으면서도 내 머릿속을 떠나지 않는 것은 바로 그 "춘하의 허벅지"(93쪽)였다.

> 도대체 그 자리를 어떻게 빠져나왔는지 모른다. 한 열 발짝 정도는 이를 부득부득 갈며 무릎으로 엉금엉금 기었던 기억이 어렴풋이 났다. 그러나 머릿속은 온통 춘하네의 그 하얀 허벅지로 꽉 차 있었다. 누렁이가 앞을 가로막았다. 누구라도 엉금엉금 기는 자신의 엉덩이를 걷어찬다면 눈물겹게 큰 소리로 우짖고 싶었다. 무조건 아버지라는 인간을, 아니 그 말 자체를 이 세상에서 지우고 싶었다. 그 위에 칼을 물고 고꾸라져 죽고만 싶었다. 그리고 춘하의 그 허연 살덩이를 한 칼에 베어 으적으적 씹고 싶은 충동적 허기에 이후로 끊임없이 시달렸다. 마른 등짝에 식은땀 흐르는 꿈속에서, 차창 밖으로 빨려드는 멍한 공상에서, 방독면 없이 쫓겨 들어간 군기 교육대 가스실에서, 그리고 꽃병 투척조로 뛴 후텁지근한 가투에서.
> ─ 김소진, 「춘하 돌아오다」, 『열린 사회와 그 적들』, 124쪽.

위의 인용은 김소진 전 작품을 통해 아버지에 대한 증오가 가장 직접적으로 드러나는 부분이다. 아버지가 춘하네에게 빠져 아들의 등록금을 가져다 여자를 산 이후 여자에게 다시 그 돈을 돌려달라고 하다 봉변을 당하는 장면을 본 아들의 충격을 묘사하고 있다. "아버지라는 인간을 지우고 싶다"라는 표현에서 보듯, 아버지에 대한 아들의 증오는 극에 이른다. 그런데 인용문에는 아버지에 대한 증오와 함께 춘하네의 하얀 허벅지에 대한 양가적(兩價的)인 욕망이 나타나 있다. "그 허벅지를 한 칼에 베어 으적으적 씹고 싶은"

춘하에 대한 나의 욕망 속에는 타나토스적인 충동과 에로스적인 매혹이 동시에 들어있다.

> ─너 그것이 보고 싶은 거제. 그렇제? 내 눈은 못 속인당게? 하이고 이 머리에 피도 안 마른 것이 웬일이당가. 무슨 포한이 졌길래 잉.
> 말을 마치자 춘하네는 치맛말기를 썩 풀어제쳤다. 그리고는 차례차례로……감전된 아이처럼 그 자리에 붙박혀 있었다. 바짓속 어디에선가 뜨거운 불덩이가 풀밭을 기듯 꿈틀거리는 걸 느꼈다.
> 드디어 춘하네의 그 하얀 허벅지가 모습을 드러냈다. 나는 눈을 질끈 감았다. 눈을 감고 있는 내 머리통 위로 춘하네의 손이 덮어씌워졌다. 춘하네는 손아귀에 힘을 주어 지그시 누르며 잡아당겼다. 나는 무릎이 꺾인 채 그네 앞에 털썩 무릎을 꿇었다.
> ─눈을 뜨거라, 이 불쌍한 잡것아.
> 나는 눈을 뜨지 못했다. 내가 어떤 비린내 비슷한 역겨운 냄새에 망아지처럼 고개를 뻥둥거리며 홱 제친 것은 그때였다. 토악질이 나올 것 같아 참을 수가 없었다. 나는 춘하네의 손을 뿌리치고는 밖으로 달려나갔다. 눈에서 눈물이 봇도랑 터진 듯 넘쳐 나오고 있었다.
> ─김소진, 「아버지의 자리」, 『자전거 도둑』, 94-95쪽.

그런데 다른 사람이 아닌 '춘하'에 대해 욕망을 느낀다는 것은 무엇일까? 그녀는 아버지의 여자가 아닌가? 나는 아버지의 여자에게 욕망을 느낌으로 오이디푸스의 신화를 반복하고 있는 것일까? 김소진 소설이 '아버지에 대한 이야기'를 넘어서는 이 지점에서 '어머니에 대한 이야기'라는 또 다른 테마와 만나게 된다. 상처 입은 아이의 콤플렉스 치유는 아버지와 어머니라는 두 자전거 바퀴를 모두 거치지 않고는 앞으로 나갈 수 없기 때문이다. 어머니에 관한 소설들을 살펴보면 김소진 소설의 또 다른 측면을 볼 수 있다.

3. 어머니라는 욕망

　김소진의 소설 가운데 어머니라는 욕망을 다룬 작품으로는 「용두각을 찾아서」, 「부엌」 등이 있다. 프로이드에 따르면, 아버지의 권위는 자아에 유입되고 여기서 초자아의 핵심이 형성된다. 이 초자아는 아버지의 엄격함을 넘겨받아 근친상간을 금기시하고 부모를 향한 리비도 집중으로부터 자아를 지켜준다. (프로이트, 「오이디프스 콤플렉스의 해소」, 『성욕에 관한 세 편의 에세이』, 50-51쪽.) 그러나 김소진의 인물은 아버지의 권위가 자아에게 유입되지 않아 초자아의 형성에 치명적인 결함을 갖고 있으며, 어머니에 대한 리비도 집중이라는 욕망이 억압되지 않은 채 드러나고 있다. 춘하네의 허벅지에서 "비린내 비슷한 역겨운 냄새"를 맡았던 나의 욕망은 고착된다. 그런데 '비린내'라는 원체험이 어머니의 이야기 계열에서 또다시 등장하는 것을 눈여겨보아야 한다.

　「용두각을 찾아서」는 결혼을 앞둔 주인공이 애인으로부터 모성강박이 있다는 이야기를 들은 후, 어머니가 처녀 시절을 보낸 수원의 용두각을 찾아가는 내용을 담고 있다. 신문기자인 나는 결혼을 앞두고 애인을 통해 자신의 콤플렉스와 대면하게 된다. 이후 '나'는 결혼과 집장만이라는 성인으로서의 의식을 앞두고 일종의 이유(離乳)로 자신의 오이디푸스 콤플렉스를 확인하게 된다.

　　형은 지독한 모성강박관념에 빠져 있는 사람 같아. 흔히 말하는 오이디푸스 콤플
　렉스 말이야. 형. 나는 알아요 왠지 형을 대할 때면 경건한 탑 앞에 마주선 것처럼
　묘한 기분을 숨길 수가 없어. 그 탑을 쌓아올린 신화를 허물어내지 않는 한 우린
　기껏 허깨비노릇에 불과해.
　　　　　　　　　　　　　　－김소진, 「용두각을 찾아서」, 『열린 사회와 그 적들』, 194쪽.

프로이드는 「자아와 이드」에서 오이디푸스 콤플렉스를 정식화한다. 남자 아이는 어릴 때 어머니에 대한 대상집중을 발전시킨다. 그리고 아이는 자신을 아버지와 동일시한다. 일정한 기간 동안 이 두 관계가 공존하다가 어머니에 대한 성적 욕망이 강해지면서 아버지는 그 욕망의 장애물로 인식된다. 이 상황에서 아버지와 동일시하려는 아이의 바람은 적대적인 것이 되고 그것이 어머니에 대한 아버지의 자리를 빼앗고 그를 제거하려는 욕망으로 바뀐다. 이때부터 자식과 아버지의 관계는 이중적이 된다. 프로이드는 이처럼 아버지에 대한 이중적 태도와 어머니에게 애정을 느끼는 대상관계를 '오이디푸스 콤플렉스'라고 명명했다.

> 나는 문득 장승백이의 지하 자취방이 떠올랐다. 경찰서에서 구류를 살고 타박타박 돌아와보니 그녀가 방에서 늘어지게 잠을 자고 있었다. 나는 발을 씻는 둥 마는 둥 하고 주저없이 걸어 들어가 벌렁 드러눕고는 이내 코를 드르렁 곯았다. 그리고 몸을 흐득흐득 떨며 아버지에 대한 개꿈을 꾸었던 것이다.… (중략) … 나는 안간힘을 다해서 눈을 떴다. 그와 동시에 누군가의 품에 안겨 흐느끼면서 헛소리를 내고 있는 나 자신을 발견했던 것이다. 나는 부끄럽게도 명숙의 품에 안겨 어린애처럼 울고 있었다. 그것도 그녀의 젖가슴에 콧잔등을 한껏 파묻은 채였다. 명숙이는 마치 다정한 엄마처럼 내 등을 토닥거리고 있었다.
> — 김소진, 「개흘레꾼」, 『열린 사회와 그 적들』, 393-395쪽.

위 인용문은 김소진 소설에 반복되어 등장하는 대학시절 유일하게 사랑을 느꼈던 동아리 여자 친구를 회상하는 부분이다. 여자친구는 나의 방에 잠들어 있었고 나는 아무런 주저없이 그녀의 옆에 눕는다. 그리고 여자의 젖가슴에 콧잔등을 묻고 울었으며 여자는 나의 등을 토닥거렸다. 여기서 여자친구와 나의 이러한 모습은 남녀간의 일반적인 모습이라기보다는 모자간의 모습을 떠올리게 한다. 그렇다면 그녀에게 "다정한 엄마처럼"이라는 수식어를 붙인 무의식적 심리도 분명하게 드러난다. 나는 그 여자친구가 유일하게 자고 싶은 여자였다고 설명한다. 여자친구의 몸에 대한 욕망을 통해 나는 어머니의 몸에 대한 욕망을 간접적으로 드러내고 있다.

클라인에 의하면, 어머니의 신체는 욕망과 질투의 대상이면서 동시에 증오와 공포의 대상이 된다. 욕망으로서의 어머니가 성(性)과 연관된다면, 공포로서의 어머니는 죽음과 관련된다. 김소진 소설에는 성과 죽음과 연결된 어머니의 기억이 드러나 있다. 우선 성과 관련된 기억부터 살펴보자. '나'는 국민학교에 들어가기도 전에 이미 출산의 비밀을 알아버린 조숙한 아이였다. 거기에다 어머니의 음부를 보아버린 경험은 무의식 깊이 각인(刻印)되어 있다.

> 국민학교 삼학년 여름이었을 게다. 나는 좁디좁은 부엌 바닥에 돗자릴 깔고 서늘하게 배를 대고 누운 채 산수숙제를 하고 있었다. ..(중략)… 그때 어머니가 지나갔다. 치마 속이 훤히 들여다보였다. 그때 단 한 벌뿐인 광목 팬티를 빨아 너느라 어머니는 홑치마 바람이었다. 나는 얼굴이 빨개져서 아무 말도 하지 못했다. 그때의 비릿한 내음을 두고두고 잊을 수가 없었다. 나는 속으로 끊임없이 되뇌었다. 나는 아무것도 보지 못했다. 나는 오직 산수 숙제를 하고 있었을 뿐이었노라. 그러자 내 머리는 금세 어떤 공식과 숫자로 가득 차는 것이었다.
> ─김소진, 「용두각을 찾아서」, 『열린 사회와 그 적들』, 206쪽.

위 인용문은 어머니의 음부를 처음으로 목격한 장면을 서술하는 부분이다. 그런데 그 때의 기억은 "비릿한 내음"이라는 후각적 인상으로 남아 있다. 더구나 어머니에게 맡은 '비릿한 내음'은 이후 아버지의 여자였던 춘하에게서 맡은 냄새와 동일한 냄새이다. 나는 "아버지라는 인간을, 아니 그 말 자체를 이 세상에서 지우고 싶었다."(124쪽)와 같이 아버지를 제거하고 동시에 "비릿한 내음을 두고두고 잊을 수가 없었다"와 같이 어머니를 욕망하고 있다. 여기에 오이디푸스의 고통이 생겨난다. "그렇게 일찍 터부가 깨지고 난 세상이란 도대체 뭣이란 말인가. 그것은 한갓 무질서고 공포고 허무요 구토일 따름이었다."(207쪽)라는 고백처럼 '나'는 그 이후 자신의 무의식적 욕망을 제어하기 위해 숫자를 헤아리는 강박증을 갖게 된다.

다음으로 '나'는 어머니와 관련된 죽음의 기억을 회상한다. 생활고에 시달리던 엄마는 이렇게 사느니 서로 쥐약이라도 먹고 다 같이 죽는 게 여러모로 깨끗하다는 말을 입버릇처럼 붙이고 살았다. 이에 어린 나는 저녁상이라도 잘 나오면 마지막 밥상이 아닌가 하는 불안감에 시달리곤 했다. 그런데 형이 학교 화장실에서 담배를 피우다 정학을 맞자, 어머니는 형제들을 앉힌 채 쥐약 탄 물을 눈앞에 들이밀며 모두 다 마시고 함께 죽자고 강요했던 것이다. 형과 누나는 마시기를 거부하지만 어린 나는 어머니가 약을 마시자 얼떨결에 따라 마신다.

> 어머니는 우리가 말릴 겨를도 없이 한 대접이나 되는 약사발을 들어 벌컥벌컥 들이키는 것이었다. 형과 누나가 울부짖으면 달겨들었고 난 빈 대접으로 방바닥에 뒹구는 어머니의 약사발을 보고는 얼떨결에 내 앞의 그릇을 들어 몇 모금인가를 입 안으로 흘려넣었다. 끝장이다. 귀에서 바람이 쉭쉭 새는 소리가 들렸다. 그리고는 눈을 하얗게 까뒤집고 정신을 잃었다.
> ─ 김소진, 「용두각을 찾아서」, 『열린 사회와 그 적들』, 211쪽.

나는 엄마에 대한 에로스적 욕망으로 인한 숫자에 대한 강박과 타나토스적 욕망으로 인한 죽음에 대한 강박을 갖게 되었다. 어머니에게서 비릿한 냄새를 맡은 경험과 쥐약 탔다고 속인 숭늉을 마신 체험은 성과 죽음에 대한 하나의 제의였으며, 어머니에 대한 매혹과 두려움을 동시에 느끼는 오이디푸스의 모습을 고스란히 보여준다.

나는 학질을 떼는 아이처럼 후득후득 몸을 떨었다. 그때였다. 금박물을 푼 듯한 용못 속에서 기다란 탑 그림자가 황홀하게 일렁거리는 것이었다. 아무리 눈을 크게 부릅뜨고 바라보아도 그건 반듯한 옥개석이 켜켜이 올라간 석탑이었다. 흐흑, 짧게 끊어지는 숨소리가 가슴에 얹혀졌다. 꺼칠한 헛바닥을 마른 입술 위에 포개며 초조하게 두 눈을 비벼댔지만 아스라이 출렁거리는 탑 그림자는 더욱 세차게 눈동자를 파고들 뿐이었다. 나는 자꾸만 목구멍을 벗어나려는 단어를 질기게 잇새에 가둬두고 있었다. 아, 어머니. 나는 그 단어의 끄트머리를 응등그려 물고 놔주질 않았다. 그리고는 손에 쥐고 있던 조그마한 돌멩이를 색동 주머니 안으로 서둘러 밀어 넣기 시작했다.

　　한 순간 노을은 사위고 용두각을 향해 땅거미가 함성을 지르며 몰려들고 있었다. 나는 들숨으로 한껏 가슴을 부풀린 뒤 탑 그림자가 가라앉아 있는 그 얇은 어둠 속으로 돌멩이가 든 주머니를 힘껏 뿌리쳤다.

　　　　　　　　　─김소진, 「용두각을 찾아서」, 『열린 사회와 그 적들』, 213쪽.

나는 어머니가 처녀 시절을 보낸 용두각 근처에 앉아 일종의 환각을 경험한다. 그가 경험한 환각은 연못 위에 탑 그림자가 일렁이는 모습이다. 그리고 연못 위에 비친 탑 그림자란 바로 어머니에 대한 무의식적 욕망을 드러낸다고 볼 수 있다. 그러기에 탑 그림자를 나는 "황홀하게" 바라보는데, 이는 어머니에 대한 나의 욕망을 드러내고 있다. 그 사실을 인식하고 있기에 "어머니"라는 말을 내뱉고 싶은 충동을 간신히 참고 있다. 그러나 내가 어머니에 대한 욕망을 극복하는 모습은 탑이 비친 연못에다 어머니의 사연이 담긴 사향주머니를 던지는 행위로 표출된다. 「용두각을 찾아서」는 자신의 욕망을 정직하게 직시하고 승화시키는 오이디푸스의 고뇌가 드러나는 소설이다.

「부엌」은 어머니에 대한 고착과 퇴행 심리가 직접적으로 드러나는 작품으로 일종의 성장 소설이다. 부엌은 나의 유년의 기억과 관련된 공간이다. 나는 누나의 증언에 따르면 부엌에서 태어났다. 그때 아버지는 부재했으며 어머니 혼자 나를 낳았다고 한다. 누나는 그 모습을 "문 창호지 틈새"로 지켜보았다고 말해주었다. 그래서 그런지 나는 부엌을 가장 편한 장소로 생각한다. 특히 커다란 항아리 사이의 좁은 공간을 선호했다. 그 다음으로 내가 좋아했던 공간은 부엌 위의 다락방이었다. 그 다락방에서 나는 책을 읽고 공상을 즐겼다. 다락방이나 항아리 사이의 틈이란 모두 자궁의 변형공간이다. 그런데 다락방의 옹이 자국을 통해 부엌을 내려다보는 모습은 자궁 안에서 자궁 밖을 내다보는 아이의 시선과 일치한다. 특히 다락방의 "옹이 구멍"을 통해 누나의 젖가슴을 보면서 자신의 탄생과 그 이전을 상상하는 장면은 나의 퇴행심리를 여실히 드러낸다.

> 그때 나는 겨드랑이보다 약간 낮은 곳에서 막 부풀어오른 꽃봉오리를 똑똑히 보았다. 순간 누나의 벗은 몸뚱이가 그 꽃봉오리 속으로 아득히 멀어져갔다. 갑자기 누나가 갓 태어난 아기 같다는 생각을 했다. 그래서 다시 엄마의 자궁 속으로 태아처럼 꺼져들어갈 존재일지도 모른다는 공상이 들었다. 마치 내가 태어나는 광경을 문창호지 틈으로 누나가 목도했던 것처럼 나는 그 반대로 누나가 아기처럼 한없이 작아져 태아를 거쳐 생명체 이전의 단계로 거슬러올라가는 환상에 젖었던 것이다.
> —김소진, 「부엌」, 『신풍근 배커리 약사』, 123쪽.

위 인용문에는 다락방의 옹이구멍을 통해 누나의 벗은 몸을 보고 출생의 근원을 목도하는 장면이 몽환적으로 그려지고 있다. "나는 거기서 성장을 멈추고 싶었다. 나는 언제까지나 다락방의 아이이자 부엌의 아이로 남고 싶었다. 그 후로도 나는 한동안 부엌을 떠나지 못했다."(124쪽)라는 진술에서 드러나듯 다락방은 퇴행 심리에 사로잡힌 나에게 어머니의 자궁을 대신하는 상징적 공간이다. 나는 그 다락방의 옹이 구멍을 통해 필례와 털보의 정사장면을 목격하게 된다. "나는 네 개의 다리가 말미잘의 촉수처럼 서로 뒤엉켜 휘감기는 꼴을 지켜보아야 했다."(127쪽)라는 표현에 주목할 필요가 있다. 서술형 어미가 "지켜보았다"가 아니라 "지켜보아야 했다"로 되어 있는 것은 자의가 아닌 우연에 의해 목격하게 된 상황을 설명해내고 있다. 나는 다락방의 옹이구멍을 통해 털보의 정사 장면을 보면서 몽정을 경험하게 된다. 성장을 멈추고 싶은 나의 갈망에도 불구하고 나는 성장을 경험한다. 이후 나는 신열을 앓게 되는데, 여기에서의 신열이란 일종의 성장통(成長痛)에 해당한다.

> 다락방을 내려간다! 나는 고개를 절레절레 흔들었다. 그것은 상상할 수도 없는 일이었다. 왜냐하면 바깥세상이 어떻게 변했을지 나는 전혀 자신이 없었기 때문이었다. 그리고 나는 어느덧 고소공포증 환자가 돼 있었다. 어느 정도인가 하면 다락문을 통해 언뜻 내려다본 안방 바닥이 왜 그렇게 까마득한 심연 바닥으로 보였는지 모를 일이었다. 나는 바깥세상만 생각하면 배 멀미가 나는 듯해서 관자놀이께를 두 손가락으로 꾹꾹 누르며 모로 쓰러져 헐떡였다.
>
> — 김소진, 「부엌」, 『신풍근 배커리 약사』, 131-132쪽.

그런 나를 다락방에서 끌어내린 것은 첫눈이었다. 누군가가 던진 눈 뭉치가 봉창을 때리자 나는 문득 세상이라는 게 바로 코앞에 다가와서 손짓을 하고 있다는 느낌을 받는다. "갑자기 다락방이 좁아진 것 같은 생각도 그래서 든 모양이다"(132쪽)라는 진술에서 보듯, 이제 안락한 자궁을 박차고 험난한 세상으로 나갈 시기가 된 것이다.

4. 치유받지 못하는 상처와 욕망

김소진 소설에서 '아버지라는 상처'와 '어머니라는 욕망'의 테마가 공존하는 대표적인 작품으로 「자전거 도둑」을 들 수 있다. 「자전거 도둑」에는 그의 소설에 반복되는 '아버지에 대한 증오', '항아리 속에 똥누기', '다락방 구멍으로 여자 훔쳐보기' 등의 모티프가 모두 드러나 있다. 이런 점에서 「자전거도둑」은 김소진 소설의 특징을 함축적으로 보여주는 작품이다. 이 소설은 같은 제목의 이탈리아 영화인 '자전거 도둑'을 밑그림으로 하여, '김승호'라는 남자의 사연과 '서미혜'라는 여자의 사연이 만나 이루어진 소설이다. 남자의 사연으로 변형된 것이 '아버지라는 상처'라면, 여자의 사연으로 변형된 것은 '어머니라는 욕망'이다.

신문기자인 '나'는 자신의 자전거를 누군가 몰래 탄다는 사실을 알고 범인을 찾던 중, 윗집에 사는 에어로빅 강사인 젊은 여자임을 알게된다. 이를 계기로 두 사람은 가까워지고 남자는 여자에게 '자전거 도둑'이라는 영화를 함께 보자고 한다. 그 영화는 2차 대전 이후의 이탈리아를 배경으로 자전거를 잃어버리고 남의 자전거를 훔치다 봉변을 당하는 아버지 안토니오와 그 모습을 목격하는 아들 브루노의 이야기를 다루고 있다. 이 영화에 대해 "무너져 내리는 아버지의 뒷모습을 목격해야 하는, 그럼으로써 평생 씻을 수 없는 내면의 상처를 안고 살아갈 어린 아들 브루노 때문에 나는 혀를 깨물어야 했다."(150쪽)라고 진술하고 있는 것은 이 영화가 어린 시절의 예민한 기억을 상기시키기 때문이다.

남자는 영화 '자전거 도둑'을 보면서 어린 시절을 회상한다. 중풍으로 쓰러져 건강상태가 나빴던 아버지는 혹부리 영감의 수도상회에서 물건을 가져다 파는 구멍가게를 하고 있었다. 어느 날 아버지는 돈보다 소주 두 병을 적게 받아왔다는 사실을 알게 된 후 어린 나를 혹부리 영감에게 보내지만 모자란 소주를 받아오지 못하게 된다. 닷새가 지나 다시 물건을 가지러 갔을 때 아버지는 소주 두 병을 몰래 가져오다가 혹부리 영감에게 들키고, 그 죄를 어린 나에게 뒤집어씌운다. 혹부리 영감이 함경도 출신답게 아들 교육을 시키라는 요구에 따라 아버지는 어린 나의 빰을 기세좋게 올려붙였다.

혹부리 영감의 격려를 받은 아버지는 고개를 돌려 그에게 굽신거린 다음 또 한 차례 내 뺨을 기세좋게 올려붙였다. 그러나 이 지독한 연극을 지켜보면서 나는 아픔을 거의 느끼지 못했던 것 같다. 머릿속에서 뭔가가 맑아지는 느낌뿐이었다. 그리고 투시해버리고 말았다. 어린 나이에도 아버지의 눈 속에 흐르지도 못하고 괴어 있는 눈물을, 차라리 죽는 한이 있어도 애비라는 존재는 되지 말자. 아마도 나는 그때 그런 끔찍한 다짐을 했는지도 모른다.

— 김소진, 「자전거 도둑」, 『자전거 도둑』, 155쪽.

소주 도둑이 된 아버지가 궁여지책으로 벌인 그 행위를 어린 나는 "지독한 연극"이라고 표현하고 있다. "흐르지도 못하고 고여있는 눈물"로 대변되는 비굴하고 초라한 아버지와 "애비라는 존재는 되지 말자"고 다짐하는 아들이 빚어내는 드라마란 바로 지독한 비극일 뿐이다. 그런 연극에서 나는 "내가 희생양이 되어야 함"(153쪽)을 느낀다. 마치 오이디푸스가 신탁이라는 비극적 운명 앞에 놓인 하나의 희생양이었듯이, 나 역시 운명의 장난 아래 놓인 희생양이었을 뿐이다. 나는 혹부리 영감에게 복수를 시도한다. 복수는 영감의 가게를 습격하는 것이었다. 나는 "라면 상자 같은 협소한 공간에 들어가 있기"나 "빈 항아리에 뚜껑을 덮고 들어앉아 있기"처럼 많은 연습을 통해 상당히 치밀하고 계획된 행동을 한다. 가게의 술이란 술을 다 부어버리고, 혹부리 영감이 보물처럼 아끼는 시커먼 항아리 안에 굵직한 대변을 질펀하게 싼다. 그 사건 이후 혹부리 영감은 가게문을 닫았고, 한 해를 넘기지 못하고 죽게 되었다. 오이디푸스가 자신의 눈을 찌르고 평생을 고통스럽게 살아가듯 나 역시 혹부리 영감에게 복수를 하고는 평생동안 죄의식을 짊어지고 살아가게 된다.

한편 여자는 영화 '자전거 도둑'을 보고 나서 다음과 같은 어린 시절의 기억을 고백한다. 여자의 오빠는 자전거를 무척 잘 타 여자를 뒤에 태워주었다. 그런데 오빠는 간질 발작을 하게 되었다. 여자의 아버지는 괴로움을 술로 달래다 죽고 어머니는 오빠를 다락방에 가두어놓고 키웠다. 여자는 가끔 오빠의 휠체어 산책을 도와주곤 하였다. 그러면서 오빠에 대한 연민과 살의를 동시에 느끼고 있었다. 어느 날 여자가 낮잠에 들었다 깨어나 보니 가끔 다락방의 구멍으로 아래를 훔쳐보곤 했던 오빠가 자신을 범하려 하기도 했다. 그러던 중 엄마가 친정에 다녀오면서 일주일 동안 집을 비운 사이, 여자는 아예 친구 집에 가서 오빠를 돌보지 않았다. 일주일 만에 돌아온 엄마가 다락문을 열어보니, 오빠는 축 늘어져 죽게 된 것이다. 여자는 오빠의 죽음을 방조했던 것이다.

　남자의 사연으로 변형된 것이 '아버지라는 상처'라면, 여자의 사연으로 변형된 것은 '어머니라는 욕망'이다. 남자의 사연이 김소진 소설을 움직이는 한 바퀴인 무능하고 초라한 아버지가 어린 아들의 내면에 평생동안 지워지지 않는 독한 생채기를 어떻게 남기고 있는지를 드러내고 있다면, 여자의 사연은 김소진 소설을 움직이는 또 다른 바퀴인 근친상간 욕망이 남긴 깊은 상처이다. 그들은 어린 시절에 상처를 받은 피해자이면서 동시에 그 가해자를 죽음으로 몰아넣음으로 인해 죄의식을 안고 살아가야 하는 공통의 운명을 갖게 된다.

　그런 두 사람은 '자전거 도둑'이라는 영화를 보면서 서로에게 내면의 상처를 고백하게 된다. 대부분의 경우 내밀한 상처를 공유한 사람끼리는 가까워지며 서로의 상처를 치유해주기 마련이다. 그러나 두 사람은 서로의 고백을 들은 이후, "왠지 그녀를 찾고 싶은 마음이 생기질 않았다."(170쪽)라고 진술하는 남자나, 더 이상 남자의 자전거를 타지 않으며 "아주 차가운 눈길로 스쳐 가는"(171쪽) 여자처럼 서로를 피하고 만다. 이는 이 두 사람의 상처가 치유될 수 없는 것이라는 작가의 의도를 담고 있다. 두 바퀴가 함께 돌아갈 때만 자전거가 움직이듯, 아버지에 대한 증오와 근친상간 욕망이라는 바퀴가 무의식에서 움직일 때에만 소설이 만들어지는 것이다. 그런점에서 김소진 인물의 운명은 아버지 살해와 어머니에 대한 욕망이라는 원죄를 짊어지고 광야를 헤매는 가련한 오이디푸스의 운명을 닮아 있다.

(2003)

빛과 어둠의 이중주

- 최인석론

1. 어둠과 빛, 혹은 절망과 희망

최인석은 1980년 희곡 「벽과 창」으로, 1986년 장편 『구경꾼』으로 등단한 이래, 20여 년 동안 7 권의 장편소설집과 5 권의 단편소설집을 출간한 작가이다. 그 동안 발표한 작품을 보면, 장편으로 『구경꾼』(소설문학사, 1986)『잠과 늪』(실천문학사, 1987)·『새떼』(현암사, 1988)·『내 마음에는 악어가 산다』(살림, 1990)·『안에서 바깥에서』(푸른 나무, 1992)·『아름다운 나의 귀신』(문학동네, 1999)이 있고, 중편으로 『서커스, 서커스』(책세상, 2002)가 있고, 단편소설집으로 『인형 만들기』(한길사, 1991)·『내 영혼의 우물』(고려원, 1995)·『혼돈을 향하여 한 걸음』(창작과비평사, 1997)·『나를 사랑한 폐인』(문학동네, 1998)·『구렁이들의 집』(창작과비평사, 2001)이 있다. 특히 그는 『혼돈을 향하여 한 걸음』, 『나를 사랑한 폐인』, 『아름다운 나의 귀신』, 『구렁이들의 집』 등 뛰어난 작품집을 연달아 발표하면서 문단의 주목을 받게 되었다.

『구경꾼』이나 『잠과 늪』, 그리고 『새떼』 등 1980년대에 발표한 작품은 그 시대의 예민한 정치적 문제들과 긴밀하게 맞물려 있다. 이들 작품은 저 뜨거운 열기를 그대로 작품 속에 드러내고 있다. 이에 비해 1990년대 작품인

『내 마음에는 악어가 산다』에서는 자본주의의 광포한 욕망을 엽기적인 사건을 통해 드러내기 시작했다. 작가는 '악어'라는 비유를 통해 욕망의 문제에 접근하고 있다. 최인석 소설을 관통하는 두 가지 테마는 소외된 사람들의 세계를 다루는 '현실과 유토피아'의 문제와 모든 것을 죽음으로 몰고 가는 '욕망의 광포함'으로 볼 수 있다. 소외된 사람에 대한 관심은 이후 달동네를 대상으로 한『아름다운 나의 귀신』에서 정점을 이루고, 욕망의 문제는 우렁 각시 설화를 배경으로 한『서커스, 서커스』로 이어지고 있다.

일반적으로 작가들이 단편소설로 등단하여 장편소설로 작품세계를 넓혀 나가는 데 반해 최인석은 장편소설로 등단하였다. 그러나 정작 문단의 주목을 받은 것은 단편집들을 출간하기 시작하면서이다. 1995년에 나온『내 영혼의 우물』은 1980년대와 1990년대를 모두 지나오면서 새로운 모색을 시도하고 있다는 점에서 의미 있는 작품집이다. 그의 작품 가운데에 작품적 성과가 주목되는『내 영혼의 우물』,『혼돈을 향하여 한 걸음』,『나를 사랑한 폐인』,『아름다운 나의 귀신』,『구렁이들의 집』등 5 권의 작품집을 주요 대상으로 하여 최인석 소설이 보여주는 어둠과 빛의 세계를 살펴보고자 한다.

2. 어둠의 감옥

최인석 소설은 출구 없는 절망의 세계를 보여준다. 그곳은 폭력과 부정, 살인과 매음으로 가득 차 있는 갇힌 세계이다. 그곳은 감옥이며, 지옥이며, 매음굴이며, 심해이다. 그가 감옥이나 매음굴이나 삼청교육대처럼 닫힌 장소를 공간적 배경으로 삼는 것은 희망 없는 세상을 보여주기 위해서이다. 「내 영혼의 우물」, 「심해에서」, 「노래에 관하여」는 모두 빛이 들지 않는 공간을 대상으로 절망적 세계를 그리고 있는 작품이다.

「내 영혼의 우물」은 감옥 안에서 일어나는 사건을 통해, 세상은 절망과 악으로 가득 찬 어둠의 세계임을 보여주는 작품이다. 이 소설의 화자는 절도 3범인 '규식'이다. 그가 들어온 감옥 안에는 감방장인 정태선, 배식 반장인 한규일, 사기꾼인 권집사, 탈영병인 오영한, 자동차 정비공이었던 똥별, 그리고 무기수 심영배 등이 있다. 감옥도 축소된 사회인만큼 그 안에도 바깥 세상에서 일어나는 온갖 악행이 그대로 반복된다. 권력을 휘두르며 담배 장사를 하는 감방장과 그 감방장에게 기생하여 사는 배식 반장이 있고, 돈이 많은 관계로 특권을 누리는 권집사가 있다.

그런데 서술자인 규식이 가장 특이하게 여기는 사람은 말을 한 마디도 하지 않는 무기수 영배이다. 그는 "물풀처럼 깊이 잠 속으로 잠수해"(25쪽)있는 듯한 사람이다. 그런 영배가 어느 날 감옥 안에서 벌어진 싸움을 보고 갑자기 개 짖는 소리를 냄으로써, 감방 안의 사람들을 공포로 몰아넣는다. 그때서야 규식은 심영배가 오래 전 자신의 공범을 살해한 사람이라는 사실을 기억해 낸다.

권집사에게 강간당한 똥별이 자살함으로 감옥 안은 어수선해진다. 충격과 불안으로 모두가 공포를 느끼는데, 심영배가 자신에 관해 이야기를 한다. 영배는 어린 시절 엄마에게 버림받고 '행복한 개 학교'를 운영하는 남자의 손에 이끌려 개들과 함께 행복하게 살았지만 자신의 개를 죽인 사람에게 분노하여 살인을 한 것이다. 영배의 다음과 같은 중얼거림은 최인석이 세계를 바라보는 시선을 선명하게 보여준다.

나도 그랬어. 나도 모르는 사이에 덤벼들어서 깨고 부수고 집어던지고 있었어… 그러다가 어느 순간 불현듯 아아, 이게 아니다, 하는 생각이 들었어. 이런 건 사는 게 아니다. 이건 살림살이가 아니다. 이건 세상이 아니다. 세상이 버린 곳이다. 버림받은 곳이다. 이건 폐허다. 이건 엉터리다.

—최인석, 「내 영혼의 우물」, 50쪽.

최인석 소설은 우리가 사는 세상이 "엉터리"이며 "폐허"라는 비극적 인식을 드러낸다. 소설의 마지막 부분에 영배가 내는 개 짖는 소리란 결국 개들보다도 못한 인간 세상에 대한 절망의 다른 표현이다. 「내 영혼의 우물」에서 보여주는 "세상은 폐허"라는 절망적 인식은 「심해에서」에 오면 "세상은 매음굴"로 변주되어 나타난다.

「심해에서」는 매음굴 안에서 일어나는 사건을 통해 절망과 악으로 가득 찬 어둠의 세상을 보여주는 작품이다. 이 소설의 화자는 포주의 딸인 중학교 3학년 여학생 '선영'이다. 골목은 항상 악다구니와 욕과 싸움으로 가득 차 있다. 선영은 자신도 그 타락의 물결에 휩쓸리게 될까 봐 고민한다. 자신의 상황을 고민하던 선영은 생물 시간에 심해 세계에는 먹을 것이 별로 없어 서로 잡아먹고 산다는 사실을 배우게 된다. 그리고 자신이 사는 곳이 바로 심해이고 자신의 부모는 심해어임을 깨닫는다.

선영은 매음굴에서 벗어나 살고 싶어한다. 그래서 가출도 생각하나 이내 포기한다. 이 골목에서 가출한 아이들이 어떤 모습으로 살아가는 지를 잘 알고 있기 때문이다. 포주의 딸인 수미가 이런 삶을 대표한다. 그래서 부모에게 이사를 가자고 조른다. 그러나 어미와 아비는 새로운 삶을 두려워한다. 그러던 어느 날 사고만 치던 아비가 이사갈 곳과 새로운 장사를 알아보겠다고 집안의 돈을 모두 가지고는 사라져 버린다. 벼랑 끝에 몰린 선영은 선생에게 자신의 처지를 고백한다. 선생은 그런 선영에게 다음과 같이 말한다.

심해는 그 골목만이 아니야. 이 세계 전체가 심해야. 이 세계 전체가 거대한 매음굴이야. 사람들은 스스로를 팔아 생계를 유지하고, 날카로운 이빨로 자기 몸보다도 더 큰 먹이를 낚아채어 물어뜯어. 자기 몸보다도 더 큰 위장을 가지고 있어. 먹이 앞에서는 이빨을 있는 대로 다 드러내고 짐승보다 잔인하게 싸워 … (중략) … 네가 만일 가출한다 해도, 그 골목 밖에서 네가 마주쳐야 하는 것 역시 심해야.

ㅡ최인석, 「심해에서」, 216쪽.

"이 세계 전체가 매음굴이며 사람들은 짐승보다 더 잔인하게 싸운다"는 선생의 발언은 바로 "세상은 감옥이며 사람들은 개들보다 못하다"는 심영배 발언의 변주이다. 최인석은 선생과 학생이라는 인물을 설정하면서도, 미래에 대한 열린 비전이나 희망을 주지 않는다. 자기 입술에 빨간 립스틱을 칠하며, 자신의 모습이 손님을 기다리는 매춘부와 다를 바 없다며 눈물을 흘리는 선영의 모습은 절망만이 가득한 어둠의 감옥을 보여준다.

「노래에 관하여」는 삼청교육대를 배경으로 그 안에서 일어나는 폭력과 광기를 보여주는 작품이다. '삼청교육대'는 이미 처음부터 철저하게 빛이 사라진 어둠의 세계이다. 내무반에는 억울하게 끌려온 사람들이 모여 있으며, 그들을 감시하는 김중사가 있다. 스무 살의 영우는 고아 출신인 열 아홉 살의 순식과 친하게 지내고 있다. 그러나 바늘 검사를 하는 사건을 계기로 영우는 순식을 의심하게 된다. 자신의 바늘이 없어진 반면, 바늘을 부러뜨린 순식의 바늘은 그대로 있었기 때문이다. 순식이 자신의 바늘을 훔쳤다는 배신감에 영우는 순식의 바늘을 다시 훔친다. 그러던 어느 날 순식의 소지품에서 많은 바늘이 나오자 내무반 사람들은 순식이 바늘을 훔쳤다며 달려들어 빼앗아간다. 소지품 검사를 하는 도중 순식이 바늘이 없다고 하자, 김중사는 불같이 화를 낸다. 그리고는 자신이 고아 출신이라 같은 고아 출신인 순식을 위해 바늘을 12개 더 주었다고 하며 순식의 바늘을 빼앗아간 사람들을 비난한다. 이런 증오와 미움이 난무하는 상황에 대해 작가는 직접적인 목소리를 내면서 다음과 같이 설명하고 있다.

그가 증오해야 할 것은 김중사와 그의 폭행, 그의 그런 폭행을 떠받치고 있는, 그런 폭행을 더 큰 규모로 조직하고 교사하고 지시하는 이 세상의 생김생김이라는 점을 그는 미처 생각지 못했다. … (중략) … 어쩌면 저들이 삼청교육대를 통하여 성취해내고자 한 가장 큰 목적은 바로 그런 것, 즉 그들의 몸뚱이를 벌레로 만드는 것보다도 바로 그들의 정신을 벌레로 만드는 것인지도 모른다는 점이었다.

ㅡ최인석, 「노래에 관하여」, 124-125쪽.

순식은 작가가 말하는 구조적인 악을 본능적으로 깨닫는 인물이다. 순식은 영우에게 "우린 아직 사람이 아니야. 여긴 아직 세상이 아니야"라고 말하고 자살한다. 이런 점에서 「노래에 관하여」의 '순식'은 「내 영혼의 우물」의 '똥별'과 같은 유형이다. 「내 영혼의 우물」의 마지막이 캄캄한 어둠의 벽에 갇힌 채 비극적으로 끝나는 반면, 「노래에 관하여」는 희미하지만 순식의 죽음이 남은 사람들에게 주는 한줄기 빛을 보여주면서 끝난다. 그 한줄기 빛은 '노래'와 연관된다. 처음에는 김중사의 강요에 의해 노래 부르기 시작하였다. 그러던 그들이 예배 시간에 찬송가를 부르게 되면서 노래의 힘을 깨닫게 된다. 찬송가가 주는 따뜻한 위무(慰撫)는 그들을 절망에서 건져낼 수 있는 힘이 된다. 노래의 힘은 순식의 자살 이후 김중사에게 가혹한 폭행을 당한 사람들이 숨죽여 부르는 합창에서 선명하게 드러난다.

한두 사람이, 역시 숨죽인 속삭임으로 그 노래를 따라 부르기 시작했다. 거기 다시 한 두 사람의 속삭임이 더해지고, 거기 또 다른 사람들의 속삭임이 더해졌다. 그리하여 오래지 않아 내무반의 모든 사람들이 그 노래를 합창하고 있었고, 그것은 차츰 외침이 되어갔다.

ㅡ최인석, 「노래에 관하여」, 160쪽.

세상에 대한 비극적인 인식에 압도될 때 최인석 소설의 공간은 빛이라고는 없는 어둠으로 둘러싸인다. 그러나 희미하나마 '노래의 힘'에 대한 믿음을 발견하면서 그의 소설은 희망에 대한 희구, 속악한 이 곳을 너머 유토피아를 동경하는 '구원의 문제'로 나간다.

3. 희망의 창

현실의 절망과 어둠 앞에서 핍박받는 인물들은 속악한 세상을 벗어나 유토피아를 꿈꾸게 된다. 이럴 때 등장하는 것이 바로 신화적 상상력이다. 「나를 사랑한 폐인」, 「구렁이들의 집」, 「잉어 이야기」는 비극적 세계 인식과 함께 절망을 초월하여 현실 너머의 유토피아를 꿈꾼다는 점에서 유사하다.

「나를 사랑한 폐인」은 전형적인 신화적 상상력을 드러내는 소설이다. 이 소설은 여성잡지 기자인 남자가 가짜 기사를 쓰고 고발된 후 동해안의 작은 마을에 숨어들게 되면서 자신의 속악한 삶을 깨닫게 되는 내용을 담고 있다. 그는 시간에 쫓겨 거짓 기사를 만들어내고, 잡지가 발매되고 나면 판매 부수에 신경을 곤두세우고 술을 퍼마시는 속물적인 삶을 살아왔다. 그러던 중 '주한미군 장교의 정부로 호화로운 생활을 하는 일류대학 영문과 여학생 아무개의 고백'이라는 엉터리 기사를 실어 판매 부수를 높여 사장으로부터 금일봉까지 받는다. 그러나 각 대학 여학생 단체가 검찰에 주간과 기자를 고소하면서 사건은 걷잡을 수 없이 커져 그는 동해의 작은 마을로 피신해 온다. 그 곳에서 그는 '귀허'라는 까페를 우연히 발견하게 되고 그 곳의 여주인에게 관심을 갖게 된다.

사람의 등에도 표정이 있다는 것을 그는 처음 알았다. 여자의 등이 그랬다. 얼굴

보다는 그 등을 통해 그는 여자의 피로와 권태와 기다림과 더이상 절망이라 이름할
수 없을 만큼 익숙해져버린, 그녀의 옷이나 다름없이 친밀해진 절망을 보았다.
　　　　　　　　　　　　　　　　　　　　　－최인석, 「나를 사랑한 폐인」, 24쪽.

　　남자는 여자의 등을 통해 '절망'을 보게 된 이후 여자에게 관심을 갖게
되고 여자는 남자가 놓고 간 책을 읽은 이후 관심을 갖게 된다. 여자와 남자는
이제 손님과 장사치가 아닌 사람과 사람으로 만남을 갖게 된다. 그리고 같이
브레히트의 희곡집을 읽으면서 호감을 확인한다. 여자는 파란 많은 삶을 살아
왔다. 가난으로 늙은 남자에게 팔려가다시피 혼인을 했고 그 남자는 중풍을
맞아 식물인간처럼 살고 있다는 것이다. 바닷가 바위에 하염없이 앉아있는
여자는 남자에게 다음과 같이 말한다.

　　저기… 저 너머에 마성산이라는 곳이 있다요. 거기에서는 온갖 아름다운 무늬가
새겨진 돌이 나고, 금하고 옥이 많이 난다요. 거기 사는 천마(天馬)라는 흰 짐승은
생김새가 흰 개 같은데 머리가 검고 사람을 보면 하늘 높이 날아오른다요. 자기
이름을 부르며 날아오른다요.…거기에서 더 멀리 가면 선원산이 있는데, 거기 짐승
은 암놈 수놈이 없어도 스스로 새끼를 배고 낳는다요.…(중략) 거기에서 더 멀리
한없이 가면 고망지국(古莽之國)이라는 나라가 있는데, 음양의 기운이 교접되지
않는 곳이라서 추위와 더위가 구별이 되지 않는다요.
　　　　　　　　　　　　　　　　　　　　　－최인석, 「나를 사랑한 폐인」, 42쪽.

　　여자는 현실의 벽에 갇혀서 희망의 창을 꿈꾼다. 그런데 현실의 인물이
꿈꾸는 세계는 "암놈 수놈이 없어도 새끼를 배고", "추위와 더위가 구별되지
않는" 신화의 공간, 초월의 공간이다. 그것은 결코 현실에서는 존재할 수
없는 공간이다. 여자는 알지 못했지만 스님이 지어주었다는 까페 이름인 '귀
허' 역시 신화 속의 지명이었다.

큰 언덕, 그것은 상상 속의 지명, 신화에 나오는 지명이었다. 발해(渤海)의 동쪽으로 몇 억만 리가 되는지도 알 수 없는 머나먼 곳에 바닥이 없는 커다란 골짜기가 있는데, 그 골짜기의 이름이 바로 귀허였다. 온 세상 팔방의 물과 은하수의 별까지 그 골짜기로 흘러드는데, 그 골짜기의 물은 늘지도 않고 줄지도 않는다.

―최인석, 「나를 사랑한 폐인」, 66쪽.

남자는 자신의 삶이 거짓과 위선으로 점철되었음을 깨달으면서 '귀허'에서 살아가는 것도 나쁘지 않을 것이라고 생각한다. 그 즈음 주간과 남자의 애인이 다시 나타나서, 남자를 서울로 이끈다. 남자는 이미 자신이 다시 일상의 속악한 삶 속으로 돌아갈 수 없지만, 그렇다고 이곳에 남는다면 여자에게 또 다른 짐이 될 것이라고 생각한다. 그리하여 소설은 캄캄한 절망의 현실 속에서 희미하나마 희망의 빛을 찾기는 했지만 일상으로 복귀하지도, 벗어나지도 못하는 곤혹한 상황 그 자체에 멈추어져 있다.

절망의 현실에 내던져진 인물들은 절망 속에서도 희망을 꿈꾼다. 「나를 사랑한 폐인」에서처럼 초월의 공간을 꿈꾸며 신화적 세계로 나간다. 「나를 사랑한 폐인」에서 본격화되기 시작한 최인석의 신화적 상상력은 『아름다운 나의 귀신』에 이르면 좀 더 환상적인 세계로 접어들게 된다. 『아름다운 나의 귀신』의 인물들이 동경하는 곳은 느티나무, 교회 첨탑, 뭉클뭉클 안개를 피어올리는 바다처럼 희망과 빛의 공간이다. 그 곳은 "꽃 같은 비가 내리고 비 같은 꽃이 피어나는 곳, 별 같은 노래가 있고 노래 같은 별이 빛나는 곳, 곰과 사람이 혼례를 치르고 물고기와 새가 나란히 하늘을 나는 곳"(「내 사랑 나의 귀신」)이며, "완벽한 아름다움, 완전한 균형"(「직녀 내 사랑」)의 세계이며, "양이 범 같고 범이 양 같은 곳"(「염소 할매」)이며 "서로 바라보기만 하는 것으로도 정을 통하여 아이를 낳고 키우는 곳"(「내 사랑 나의 암놈」)이다.

「구렁이들의 집」과 「잉어 이야기」는 비극적이고 신화적인 상상력을 드러내낸다는 점에서 『아름다운 나의 귀신』의 연장선에 있다. 여기에는 구렁이와 우렁이, 잉어와 거미가 인간과 함께 한다. 모든 인물은 천상에서 쫓겨와 지상에 남겨져 봉인된 시간을 살아간다. 그러기에 그들은 불구이거나 기형이고, 그들이 사는 집은 그로테스크하고 뒤틀린 집이다.

「구렁이들의 집」에는 말더듬이이며 다중인격장애자인 '나'와 조로병을 앓는 사촌 '순이' 그리고 텅 빈 눈의 '큰아비' 등이 등장한다. 순이가 백 스물일곱, 내가 마흔 네 살, 큰어미가 삼백 스무 살이다. 소설 속 인물들의 나이는 현실적으로 불가능한 나이이다. 즉 이 인물들은 모두 현실의 시간, 일상의 시간을 벗어나 있다.

어린 시절, 부모가 나를 방안에 가두고 공장에 출근했기에, 나는 혼자 방안에서 시간을 보냈다. 나는 부모에 대한 "사랑과 증오, 애착과 멸시"가 공존하는 이중적 감정 때문에 불안한 심리를 드러내었으며 이중적인 감정을 표현하고 싶은 욕망 때문에 말을 더듬기 시작했다.

나는 빛 가운데에 어둠이 있다는 것도 이미 그때 알았다. 단순히 빛이 없을 때는 그림자도 없으나 빛이 나타날 때면 어김없이 그림자가 생겨난다는 것을 얘기하려는 것이 아니다. 그림자 없는 빛이란 존재하지 않는다는 것을 얘기하려는 것도 아니다. 들창으로 스며든 빛이 방바닥에 떨어지면 나는 그 빛 안에 얼굴을 들이밀고 눈을 감았다. 시야가 분홍빛으로 환해지면서 잠시 후에는 온갖 색깔의 구름들이 뭉클뭉클 스쳐갔다. 이미 어둠이, 암흑이 뒤덮였다. 그 어둠은 어떠한 어둠보다도 어둡고 어떠한 빛보다도 현란하였다. 나는 빛 가운데에 가장 깊은, 동시에 가장 찬란한 어둠이 있다는 것을, 빛의 본질이 바로 저 깊은 어둠이라는 것을 깨달았다. 나에게는 빛이란 가장 깊은 내면에 저 깊은 어둠을 지닌 빛, 그 어둠 없이는 빛일 수 없는 그런 것이었다.

—최인석, 「구렁이들의 집」, 18쪽.

작가는 빛과 어둠의 묘사를 통해 이분법으로 나눌 수 없는 현상에 대해 진술한다. 즉 '나'는 "모든 것이 이중적인 의미를 감추고 있다"는 것을 이미 경험을 통해 알고 있었다. 어둠 속에 찬란한 빛이 있고 빛 속에 깊은 어둠이 있다는 사고에는 이분법을 거부하는 의식이 존재한다. 나아가 선과 악, 사랑과 미움, 현실과 환상 역시 분명히 구분되지 않는다. 나'의 내부에 승냥이와 사슴으로 불리는 선과 악이 공존하는 것이나, 순이를 사랑하면서도 결국 그녀를 죽음으로 몰아넣는 것은 바로 분명히 나누어지지 않는 공존의 감정 때문이다.

말더듬이 나는 아비가 가출한 후 어미의 손에 끌려 큰 아비의 집으로 와서 살게 된다. 큰 아비의 집을 처음 본 나는 "그 나무들이 그곳(큰 아비 집)의 주인이었다"라고 생각한다. 그런데 큰아버지의 집은 동물들의 이미지에 힘입어 다음과 같이 그로테스크하게 묘사되고 있다.

> 그 뜰― 바람이 불면 집의 담에, 벽에, 지붕에 뒤덮인 담쟁이덩굴과 등나무 잎들이, 뜰을 뒤덮은 넝쿨장미와 잡초들이 살아날 듯 춤을 추었고, 그에 따라 집 전체가 당장 일어서서 움직이기 시작할 듯 꿈틀거렸다. 비가 내리면 모든 나무와 모든 이파리들이 환호하듯 손뼉을 치며 몸부림쳤고, 지렁이들은 빗줄기를 사다리 삼아 하늘을 향해 끝없이 기어올랐으며, 날이 개면 사다리를 잃은 지렁이들은 갑자기 허공에서 뚝뚝 떨어져내렸고, 그러면 개미들이 떼로 몰려나와 지렁이의 몸뚱이를 백 조각 천 조각 내어 부지런히 땅속의 집으로 날라들였다. 새들은 둥우리를 지어 알을 낳았고, 알에서 깨어난 새끼들은 온종일 지지구지지구 지저귀며 어미새가 잡아다주는 지렁이와 나비를 꿀꺽꿀꺽 삼켰으며, 개미들은 나무 꼭대기의 둥우리에까지 기어올라 갓 깨어난 새끼들의 다리를 파먹고, 눈을 파먹고, 깃털이 채 자라나지 않은 겨드랑이를 파먹었다.
>
> ―최인석, 「구렁이들의 집」, 31-32쪽.

큰 아비의 집을 묘사한 서술형을 살펴보면, "춤추고", "몸부림쳤고", "기어오르고", "날아들다"와 같은 동적인 모습을 보여준다. 즉 큰 아비의 집은 "지렁이"나 "개미" 등 동물의 이미지에 힘입어 카오스의 공간으로 묘사되고 있다. 큰 아비의 집뿐만이 아니라 큰 아비가 밤마다 구렁이가 되어 땅 위를 기어다니는 모습이나 '나'의 어미가 '나'를 갖게 된 것이 구렁이와 통정(通情)을 한 후라고 말하는 것 등은 이미 그들이 현실적 공간에서 벗어나 있음을 보여준다. 그 곳에 살게 되면서 '나'는 사촌 '순이'가 목욕하는 모습을 보고 그녀를 사랑하게 된다. 그리고 순이를 통해 큰 아비가 어떤 종교 단체에 빠져 전 재산을 다 바치고 현실세계에서 벗어나 살아가고 있다는 사실을 알게 된다.

> 저기… 도광지야(都廣之野), 도광의 들판이라는 곳이 있다.… 거기 건목(建木)이 라는 나무가 있어. 그 나무는… 하늘로 올라가는 계단이다. 그 나무를 계단 삼아 타고 오르면 하늘로 올라갈 수가 있어.… 도광지야는 이 세상의 중심, 이 우주의 중심이다. 그리고 그 한가운데에 그 나무가 서 있어.… 까마귀는 울지 않고, 사자는 죽이지 않고, 승냥이와 사슴이 함께 놀고, 소와 양과 표범이 함께 풀을 뜯는 곳이다. 온갖 곡식이 절로 자라고, 그러니 사시사철 가릴 것 없이 언제나 거둬들일 수 있는 곳이지. 그 도광지야 한가운데에 하늘로 올라가는 건목이 서 있는 거다. 해가 세상 꼭대기에 비칠 때는 이 건목은 그림자 한 점도 떨어뜨리지 않아. 그곳이 우주의 중심이니까. 봐, 거기선 빛이 전혀 결함 없는 완벽한 빛이다.
> —최인석, 「구렁이들의 집」, 40-41쪽.

큰 아비가 꿈꾸었던 유토피아는 현실의 절망에 빠진 그에게 어둠의 감옥을 탈출할 수 있는 유일한 희망이었다. 그러기에 큰 아비는 현실과 유리된 삶을 살아가는 것이다. '나'는 순이를 사랑하면서도 그녀의 약값을 갖고 집을 나오 고 본드와 환각의 세계에서 살아간다. 그러다 다시 집에 들어와 큰 아비로부 터 순이가 죽었다는 사실을 알게된다. 그런데 큰아버지는 순이가 죽은 사실을

"온 몸이 나비가 되어 흩어져 버렸다"고 표현한다. 즉 순이의 죽음을 단순한 죽음이 아니라 현실 세계를 초월하여 유토피아로 떠났다고 보고 있다. 소설의 마지막 부분에서 큰 아비와 내가 구렁이가 되어 지붕에 오르는 장면은 절망의 땅을 떠나 유토피아를 향해 초월해 가는 모습을 상징적으로 드러내고 있다.

인간과 동물의 경계가 흐려지는 신화적 상상력은 「잉어 이야기」에도 잘 드러난다. 「구렁이들의 집」의 '나'는 절망적일 때 말을 더듬으며, 「잉어이야기」의 '나'는 정신을 놓아 버린다. 그 혼절의 순간이 "나에게는 거의 유일한 피난지였고, 휴식과 같은 것"이라는 진술은 '나'에게 현실이 얼마나 고통스럽고 절망적인 가를 역설적으로 보여주고 있다.

「잉어이야기」의 화자는 할아버지, 할머니와 함께 산다. 어머니는 집을 나가고 아버지는 멀리 배를 타고 나갔다. 가난한 화자는 동무들이 점심을 먹을 때 혼자 수돗가로 가서 물을 마셨다. 어느 날 할아버지를 쫓아가다가 할머니와 화자가 모두 바다에 빠졌는데, '가마니 거지'로 불리는 사람이 구해 준다. '가마니 거지' 이야기는 우렁이 각시 설화를 통해 현실을 알레고리화 한다. '가마니 거지'는 원래 디자이너였는데, 뇌물사건과 연루되어 감옥살이를 하면서 모든 것을 잃게 된다. 그때 김밥장사를 하던 여자를 만나, 재봉틀 두 대를 놓고 옷을 만들어 팔았다. 한 달에 한 번 집을 비워달라는 여자의 조건을 수락하고, 남자는 결혼을 했고 행복하게 살았다. 그런데 어느 날 약속을 어기고 몰래 들어가 보니 욕조 안에 우렁이 한 마리가 있었다. 결국 여자는 떠나고 그는 여자를 찾아 방방곡곡을 헤매고 다니고 있다는 것이다. "각시가 우렁이라는 것을 의식하게 되어 사랑이 사라진 게 아니라 사랑이 사라지면서 내 각시는 우렁이라는 걸 내가 의식하게 된 것"이라는 지적에는 구별하고 차별하는 세상의 시선에 대한 비판과 자각이 숨어 있다.

'나'는 6학년 때 북한 깃발 사건을 계기로 파출소로 끌려갔다가 어미와 조우하게 된다. 그 사건으로 충격을 받은 '나'는 입을 다물고 살아간다. 그러던 어느 날 '나'는 귀 뒤에 돌기 비슷한 것이 돋아난 사실을 발견한다. 그리고 자신이 아이를 갖지 못하던 어미와 아비가 커다란 잉어를 잡았다가 놓아준 후 열달 뒤에 생긴 아이임을 알게 된다.

> 비는 끊임없이 쏟아졌고 강물은 거침없이 불어났다. 물가의 모래밭이 다 물에 잠기고, 그 위의 콩밭 고추밭도 물에 잠겼다. 잠시 비가 그칠 때면 강에서는 춤이라 도 추는 듯, 머리칼 풀고 하늘로 솟아오르는 듯 안개가 피어올라 마을을 뒤덮고, 강물은 안개 속에 모습을 감췄으며, 그 속에서 무슨 일이 벌어지는 듯 안개는 기이한 푸른빛으로 번쩍거렸고, 달마저 안개를 피어내 붉은 달무리가 하늘을 적셨으며, 안개가 사라지는가 싶으면 어느새 다시 비가 쏟아졌고, 그 사이에 나의 몸에서는 아가미가 자라고 지느러미가 자라고 비늘이 돋아났다. 나의 세계가 가까워지고 있었 다.
>
> ─최인석, 「잉어 이야기」, 107쪽.

홍수가 나는 마을의 모습을 묘사하는 부분에 이르면 마치 성경의 '노아의 방주'처럼 속악한 땅을 벌하는 혹은 그 죄를 사하는 모습을 연상시킨다. 그 비는 구원의 이미지로, 또한 "물 속은 어미의 자궁 속처럼 편안했다"라는 표현에서 보여지는 재생의 이미지로 드러나고 있다. 더구나 "마침내 물로 돌아가려는 지금, 내가 뭍에서 산 서른 두 해는 아비 어미를 처음 본 날 아비의 종 다래끼 안에 머물렀던 잠깐에 불과한 것인지도 모른다는 생각, 그리고 열 달 뒤에 다시 아비와 어미를 만났으면"과 같은 소설의 마지막 부분은 처음과 끝이 다시 맞물리고 있음을 알 수 있다.

최인석은 '나비'(「구렁이들의 집」)나 '솔개'(「내 사랑 나의 암놈」)가 되어 현실의 절망을 넘어설 수 있는 희망을 설화의 공간, 신화의 공간에서 찾아내 고 있다. 그러기에 죽은 순이는 죽은 것이 아니라 나비가 되어 초월해 간 것이고, 깃발 사건을 겪은 후 잃은 아이는 홍수에 떠내려간 것이 아니라 다시 잉어가 되어 모태(母胎)의 공간으로 초월해 간 것이다. 이런 점에서 최인석 소설은 현실 공간에 밀착할 때는 절망적이고 비극적인 색채를 보이지만, 환상 공간에 밀착할 때는 그 절망을 넘어 구원이 있다는 희망적인 색채를 띤다.

4. 젖빛 희망의 집을 꿈꾸며

나는 최인석 소설 가운데 가장 뛰어난 작품으로 「모든 나무는 얘기를 한다」를 들고 싶다. 이 소설은 '어둠의 감옥'에 밀착한 작품들이 보여주는 비극적 상상력과 '희망의 빛'에 밀착한 작품들이 보여주는 신화적 상상력 사이의 균형을 유지하고 있다. 「모든 나무는 얘기를 한다」는 장수호라는 특이한 인물과 그 인물을 관찰하는 화자의 두 겹 이야기로 되어있는데, 장수호를 통해서는 '현실과 유토피아 문제'를, 화자를 통해서는 자본주의의 '욕망의 문제'를 다루고 있다.

화자인 '나'는 광고회사에 입사하여 유능한 카피라이터인 선배 장수호를 만난다. 장수호는 공장노동자 출신인 여자와 결혼한 운동권 출신으로 화자가 만났을 때는 광고회사 최고의 카피라이터였다. 내가 이런 장수호에게 관심을 가지게 된 것은 회의를 겸한 엠티 사건을 통해서이다. 화자는 새벽 산길에서 나무 앞에 앉아 나무가 자신에게 말을 건다고 하는 장수호에게 흥미를 갖게 된다. 그러나 결정적으로 장수호와 가까워진 것은 어머니의 병원비를 그에게 빌린 것 때문이었다. 그런데 장수호는 그 돈에 대해 일체의 언급을 하지 않았다. 나는 2년이 지난 뒤에야 그 빚을 갚고, 감사의 뜻으로 저녁 대접을 한다. 그리고는 장수호의 아내 유영선의 막내숙부가 월북한 관계로 최근에 수사관이 들이닥쳐 아내가 유산을 하게 되었다는 사실을 알게 된다. 장수호의 집에 초대된 '나'는 장수호의 집을 가득 메운 식물들에 강한 인상을 받는다. 그리고 꿈인지 생시인지 알 수 없는 시간에 장수호와 그의 아내의 정사를 목격하게 된다.

> 뿌옇게 먼동이 터오는 거실, 키가 커다란 나무들이 목을 꺾어 내려다보는 가운데, 흙과 나뭇잎과 떨어진 열매들 위에 벌거벗은 유영선과 장수호가 정사에 몰두하고 있었다. 그녀의 흰 몸 위에, 둥근 어깨에, 그의 굳건한 다리와 목덜미에 하늘하늘 나뭇잎이 떨어지고, 꽃잎이 떨어지고 사과알이 떨어지고, 솔방울이 떨어지고, 청설모가 나무둥치로 뛰어다니고, 하늘다람쥐는 이 나무 저 나무로 날아다니고, 잠자리 떼들이 짝짓기를 하며 날아다니고, 개미들이 교미를 위해 떼를 지어 하늘로 날아올라 천장에 부딪고 벽에 부딪고, 꽃뱀과 흰 뱀이 나무둥치를 타고 기어내리며 허공을 날아오르고 흙 속으로 파고들며 교미를 하고…… 영선의 신음소리와 수호의 외침은 북소리와 장구소리처럼 어우러져 절정을 향해 치달아올랐다.
>
> ─최인석, 「모든 나무는 얘기를 한다」, 137쪽.

"뿌옇게 먼동이 터 오는" 빛의 이미지를 배경으로 나누는 부부의 정사는 교미를 하는 동물과 열매 맺은 식물과 함께 몽롱하고 환상적인 분위기를 품어낸다. 또한 그 정사장면은 태초의 생명이 잉태되는 순간처럼 평화로운 분위기를 드러낸다. 「모든 나무는 얘기를 한다」는 타나토스적 충동으로 가득 찬 최인석 소설 가운데에서 예외적이리만큼 에로스적 충동으로 출렁인다.

장수호가 사라진 다음 나는 두 차례의 스카우트를 통해 한 광고 전문회사의 팀장이 되었다. 그 사이 아이가 둘이 생겼고 20평 짜리 전셋집에서 45평 짜리 아파트로 집을 옮기게 되나, 이혼을 하게 되었다. 이혼의 이유는 아내가 진 빚 5억 때문이었다. 아내는 다단계 판매로 떼돈을 벌 수 있다는 생각에 5억의 빚을 진 것이다. 그러나 더 큰 문제는 다단계 판매에 대한 아내의 확신이었다. 다단계 판매를 그만두거나 아니면 이혼을 하자는 나의 제안에 아내는 이혼을 선택했다. 다단계판매에 대한 아내의 확신은 기실 돈에 대한 페티시즘을 드러내는 자본주의의 광포한 욕망을 상징적으로 드러낸다. 가난한 집안의 아들로 대학을 졸업하고 열심히 살아온 나는 갑자기 자신의 생 전부가 무너진 것을 목도하게 된다. 이혼 후 여행을 떠난 '나'는 홀연 사라진 장수호 부부를 우연히 시골에서 만난다. 장수호 부부는 송이와 더덕을 캐어 살아가고 있었다. 왜 이곳에 사느냐는 나의 질문에 장수호는 "세상을 버리기로 했다"는 답변을 한다.

> 빈집은 폐허와 같았다.… (중략) … 집, 그것은 더 이상 내가 꿈꾸던 집이 아니었다. 하나의 집을 마련하는 것, 그것이 젊은 시절 이래 나의 소망이었다. 그러나 그 소망은 이제 깨졌다. 내 집은 파괴되었다. 나는 그 집을 복구할 수 없을 것이다.
> —최인석, 「모든 나무는 얘기를 한다」, 140쪽.

> 영선이 아기에게 젖을 물린 채 마루 끝에 서 있는 것이 보였다. 옛날에 고향마을에서 흔히 볼 수 있었던 농가, 흔히 볼 수 있던 광경이었다. 처마끝에 알전구가 매달려 어둠을 밝혔고, 개는 이리 뛰고 저리 뛰며 마당을 헤집고 다녔으며, 아이는 어느새 그 개를 쫓고 있었다. 영선이 젖을 물리고 있었으므로 나는 가까이 다가가 갓난아기를 볼 수가 없었다. 나에게는 젖을 물린 여자의 모습이 낯설었다. 옛날과는 달리 요즘은 거의 볼 수 없는 광경이었으니까.
> —최인석, 「모든 나무는 얘기를 한다」, 158쪽.

「모든 나무는 얘기를 한다」에는 집과 관련된 묘사가 두 번 등장하는데, 앞의 것은 이혼한 후 처음 자신의 집에 들어왔을 때 '나'가 보인 반응이며, 뒤의 것은 장수호의 집에서 아기에게 젖을 물린 영선을 바라보며 '나'가 보인 반응이다. 이런 면에서 장수호의 시골집에 대한 묘사는 최인석이 꿈꾸는 온전한 집의 원형이다. 마당을 헤집고 다니는 강아지와 젖먹이를 안고 있는 아내가 있는 풍경은 그가 새롭게 발견해 낸 '젖빛 희망'이다. 이혼으로 절망해 있던 내가 저녁 내내 자신의 아이를 생각하며 아침이 밝자마자 아이를 보러 길을 나서는 이유는 아이를 통하여 미래의 희망을 찾았기 때문이다. 아이를 통한 희망이기에 그것은 '젖빛 희망'이다.

이 소설은 현실의 절망과 유토피아를 꿈꾸는 단일 구조에서 나아가 현실과 유토피아를 감싸안는 또 하나의 구조를 준비하고 있다. 그가 장수호를 만나고 내려오다 경찰에게 검문을 당하며, 아무리 도망쳐도 피해갈 수 없는 권력의 힘을 느끼는 부분이다.

> 터덜터덜 산길을 내려가다 말고 나는 그늘에 주저앉았다. 슬픔, 원인을 알 수 없는 슬픔으로 눈앞이 뿌옇게 흐려졌다. 나 자신에 대한 혐오감으로 내 몸이 징그러웠다. 공기의 밀도가 갑자기 수십 배 수백 배가 높아져 몸이 짓눌리는 것만 같았다. 공기 속에 쇳조각들이 가득 들어차 순간마다 몸 이곳저곳을 베고 들어오는 것 같았다. 나는 장수호가 이 깊은 산골까지 들어온 까닭을 막연하게나마 처음으로 이해할 수 있을 것 같았다. 도피냐 아니냐 따위는 더 이상 아무 상관이 없었다. 그가 더 깊이 더 멀리 들어갈 수 없다는 것이 안타깝고, 그는 세상을 버리고자 하지만 세상은 끝내 그를 놓아주지 않는다는 것이 안타까웠다.
> ─최인석, 「모든 나무는 얘기를 한다」, 162-163쪽.

화자에게 장수호가 산 속에서 사는 생활이 도피냐 아니면 초월이냐 하는 것은 중요한 것이 아니었다. 화자가 분노하는 것은 도피나 초월을 암묵적으로 강요하는 세상이며 아니 도피나 초월마저도 할 수 없게 만드는 세상이다. 화자는 온전한 집으로 상징되는 젖빛 희망마저도 허락하지 않는 현실 앞에서 슬픔을 느낀다.

「내 영혼의 우물」, 「심해에서」, 「노래에 관하여」 등이 출구 없는 현실에서 절망하는 '어둠의 이미지'에 압도된 작품이라면, 「구렁이들의 집」, 「잉어 이야기」 등은 비극적 현실을 너머 유토피아의 공간으로 훌쩍 초월하는 '빛의 이미지'에 압도된 작품이다. 이에 비해 「모든 나무는 얘기를 한다」는 현실의 힘에도 환상의 힘에도 압도되지 않고 현실과 환상, 어둠과 빛의 조화 속에서, 초월의 세계로 완전히 비상하지 않은 채 현실의 폐허에 남아 그 고통을 온몸으로 감내하고 있음을 보여주는 작품이다. 이런 점에서 「모든 나무는 얘기를 한다」는 '빛과 어둠의 이중주(二重奏)'를 드러내는 뛰어난 작품이다.

    캄캄한 어둠 때문에 길이 보이지 않을 지라도, 광원(光源)에 대한 믿음만 버리지 않는다면 '구렁이의 집'도 '나무들의 집'도 아닌 온전한 '인간의 집'을 찾아낼 수 있으리라. 최인석이 절망의 현실에서 건져 올린 저 '젖빛 희망'을 통해 인간의 집을 가꾸어 나갈지, 다시 출구가 막힌 '어두운 절망'을 통해 구렁이의 집으로 다시 돌아갈지, 최인석의 소설은 이 지점에서 다시 또 한번의 새로운 도약을 준비하고 있는 듯하다.

(2002)

다양성의 글쓰기

- 성석제론

경험과 정보, 우리가 읽었던 책들, 상상된 것들의 결합이 아니라면,
우리는 누구인가? 각자의 삶이 백과사전이고, 도서관이고, 대상들의
발견이며, 스타일의 연결이고, 모든 것은 상상할 수 있는 모든 방식 속에서
계속 뒤섞일 수 있고 다시 질서를 잡을 수 있다.
- Italo Calvino, 『Six Memos for the Next Millennium』,
Harvard U.P., 1988, p.124.

1. 인터넷 시대의 글쓰기

과학과 기술의 발달로 세계는 인터넷이라는 전지구적인 새로운 네트워크
를 형성하였으며, 사람들은 컴퓨터가 만들어내는 가상의 공간 속으로 들어가
게 되었다. 기계와 이성이 지배하던 근대의 패러다임이 해체되기 시작하면서
이성과 질서와 중심에서 벗어나는 새로운 사유들이 대두하고 있다. '절대적
인 하나'는 이제 어디에도 존재하지 않으며, '무수한 여럿'이 부유(浮游)하고
있다. 사회는 질적으로나 양적으로 점점 **빠르게** 변화하고 있으며, 감각과
사고방식의 전면적인 변화를 요구하고 있다. 패러다임의 변화는 문학에 있어

서도 예외가 아니다. 문학에 대한 개념들은 새로운 장르들의 출현으로 도전받기 시작했다. 이제 소설은 새로운 세기를 위한 변신의 지점에 와 있다.

앞으로 올 새로운 천년에 존재할 소설에 관해 생각해 볼 때, 이탈리아 소설가인 칼비노의 『다음 천년을 위한 여섯 가지 메모』(Italo Calvino, 『Six Memos for the Millennium』, harvard U. P., 1988)는 미래로 나갈 나침반이 된다. 칼비노는 보르헤스와 함께 환상적 소설을 써온 작가이다. 그는 이 에세이에서 가벼움(lightness), 신속(quickness), 정확함(exactitude), 가시성(visibility), 다양성(multiplicity), 일관성(consistency) 등을 21세기 소설에서 요구되는 덕목들로 제안하고 있다.

우리의 경우, 새로운 글쓰기를 실험하고 있는 개성적인 작가로 성석제를 들 수 있다. 성석제는 최근 짧은 글들의 모음집인 『그곳에는 어처구니들이 산다』(민음사, 1994)를 출간하였다. 그의 작품집 속에는 68개의 짧은 글이 실려 있다. 그는 소설이라는 장르와 치열하게 싸우고 있다. 그의 소설은 객관적 진술과 주관적 진술, 현실과 환상, 진지함과 우스꽝스러움, 시적인 문체와 산문적인 문체, 치열함과 유희의 경계에 아슬아슬하게 놓여 있다. 성석제 소설은 수필처럼 시처럼 때로는 논문처럼 보이기도 한다. 아니 그러한 구분을 지우기 위해 소설을 쓰고 있는 듯 보인다. 그는 다양한 해석적 방법과 사고의 형태들 그리고 문체들의 충돌을 모색하고 있다. 그의 소설에서 중요한 것은 '뒤섞임' 안에 숨어있는 치열한 탐색의 정신이다. 이제 인과 관계에 의해 질서 있게 담아낼 수 있는 단일한 서사는 더 이상 존재하지 않는다. 더 이상 기존의 '소설'이라는 장르가 담아낼 수 없는 현실에 대한 절망과 부정의 정신이 그로 하여금 '거리를 가지고' 변화하는 세계를 파악하기 위해, 새로운 글쓰기를 실험하게 만든다.

2. 가벼움의 미학

칼비노가 제안한 여섯 가지 테마들은 '가벼움의 미학'을 기반으로 하고 있다. 오늘날 과학은 비트와 소프트웨어 같은 가벼운 것들이 기계나 하드웨어 같은 무거운 것을 지배하고 있다. 칼비노는 이런 가벼움의 힘을 메두사의 머리를 자른 페르세우스 신화를 빗대어 설명한다. 페르세우스가 메두사를 죽일 수 있었던 것은 '날 수 있는 샌들'과 괴물의 얼굴을 직접 보지 않고 목을 자를 수 있는 '청동거울'을 가졌기 때문이다. '가벼움'과 '거울'이야말로 메두사의 목을 자를 수 있는 강력한 무기가 된 것이다. 또한 메두사가 흘린 피에서 날개 달린 천마 페가소스가 태어났다는 것은 삶을 강제하는 무거운 돌들은 가벼운 것 앞에 무릎 꿇었음을 상징적으로 보여준다. 오비디우스의 표현처럼, 이제 모든 견고하고 무거운 것은 용해되어 간다. 중력에 도전하는 인간의 정신에서 날아다니는 상상력이 나왔듯, 소설을 옭아매던 현실의 무거움에 도전하는 가벼움의 상상력이 중요하게 부각되고 있다.

성석제의 「소설」은 소설이라는 장르를 주제로 하여 진지한 모색을 탐구하는 '소설'에 대한 메타픽션이다. 어느 날, '나'에게 진정한 작가를 찾는다는 전화가 한 통 걸려온다. 전화 속 사내는 현재 소설이 처한 상황을 다음과 같이 진단한다.

오늘날 문장은 위기에 처해 있다. 통신과 언론 매체, 특히 텔레비전과 신문이 문장의 성격을 본질적으로 변혁하도록 요구하고 있다. 텔레비전과 신문은 문장보다 훨씬 짧은 역사에도 불구하고 자신의 특성에 맞는 전달 방법, 설득력 있는 문장 구조를 만들어 냈다. 텔레비전의 아나운서, 사회자, 코미디언의 한마디 말에 일회일비, 환호작약, 경악, 분노하는 수많은 시청자를 보라. 신문이 하루 수십 면씩 내놓는 살아 있는 정보, 전문가를 마음대로 동원 요리하는 능력, 그 엄청난 영향력은 또 어떤가. 게다가 지금에는 광고 문안이라는 희대의 강적이 등장하고 있다.

—성석제, 「소설」, 『그곳에는 어처구니들이 산다』, 38-39쪽.

우리는 미디어의 홍수 속에 살고 있다. 강력한 영상 미디어는 세계를 이미지들로 변화시키고, 그 이미지를 또한 '영상'을 통해 증대시킨다. 이 시대의 구성원은 '문자 이미지'보다 '도상 이미지'들로부터 영향을 받는다. 그렇다면 이런 도상 이미지들의 홍수 속에서 소설은 살아남을 수 있을까? 소설은 이런 장르들과 경쟁하기 위해서 어떤 노력을 기울여야 하는 것일까?

우선 짧고 정확해야 한다. 즉 시에 가까운 함축성을 갖춰야 한다. 아울러 산문의 묘사력, 서술성도 필요하다. 사변적이기보다는 논리적이고 감각적일 것, 자신보다는 읽는 사람을 생각하고 그 입장에서 받아들일 수 있는 어휘, 속도를 생각할 것. 올바른 문장에 대한 천부의 감각이 있을 것.

—성석제, 「소설」, 『그곳에는 어처구니들이 산다』, 40쪽.

전화 속의 사내는 무엇보다도 '정확성'을 강조하고 있다. 칼비노에 의하면 정확성은 "영혼의 무게를 다는 깃털"에 비유된다. 문학은 근본적으로 상투적인 표현과의 싸움이다. 정확한 언어선택을 통해 이미지를 가시적으로 표현해 내는 것이야말로 작가가 지향하는 문장에 대한 감각이다. 이러한 정확성은 크게 두 가지 방향으로 드러나는데, 하나는 정신세계와 문자세계를 기술함에 있어 어느 한쪽으로 치우치지 않게 두 가지를 병렬시킴으로 정확성에 도달하는 방법이고, 다른 하나는 지식이 없는 것처럼 정확하고 세세하게 묘사함으로 정확성에 도달하는 방법이다.

전화 속의 사내는 대중매체와 경쟁하기 위해 정확성의 중요성을 강조한 후, 현재 잘 팔리는 소설에 관해서도 분석해 낸다. 전화 속의 인물은 베스트셀러 작가가 되는 방법으로 첫째로 미남미녀의 고난과 신분상승 이야기, 둘째로 복수와 야망을 담은 기업소설 이야기, 셋째로 권력문제를 다루는 이야기를 예로 든다. 그에 따르면 통일, 핵, 기업합병, 전문가, 스포츠, 도박, 명예 등의 소재를 결합하여 쓰는 것도 좋은 방법이다. 잘 팔리는 소설에 대한 분석에는 상업성과 통속성에 대한 통렬한 비판이 숨어 있다. 그렇다면 통속성과 상업성으로부터 작가의 양심에 의거해 글을 쓸 수 있는 방법은 존재하는가?

이에 대하여 작가는 '비밀결사' 내에서나 존재할 수 있다는 어두운 결론을 내린다. 성석제는 이상적인 글쓰기를 위해 비밀 결사를 결성해야 한다고 말한다. 이상적인 글쓰기의 전범으로 페터 빅셀, 로얼드 다알, 루이 페르디낭 셀린느, 가브리엘 바르가스 요사, 에프라임 키션, 보르헤스 등을 열거한다. 다음으로 작가를 한 명씩 들면서, 비밀 결사에 어느 정도 깊숙이 관여하고 있는지에 대해 분석한다. 그 결과 보르헤스가 가장 대표적인 요원이라고 한다. 이들은 리얼리즘이나 편협한 민족주의를 배격하고 권력과 권위를 의심하는 글쓰기를 추구한다. 무엇보다도 그들에게 중요한 것은 노벨 문학상과 같은 권위를 의심하는 것이다.

비밀 결사의 강령, 구성원의 공통된 관심은 인간이었다. 불운한 인간, 시대의 톱니바퀴에 걸린 평범하고 소박한 인간, 서민, 군중, 다수. 그들을 위해 언제든지 눈물 흘릴 수 있는 일체감, 진실한 애정, 인간을 가엾게 만드는 부조리에 대한 비판, 풍자, 저항. 그러한 인간이 존재하는 한 그들의 결사도, 그들의 이름도 불후할 것이다.

나는 일단 이 비밀결사의 이름을 <따뜻한 인문주의자>로 부를 것을 제안한다. 결사의 이름을 공표하는 것은 아직 빠르다. 아니, 이름 따위는 없는지도 모른다. 그들이 충성하려는 것은 이름이 아니라 인간이기 때문에. 인간의 명목이 아니라 인간 그 자체, 특히 더럽고 가난하며 고통받는 모든 인간의 웃음. 최대의, 최후의, 최고의 웃음. 웃음이야말로 그들의 투명한 배지이며 찬란한 표징이고 가슴 속에서 항상 펄럭이는 국기이다.

"소설의 공통된 관심은 인간이다"라는 익히 상식적인 명제를 내세우지만 그 방법에 있어서는 "불운한 인간, 시대의 톱니바퀴에 걸린 평범하고 소박한 인간, 서민, 군중" 과 같은 구체적인 세목을 나열한다. '따뜻한 인문주의자로서의 소설 쓰기'야말로, 성석제가 지향하는 최고의 이상이다. 작가는 소설의 방향을 '웃음의 힘'에서 타진해 보고 있다. 작가는 그 동안 우리 소설이 질타하고 반성하고 결의를 다지는 '무거움의 힘'이 너무 강했다고 진단하고, 이제 인간에 대한 따뜻한 웃음을 기조로 하는 '가벼움의 힘'을 중시한다. 물론 여기에서의 가벼움은 단순한 가벼움이 아니라 "사려 깊은 가벼움(thoughtful lightness)"이다. 성석제 소설이 소모적인 유희가 아닌 진지한 유희가 될 수 있는 것도 가벼움의 미학이 갖고 있는 철학적 기반 때문이다. 따뜻한 인문주의자로서 웃음의 세계를 지향하는 소설 쓰기란 기존 언어를 뒤집는 놀이와 관련된다. 그는 문학이라는 것이 기본적으로 상투적인 언어를 벗어나 새로운 언어로 변신시키려는 유희의 소산임을 강조한다. '전복의 상상력'이 우선적으로 행해지는 것은 금기와 관련해서인데, 「지방색」이라는 작품에는 우리의 사고를 지배해오던 이분법을 해체하는 뒤집기의 상상력이 드러난다.

그 지방은 산으로 둘러싸여 있다. 출구가 없고 입구도 없다. 그 지방에 태어난 사람은 모두 그 지방에서 죽는다고 알려져 있다. 사람들은 변두리에서 태어나 차츰 안쪽으로 밀려 들어가 최후에는 가장 안쪽에서 죽게 된다고 한다. 그들은 바깥 세계에 대해서 알지 못한다. 바깥 세상에 대하여 생각하는 것도 금기다.
—성석제, 「지방색」, 『그곳에는 어처구니들이 산다』, 46쪽.

기존 틀 속에서만 살아가는 사람은 금기를 깨지 못한다. 그러나 금기에 의문을 제기하는 자는 기존 틀을 빠져나갈 수 있게 된다. 그는 "왜 산과 하늘 밖에 없는가, 살거나 죽는 일 밖에 모르는가"와 같은 의문을 제기한다. 이런 금기를 깨기 위해 행하는 작가의 상상력은 웃음처럼 아주 가볍다. 그것은 '입산금지'라는 팻말을 '지금 산에 들어가요'라고 거꾸로 돌려읽는 방법을 통해서이다. 작가는 가벼움의 상상력, 유희의 정신, 웃음의 미학으로 해결한다. 그가 산을 떠나 도달한 곳은 바다였는데, 바다에 파도가 밀려오면서 모래에 묻히게 된다. 그러자 그는 자신처럼 이분법적 사고를 거부한 사람들이 모여 된 것이 모래라는 사실을 깨닫는다. 「지방색」에서의 '모래'는 산과 바다라는 대립물의 경계에서 그 대립을 무(無)로 만든다. 결국 모래는 산/바다, 흙/물의 대립을 해체하는 것의 상징이다.

「놀이하는 인간」에서는 노동만을 강요하는 우리 사회의 시스템과 '차이'를 인정하지 않는 우리 사회의 획일성을 비판하고 있다. 이 작품에서는 놀이라면 무엇이든지 빨리 배우는데 남다른 집념과 소질이 있는 한 친구에 대해 이야기한다. 그 친구는 뛰어난 솜씨로 보통 사람의 상상을 뛰어넘을 정도로 다양한 놀이에 몰두한다. 그런데 놀이에 몰두하는 친구에 대한 주위의 시선은 부정적이기만 한다. 친구들은 모두 놀이에 대한 그의 지나친 관심을 걱정하고 있다.

우리는 그가 얼마나 바쁠 것인가, 동정하지 않을 수 없었다. 마침내 그는 이제까지의 놀이를 총체적으로 결합한 세계일주를 한다는 계획에 착수했다. 뗏목을 타고, 낚싯대와 지도, 망원경을 가지고, 별도 보고 새도 보고 빙산을 뚫고 스킨 스쿠버로 물고기를 잡고 진주도 캐고 사진도 찍고 우리는 만류하지 않을 수 없었다. 그를 설득하는 데 뗏목으로 세계일주를 할 정도의 시간이 들었다. 그런데 갑자기 그가 그 계획을 중단했다. 그리고 결혼식을 한다고 발표했다. … (중략) … 비로소 우리는 위대한 한 인간을 잃고 말았다는 것을 깨닫게 되었다. 우리와 똑같은 한 인간을 얻기는 했지마는.

　　　　－성석제, 「놀이하는 인간」, 『그곳에는 어처구니들이 산다』, 80-81쪽.

우리 사회는 제도교육을 통해 획일화된 사고를 주입한다. 기존의 틀 속으로 편입을 강요하는 사회의 압력은 '차이'를 무시하고 '하나'를 강요한다. 기존 틀을 유지시키고 재생산하는데 도움이 되는 고정관념만을 강요하는 것이다. 그 고정관념 가운데 재생산을 위한 결혼이라는 제도만큼 완고한 것도 드물다. 그 특이한 친구도 결혼으로 인해 '차이'를 포기하고 '동일화'되고 만다. 결국 사람들은 나중에야 위대한 한 인간을 잃고 말았다는 것을 깨닫게 된다.

상상력은 놀이하는 정신, 유희의 정신에서 나온다. 그러므로 이 유희의 정신을 잃는다는 것은 상상력의 공간을 잃게 되는 것이다. 우리 사회는 상상력의 공간, 그 가운데에서도 상상력의 공간을 최대로 발휘할 수 있는 문학의 공간을 잃어가고 있다. 이제 누구도 놀이의 시간에 책을 읽지 않는다. 그들은 여백의 공간이 많은 책을 읽는 대신 획일화된 대중문화를 수용한다. 획일화야말로 문학 기반 자체를 파괴하는 가장 무서운 적이다.

3. 열린 이야기 구조

성석제는 『그곳에는 어처구니들이 산다』에서 보르헤스가 「바벨의 도서관」에서 제시했던 두 가지 길을 동시에 실험하고 있다. 보르헤스는 "삼라만상을 밝히고 있기 때문에 일체를 포괄하는 유일한 책 한 권을 쓰거나, 부분적 형상들을 통해 전체를 포착하기 위해 모든 책들을 다 쓰는 방법"을 제시한 바 있다. 성석제 역시 단 한 권의 책을 쓰고자 노력한다. 성석제가 말하는 한 권의 책이란, "무(無)에 관한 한 권의 책, 외부 세계와의 접착점이 없는 한 권의 책이다. 마치 이 지구가 아무 것에도 떠받쳐지지 않고 공중에 떠 있듯이 오직 스타일의 내적인 힘만으로 저 혼자 지탱되는 한 권의 책, 거의 아무런 주제도 없는 아니 적어도 주제가 눈에 뜨이지 않는" 것을 의미한다.

> 어처구니는 나와 몇 해 전에 어느 책에서 처음 만났는데 그는 <상상보다 큰 물건, 사람>이라고 풀이되어 있었다. 나는 상상보다 큰 것이 무엇인지 알지 못하는 데 그 어처구니가 그 방에 살아준다면 적당할 것 같다. 그 방은 이제 나의 상상보다 충분히 크고 아름답고 오래되었으리라.
> —성석제, 「방」, 『그곳에는 어처구니들이 산다』, 259쪽.

어처구니란 상상외로 큰 물건이나 사람을 이르는 말이다. 성석제가 자신의 소설을 『그곳에는 어처구니들이 산다』라고 한 속뜻도 이와 통할 것이다. 단한 권의 책이란 『산해경(山海經)』과 같이 백과사전 방법을 도입한 소설이다. 이런 시도는 언어가 사물을 정확하게 표현해 낼 수 없기 때문에 이루어진다. 일상언어는 두 가지 면에서 한계가 분명하다. 세계에 존재하는 사물이나 감정은 무한한데 언어의 수는 유한함이 그 하나요, 사물이나 감정의 개별적 성격을 무시하고 일반화하여 지칭할 수밖에 없는 언어의 속성이 다른 하나이다. 그러기에 성석제는 무한한 속성에 관하여 끝없는 관심을 표명하는 방법을 택한다. 기존의 백과사전처럼 연역적으로 표현하지 않고 귀납적으로 표현한다. 이야기는 무한한 개별성의 연접을 통해 다양성을 드러냄으로 끝없이 이어진다.

「반」이라는 부분을 보자. 한마디로 정의할 수 있는 이 '반'이라는 용어를 설명하는 성석제의 방식은 흔히 우리가 '반'이라는 단어를 문장에서 사용하는 용법의 예를 끝없이 열거하는 것이다. "어느 호수는 물이 반이고, 나머지는 고기이다.", "그 낚시터는 고기가 반, 사람이 반이다.", "중국에서 사온

술을 먹는데 물이 반이요, 불이 반이다.", "바둑돌의 반은 검고 반은 희다." "인류의 반은 남자이고 반은 여자이다.", "세상에는 두 종류의 사람이 있다. 한 종류는 시시콜콜한 이야기를 지치지도 않고 종알거리는 사람이다. 다른 종류의 사람이 말한다. 됐어, 그만해."(159-161쪽) 작가는 '반'이라는 단어가 사용되는 용례를 끝없이 열거함으로 자연스레 '반'이라는 용어를 정의한다.

앞의 두 작품이 '단 한 권의 책'과 관련된다면, 「바람둥이의 꿈」은 끝이 없는 이야기에 관한 글이다. 더 이상 소설은 현실의 미메시스적 재현이 아니라, 수많은 정보로 이루어진다. 현실은 항상 유동적이며 이해할 수 없는 돌발 사건들로 가득 차 예측불가능한데 비해, 책 속의 세계는 정돈되고 완결된 모습을 보여주는 것에 대한 뒤집기 전략이다. "텍스트의 완결성"에 저항하는 작가는 결국 바람둥이가 등장하는 다양한 연애 이야기의 가능성만을 구성해 낼 뿐 어느 한 편의 완결된 연애 이야기를 재현하지 않는다.

「바람둥이의 꿈」은 다음과 같은 줄거리를 갖고 있다. 어느 날 나는 김영준을 찾는 그의 옛 애인으로부터 전화를 받는다. 자신은 김영준이 아니라고 말해도 여인은 믿지 않는다. 그래서 나는 자신이 아는 '김영준'이라는 이름을 가진 사람에 대해 일일이 설명한다. 중학교 동창인 첫 번째 김영준, 군대에서 장교로 전역한 두 번째 김영준, 출판사 간부인 세 번째 김영준에 대해 이야기한다. 그 모두가 그녀가 찾는 사람이 아니다. 후에 그 여인은 김영준이 아니라도 상관없었다며 나를 만나고 싶다고 전화를 걸어온다. 이 작품에서 특징적인 것은 내용이 아니라 끝없이 갈라지는 열린 구성이다.

예를 들어 ○에게 첫 번째 김영준 이야기를 했다고 하자. ○는 그 김영준을 만나보고 싶다고 한다. 내가 두 번째 김영준의 험담을 했다고 하자. □는 호감을 가질 것이다. △에게 세 번째 김영준을 혼내준 이야기를 했다고 하자. △는 나를 김영준보다 잘난 인간이라고 여길 것이다. 다음에 만나서 □에게 첫 번째를, △에게 두 번째를, ○에게 세 번째를 이야기하고 각각 그들의 반응을 기억해 두어야 한다. 이야기를 안 하면 몰라도 하면 끝까지 책임을 져야 한다. 그것이 연애의 기본적인 성실성이며 그리고 …. 결국 이야기를 끝낼 수 없게 되었다.

　　　　　　　　　　　　　─성석제, 「바람둥이의 꿈」, 『그곳에는 어처구니들이 산다』, 169쪽.

이름이란 개인을 호명하는 방식이다. 3명의 김영준과 3명의 대상이 만나 구성될 수 있는 서사는 9가지이다. 여기에 3개의 사건이 추가되면 다시 27개의 서사가 나올 수 있다. 즉 접속에 따라 연결이 만들어내는 이야기 구조는 무수히 늘어난다. 이럴 때 나타나는 것은 이성적인 정확성과 열광적인 왜곡을 동시에 행하는 서술방식이다.

이성적인 정확성과 열광적인 왜곡이 잘 드러나는 작품으로 「발명가」를 들 수 있다. 「발명가」는 '그'가 자신의 낮잠을 방해하는 파리로 인하여 발명가가 되는 과정을 설명하고 있다. '그'가 발명가가 되는 것은 우연에 의해 이루어진다. 자신의 낮잠을 방해하는 파리를 잡기 위해 파리채, 파리약 등 이미 나와 있는 방법은 물론 새로운 방법을 연구한다. 그러기 위해서는 파리에 대한 과학적인 지식에 필요했기에 파리에 관한 깊은 연구를 병행한다. '그'가 발명가가 되는 과정에는 열광적인 왜곡이 나타나고, 파리에 대한 세부묘사에는 과학적인 정확성이 나타난다.

파리는 파리목 환봉아목에 속하며 벼룩파리과, 꽃등에과, 광대파리과, 초파리과, 똥파리과, 쉬파리과, 꽃파리과, 집파리과 검정파리과를 통틀어 일컫는다. 생식기관이 다른 곤충에 비해 크게 발달되어 있고 암컷은 몸에 수정낭을 가지고 있어 한 번의 교미로 오랫동안 수정란을 낳을 수 있다. 알, 애벌레, 번데기, 성충의 단계를 거치는데 빠른 것은 성충이 된 지 스물 네 시간 만에 교미를 한다.

　　　　　　　　　　　　　─성석제, 「발명가」, 『그곳에는 어처구니들이 산다』, 28쪽.

이는 마치 동물학이나 식물학 사전처럼 물질적 세계에 대해 정확성을 지향하는 방법으로 묘사해내고 있다. 이 짧은 소설에서 구성은 최소화되어 나타나며 단편적인 지식들이 열거된다. 소설은 인문학, 지리학, 동물학, 식물학 등이 섞인 형태로 진행된다. 작가는 세목들을 따라가고 복잡하게 얽는 일을 지속한다. 시작이 무엇이든 대상이 된 제재는 더 거대한 영역을 에워싸면서 그 자체의 생명력을 갖고 계속 뻗어나간다. 만약 모든 방면으로 계속 뻗어나가는 것이 허락된다면, 소설은 전 우주를 감싸안고 나서야 끝날 것이다.

「바람둥이의 꿈」, 「발명가」에서 볼 수 있듯 대상에 대한 묘사와 탈선은 끝없이 이어진다. 이제 더 이상, 작가가 소설의 끝을 제한할 필요가 없다. 작가는 단지 시작의 작은 계기를 제공할 따름이다. 이야기의 끝은 열려있고 이야기는 우주로 퍼져 나간다.

4. 짧은, 그러나 무한한 시간

끝이 없는 것을 총체적으로 사고할 때 마지막에 만나는 것은 바로 '시간의 문제'이다. 성석제의 「내 인생의 마지막 4.5초」(『새가 되었네』, 강 출판사, 1996)는 시간의 문제를 탐구하는 실험적인 작품이다. 이 소설은 한 소도시의 깡패 두목이 탄 차가 다리난간에서 떨어지는 순간인 4.5초를 통해 깡패두목의 전 생애를 보여줌으로 시간에 대한 탐구를 하고 있다. 객관적 시간으로 4.5초는 짧지만, 주인공이 자신의 생애를 되돌아볼 수 있는 주관적인 관점에서는 전 생애를 압축하는 무한한 시간이다.

시간은 운동과 관련시켜 논의할 수 있다. 그래서 원자의 운동과 관련해서는 '사고의 시간'에 대해 논할 수 있으며, 지각 대상이 되거나 성질들을 지각하도록 해주는 동적 이미지와 관련해서는 '감각의 시간'에 대해 논할 수 있다. 우리는 원자의 운동을 결정하는 가로지름과 관련해 사고 가능한 시간의 최소치보다 더 작은 시간에 대해 논할 수도, 이미지를 구성하는 요소들로서의 감각 가능한 시간의 최소치보다도 더 작은 시간에 대해 논할 수도 있다. 아마 모든 방향으로의 운동은 속성들이나 고유한 성질들에 대비되는 사건들로 구성된다. 그 결과 시간은 운동에 수반되는 사건들의 사건, 징후들의 징후로 규정된다. 왜냐하면 속성들은 물체로부터 추상화되거나 분리할 수 없는 고유한 성질들이기 때문이다.

시간의 개념은 크게 두 가지로 나눌 수 있다. 하나는 '절대적 시간'(an idea of precise time)이며, 다른 하나는 '의지에 의해서 결정되는 시간'(a notion of time as determined by the will)이다. 시간의 개념을 빌어 설명하면, 이 소설은 "그가 탄 자동차가 추락하여 물에 빠져 죽었다"라는 '절대적 시간'과 그 사이 사이 파노라마로 펼쳐지는 그의 전 생애라는 '의지에 의해 결정되는 시간'이 함께 들어있다. '절대적 시간'의 서술이 과학적인 진술을 하려고 의도하는 데에 비해, 주관적 의지적 시간의 묘사는 열광적인 왜곡이 가해진다.

> 추락은 이제 포물 곡선 단계에 접어들었다. 다리 난간을 부수고 공중으로 날아간 차는 일단 관성에 따라 직선 운동을 한다. 그러나 곧 중력의 느리고 완강한 힘에 의해 직선에서 포물선으로 운동방향이 바뀌게 된다. 직선 운동을 계속한다면, 차는 어쩌면 무사히 맞은 편의 다리 동쪽 야산에 닿을 수 있을 지도 모른다…(중략)… 중력은, 다리 난간을 차고 나간 차가 공중에서 몇 시간이고 재주껏 날도록 버려두지 않는다. 몇 시간 몇 분은커녕 째깍 하는 순간 십 미터, 째깍째깍 하는 동안 이십 미터씩 차를 아래쪽으로 잡아끌고 있다.
>
> ─성석제, 「내 인생의 마지막 4.5초」, 『새가 되었네』, 14쪽.

차가 추락하는 상황에서, 이제 주인공에게 허락된 시간은 4.5초 뿐이다. 그 시간은 절대적 시간이다. 프리고진의 생각에 의하면, 시간은 규칙적이고 예측 가능하게 움직이는 것이 아니며, 일직선으로 진행되는 것도 아니다. 시간은 여러 갈래로 나누어진 길 중에서 어느 한 쪽으로 흘러가는 것이다. 추락하는 차를 뒤로 되돌릴 수는 없다. 그러나 이 4.5초의 연속성을 방해하며 중간에 삽입되는 과거 회상은 4.5초라는 시간의 연속성을 거부하고 단절을 만들며 4.5초를 불연속의 시간으로 바꾼다. 이제 시간은 무한대로 쪼개진다. 그 사이사이 불연속의 틈에 들어오는 것은 사고에 의한 의지적인 시간이다.

> 이제 차는 완전히 수직으로 땅을 향하고 있다. 그 역시 기울었으며 여자 역시 기울었다. 머리에 피가 몰린다. 이제 질식할 것 같은 느낌이 온다. 시간이 없다. 아주 짧은 반이 남았다. 무한의 반.
> —성석제, 「내 인생의 마지막 4.5초」, 『새가 되었네』, 33쪽.

아무리 짧은 시간이라도 그 시간은 '반'이라는 개념에 의해 또다시 나누어 질 수 있다. '반'은 끝없이 나누어진다. '반'에 의해 시간은 끝없이 나누어지 며 무한히 증대된다. 이제 4.5초라는 절대적 시간은 작가에 의해 끝없는 무한 으로 늘어난다. 무한은 전체로 통합되지 않는 요소들의 합인 '절대적인 완전 성'이다. 위 예문에서도 무한을 향한 일탈은 결론을 연기하기 위한 전략이며, 작품의 내부에 있는 시간을 증식시키기 위한 도주이다. 연속적 시간에서 일탈 하여 묘사한 주인공의 과거사를 독자들이 읽는 동안 주인공의 죽음을 향한 시간은 유예되며 사건은 증대된다. 객관적 시간을 묘사하는 정확한 문장과 주관적 시간을 묘사하는 일탈과 열광적인 왜곡은 동시에 진행된다.

그 과정에서 이웃집 아이의 코피가 터졌다. 그 일로 이웃집 아이의 아버지와 그의 아버지가 싸워 그의 아버지의 코피가 터졌다. 또 그의 아버지에게 코를 얻어맞고 그의 어머니의 코피가 터졌으며 그 역시 어머니에게 맞아 코피가 터졌다. 그래서 그는 그 길로 즉시 이웃집 아이의 코피를 터뜨렸다. 그렇게 해서 그 동네에서 그가 어린 시절을 보내는 동안 그로 인하여 코피가 터진 사람은 어른 아이 할 것 없이 수 백 명이었다.

—성석제, 「내 인생의 마지막 4.5초」, 『새가 되었네』, 16쪽.

그의 어린 시절을 묘사하는 위 부분은 "아이", "아버지", "어머니", "코피" 등의 단어가 반복되고 다양하게 접속되면서 경쾌한 리듬감을 형성하는 문장을 만들어내고 있다. '코피'를 이용한 장난스러운 진술로 인해 싸움이라는 심각한 소재에도 불구하고 웃음을 이끌어낸다. 이러한 열광적인 왜곡을 통해 성석제가 말하고 싶어하는 것은 크게 권력의 문제로 보인다. 소도시의 깡패 두목을 주인공으로 설정하여, 우리 사회의 권력문제에 대해 야유한다. 그러나 성석제가 주목하는 것은 무겁고 진지한 80년대의 정치권력문제가 아니다. 그 무거움을 완전히 탈각한 채 '힘의 질서'에 의해 서열이 매겨지는 깡패집단에 관하여 이야기한다. 작가는 우리 사회 곳곳에 존재하는 권력의 문제가 기실 깡패조직의 그것에 다름 아니라고 통렬하게 야유한다.

주인공이 생을 회고하는 첫째 에피소드는 자신이 처음으로 남의 물건을 빼앗은 기억과 관련된다. 둘째 에피소드는 주인공의 우상인 동네 최고의 깡패와 관련된다. 셋째 에피소드는 주인공이 깡패두목이 되기까지의 과정이다. 거기에는 필연적인 사건이 하나 첨부되는데, 바로 우상 파괴이다. 스스로 아비가 되기 위해서는 아비를 죽여야 하듯, 깡패두목이 되기 위해서는 과거 한때 자신의 우상이었던 '마사오'를 파괴하여야만 한다. 그리하여 주인공은 이제는 늙은 '마사오'를 그 마을로부터 추방한다. 그리고 스스로 두목이 된다.

마사오를 추락시키는 일은 그에게는 고통스럽고도 행복한 일이었다. 해야 할

일이었다. 그는 마사오를 정리하는 것으로 한꺼번에 마무리지으려고 했다. 이제 마사오의 시대가 간다. 주먹과 박치기와 발길질로 술값이나 우려내는 건달들의 시대는 가고 있다. 사업과 조직, 관리의 시대가 온다.

　　　　　　　　　　　－성석제, 「내 인생의 마지막 4.5초」, 『새가 되었네』, 33-34쪽.

　'마사오'가 상징하는 기존의 권력 틀인 폭력과 건달의 시대는 가고, 관리와 조직의 시대가 온 것이다. 이는 단지 깡패 집단의 변화를 이야기하고 있지만 우리 사회에 대한 알레고리로 작용한다.

5. 탈근대 미학

　새로운 사유는 '전체화할 수 없는 다양성'을 제안하고 있으며, 세계에 대한 단 하나의 해석이란 불가능하다는 사실을 긍정함으로, '가능한 세계들, 다양한 다수'를 고안해 냈다. 새로운 사유는 '체계화', '전체화'하려는 철학적 기획을 거절하면서 '개별성', '우연성'을 포착할 수 있는 인식의 틀을 제안한다. 이제 우리에게 중요한 것은 '총체성'의 시각이 아닌 '다양성'의 시각이다. 다양성은 동일성도 모순도 아니다. 단지 다양성이란 유사성과 차이, 구성과 해체, 공존과 와해라는 사물들의 이중적 속성을 그대로 인정하는 사고방식이다.

　세계는 엉킨 실타래와 같이 복잡한 것이다. 이런 상황에서 작가의 역할이란 풀 수 없이 뒤엉킨 복잡성을 감소시키지 않으면서 이질적인 요소들이 동시에 존재함을 묘사하는 것이다. 이제 세계는 단일한 체계로는 설명할 수 없는 체계의 체계(system of systems)를 필요로 한다. 이러한 세계의 복잡성을 담아내려고 할 때 작가에게 요구되는 것은 이성적인 정확성과 열광적인 왜곡

사이의 긴장이다. 이제 시작과 중간과 끝이 존재하는 단선적인 사고로 세계를 파악할 수 없다. 세계 어디에도 그러한 질서는 존재하지 않는다. 단지 문학은 언어를 통해 복잡한 현실을 '세상의 지도'로 축조할 수 있을 뿐이다.

성석제는 세기말을 헤쳐나갈 새로운 소설 방식으로 가벼움의 미학에 근거한 '다양성'의 문제를 선택했다. 이 방식은 세상을 '시스템의 시스템'으로 파악하며, 상상력을 극대로 풀어놓는다. 상상력이란 한편으로 유희, 오락, 즐거움과 관련되어 문화의 가장 중요한 기능 중의 하나로서 '호모 루덴스'의 세계다. 그것이 없다면 독서는 지옥이 된다. 다음으로 텍스트의 해석과 이해가 독서라면, 텍스트는 또한 언어기호의 체계이다. 이 기호들의 결합은 어떤 코드에 의거하지만 그 의미의 생산은 기호들 사이의 유동적인 관계의 여백 속에서 이루어진다. 이 여백이 놀이의 공간이다. 성석제는 보르헤스와 『산해경』을 자신의 방식으로 다시 쓰고 있다. 그렇다면 중요한 것은 성석제가 읽은 무수한 책들이며, 성석제가 행한 치열한 부정의 정신이며 성석제가 택한 '전복의 상상력'에 의한 다양성의 미학이다.

칼비노는 다음 천년에 남기고 싶은 가치로 "정신적 질서와 정확함과 시적이면서도 동시에 과학적 철학적 지성을 흡수한 문학"이라고 언명하고 있다. 성석제의 소설은 그 방법의 새로움에도 불구하고 아직은 보르헤스적 소설 쓰기의 영향권에서 머물고 있는 듯이 보인다. 성석제가 앞으로 어떠한 소설적 성과를 보여줄 것이며 또한 그 소설적 시도가 다음 천년을 헤쳐나갈 돌파구가 될 수 있을 지 그 추이가 주목된다.

(1996)

비밀 속삭이기

- 최윤론

1. 비밀의 이율배반성

운명처럼 일생을 따라다니는 기억, 깊숙한 무의식에 숨겨져 있는 기억, 토로해서는 안 되는 금기(禁記)의 기억을 비밀이라고 한다면, 비밀은 기본적으로 이율배반적인 속성을 갖는다. 비밀의 이율배반성은 두려움과 호기심으로, 두려움이 비밀을 유지하게 만드는 힘이라면, 호기심은 비밀을 폭로하게 만드는 힘이다. 비밀은 영원히 묻어두어야 하는 기억이며 동시에 언젠가는 밝혀질 또는 밝혀져야만 하는 기억이다. 비밀의 존재론적 의미는 『삼국유사』의 설화를 통해서도 살펴볼 수 있다.

왕의 귀가 갑자기 당나귀 귀처럼 자랐으나 왕후와 궁인들은 알지 못하고 오직 복두장 한 사람만 알고 있었다. 그러나 복두장은 평생동안 다른 사람에게 말하지 못했는데, 죽음에 이르자 도림사 대숲 사이로 들어가 사람이 없는 곳에서 대나무를 향해, "우리 임금님 귀는 당나귀 귀와 같다."라고 외쳤다. 그 후 바람이 불면 대나무가 왕의 비밀을 말했다. 그것을 싫어한 왕은 대나무를 베어버리고 산수유를 심게 했는데, 바람이 불면 다만 "우리 임금님 귀는 길다"라고 소리 났다.

王耳忽長如驢耳,王后及宮人,皆未知,唯幞頭匠一人知之. 然,生平不向人設,其
人將死, 入道林寺竹林中, 無人處,向竹唱云,吾君耳如驢耳. 其後風吹,則竹聲云,
吾君耳如驢耳. 王惡之,乃伐竹而植山茱萸,風吹則但聲云, 吾君耳長.

-『三國遺事』, 2권, 奇異 제2, 경문왕 편.

우리는 위 설화에서 '비밀'에 관한 몇 가지 정보를 찾아낼 수 있다. 우선,
비밀은 당사자 외에 적어도 다른 한 명의 비밀의 공모자를 필요로 한다. 둘째,
비밀이 갖는 두려움의 힘에 의해 비밀은 공모자의 의식 깊숙이 묻혀 있다가
죽음과 같은 계기에 의해 토로된다. 셋째, 사람이 없는 대나무 숲을 향한
복두장의 외침처럼 비밀의 토로 또한 아주 은밀하게 진행된다. 넷째, 비밀은
시간의 경과와 같은 물리적 변화에 의해 변형되기도 한다.

비밀을 알아 버린 사람은 비밀을 가진 사람의 동반자가 되어 그 금기를
지켜야만 된다. 그러나 비밀은 에덴동산의 사과처럼 금기이면서 동시에 유혹
의 대상이다. 비밀에 대한 두려움은 비밀을 말해서는 안 된다고 요구하나,
비밀에 대한 호기심은 끝도 없이 토로하고픈 욕망을 자극한다. '임금님 귀가
당나귀 귀'라는 진실을 알아버린 복두장이 할 수 있는 일이란 아무도 없는
대숲에 가서 죽기 전에 딱 한 번 은밀하게 외치는 것 뿐이었다. 임금님의
비밀은 복두장 외에 아무도 모른다는 점에서는 은폐된 것이나, 대숲을 향해
외쳤다는 점에서는 폭로된 것이다. 이런 '은폐와 폭로'라는 이율배반성이 바
로 비밀의 존재론적 의미이다.

최윤의 소설집『저기 소리없이 한 점 꽃잎이 지고』(문학과지성사, 1992)와
『속삭임, 속삭임』(민음사, 1994)은 이런 점에서 낮은 목소리로 속살거린 '비
밀의 토로'이다. 최윤은 기억의 촘촘한 그물망에서 건진 비밀을 낮은 목소리
로 속살거린다. 최윤 소설 속에서 비밀은 비밀의 본질 자체로, 어둡던 시대의

비밀로, 아비의 비밀로, 나와 너의 비밀로 변주되어 나타난다. 최윤 소설 속의 주인공들은 비밀을 토로하는 설화 속 복두장의 분신들이다. 이 분신들은 복두장의 죽음과 같은 어떤 강력한 계기에 의해 비밀을 속삭이게 되며, 속삭임의 어조는 사람이라곤 없는 대숲을 향하듯 독백에 가까운 형태를 띤다. 그 속삭임은 비밀 자체의 이율배반에 의해, 객관적인 현실이나 개인의 진실을 나타내었다는 점에서는 비밀을 폭로한 것이나, 어떤 의미에서건 약간의 변형을 거쳤다는 점에서는 비밀을 은폐한 것이다. 우리는 최윤 소설이 드러내는 비밀토로를 통해 단지 원래의 비밀을 상상하고 추측해 볼 뿐, 그 소설 이면에는 더 깊고 더 큰 비밀이 숨어 있는지도 모른다.

이런 면에서 최윤은 비밀의 존재론을 체득한 작가이다. 비밀의 운명을 체득한 작가이기에 그녀 소설의 문체는 독백체로, 은밀한 저음으로, 속삭임으로 나타날 수밖에 없다.

2. 비밀의 본질 - 공모자 의식

「문경새재」는 최윤 소설의 핵심인 '비밀의 본질'을 소설화한 작품이다. 이 작품은 '쫓기는 시국범'과 '시인의 꿈'이라는 두 개의 비밀로 이루어진 소설이다. 임금과 복두장처럼 일방적인 비밀의 관계가 아니라 서로가 임금이면서 동시에 복두장의 관계가 됨으로 소설은 설화보다 한층 더 매력적으로 비밀의 존재를 드러낸다. 무의식에 가라앉아 있던 비밀이 의식의 표면에 떠오른 계기는 바로 무역회사의 직원인 영주가 박순경의 방문을 받게 되는 사건을 통해서이다. 이 일을 계기로 영주는 오년 전 시국범으로 쫓기는 동창 홍주를 옆에 앉히고 문경새재를 넘던 사건을 회상해낸다.

「문경새재」에서 '쫓기는 시국범'이라는 비밀은 다음과 같다. 영주는 오랫동안 연락이 끊긴 동창생 최홍주의 뜻밖의 방문을 받게 된다. 홍주는 그녀와 동창이었고 한때 친하게 지내기도 했지만 잦은 구치소행과 퇴학과 입대로 한동안 연락이 끊긴 사이였다. 그가 쫓기는 몸임을 눈치 챈 그녀는 자신의 차로 운전하여 직접 진주까지 데려다 주기로 결정한다. 사람이 없는 길로만 이동하는 여행이란 비현실적인 느낌을 그녀에게 주었고, 차 속에서 영주는 홍주 삶에 대한 많은 이야기를 듣게 되며, 홍주의 눈물자국까지 보게 된다. 그의 비밀을 알게 된 영주는 이제 비밀의 공모자가 된 것이다. 이 여행 후 그들이 결혼에까지 이르는 것은 바로 비밀의 공모자의식이 만들어낸 운명의 결과이다.

「문경새재」에는 '시인의 꿈'이라는 또 하나의 비밀이 드러난다. 문경새재를 넘던 영주와 홍주는 차를 태워달라는 한 사내를 만나게 된다. 그는 문학을 전공하는 대학생으로 지금은 경찰에 지원해 고향 근처에서 근무하고 있다고 자신을 소개했다. 박순경은 영주의 차에 우연히 동승하게 된 인물로, 비밀의 존재론에 관해 깊이 체득하고 있다.

> 한밤중에 비밀을 가지고 문경새재를 같이 넘게 되면 그렇게 돼요 비밀이 상대편에게 스며들거든요 우리 고향 사람들은 다 알고 있는 일인걸요 재를 넘으면서 사람들은 다 자신들을 드러내놓지요 잘 알던 사람이면 더 잘 알게 되고 모르던 사람이면 산공기처럼 맑게 다 비쳐보이게 돼요 그렇게 사람들은 문경새재를 통과하면서 인생의 공모자가 되거든요

최윤, 「문경새재」, 『속삭임 속삭임』, 95쪽

영주에게 자신의 삶에 대해 이야기한 박순경 역시 종국에는 숨겨놓은 소망인 "문경에서 제일 가는 시인이 되고 싶다"는 비밀을 털어놓는다. 나아가

체포해야 될 홍주와 영주를 일부러 놓아준다. 박순경이 이들을 놓아 준 이유는 무엇일까? 이 또한 비밀을 공유한 사람끼리의 공모자의식 때문이다. 박순경은 그들에게 시인이 되고픈 자신의 비밀을 토로했기에 그들의 비밀 또한 지켜준 것이다. 그 사건을 계기로 순경에서 물러나게 되고, 바로 그 사건을 소재로 쓴 시로 시인이 된다. 영주와 홍주의 결혼처럼 박순경의 등단 역시 공모자의식이 만든 운명의 결과인 것이다.

「문경새재」에 나타나는 두 가지 비밀은 비밀의 이율배반을 여실히 드러낸다는 점에서도 비밀의 본질에 닿아있다. 우선 '쫓기는 시국범'의 경우, 홍주는 자신과 영주가 남매이며 아버지 친구의 장례식 참석 때문에 내려간다고 말함으로 자신의 비밀을 은폐한다. 그러나 여러 유형의 범법자를 잡아봤다는 박순경에게 "시국 사범이나 수배중인 운동권 학생도 더러 만났느냐"는 질문을 통해 자신의 비밀을 일부 드러낸다. 다음으로 '시인의 꿈'의 경우, 박순경은 자신이 문학을 전공하는 대학생으로 군복무중이라며 순경이라는 자신의 비밀을 은폐한다. 그러나 도망치는 사람들 옆에는 항상 여자가 앉아있고, 범법자의 옆에 있는 여인이 너무 착하고 아름다워 범법자를 놓아주고 싶은 욕망을 느낀 적도 있다는 말을 통해 홍주 일행을 일부러 놓아준다는 비밀을 일부 드러낸다.

서로의 비밀이 완전히 드러나는 것은 오 년이란 시간이 경과한 뒤, 박순경이 시인으로 등단한 사건을 통해 영주와 다시 만났을 때에 이루어진다. 복두장이 죽음을 앞두지 않았다면 결코 대숲으로 들어가지는 않았듯, 박순경도 시인으로 데뷔하지 않았다면 영주를 찾아오지는 않았을 것이다. 오 년이 지난 뒤에야 두 사람은 비밀을 공모한 사람끼리의 공모의식으로 미처 말하지 못한 사실을 토로한다. 영주는 최홍주와 자신이 남매지간이 아니며 지금은 부부가되었다는 사실을, 박순경은 자신이 대학생이 아니었고 일부러 영주 일행을 놓아주었으며 그 일을 계기로 순경을 그만두고 드디어 문경의 시인이 되었다는 사실을 토로한다.

이렇듯 비밀의 존재는 비밀을 공유한 사람들끼리 서로 공모자의식을 갖게 하며 비밀을 소유한 사람의 운명을 바꾸어 놓기도 한다.

3. 어둡던 시대의 비밀-공동체 의식

비밀은 한 개인의 기억 속에서 시간의 흐름이라는 세월을 견뎌내기에, "임금님 귀는 당나귀 귀"가 "임금님 귀는 길다"로 변형되듯, 현실 그 자체와는 일정한 거리를 갖는다. 그러나 그 비밀은 현실의 고통처럼 강렬한 통증은 아니더라도 가슴 저 밑바닥에서 올라오는 통증을 수반하며, 동시에 상처를 보듬고 세월을 견뎌낸 조개의 아름다움을 드러낸다.

「회색 눈사람」과 「저기 소리없이 한 점 꽃잎이 지고」는 짧은 시기이지만 일생을 두고 영향을 미칠 '어둡던 시대의 비밀'을 토로한다는 공통점을 갖는다. 「회색 눈사람」에서는 70년대 반정부 지하 문화 혁명회 가담에 대해, 「저기 소리없이 한 점 꽃잎이 지고」에서는 80년 광주에 대해 토로한다.

「회색 눈사람」은 과거 한때 자신의 삶을 환하게 비추던 '어둡던 시대의 비밀'을 토로하는 소설이다. 개인적으로나 시대적으로나 암울했던 70년대에 화자는 아무도 없는 서울에서 절망적인 시간을 보내고 있었다. 그녀는 미국으로 가버린 엄마가 있고 이모집에서 자라다가 이모의 돈을 훔쳐 서울로 와서 대학을 다니고 있었다. 그러나 가난과 고독으로 그녀는 죽음의 유혹을 강하게 느끼고 있었다. 그러다 우연히 헌책방에서 책을 찾던 과정에서 '안'을 만나게 되고 그의 인쇄소에 취직하게 된다. 인쇄소일을 하면서 어떤 모임에 참가하게 된다. 뿌리박지 못하고 부유하던 그녀는 그 모임에 참가하면서 정착과 소속의 안도감을 얻는다. 그녀가 그곳에서 만난 인물 중 가장 가까이 느끼는 인물은 '안'이었다. '안'을 가장 가까이 만난 어느 밤, 그녀는 그에게 자신의 비밀에 대해 토로하고픈 충동을 느낀다. 급박한 상황이 되고 인쇄소가 문을 닫게 되면서 '안'에 대한 화자의 기다림은 회색눈사람에게 목도리를 둘러주는 장면으로 묘사된다.

> 응달에서 볼이 튼 어린 아이들이 재와 흙으로 범벅이 된 회색 눈으로 눈사람을 만들고 있었다. 나는 그 아이들이 몸통을 만들고 둥근 얼굴을 얹고 그 위에 돌조각으로 눈을 만들어 붙이고 입을 만드는 것을 오랫동안 바라보았다. 나는 거의 마지막 손질 단계에 있는 우리의 인쇄 책자를 생각했다. 주초에는 그 책에도 눈이 붙여지고 코가 붙여질 것이다. 이상한 흥분이 나를 사로잡았다. 나는 그리워하고 있었다. 사람을 그리워하는 것이 아니라 일을. 아무 일이나 그리운 것이 아니라, 비록 외곽에서의 잡일이기는 하지만 몇 달 전부터 내가 하기 시작한 바로 그 일을. 바로 그 인쇄소에서, 다른 사람 아닌 바로 그들과 일하는 것을. 나는 내 목을 두르고 있던 목도리를 벗어, 멋진 나무젓가락 콧수염을 단 회색 눈사람의 목에 감아주었다. 조개탄을 아껴 써야 했던 어느 저녁, 안이 오버 주머니에서 꺼내 목에 둘러주었던 목도리였다.
> ─최윤, 「회색 눈사람」, 『저기 소리없이 한 점 꽃잎이 지고』, 58쪽.

회색 눈사람에게 목도리를 둘러주는 행위는 다음과 같은 두 가지로 나타난다. 하나는 '안'의 애인이리라 짐작되는 여인에게 자신의 여권을 빌려주는 일이고, 또 하나는 출판이 막힌 미완의 원고를 완성하는 일이다. 봄이 와도 응달이기에 아직 녹지 않고 서 있는 회색 눈사람에게 목도리를 둘러준 것처럼 그녀도 자신이 맛 본 희망의 색깔을 주변과 나누려 한다. 어둡던 시대의 비밀이 그녀에게 던진 영향은 사회 공동체에 대한 관심과 사랑으로 확대된다. 세월이 흘러 감옥에 갔던 '안'이 유명해져 그녀의 고향에 강연 왔을 때, 그녀는 자신이 그 어둡던 시절 매달렸던 원고만 전해주고 안을 만나지 않는다.

그녀의 이런 행동은 '안'에 대한 그녀의 연모를 개인적인 시선이 아닌 사회적인 관계로 바라보게 한다. 그녀의 행동은 개인적인 연모를 넘어선 비밀을 공유한 '공동체의식'이라는 사회적 의미로 확대된다.

「저기 소리없이 한 점 꽃잎이 지고」는 80년 광주와 관련된 '아프다 못해 처참하게 사라진 사람' 과 '남은 자의 곪아터지다 못해 원죄가 된 상처'에 관한 비밀을 다룬다.「저기 소리없이 한 점 꽃잎이 지고」는 세 부류의 서술이 번갈아 나온다. 소녀의 내면독백과 남자의 주관적 서술과 오빠친구들의 객관적 서술이 교차된다. 이런 시점의 변주는 하나의 사건을 이야기하는 목소리를 동시에 들려줌으로 독자로 하여금 다양한 시선으로 비밀에 접근하도록 유도한다.

원(原) 비밀을 갖고 있는 사람은 소녀이다. 소녀는 비밀이 갖는 두려움의 힘 때문에 비밀 토로를 거부한다. "엄마가 구멍이 뚫려 죽어 오빠 찾아 서울 간다"는 피상적 진술은 소설이 전개되면서도 좀처럼 그 전모를 드러내지 않는다. 독자는 비밀 토로를 거부하는 소녀를 통해, 소녀의 비밀이 그 어떤 비밀보다 무겁고 두려운 내용임을 짐작할 수 있다. 소녀는 자신이 감당하기에 고통스런 비밀을 목격한 결과로 타인에게 토로하지도 못한다. 비밀을 토로하지 못한 인간의 운명은 '미쳐버린 소녀'를 통해 드러난다.

> 도시마다 회오리처럼 퍼지는 소문의 물결, 입에서 입으로, 금기처럼 빠르고 세세하게 전달되는 가장 끔찍스럽고 믿기 어려운 그 소문의 한 자락을 귓바퀴에 걸칠 때마다, 남자는 왜 그 소문의 한 중간에서 그녀의 모습이 떠오르는지 알 수 없었다.
> ─최윤, 「저기 소리없이 한 점 꽃잎이 지고」,
> 『저기 소리없이 한 점 꽃잎이 지고』, 262쪽.

소녀의 비밀은 그 고통의 무게로 인해 말을 하지 않아도 '남자'에게 자연스레 전이된다. 남자는 우연히 자신을 따라 온 소녀를 범하고는 원인을 알 수 없는 무력감과 분노를 느낀다. 남자는 소녀가 무엇인가 상상을 초월하는 끔찍한 비밀을 갖고 있음을 막연히 느끼게 된다. 소녀의 상처는 남자에게도 전염된다. 이제 남자는 소녀의 비밀을 자연스레 공유하게 됨으로 아무에게도 위로받을 수 없고 영원히 치유 받을 수 없는 비밀을 가슴에 안고 고통을 겪게 된다.

소녀의 비밀을 알게 된 또 하나의 진술 축은 오빠친구들이다. 오빠친구들의 객관적 서술은 소녀의 내면독백과 남자의 주관적 서술에 의미를 부여하며 사건의 전모를 종합하는 역할을 한다. 친구의 여동생을 찾아 떠도는 오빠친구들 역시 비밀의 감염자라는 점에서 '그 남자'처럼 서로 토닥거릴 수 없을 만큼 고통스럽다. 그렇다면 과연 토로할 수 없을 만큼 고통스런 소녀의 비밀, 소녀를 미치게 만든 비밀의 핵심은 무엇인가?

> 악을 쓰면서, 신음하면서, 피를 토하면서, 엎어지고. 그 위로 떨어지는 광란의 막대기들, 번쩍이는 금속의 날들. 잔혹한 웃음을 낭자하게 흘리면서 도망가는 학떼를 덮치는 얼굴들. 꺾이는 얼굴, 일그러진 얼굴, 얼굴들. 빛을 모두 잃은, 순식간에 비어버리는 얼굴들. 나는 도망가야만 했어. 누군가가, 나는 먼저 마치 한밤중의 고요 속을 혼자 걷기라도 하는 것처럼 우리 뒤에서 누군가가 달려오는 것을 들었지. 그리고 엄마가 달려나가는 저쪽에서도 한 무리의 사람들이 우르르 몰려오는 것을 보았지. 쓰러지는 얼굴, 일어서다가 다시 억 하고 쓰러지는 얼굴, 신음하고 다시 일어서다가 소리도 없이 풀썩 쓰러지는 얼굴, 잠시 땅바닥에 내던져진 붕어처럼 팔딱거리며 경련하다가 소리지를 시간이 없이, 고통스러워할 시간도 없이 굳어져버리는 얼굴들, 영원히 굳어져버린 얼굴들. 깔린 얼굴, 얼굴 없는 얼굴.
>
> ─최윤, 「저기 소리없이 한 점 꽃잎이 지고」,
> 『저기 소리없이 한 점 꽃잎이 지고』, 280-281쪽.

'구멍'과 '얼굴들'로 나타나는 비밀은 바로 80년 광주사태와 관련된 것이다. 사라진 자가 '구멍', '얼굴들'로 상징화 된 비밀은 입에 담을 수 없을 만큼 고통스러운 것이다. 소녀가 정신을 놓쳐버리고 꽃자주 빛깔의 우단치마를 간신히 걸치고 묘지 근처를 배회하는 것도 이 때문이다. 그러나 소녀의 비밀은 고통의 무게로 인해 말 없이도 그 남자에게 스며들고 또 소녀를 만난 모든 사람에게 파고들며 오빠친구들에게까지 전해진다. 이제 소녀의 비밀은 소녀가 말하지 않아도 비밀의 고통이 주는 무게에 의해 다른 사람에게 전이(轉移)되기에, 모든 사람은 자연스레 소녀와 비밀을 공유한 운명공동체가 된다. 소녀의 고통스런 비밀은 이제 모두에게 위로 받을 수 없는, 치유될 수 없는 "생생한 상처"가 된다.

　　우리 모두의 '불치의 병'이자 '원죄'인 광주는 그렇다면 영원히 치유될 수 없는 것인가? 최윤은 치유의 열쇠를 소녀에게 숨겨놓고 있다. 정신이 온전치 못하다는 점에서 소녀는 '사라진 자'와 '남은 자'의 경계에 있다. 아니 나아가 '남은 자'보다 '사라진 자'에 가깝다. 그러기에 그녀는 삶의 일상적인 공간 보다는 죽음의 공간인 무덤 가에 더 가깝다. 이 세상 살아있는 자들로부터 고통만을 당한 소녀가 무덤 가에서 유일하게 행복한 얼굴로 나타나는 것은 이 때문이다

　　묘석들 위에 드문드문 놓인 꽃다발에서 몇 송이씩을 골라잡아 비어 있는 묘지에 한 송이씩 내려놓고 그 앞에 차례로 주저앉았다. 서서히 그녀의 몸이 좌우로 흔들리고 분명 입으로는 무언가를 중얼거리기 시작했고, 그에 따라 좌우의 흔들림이 점점 격렬해졌다..(중략)….남자의 귀를 때리는 소리는 점점 배가되어 묘지 전체를 누르고 있던 침묵을 몰아내고 함성이 되어 거대한 가상의 벽 안에 갇힌 채 쩡쩡 울렸다. 묘석들이 제각기 흔들거리는 듯했고 이제 그 함성은 벽에 금을 내고 그 틈으로 홍수처럼 사방으로 터져나가려 하고 있었다.

　　　　　　　　　　　　　　　　　　－최윤,「저기 소리없이 한 점 꽃잎이 지고」,

『저기 소리없이 한 점 꽃잎이 지고』, 268쪽.

  묘비 앞에서 벌이는 소녀의 행위는 원혼을 위로하는 무당의 씻김굿과 같고, 산화공덕(散花共德)의 제의(祭儀)와 같다. '광주의 원죄'는 소녀처럼 광주의 고통을 겪은 당사자에 의해서만 치유될 수 있다. 소녀의 씻김굿은 광주에서 억울하게 죽어간 얼굴들을 위로하고 그녀 자신을 치유할 뿐 아니라, 그 광주의 고통을 풍문으로 듣고 무력감과 분노밖에 가질 수 없었던, 그리하여 스스로 역사의 죄인이 되어 치유할 수 없는 병을 갖게 된, 살아 남아 더욱 생생한 상처를 가진 우리 모두를 치료하고 우리 모두의 원죄를 씻어줄 것이다.

  「회색 눈사람」과 「저기 소리없이 한 점 꽃잎이 지고」는 어둡던 시대의 고통스런 비밀을 서정적으로 그려낸다. 최윤 소설은 소리 높여 어둠을 외치던 80년대의 여느 소설들과도 다르고, 말할 수 없이 가볍기만 한 90년대의 작품과도 다르다. 이런 면에서 이 두 작품에서 1980년대의 내용과 1990년대의 형식은 행복하게 만났다고 볼 수 있다.

4. 아비의 비밀 - 아비는 빨갱이였다

  「그의 침묵」, 「속삭임, 속삭임」, 「아버지 감시」는 '아비의 비밀'을 알아버린 아들의 비밀토로를 다룬 소설들이다. '아비는 종이었다'를 지나 '나는 아비 없는 자식이다'를 지나 이제는 '아비는 빨갱이였다'의 시대에 접어들었다. 물론 이런 고백은 최윤 혼자만의 것은 아니다. 그러나 최윤 소설에서 중요한 것은 '아비는 빨갱이였다'라는 사실이 아니라, '아비는 빨갱이였다'라는 비밀을 알게 된 아들의 내면심리이다. 「그의 침묵」에는 남로당의 조각가였으나 섬의 미장이로 평생을 살다간 아버지에 대해, 「속삭임, 속삭임」에서는 남로당 간부였기에 처자에게 외면 당하고 과수원에서 평생을 보낸 아재비에 대해, 「아버지 감시」에서는 처자를 버리고 월북하여 새 가정까지 가졌으나 다시 중국으로 탈출하여 야인으로 살아온 아버지에 대해 이야기한다.

「그의 침묵」에서 조각가 아들은 한 소도시에서 작은 책자를 보게 되면서 평생동안 섬을 떠나지 않고 미장이로 살아온 아버지가 남로당 조각가였다는 사실을 알게 된다. 그러자 아버지가 돌아가시기 전에 바람소리처럼 냈던 단어가 떠오른다. 아들은 아버지의 비밀을 캐기 위해 과거 속으로 여행을 떠난다. 그러자 과거의 기억들이 새롭게 재구성된다. 무식한 미장이로 아버지는 평생을 세월을 다 산 노인 같은 무표정한 얼굴로 살아왔다. 그러나 그가 알아낸 정보에 의하면 아버지는 좌익 사상을 가진 조각가였다. 그 사실을 알고나니 어린 시절, 아버지가 배를 타고 실종되었던 사건이나 아버지와 어머니가 일본 말로 오래 싸웠던 기억들이 새롭게 떠오르기 시작한다. 아들은 죽은 아버지에 대한 비밀을 알 수 있는 결정적인 열쇠를 찾아낸다.

> 그 모호한 소리의 기억으로부터 하나의 단어, 역사를 형용해 주는 하나의 단어에 로 나가는 것은 점점 더 크게 열려올 뿐이었다. 그것은 얼마나 많은, 수천 수만 갈래의 길을 통과하는 일인가. 두 개의 단어 사이에는, 얼마나 먼 길이, 두 개의 상이한 아버지 이름만큼이나 멀고 먼 길이 놓여 있는가. 그것은 지물라치온인가, 지투아치온인가, 질란치엄인가. 그것은 위장인가, 상황인가, 침묵인가. 아니면 내가 상상할 수 없는 더 먼곳에 있는 한 단어인가. 그 길의 어디쯤에 나는 놓여있을까. 그런데 나는 길을 떠나기는 한 것일까.
> ─최윤, 「그의 침묵」, 『속삭임, 속삭임』, 186-187쪽.

아버지가 죽음을 맞는 순간, 무의식중에 흘렸던 말은 독일어로 역사를 뜻하는 단어였다. 그러나 아들은 아버지의 비밀을 알고도 비밀의 전모를 파헤치지 않는다. 그는 오랫동안 침묵에 갇혀 있었던 비밀을 그대로 묻어두는 것이 바람직하다고 생각한다. 그리하여 아버지의 비밀은 아들의 깊숙한 곳으로 가라앉는다.

「속삭임, 속삭임」으로 오면 아들과 아버지의 관계는 여성화자와 아재비의 관계로 변주되어 나타난다. 여성화자는 아재비가 죽은 지 오랜 시간이 지난 어느 날, 자신의 딸을 데리고 과수원 근처의 호수가로 오게 되면서, 아재비에 대해 회상한다. 화자는 아재비의 깊은 사랑으로 유년시절을 보낸다. 화자도 아재비가 죽은 후에야 어머니의 진술을 통해 비밀의 전모를 알게 된다. 평생을 숨어서 살며 처자조차 만나지 못한 아재비의 삶에 대한 그녀의 기억은 호수와 채송화와 자전거 바퀴 두 개로 남는다. "아재비는 남로당 빨갱이였다"라는 비밀을 토로하는 화자의 독백은 낮게 가라앉아 있다. 그리고 스스로에게 자문한다. '아재비의 이야기는 어떤 어조로 말해야 하는가'라고.

> 눈물은 마약과 같은 거야. 제때에 흐르지 않으면 저 깊은 존재의 밑바닥에 숨은 경련을 일으키거든. 이 애, 숨어서 우는 사람의 눈물을 볼 줄 알아야 하지. 울고 싶어도 울지 못하는 사람의 눈물.
>
> —최윤, 「속삭임, 속삭임」, 『속삭임, 속삭임』, 98쪽.

「그의 침묵」과 「속삭임, 속삭임」은 '울고 싶어도 울지 못하는 사람'의 비밀에 대해, 그 사람들이 아프게 사라지고 난 후에 남은 자의 진술로 되어 있기에 촉촉하게 젖은 목소리를 띤다. 「그의 침묵」, 「속삭임, 속삭임」에서 아비의 비밀을 알아버린 화자는 비밀을 밝혀야 하는가, 아니면 묻어두어야 하는가 고민하게 된다. 「그의 침묵」이 묻어두려는 욕망이 강한 비밀 이야기라면, 「속삭임, 속삭임」은 밝히려는 욕망이 강한 비밀 이야기이다. 그런데 이런 비밀을 현실의 공간에서 직접 맞닥뜨릴 때는 어떠한 목소리를 띠는가? 「아버지 감시」는 여기에 관한 이야기이다. 「아버지 감시」는 이런 면에서 앞의 두 소설과는 소설의 어조가 다르다. 앞의 두 소설이 그리움에 연유한 따뜻한 어조를 띠는데 비해, 「아버지 감시」는 의심에 연유한 냉랭한 어조를 띤다.

「아버지 감시」의 아들은 아버지의 월북 후 태어나, 아버지 때문에 평생을 감시 받으며 살아온 게 지겨워 한국을 떠나 파리의 식물연구소 연구원으로 살고 있는 노총각이다. 그가 비밀과 대면하게 되는 계기는 동구권이 몰락한 시기에 만나게 된 아버지라는 존재이다. '사라진 자가 던지는 빛'이 '아련한 울먹거림과 아픔'을 주는데 반해, '죽지 않고 살아 나타난 자가 던지는 그림자'는 '방어심리와 호기심이 뒤섞인 모호함'만 안겨준다. 그러기에 아들은 아버지를 냉정하고 엄격한 시선으로 바라본다.

> "아버지는 동구의 공산주의가 저렇게 무너져 내리는 게 아주 재미있으신가 보지요?" 그러나 내심으로 하고 싶은 말은 이렇게 점잖은 말이 아니었다. "아니 기껏 저렇게 무너질 것 때문에 일생을 폭삭 망치셨단 말예요" 같은 항의조거나 "도대체 아버지는 어느 쪽입니까? 설마하니 아직도 저쪽은 아니겠죠?" 같은 차마 발설할 수 없는 의심조였다.
> —최윤, 「아버지 감시」, 『저기 소리없이 한 점 꽃잎이 지고』, 122-123쪽.

어느 쪽이 아버지의 진실인지 혼란스러워하는 아들에게 아버지는 있는 그대로의 자신을 보여주려 한다. 아버지는 뜻 없이 건성으로 사는 일이 부끄러움이며 많은 우회를 거친 자신의 삶에 흡족해 하지만 아들은 이런 아버지의 행동을 의심한다. 아들이 아버지를 받아들이게 되는 사건은 페르 라 셰즈 묘지의 '코뮌병사들의 벽'에 당당하게 찾아가는 아버지 때문이다. 아버지 삶의 빛 뿐만 아니라 그림자까지, 오르막 뿐 아니라 내리막까지 진정으로 받아들인 상태에서만, 아들은 차이와 거리감을 극복할 새로운 방향을 제시할 수 있음을 암시하고 있다.

5. 나와 너의 비밀- 비밀의 공간화

「숲에서 숲으로」, 「집, 방, 문, 벽, 들, 장, 몸, 길, 물」은 개인의 비밀에 대해 토로한다. 이 작품은 앞에서 살핀 작품보다 훨씬 개인적인 기억을 다루고 있다. 「숲에서 숲으로」는 '너'에 관한 비밀을, 「집, 방, 문, 벽, 들, 장, 몸, 길, 물」은 '너라고 지칭되는 일인칭 나'에 관한 비밀을 진술한다. 이 두 작품은 공간을 매개로 한 개인의 기억을 드러내는 형식 실험이 돋보이는 작품들이다.

실험정신이란 무엇인가? 실험정신이란 기존의 표현방식이 자신의 사고를 담을 수 없는 데에서 오는 절망과 그 절망을 극복하기 위한 부단한 노력이다. 작가의 실험은 관습적인 독해를 방해한다. 이럴 때 독자가 할 수 있는 일은 이해를 보류하고 작가의 실험에 함께 빠져보거나, 작가의 실험에 저항하며 독해를 위해 작품을 재구성해보는 것이다. 물론 내용을 이해하기 위한 재구성은 이미 작가의 독자적 실험을 파괴함으로 얻게되는 해석이다. 최윤 식으로 말하자면 그것은 '커피, 커피, 커피, 커피' 라고 표현한 것을 '커피 넷'으로 해석해버리는 꼴이 된다.

「숲에서 숲으로」는 사고와 분류의 관계를 소설의 서두로 인용하면서 시작된다. 이 소설에서 작가는 사고와 분류의 관계를 빌어 너와 관련된 과거의 추억을 53개의 장소로 분류한 후 진술해낸다.

> 사고/분류. 이 사선은 무엇을 의미할까? 대체 내게 무엇을 묻는 것일까? 내가 생각하기 전에 분류하는가를? 내가 사고를 어떻게 분류하는가를? 혹은 내가 분류할 때 무슨 사고를 하는가를? 조르주페렉
>
> —최윤, 「숲에서 숲으로」, 『속삭임, 속삭임』, 141쪽.

「숲에서 숲으로」는 우리의 삶이 비밀스런 기억들에 대한 회상임을 드러내는 소설이다. 작가는 오래된 사진첩 속의 사진 52장을 설명하는 방법을 통해 한 친구를 회상한다. 이 작품은 몇 개의 기억으로 부활한 '너'에 관한 나의 진술을 담고 있다. 1번에서 52번까지는 '나는 너와 함께 한 공간을 기억한다'는 진술로 되어 있으며, 이를 감싸안은 53번은 '어느 날 너는 53개 장소의 기억으로 남았다'와 54번의 '가끔 너의 이름이 너의 얼굴이 기억나지 않는다'라는 진술로 구성되어 있다. 그리고 이 번호는 뒤섞여 있다. 너에 대한 기억을 재구성해보면, 나는 너를 절벽에서 처음 만났으며, 6개월 가량 여러 공간을 함께 하며 만남은 깊어졌다. 너는 특히 숲 속에 누워 북극에 대해 이야기하기를 좋아했다. 그러나 몇 번의 갈등으로 인해 말다툼이 일어나고, 지하다방에서 기다리던 나를 놓아두고, 살던 방도 쓰던 전화번호도 모두 바뀐 채 너는 홀연히 사라졌다.

「숲에서 숲으로」는 개인의 연애 경험을 담고 있다. 그러나 연애의 경험을 드러내는 방식은 몇 개의 공간에 대한 기억을 통해서이다. 그것은 시간적인 연결 고리가 아닌 공간이 일으키는 자유연상에 의존해 있다. 그래서 분류는 개인적인 연상에 의존한다. 개인적인 연상에 의존하기에 소설은 비밀스러운 약호로 가득 찬다. 작가는 정보를 드러내기보다는 숨기고 독자는 퍼즐 조각을 맞추어나가듯 희미한 윤곽을 만들어나가야 한다.

「집, 방, 문, 벽, 들, 장, 몸, 길, 물」은 공간에 대한 기억과 관련된 자전적 소설이다. 이 소설은 자신의 기억 속에 강렬한 인상을 남긴 공간을 선택하여, 그 공간을 회상하는 방식을 취한다. 그 회상은 과거의 자신인 '너'에 대한 대화의 형식으로 진행된다. 공간의 기억과 그 공간에 대한 상상을 펼쳐 보이기에 시간은 열려있다. 이 작품에서 '집'은 출생과 어머니에 대한 기억을, '방'은 만화가의 꿈을 키워가던 모습을, '문'은 살아가면서 만나게 되는 무수한 사람들과의 인연을, '벽'은 낙서와 벽보를, '들'은 친척들과 부모님의 기억을, '장'은 살아 숨쉬는 사람들의 풍경을, '몸'은 리듬과 호흡과 음악에 대한 사랑을, '길'은 삶과 선택을, '물'은 죽음에 대한 유혹을 담고 있다.

> 가끔 미닫이 문이 열린 유년의 방안에서 부모의 대화소리가 들리곤 했다. 끝도 없는, 졸음을 억지로 쫓으면서 귀기울이던 그들의 속삭임. 그 소곤거림 속에 등장하던 무수한 사람들, 얼굴을 모르는 친척들, 돌아가신 분들의 세계, 행복한 사람, 불행한 사람 …… 이야기의 끝도 없는 원천.
> ─ 최윤, 「집, 방, 문, 벽, 들, 장, 몸, 길, 물」, 『속삭임, 속삭임』, 198-199쪽.

유년에 부모님의 방안에서 들리던 부모님의 대화 속에는 아이들이 알고 싶어하는 세계의 비밀이 담겨있다. 그것은 '사람살이'라고 칭할 수 있는 현실 세계이며 동시에 소설로 변형시킬 수 있는 상상의 세계이다. 유년의 기억이 시각이 아닌 청각이라는 감각을 통해 기억되는 것 역시 비밀스러움을 가중시킨다. 최윤 소설의 원체험을 드러내는 이 부분은, 최윤 소설의 출발이 부모님이 주고받던 끝도 없는 비밀스러운 이야기에 대한 매혹에서 시작되었음을 말해준다.

우리는 여기에서 실험정신이 안고 있는 긍정성과 함께 위험성 또한 살펴보아야 한다. 실험성이 치열한 자기부정 정신으로 부단히 운동하지 않고 운동을 멈춰버릴 때, 혹은 실험성이 극대화되고 그 의미는 극소화되거나 아예 의미를 상실해 버릴 때, 실험적인 글쓰기는 '현학적이고 유희적인 글쓰기'로 떨어질 위험성을 안고 있다. 사회적인 의미가 제거된 채 개인만의 기억으로 갇혀버릴 때 그 실험성은 자기고백적 에세이에 빠져버릴 위험이 있다. 위의 두 작품은 이런 위험성을 어느 정도 안고 있다고 보여진다.

최윤에게 소설은 근원적으로 자신의 비밀이나 타인의 비밀 또는 사회의 비밀을 낮게 속삭이는 작업이다. 아프게 사라진 자인 아버지나 시대의 비밀에 대해 이야기할 때 최윤 소설이 독자에게 강한 울림을 주는 데 비하여, 그 비밀이 작가자신의 사사로움에 갇혀버릴 때 독자에게 주는 울림은 약화되어 버린다.

6. 비밀의 파장

나는 지금까지 최윤 소설이 자신의 비밀이나 타인의 비밀 또는 사회의 비밀에 대한 낮은 속삭임이라고 말하였다. 최윤은 「문경새재」를 통해 비밀의 본질에 대해, 「회색 눈사람」과 「저기 소리없이 한 점 꽃잎이 지고」를 통해 어둡던 시대의 비밀에 대해, 「그의 침묵」과 「속삭임, 속삭임」과 「아버지 감시」를 통해 애비의 비밀에 대해, 「숲에서 숲으로」와 「집, 방, 문, 벽, 들, 장, 몸, 길, 물」을 통해 나와 너의 비밀에 대해 이야기한다. 비밀은 이율배반적이며, 비밀을 공유한 사람들을 공모의식으로 묶어주고 이 공모자의식이 시대와 사회라는 역사와 만날 때는 운명공동체라는 차원으로 확대된다.

최윤의 비밀 토로는 큰 소리로 무엇을 주장하거나 외치지는 않지만 낮은 속삭임의 진실에 힘입어 강한 파장을 던진다. 비밀의 내용이 모든 사람에게 공감될 때 울림의 파장은 넓게 퍼져간다. 최윤의 작품들은 80년대와 90년대의 화해를 시도하고, 내용과 문체의 행복한 만남을 통해 소설사적 의미를 갖는다. 그러나 비밀이 작가자신의 사사로움에 갇혀버릴 때 울림의 파장은 축소되며 큰 성과를 거두지는 못할 것이다.

비밀이란 무엇인가? 비밀이란 서로의 존재를 드러내주는 것이며, 우리가 진지하게 회상할 때만 비로소 모습을 나타내는 것이다. 네가 나에게 의미 있는 것은 네가 나와 함께 비밀의 공간을 공유했기 때문이다. 세월의 더께에 의해 이름이나 얼굴은 잊어버릴 수 있지만 함께 한 공간은 잊혀지지 않는데, 이는 기억의 공간화를 통해 네가 존재하기 때문이라는 인식을 드러낸다. 한 사람과의 만남이란 그 사람의 이름도 얼굴도 아닌 그 사람과 함께 한 공간의 부피만큼만 기억되는 것이다.

끝도 없는 이야기의 원천인 비밀의 원리를 어느 작가보다도 몸으로 터득한 최윤이 앞으로도 독자들에게 낮고 부드럽고 은밀하지만 힘있고 탄탄한 그녀만의 독특한 문체로 끊임없이 속삭이기를 기대한다. 문체를 단지 작가의 개성뿐 아니라 좀 더 넓은 의미에서 시대정신이라고 이해할 때 비밀의 낮은 속삭임이 던지는 파장은 지나간 우리 시대를 겸허하게 정리함으로, 다가올 시대를 맞는 데 큰 힘이 될 것이다.

(1995)

일상의 압력에 해체되는 존재의 비극

― 오정희의 「저녁의 게임」론

1. 물 밖의 빙산, 물 속의 빙산

오정희는 『불의 강』(문학과지성사, 1977), 『유년의 뜰』(문학과지성사, 1981), 『바람의 넋』(문학과지성사, 1986), 『불꽃놀이』(문학과지성사, 1995) 등 4 권의 단편집을 내놓았으며, 1979년 「저녁의 게임」으로 이상 문학상을, 1982년 「동경」으로 동인 문학상을 수상한 바 있다. 오정희는 그 동안 단단한 짜임새와 다양한 이미지와 집요한 묘사에 힘입은 비의(秘義)적인 문체로 여성의 내면세계를 섬세하고 깊이있게 그려내는 작가로 평가되어 왔다. 김현은 오정희의 소설을 "살의의 섬뜩한 아름다움"(김현, 「살의의 섬뜩한 아름다움」, 『불의 강』)이라 명명했으며, 김치수는 그녀의 소설이 "아무런 사건도 일어나지 않고 있는 것 같지만 사실은 끊임없이 전율을 느끼게 한다."(김치수, 「전율, 그리고 사랑」, 『유년의 뜰』)고 평가했으며, 성민엽은 "존재의 심연을 섬뜩하게 응시"(성민엽, 「존재의 심연에의 응시」, 『바람의 넋』)하고 있다고 평가했다.

오정희는 다양한 이미지와 세밀하고 빈틈없는 언어구사에 힘입은 독특한 문체로 이미 자신만의 문학세계를 이룩한 작가이다. 삶과 죽음, 여행과 귀환, 고독과 그리움이라는 모티프들을 다루는 오정희 소설은 안온한 일상의 한 겹 아래에 얼마나 들끓는 감정의 소용돌이가 존재하는가 하는 모습을 집요하게 드러낸다. 작가 자신의 다음과 같은 고백은 오정희 소설로 다가설 수 있는 중요한 열쇠를 제공한다.

> 겉으로 드러나 보이는 표층과 그것을 움직이게 하는 힘으로서의 중층, 그리고 그것들을 지배하는, 보이지 않는 속 깊은 어떤 것들, 소설을 쓸 때마다 내게 떠오르는 것은 물위에 떠 있는 빙산이거나 튼튼하고 공교하게 잘 지은 집이다. 보이는 부분을 위해 얼마나 많이 보이지 않는 부분들이 있는 것일까.
>
> ─오정희, 「소설 쓰기, 소설 짓기」, 『오정희 문학앨범』,
>
> 웅진출판, 1995, 140-141쪽.

오정희 소설을 이해하기 위해서는 빙산을 살피듯이, 드러난 표층(表層)을 통해 드러나지 않은 중층(中層) 그리고 무의식에 잠재한 심층(深層)으로 파고 들어가야만 된다. 그런 점에서 오정희 소설을 읽는 것은 수수께끼를 푸는 과정이며, 퍼즐 조각을 맞추는 과정이다. 1979년 제3회 이상문학상 수상작인 「저녁의 게임」은 오정희 소설의 전반적인 특징을 드러내는 뛰어난 작품이다.

「저녁의 게임」은 어둡고 우울하고 고독한 분위기를 배경으로 하여, 어느 가을 저녁 진행되는 '나'와 '아버지'의 화투놀이와 '나의 외출'을 다루고 있다. 그러나 '화투놀이'와 '나의 외출' 사이로 나타나는 '나'의 단상을 통해 숨겨진 과거의 사건들이 조금씩 모습을 드러낸다. 이렇게 서술된 것과 숨겨진 것이라는 대립적인 두 힘 사이의 팽팽한 긴장감은 무의미한 일상과 탈출에의 욕망, 물의 이미지와 불의 이미지, 부재와 기다림, 어둠과 빛의 이미지, 썩은 냄새와 마른 꽃향기, 삶과 죽음, 아버지와 어머니 등으로 변주되면서 삶과 존재의 비밀로 나아간다.

「저녁의 게임」은 가을 저녁밥을 지을 때부터 잠들기 전까지의 시간적 배경과 마루와 부엌이 트인 거실이라는 공간적 배경을 중심으로, 혼기를 놓친 '나'와 중증의 환자 '아버지'가 벌이는 화투놀이와 '나'의 외출을 다루고 있다. 그렇다면 화투놀이와 외출이라는 드러난 부분 속에 숨겨져 있는 것은 무엇일까? 이는 현재 진행의 단순한 사건 사이사이 나타나는 나의 회상을 통해 드러나는데, 오빠의 부재와 부녀의 기다림과 관련된다. 오빠가 어느 날 훌쩍 집을 나가버렸고 남은 아버지와 나는 공범끼리의 적의와 친밀감으로 오빠를 기다리고 있다. 부재(不在)한 것을 기다리는 이 처절한 그러나 헛된 노력이 소설의 중층을 형성한다. 또 오빠의 가출을 야기한 중층을 더 깊이 파고들면 함몰하는 가계의 근원이자 상처받은 영혼의 환부인 어머니의 비극적인 죽음과 연관된다. 어머니는 기형아를 출산한 후 영아를 살해하고는 미쳐서 정신병원에 갇혀 지내다 죽음을 맞이한 것이다. 이런 어머니에 대한 주인공의 죄책감과 그리움, 그리고 어머니를 그렇게 방치한 아버지에 대한 적대감이 소설의 심층을 형성한다.

「저녁의 게임」은 부녀의 화투놀이와 그녀의 외출을 표층으로, 오빠의 부재와 남은 자의 기다림을 중층으로, 어머니의 비극적인 죽음을 심층으로 하여 치밀하게 짜여진 소설로, 삶과 존재에 대한 비극적 인식을 드러낸 작품이다.

2. 무의미한 일상과 좌절된 탈출

이 소설은 어느 가을 저녁밥을 지을 때부터 잠들기 전까지를 시간적 배경으로, 마루와 부엌이 트인 거실을 공간적 배경으로, 이층에서 들려오는 자장가 소리와 주인공이 환청으로 듣는 휘파람 소리를 배경음으로 하여 전개된다.

'나'는 "빈혈증과 구역질로 헐떡이며 건성의 피부에 더럽게 피어나는 버짐과 잔주름을 가진 혼기를 놓친" 노처녀이며, '아버지'는 음식을 씹을 때마다 완강히 드러나는 턱뼈와 무력하게 늘어진 목덜미의 주름을 가진 중증 환자이다. 이러한 두 사람이 벌이는 화투놀이와 '나'의 외출이 표면에 드러난 사건의 전부이다.

그렇다면 '화투놀이'와 '나의 외출'이 의미하는 것은 무엇일까? 「저녁의 게임」의 대부분은 소설의 제목이기도 한, '나'와 '아버지'가 벌이는 화투놀이 묘사에 바쳐지고 있다. 그런데 그들의 화투놀이란 뒷면만 보아도 알 수 있는 패를 갖고 벌이는 속임수에 다름 아니다. 속임수인 줄 알면서 벌이는 게임, 거짓말인 줄 알면서 나누는 대화. 이것이 나와 아버지의 진부하고 권태로운 일상이다. 속임수인 줄 알면서 벌이는 화투놀이란 낡고 너덜너덜해진 각본으로 끊임없이 해대는 연극이며, 거짓말인 줄 알면서 나누는 부녀의 대화는 소통되지 않는 부조리극의 대사이다.

속임수와 거짓이 가득 찬 부녀의 패를 알고 하는 화투놀이는 바로 무의미한 일상을 상징한다. 우리의 일상이란, "날씨를 걱정하고 건강을 염려하며 모든 사람의 안녕에 마음을 쓰고 신문의 사회면이나 텔레비전 뉴스의 불확실하고 조잡한 정보망을 통해 사회를 개탄"(32쪽)하는 행위에 다름 아니다. 작가가 화투놀이를 세밀하게 묘사하는 것은 바로 "모든 것은 어제와 다름없는"(22쪽) 일상의 단조로운 모습을 보여주기 위해서이다.

나는 개수대의 마개를 뽑았다. 그리고 부글부글 거품을 만들며 소용돌이쳐 순식간에 빠져나가는 물을 만족스럽게 바라보았다. 그렇다, 막힌 구멍은 낮에 수선공이 와서 뚫었다. 개수대 구멍에서는 물이 빠지지 않아 늘 썩은 냄새가 났었다.
　　　　　　　　　　　　　　　　　　　—오정희, 「저녁의 게임」, 『1979년 이상문학상 수상작품집』,
　　　　　　　　　　　　　　　　　　　　　　　　　　　文学사상사, 1979, 23-24쪽.

개수대의 물에 관한 묘사는 물의 본성에 대한 관찰이면서 동시에 삶의 본질에 대한 통찰을 드러낸다. 물의 본성은 흐르는 것이다. 흐르지 않고 고여 있는 물이란 이미 본성을 훼손 당한 죽은 물이다. 고여있는 물은 썩어 악취를 풍긴다. 고여있는 물은 고여있는 시간에 관한 은유이기도 하다. 우리 삶도 이 물과 같다. 단조롭고 지루하고 희망 없는 일상이란, 흐르지 않고 고여 썩어 가는 물과 같다. 그러나 그런 일상의 이면에는 뚫린 구멍으로 일상의 갇힘을 열고 어둠의 집을 뛰쳐나가려는, 들끓고 소용돌이치는 탈출 욕망이 잠재해 있다.

그녀는 현재 세계와 단절되어 집안에 고립되어 있다. 그녀는 아버지와 화투를 치면서 오빠를 기다리는 일 말고는 어떤 관계도 맺지 않은 채 살아가고 있다. 그녀의 집밖으로 소년원이 보이는데 그녀가 관심을 나타내는 것은 감옥에 갇힌 소년과 자신이 다를 게 없다는 자각 때문이다. 이런 닫힌 일상을 탈출하고자 하는 욕망은 집밖으로의 외출로 표출된다. 무의미한 일상에서 단행하는 마지막 비상구로서 탈출이란 집밖으로 외출하여 낯선 사내와 벌이는 정사(情事)로 드러난다. 그러나 이런 정사는 일상의 허무와 고독을 확인시켜주고 절망을 더욱 깊게 할뿐이다. 바람난 과부도 아니고 창부는 더더욱 아닌 주인공이 사내에게 돈을 요구하는 행위는 자학적이고 위악(僞惡)적이다. 이런 행동은 바로 이러한 일상을 탈출하고자 하는 욕망에도 불구하고 좌절된 '나'의 절망의 몸짓에 다름 아니다. 이 작품은 고여서 부패하는 일상의 수압을 탈출하고픈 들끓는 욕망에도 불구하고 탈출구를 찾지 못하고 익사해 가는 주인공의 절망을 섬뜩하게 보여준다.

3. 부재(不在)와 헛된 기다림

　현재 사건인 화투놀이 사이사이 '나'의 회상에 의해 단편적으로 드러나는 과거의 기억은 '오빠'와 '어머니'에 관련되어있다. 그 단편적인 과거의 기억도 현재와 뒤섞여 있다. 현재 사건 사이로 드러나는 과거의 모습은 명확한 의미로 포착되기보다 그저 희미하게 분위기로 느낄 수 있다. 현실과 환상, 과거와 현재를 오가는 서술 방식은 오정희 특유의 신비한 문체를 형성한다.

　　창은 먹지를 댄 듯 새카맣고 불빛 아래 아버지와 나는 어둠 속으로 한없이 가라앉고 있다는 느낌이 들었다. 우리는 마치 먼 옛날부터 이렇게 식탁을 마주하고 앉아 화투놀이를 해왔던 것 같다. 그 이전의 기억은 마치 유년시절의 꿈처럼 현실과 공상이 뒤섞여 멀고 아리송했다. 패가 막히거나 제대로 풀리지 않으면 일단 변소를 다녀오는 노름꾼의 풍속대로 오빠는 자기의 패를 점쳐보기 위해 슬그머니 자리를 뜬 것이다.

　　　　　　　　　　　　　　　　　　　　—오정희, 「저녁의 게임」, 31쪽.

　아버지와 내가 화투놀이를 하면서 과거 오빠와 셋이서 화투놀이 할 때의 사건을 마치 현재 진행되는 것처럼 서술함으로인해 현실과 환상이 뒤섞인 분위기를 만든다. 또 이런 서술은 오빠의 부재에 대한 나의 미묘한 심리를 드러내는 기능도 동시에 한다.
　나와 아버지는 어느 날 문득 일상에서 모습을 감춘 오빠로 인해 심한 충격을 받았다. 나는 습관적으로 오빠의 수저를 놓다가 오빠의 부재를 깨닫기도 하고 우연히 녹음한 테이프에서 들려오는 오빠 목소리를 망자의 혼백 소리로 느끼고 흠칫거리기도 한다. 아버지 역시 하루에 열 번쯤은 우편함을 열어보고 까치의 울음소리를 가늠하고 화투패의 운수를 떼면서 오빠를 기다린다. 공연한 기다림으로 서성대는 아버지를 나는 "공범끼리의 적의와 친밀감으로, 그리고 언제든 준비되어 있는 배반감으로"(36쪽) 몰래 지켜보고 있다. 부재하는 것에 대한 기다림은 단순히 오빠라는 구체적인 대상을 기다리는 데에서 끝나는 것은 아니다. 부재와 기다림은 좀더 근원적인 나의 기다림을 드러내기 위한 장치이다. 나의 이러한 근원적인 기다림은 '휘파람 소리'와 연관된다.

나는 가끔 들판 건너에서 휘파람 소리가 들리는 환청을 듣는데, 이는 어둠뿐인 나의 삶에도 한때 존재했던 맑은 눈빛 같은 첫사랑의 기억과 관련된다. 십 년 전 늦은 밤 들판을 가로질러오는 휘파람 소리에 문을 열고 나가면 열아홉의 그 애는 마른 꽃 냄새를 풍기며 서 있었다. 나에게 첫사랑이리라 추측되는 '그 애'에 대한 기억은 불행한 삶을 살아가는 그녀의 유일한 버팀목이다. 그런데 그 애에 대한 기억이 "마른 풀잎 냄새"라는 후각 이미지로 드러난다는 것은 인상적이다. 그런데 이 후각 이미지는 그 애 뿐만이 아니라 죽은 엄마의 편지를 보며 죽은 엄마를 떠올릴 때도 느끼는 감각이다. 그렇다면 인간의 감각 가운데 가장 원천적이고 강렬한 냄새에 대한 그리움은 순수한 첫 사랑이나 엄마와 연결되는 '근원을 향한 그리움'이라고도 볼 수 있다. 절망적인 일상 속에서 그녀는 한없는 기다림과 그리움을 갈구했던 것이다.

그러나 현실 속에서 그녀가 듣는 것은 '그 애'가 아니라 '낯선 사내'의 휘파람 소리일 뿐이다. 그녀가 일상을 탈출할 출구를 찾지 못하고 자학적으로 치르는 정사 부분에서 떠올리는 뚫린 하늘의 크고 맑은 별과 마른 꽃 냄새야말로 어둠의 집에 갇혀 썩은 냄새와 물의 압력에 질식해 가는 그녀가 간절히 기다리며 그리워하는 기다림의 실체인 것이다.

어둠의 집안에 갇힌 채 서서히 부패하고 있는 그녀에게 뚫린 하늘의 크고 맑은 별에 대한 기억이나 마른 꽃향기에 대한 그리움은, 모두 '박제된 새의 비상'일 뿐이다. 박제된 새의 비상에의 꿈, 비상에의 꿈에도 불구하고 날 수 없는 존재의 비애는 부재 하는 것을 기다리는 헛된 노력과 관련된다. 헛된 노력으로 끝나리라는 것을 알면서도 끝끝내 포기할 수 없는 그 이율배반이 그녀를 더욱더 깊은 허무와 절망과 환멸로 밀어 넣는다. 일상에서의 탈출에도, 부재(不在)한 것의 기다림에도 실패할 수밖에 없는 것은 내가 이미 삶보다는 죽음 충동에 사로잡혀 있기 때문이다.

4. 삶과 죽음, 죽음에의 친화

'나'는 이미 일상에서 탈출하고자 하는 시도도, 부재 하는 것에 대한 기다림도 모두 헛되이 끝날 것임을 알고 있다. 그렇다면 무엇이 '나'를 이토록 허무와 절망으로 이끄는 것일까?

이는 '나'와 '아버지'의 화투놀이가 진행되는 동안 계속해서 들려오는 이층집 여자의 자장가 소리와 관련된다. 이층에서 들려오는 자장가 소리와 주인공이 환청으로 듣는 휘파람 소리는 인물의 심리 상태를 드러내는 중요한 매개로 작용한다. 자장가 소리는 휘파람소리와 같이 현실 속에 실재로 들리는 소리이면서 동시에 환청에 의해 들리는 어머니가 부르던 과거의 자장가 소리이기도 하다. 이 자장가 소리는 존재의 근원인 어머니에 대한 기억과 연관되는데, '나'의 심층의식에 아로새겨진 상처인 어머니의 존재를 불러내는 역할을 한다.

'나'에게 어머니는 고드름처럼 차가운 손가락이라는 촉각으로 남아있음에 비해 아버지는 늘 땀으로 질척거리는 손이라는 촉감으로 남아있다. '차가움'과 '땀'이라는 이 상반된 촉각은 '나'의 어머니와 아버지에 대한 원체험으로 심층의식에 각인 되는데, 어머니가 죽음을 상징한다면 아버지는 삶을 상징한다.

아버지는 2년 전에 위장을 반 넘게 잘라냈으며 정기적으로 인슐린을 주사해야하는 환자임에도 불구하고, "승검초의 뿌리와 비단개구리, 검은콩과 두꺼비 기름을 넣고 불 위에 얹어 갈색의 거품으로 끓어오를 즈음 꿀을 넣어천천히 휘저어 검은 물처럼 된 음식"(21쪽)을 오랫동안 먹을만큼 삶에 대한 무서운 집착을 보인다. 오래 사는 것이 욕이라는 아버지의 대사는 역으로 오래 살고픈 아버지의 삶에 대한 욕망과 집착을 드러낸다. 이런 아버지에 대한 '나'의 시선은 차갑고 적대적이다.

어머니는 머리통이 물주머니처럼 무르고 크게 부풀어 오른 연골체의 갓난아이를 낳고, 그 갓난아이를 살해한 뒤 기도원과 정신병원에 갇혀 있다가 비참하게 죽었다. 어머니의 비극과 관련된 사건에 대해서 나와 아버지는 다른 판단을 내린다. 어머니가 기형아를 낳은 것에 대해서 아버지는 다산(多産)때문이라고 생각하나, 나는 아버지의 생활이 문란했기 때문이라는 믿고 있다. 또한 어머니의 광기에 대해서도 아버지는 동자혼(童子魂) 때문이라고 생각하나 나는 엉터리 기도원 때문이라고 생각하며, 어머니를 정신병원에 감금시킨 것에 대해서 아버지는 엄마와 자식들을 위해서였다고 생각하나 나는 무책임한 짓이었다고 생각한다.

아버지에 대한 적대감은 어머니의 죽음에 대한 '나'의 죄책감과 짝을 이룬다. 어머니의 죽음에 대한 정보는 '나'가 낯선 사내와 정사를 벌인 후 방에 돌아와 책상 서랍을 열고 어머니가 보낸 편지를 읽는 부분에 와서야 드러난다. 이때 책상서랍을 여는 행위야말로 '나'의 심층의식, 물 속에 숨겨있는 빙산의 밑바닥과 만나는 부분이다.

아가, 날 데려가 줘, 여긴 무섭고 쓸쓸하단다. 어머니는 막 글을 배우기 시작한 아이들처럼 크고 삐뚤삐뚤한 글씨로 비명을 질렀다. 그리고 여백마다 동체는 없이 공처럼 둥근 머리와 나뭇가지같이 뻗은 팔과 다리로 물구나무 선 사람들을 그려넣었다. 나는 종이 뭉치를 코에 대고 흐릿하게 피어나는 마른 꽃 냄새를 들이마셨다. 장식 없는 펜던트의 뚜껑을 열면 희끗희끗한 잿빛 머리털에서도 역시 마른 꽃 냄새가 풍기었다. 우리가 도착하자 기다렸다는 듯 관 뚜껑에 못질이 시작되었다. 그 소리는 상상처럼 우람하지도 않았다. 시취(屍臭)를 풍기기 시작한 어머니에게서는 역시 연기처럼 매음한 꽃 냄새가 났다.

—오정희, 「저녁의 게임」, 40쪽.

죽음의 그림자를 너무 일찍 보아버린 나의 심층에는 어머니에 대한 그리움과 죄책감, 어머니를 죽음으로 이끈 아버지에 대한 적대감 등이 착잡하게 얽혀있다. 땀으로 질척대는 아버지에 대해서는 적대감을 보이면서도, 고드름처럼 차가운 어머니에 대해서는 친근감을 보이는 것은 '나'라는 존재가 이미 삶에 대한 욕망보다는 죽음에 대한 충동에 더 가까이 있음을 보여준다.

5. 존재와 삶에 대한 비극적 인식

가을, 저녁, 노처녀, 중증의 노인, 낮고 단조로운 흥얼거림, 어두움 등. 이 소설의 분위기를 형성하는 소멸의 이미지는 마지막 장면에 오면 죽음의 분위기를 풍긴다. 탈출에의 욕망에도 불구하고 일상에 붙잡혀 있는 존재, 부재함을 알면서도 헛된 기다림을 포기할 수 없는 존재, 삶보다는 죽음의 충동에 사로잡혀있는 존재인 '나'가 외출에서 돌아와 어머니의 죽음을 떠올리며 벌이는 자위행위가 「저녁의 게임」의 마지막 장면이다.

방은 조용한 어둠 속에 가라앉기 시작했다. 이윽고 집 전체가 수렁 같은 어둠 속으로 삐그덕 거리며 서서히 잠겨들기 시작했다. 여자는 침몰하는 배의 마스트에 꽂힌, 구조를 청하는 낡은 헝겊 쪼가리처럼 밤새 헛되고 헛되이 펄럭일 것이다.

나는 내리누르는 수압으로 자신이 산산이 해체되어 가는 절박감에 입을 벌리고 가쁜 숨을 내쉬며 문득 사내의 성냥불빛에서처럼 입을 길게 벌리고 희미하게 웃어보였다.

—오정희,「저녁의 게임」, 41쪽.

일상의 수압에 해체되는 존재의 비극을 상징적으로 표현한 소설의 마지막 부분은 절망적인 고요의 모습을 탁월하게 포착해내고 있다. 방은 어둠 속에 놓여 있다. 오정희 소설에서 '어둠'은 밤이라는 물리적인 어둠이면서 동시에 절망적인 삶이라는 추상적인 어둠이다. 집은 배처럼 어두운 물 속으로 침몰하고 있다. 나는 그 침몰하는 배에서 구조를 요청하고 있다. 나는 결사적으로 탈출하고픈 욕망에도 불구하고, 탈출하지 못하고 침몰하는 배에서 "헛되이" 익사하는 중이다. 그녀는 구조를 절실히 갈구하지만, 이루어지지 않는다. 그러기에 나의 구조를 향한 갈망은 부재(不在)한 것을 기다리는 헛되고 헛된 몸짓일 뿐이다. 일상의 수압(水壓)에 해체된 익사체, 그것이 바로 '나'라는 존재의 비극이다.

익사의 이미지는 오정희 소설 곳곳에 등장한다.「봄날」이라는 작품에서도 "생활의 표면에 얼굴을 내미는 일은 결코 없었으나 보다 깊숙이 자리잡고 있어서 시시때때로 마치 비오기 전의 류머티스처럼 민감하게 반응했다. 얇은 고무줄의 피막을 벗기듯 일상의 표면을 한 꺼풀씩 들추고 그 속에서 배태되고 자라고 새끼를 친 욕망과 회한의 기억들이 진득한 거품으로 부글대고 있었다. 그 늪이 입을 벌릴 때마다 나는 달이 차 오르듯 물이 차 오르듯 답답해지고 숨이 차 올라 몸 안 가득한 물을 쏟아내지 않으면 그대로 익사해 버릴 듯한 절박감에 발버둥을 쳐 대는 것이었다."(138쪽)와 같이 서술되고 있다. 오정희 소설에서 익사의 장소는 늘 집이다. 주인공들은 집안에 갇혀 있다. 주인공들이 집밖으로의 탈출을 감행하는 것은 익사의 위험에서 벗어나기 위한 노력이다.

　「저녁의 게임」은 무의미한 일상을 탈출하고자 하는 욕망에도 불구하고 탈출에 좌절한 존재의 　비극을 보여준다. 비극적인 존재란 결사적으로 탈출하고픈 욕망에도 불구하고 일상의 수압(水壓)에 해체된 익사체에 다름아니다. 이 작품에 드러나는 일상과 탈출 욕망, 부재 하는 것의 기다림, 죽음에의 친화력 등은 오정희의 소설 세계를 관통하는 요소이다. 납과 구리로 황금을 창출하고자 한 중세의 연금술사처럼 그녀는 드러난 것과 숨겨진 것, 부재와 기다림, 삶과 죽음이라는, 존재의 비밀을 가지고 소설을 창출한 언어의 연금술사이다.

　일상과 탈출욕망이라는 외출 모티프, 부재하는 것을 기다리는 비상(飛翔) 모티프, 그리고 죽음에의 친화력이라는 세 겹의 층위로 이루어진 오정희의 「저녁의 게임」은 밀폐된 방안에서의 시간 죽이기와 탈출에의 시도, 퇴화된 날개를 부활시켜 날고자 하는 갈망과 절망을 보여주는 이상의 「날개」와 유사한 구조를 갖고 있다. 빙산의 심층까지 들어가서 존재와 삶의 근원적 비극을 맛본 오정희가 "꽃도 보이지 않고 향기가 만연한" 묘혈(墓穴)에 누워본 선배 소설가 이상의 후예임을 드러내는 것이 아니겠는가.

(1996)

모순의 역사와 내출혈의 삶

- 조정래의 『한강』론

1. 서울로 가는 기차

조정래의 『한강』(해냄출판사, 전 10권)은 1959년에서 1980년을 시간적 배경으로, 한반도와 독일과 월남과 중동을 공간적 배경으로, 전쟁 이후 본격적인 근대화의 모습을 다루고 있는 대하소설이다. '식민지 시기'를 다룬 『아리랑』과 '해방과 분단의 시기'를 다룬 『태백산맥』에 이어, '산업화 시기'를 다룬 『한강』이 완성됨으로 조정래의 대하소설 3부작이 그 모습을 드러냈다. 조정래의 3부작은 20세기 우리 민족의 역사에 소설적 육체를 부여한 작품이다.

『한강』은 기차를 타고 서울로 올라오는 장면에서 시작하여 기차를 타고 광주로 내려가는 장면으로 끝난다. 이렇듯 소설의 시작과 마지막을 장식하고 있는 기차란 근대화의 상징이다. 『아리랑』에서의 기차가 '왜놈 발에 발통 달기'였다면 『한강』에서의 기차는 '촌놈들의 서울 길'을 담고 있다. 이런 점에서 대하소설의 맨 앞에 놓이는 서두 부분은, 단순히 겨울 풍경의 묘사라기보다는 거대한 역사의 흐름 앞에 내던져진 개개인의 삶에 대한 은유를 담고 있다.

> 새벽 어스름이 스러져가고 있는 한겨울 들판을 기차가 달리고 있었다. 밤새 무성
> 하게 돋아난 서릿발로 세상은 싸늘하게 얼어붙어 있었다.… (중략)…. 그 추위 속에
> 서 몇 마리의 새가 낮게 날고 있었다. 새들은 거센 바람에 밀리듯 허약한 날갯짓을
> 하다가 내려앉고 다시 조금 날아가다가 내려앉곤 했다. 검불만 날리고 있는 얼어붙
> 은 들에서 먹이를 찾고 있는 새들은 부지런해서가 아니라 굶주림에 쫓겨 따스한
> 둥지를 나오지 않을 수 없었을 것이다. 그러나 새들은 한 군데 오래 머물지 못하고
> 고달프고 힘겨운 날갯짓을 계속하며 자리를 옮기고 또 옮기고 있었다.
> 　먹이 귀한 황량한 겨울 들녘에서 그 새들은 너무 미약한 존재일 뿐이었다. 그
> 살벌한 삶의 터전에서 추위에 떨고 굶주림에 시달리며 먹이를 찾아다니다가 얼어죽
> 기도 하고 굶어 죽기도 할 것이다. 또 근근이 연명해 가다가 어떤 큰 새에게 잡혀
> 먹힐 수도 있었다. 그러나 기차는 그까짓 새들은 아랑곳없이 시커먼 연기를 내뿜으
> 며 북쪽으로 맹렬하게 달리고 있었다.
>
> 　　　　　　　　　　　　　　　　　　　－조정래, 『한강』, 제1권, 11-12쪽.

이 소설의 서두에서 작가는 황량한 겨울 들녘을 맹렬하게 달리는 기차와
연약한 새를 대비시켜놓고 있다. '맹렬하게 달리는 기차'가 근대화를 향한
도도한 역사의 흐름이라면, '둥지를 떠난 새'는 그 앞에 던져진 개인들을
상징한다. 그들은 '굶주림에 쫓겨' 고향을 떠나, 김지하의 시 구절처럼 "팍팍
한 서울 길 몸팔러"가는 촌놈들이다. "허약한 날갯짓"이나 "힘겨운 날갯짓"
을 하는 새처럼, 서울로 가는 길은 영광의 길이라기보다는 고통의 길임이
암시되어 있다. 민족 공동체가 파괴된 채 파행적 근대화가 전개되는 서울에
서, 뿌리뽑힌 존재들의 삶이란 겨울 들녘의 새의 운명과 다르지 않기 때문이
다.

『한강』을 이끄는 두 가지 이야기 축은 '반공을 국시로 내걸고 기아선상에

허덕이는 민생고의 해결'을 약속하며 등장한 군사정권 시기의 정치와 경제 문제이다. 군사정권은 반공 이데올로기와 정부주도의 경제 발전이라는 당위 명제로 권력을 장악하였기에, 그 이외의 모든 것은 금기시하였다. 일체의 비판이 통제된 시기를 대상으로 하는『한강』은 우리의 근대화가 갖고 있는 이중적 의미를 성찰하고 있다.

2. 유형(流刑)의 시대

그렇다면 한국의 근대화를 이룩한 주역은 누구인가? 이 질문은 작가가 『아리랑』에서 던진 일본에 대항하여 투쟁한 주역은 누구인가? 하는 질문과 같은 맥락에 놓인다.『아리랑』에서 일본에 투쟁한 주역이 양반이 아닌 소작농들이었음을 분명히 했듯,『한강』에서도 경제발전의 주역이 자본가가 아닌 노동자였음을 분명히 한다. 만주와 러시아와 하와이를 배경으로 하는『아리랑』과 독일과 월남과 중동을 배경으로 하는『한강』은 넓은 공간적 배경을 담고 있다. 또『아리랑』이 항일운동을 하는 인물들의 모습을 담아내고 있다면,『한강』은 근대화를 이끌기 위해 노동하는 인물들의 모습을 담아내고 있다. 작가는 광활한 공간을 소설 속으로 끌어들임으로 몸소 땀 흘리는 자들이야말로 바로 역사를 움직이는 민족의 실체라는 역사 인식을 드러낸다.

이 시기에 광부와 간호원들이 독일로 취업을 나갔다. 독일에 나간 간호원과 광부들은 하나같이 가난한 집안의 아들이요, 딸이었다. 광부를 그만두고 식당을 하게 되거나, 공부를 하여 박사가 되거나, 간호원을 하며 의사 자격증을 따는 예외적인 경우도 있기는 하지만, 독일에서의 노력과 자기희생이 꼭 결실을 맺는 것만은 아니었다. 과도한 노동의 후유증으로 병에 걸려 죽기도

하고 귀국하기도 한다. 작가는 "광부와 간호원 7천명의 3년 간 노동력과 노임을 담보로 서독은행의 지급보증으로 한국정부가 1억5천만 마르크를 빌려가게 되었다"는 역사적 사실을 통해, 이들이 진정한 경제발전의 원동력이었음을 분명히 밝히고 있다. 유학생 광부인 배상집의 독백은 해외 노동자들의 의미를 단적으로 드러내준다.

> "애국자? 그래, 아무도 알아주지 않는 슬프고 비참한 애국자들이지. 돈 때문에 담보 잡혀 있는 목숨들. 그렇게 해서라도 돈을 꾸어가야 하는 나라. 이 곳은 결국 3년 동안의 유형지인 셈이지 돈을 벌겠다고 스스로 유형 당해 오는 시대."
>
> ─조정래, 『한강』, 제4권, 193쪽.

중동으로 나간 노동자들은 폭염 속에서 주로 도로 닦는 일을 담당했다. 소설에는 노동자의 입장과 공과대학을 나온 양심적 공사부장의 시각을 통해 중동에서의 생활이 다양하게 소개되고 있는데, 금지된 술과 관련된 에피소드와 한국회사들의 저력이 다양한 층위에서 묘사되고 있다.

> 그 넓고 넓은 황무지에 가끔 모래언덕들이 나타났다가 사라지고는 했다. 그런데 땅이 침강되어 이루어진 수직의 낭떠러지들이 있는 지역에 이르자 붉은 모래언덕이 나타났다. 원병균은 다시 보았지만 부드러운 곡선으로 서너 개의 언덕을 이루고 있는 것은 분명 붉은 모래였다. 난생 처음 보는 그 붉은 언덕은 신비스러웠다. 그 언덕을 유심히 바라보다가 그는 문득 이런 생각에 부딪혔다. 이 폭염의 땅에서 수많은 근로자들이 흘리고 있는 피땀을 농축시키면 저런 색깔이 되지 않을까.
>
> ─조정래, 『한강』, 제10권, 128쪽.

사막의 '붉은 모래'는 바로 중동 노동자의 피땀을 상징한다. 멀리서보면 신비하게 느껴지지만 가까이에서 보면 그것은 근로자들이 흘리는 피땀의 결정체였던 것이다. 중동의 근로자 역시 가난을 벗어나겠다는 일념으로 일을 하지만 그들 중 몇몇은 귀국을 며칠 앞두고 심장마비로 죽음을 맞기도 하고 담석증에 걸려 강제 귀국하기도 한다. 모두들 가난을 벗어나기 위해 머나먼 타국까지 나와 '유형(流刑)의 시대'를 보낸 것이다. 그렇다면 그들은 그토록 원하는 돈을 벌어 부자가 될 수 있었을까? 여기에 관한 작가의 대답은 부정적인데, 오르는 국내 물가 때문에 그들의 노동가치가 하락되고 있었기 때문이다.

국내공장의 상황은 외국의 경우보다 더한층 열악하였다. 나삼득의 아들인 나복남은, 대도시에서 기술과 지식이 없는 인물이란 몸으로 때우면서 살수밖에 없으며, 더구나 그런 사실이 대물림되었다는 사실을 보여주는 전형적인 인물이다. 나복남은 결국 프레스에 손가락이 잘려 폐품처럼 공장으로부터 버려진다. 나삼득의 딸인 나윤자는 전태일과 같은 봉제 공장에서 미싱사로 일하는 것으로 설정되어 있다. 소설 속에서 전태일의 실화는, 상당히 중요한 비중을 차지하는데, 나윤자와 나복남의 대화를 통해 적절하게 녹아든다.

> "거 있잖아. 싼값으로 수출 많이 해야 되는 거. 근로기준법대로 하면 물건값이 비싸져 수출이 안 되고, 수출이 안되면 경제 발전이 안 돼 나라가 어렵고 한다는 것 말야."
> "허 참, 자알들 논다. 그래서 힘없고 불쌍한 노동자들 짓눌러 있는 놈들 배 터지게 만들어 주겠다 그거지? 이제 뭔지 알 것 같다. 그래서 나도 그 꼴로 당한 거야. 근데 너도 그 사람이 분신자살 하는 것 봤냐?"
> ─조정래, 『한강』, 제6권, 58쪽.

나윤자와 나복남의 대화를 통해 경제발전이라는 화려한 모습 뒤에 노동자들의 고통이 숨겨져 있음이 드러난다. 이러한 억압된 노동자들은 노조를 만들어 자신들의 권리를 찾으려 하나 회사에서는 노조를 만들려는 공장 노동자들을 해고하고자 한다.

> 우리 회사에 숨어 있는 불순세력들을 완전히 제거해 버리는 일이야. 그 노조라는
> 것 말야. 재작년부터 살살 움직이기 시작하더니 작년에 부쩍 심하게 나대게 됐다.
> 그걸 후딱후딱 뿌리뽑으라고 엄명을 내렸는데도 그것들이 워낙 끈질기고 독해 내쫓
> 으면 또 생겨나고, 내쫓으면 또 생겨나고 한단 말이야. 두말할 것 없이 그것들이
> 다 뭉쳐 노조를 하고 나서는 판에는 회사 못해 먹는다.
>
> —조정래, 『한강』, 제10권, 238쪽.

자본가들의 전형적인 논리를 대변하고 있는 박부길의 말이 얼마나 일면의
시각인가 하는 것은 말할 필요도 없다. 더구나 정권과 밀착한 부유층들이
땅 투기를 통해 자본을 증식하는 장면과 뇌물이 횡행하는 모습은 일방적으로
노동자들에게 강요하는 희생의 부당성을 여실하게 드러내고 있다. 작가가
『한강』에서 가장 공들여 묘사하고 있는 것은 한강의 기적을 이룬 근로자들의
고통스런 삶의 모습이다. 그 삶은 근로전사라는 말로 미화되거나, "돈에 원수
갚도록 돈을 벌고 싶은" 개인적인 욕망으로 취급될 수 없는 것이다. 경제발전
을 이룩한 '산업전사(産業戰士)'라는 말에는 가혹한 착취와 억압에 시달리다
'산업전사(産業戰死)'한 무수한 인물들의 분노가 숨어있기 때문이다.

3. 원형감옥의 시대

권력의 독점은 폭력과 공포를 통해서만 유지될 수 있었다. 고문과 감시가
야기하는 폭력에 대한 공포는 그 시대 많은 사람들의 내면을 지배하는 집단
무의식이었다. 언제든지 끌려가 모진 고문과 취조를 당할 수 있으며, 누구든

지 빨갱이라는 한마디로 희생양이 될 수 있는 시대였다. 특히 반공이데올로기를 정권유지의 수단으로 이용하면서 폭력은 극에 다다르는데, 이를 단적으로 보여주는 것이 바로 연좌제이다. 아버지의 월북 사실은 '유일민'의 평생을 고통으로 몰아넣는다. 그는 한국의 최고 대학을 나왔지만 연좌제에 묶여 광부가 되어 독일로 가려는 시도도, 회사 취직도 좌절되며, 평생을 감시 속에서 살아간다. 경제적 활동과 인간 관계에서 소외된 유일민을 통해 이데올로기가 개인의 삶을 얼마나 잔인하게 짓밟을 수 있는가를 보여준다.

폭력의 행사에는 적극적이건 소극적이건 동조자(同調者)가 등장하기 마련이다. 적극적으로 정보원이 되는 경우나 미수에 걸려 어쩔 수 없이 정보원이 되는 경우나 간에, 이들은 보이지 않는 원형감옥이 만들어낸 두 가지 유형의 인물인 것이다.

아버지의 월북으로 사상불온자라는 감시 속에 있는 신문기자 이경열은 자신의 신분적 약점을 보상받기 위해 적극적으로 정보원 노릇을 한다. 몇 명의 기자들끼리의 대화를 상부에 알림으로 자신의 출세를 보증 받으려는 이경열의 모습에서 원형감옥의 하수인으로 전락한 지식인의 비열한 모습을 읽어낼 수 있다. 이에 비해 배상집은 한층 복잡한 상황을 겪는다. 가난한 고학생인 그는 광부로 자원하여 독일에 간 후 통역사의 일을 보면서 박사학위를 따서 귀국한다. 그의 경우 독일에 있던 시절, 동독에 가보겠냐는 동료 유학생의 제안을 거절했는데, 알고 보니 그는 정보원이었다. 귀국하여 강사로 떠돌던 시절에도 정보원 노릇을 하면 교수 자리를 주선해 주겠다는 유혹을 거절하지만, 교수가 된 후 신문에 서독의 복지정책에 관해 글을 썼다가 꼬투리를 잡혀 끌려간다. 결국 그는 제자들을 감시하는 정보원이 되라는 협박에 굴복하고 만다.

이렇듯 폭력은 특수한 상황에 놓인 인물에게만 가해지는 것도 아니었다. 노조를 하는 공장 노동자나 데모를 하는 대학생들이나 해직 당한 기자들이나 대학의 교수나 심지어 야당의 국회의원까지, 이러한 폭력에서 자유로울 수 있는 인물은 아무도 없었다. 그들은 가족을 고발하고, 친구와 동료를 배신하고, 제자를 감시하도록 강요당한다. 사회전체가 거대한 감옥이었으므로 이런 폭력으로부터 자유로울 수 있는 삶은 어디에도 없었다. 이런 점에서 바로 이 시대는 '원형감옥'의 시대였다.

그렇다면 이러한 원형감옥은 왜 생겨난 것일까? 작가는 이를 정통성이 없는 권력집단의 문제와 연결시키고 있다. 작가는 '강기수'를 통해 친일파들이 다시 권력을 잡은 역사적 현실을 드러내고 있다. 친일파인 강기수는 여전히 해방된 조국에서 국회의원으로 떵떵거리고 살고 있는데, 항일투사 집안인 허진의 가족은 가난으로 고통을 당하고 있다. 이렇듯 모순의 역사 때문에 우리 사회는 '정의'라는 정도(正道)가 아닌 '폭력'이라는 파행(跛行)의 길로 치달을 수밖에 없었다.

> 자신은 친일파에게 분노와 증오만 가졌을 뿐 국회의원으로 정치 판에 몸담고 있는 동안 그들을 척결하는 일은 털끝만큼도 한 것이 없었다. 오히려 평생에 걸쳐서 그들에게 당하기만 해왔다. 군대생활에서 진급이 더디며 한직으로만 밀려다닌 것이 그렇고, 계급정년이란 불명예로 예편 당한 것이 그렇고, 친일파 못자리 판이나 다름없는 여당의 정보정치에 걸려들어 꿋꿋하게 야당생활을 못하고 굴복한 것이 그렇고, 발악적 유신독재가 민심을 잃어가는 판에 야성 강한 지역에서 여당의 탈을 쓰고 나서서 결국 버림받은 것이 그랬다.
> ─조정래, 『한강』, 제10권, 173-174쪽.

한인곤이 『친일문학론』을 쓴 임종국을 만나 회상하는 부분에서 친일파를 청산하지 못한 부끄러운 모순의 역사에 대한 성찰이 드러난다. 모순의 역사는 정통성의 부재를 불러오고, 정통성이 없는 권력은 힘과 폭력으로 사람들을 제압할 수밖에 없는 것이다. 원형감옥이란, 옳고 그름이 분명하지 않으며 폭력이 아닌 합의에 의해 경제발전과 정권교체가 진행되지 못했던, 우리의 불행한 역사가 빚어낸 슬픈 현실이었다.

4. 역사적 사실과 허구적 인물의 만남

『한강』역시『아리랑』처럼 역사적 인식을 씨실로 하고 소설적 상상력을 날실로 하여 서사가 전개된다. 방대한 시기를 대상으로 하는 대하소설의 경우, 작가는 전체 역사에 대한 조망과 생동감 있는 소설적 인물을 유기적으로 결합해야 한다. 만약 지나치게 역사적 사실 쪽으로 무게중심을 기울인다면 소설의 자율성을 해치게 되며, 그렇다고 역사적 사실을 완전히 무시한다면 객관적 사실을 왜곡하게 되기 때문이다. 작가는 이를 위해 역사적 사실과 허구적 인물을 함께 등장시키는 방법을 애용한다.

이렇게 역사적 사실과 허구적 인물의 만남이 야기하는 소설적 효과는 크게 두 가지이다. 하나는 실존 인물들의 등장을 통하여 역사적 사실을 재구성할 수 있다는 점이고, 다른 하나는 개성적인 인물 창조를 통해 소설적 생동감을 끌어낼 수 있다는 점이다. 전형적인 인물을 통해 당대의 보편적 사건을 드러낸다면 개성적인 인물을 통해서는 다양한 욕망들의 얽힘을 드러낸다.『한강』에서는 전형적 삶의 모습과 함께 개성적 인물의 다양한 모습이 구체적으로 형상화 되어있다.

전형적인 인물은 각 계층을 대표하는 모습으로 형상화되어 나타난다. 우선, 상류층이란 부와 권력을 독점한 기득권 층이다. 국회의원과 자본가들이 상류층을 대표한다. 다음으로 대학의 양적 증가로 다양한 지식인이 역사의 표면에 대두했다는 것이다. 이들은 지식인의 이중적 특성상 상류층으로의 편입을 꿈꾸거나 아니면 하류층과의 연대를 꿈꾸기도 한다. 끝으로 하류층의 경우는 산업화의 현장에 있는 대다수의 인물들이 그 중심을 이룬다.

　부정적 정치인의 전형적인 인물로는 '강기수'를 들 수 있다. 그는 식민지 시대에는 친일파로, 6.25 때는 경찰서장으로 몸 바꾸며 권력의 핵심에 있으며, 항일운동가들을 아직도 "비적떼"라고 호칭할 만큼 역사의식이 부재한 인물이다. 이런 점에서 강기수는 『아리랑』의 '백남일'이나 '장칠문'의 다른 이름으로 볼 수 있다. 강기수는 장학회를 통해 선거구의 사람들을 관리하는 한편 자신의 권력 기반을 공고히 하는 수완을 발휘한다. 권모술수에 능한 부정적 정치인의 모습을 강기수가 대변한다면, 상류 경제인의 모습은 '박부길' 사장이 대변한다. 그의 경우는 비서 허미경을 겁탈하여 첩으로 삼는 장면에서 도덕적 부정이 그려지고 있다.

　이에 비해 소작인 출신인 천두만 가족과 나삼득 가족은 하층민의 전형을 드러낸다. 먹고 살 길이 없어 고향을 등지고 서울에 도착한 천두만은 나삼득이 자리를 잡은 옥수동 움막에 함께 살게 된다. 천두만의 과거사를 통해 알 수 있듯 이들은 『아리랑』속의 전형적인 소작농의 모습을 보여주고 있다.

> 　나삼득은 쓰레기통을 뒤지다 말고 고개를 들어 천두만을 올려다보고 있었다. 이마에 주름이 잡힌 그 얼굴은 검게 메마르고 초췌해 보였다. 천두만은 언뜻 그 얼굴이 나삼득 같지 않았다. 그 얼굴에 또 다른 나삼득의 얼굴이 겹쳐지고 있었다. 달빛과 불빛을 받으며 환하게 웃고 있는 살오른 얼굴이었다. 정월대보름날 밤에 달이 떠오르는 것에 맞추어 달집을 태울 때 볼 수 있었던 나삼득의 그 얼굴. 꽹과리 소리에 맞추어 덩실거리는 몸짓을 따라 벙글거리던 그 복스럽던 얼굴은 어디로 가고 쓰레기통을 뒤지고 있는 나삼득은 태어날 때부터 거지였던 것 같았다. 천두만은, 고향 산천이 떠오르며 서러움이 복받쳐 오르는 것을 감추려고 고개를 돌렸다.
> 　　　　　　　　　　　　　　　　　　　　―조정래, 『한강』, 제1권, 156쪽.

고향에서의 환한 얼굴과 서울에서의 초췌한 얼굴의 대조를 통해 『한강』에서는 농촌의 해체와 농민들이 도시빈민으로 정착하는 모습을 보여준다. 기술이나 학식이 없는 나삼득과 천두만은 품팔이 지게질로 입에 풀칠하기도 바쁘고, 그의 자식들 역시 배움의 기회를 박탈당하고 자연스레 공장노동자로 살게되면서 가난은 대물림된다. 특히 천두만의 밑바닥 인생은 기술과 자본이 없는 농민이 도시에서 살아가는 모습을 전형적으로 드러낸다. 천두만은 온갖 허드렛일을 하며 밑바닥의 삶을 전전한다. 그러나 아무리 열심히 일해도 그들은 판자촌을 벗어날 수 없고 옥수동에서 청계천으로, 다시 청계천에서 성남으로 쫓겨나는 도시 빈민의 굴레를 벗어나지 못한다.

상류층과 하류층에 비해 지식인 계층은 다양한 모습으로 나타난다. 이는 근대적 교육 제도인 대학 교육과 관련된 것으로 해방 이후 대학을 졸업한 지식 계층이 사회 곳곳에서 관리직과 전문직을 맡으며 산업화의 일익을 담당한 역사적 사실과 관련을 맺는다. 그들은 타민족과의 생사를 건 싸움도, 이념과의 싸움도 사라진 시대에 살아가기에, 영웅도 악인도 아닌 모습으로 형상화된다. 그들은 시대와 상황에 따라 각각의 욕망을 쫓아 서로 경쟁하기도 동조하기도 하는 인물이며 때로는 불의에 혁명으로 항거하기도 불의의 하수인이 되기도 하는 인물이다. 이로 인해 『아리랑』의 '송수익'이나 『태백산맥』의 '염상진' 같은 영웅적 인물보다는 신분상승이라는 욕망과 양심 사이에서 갈등하는 인물로 나타난다. 지식인의 이중적인 속성으로 인해 때로는 하류층과 결합하기도 하고 때로는 상류층과 결합하기도 한다. 지식인 인물의 특징은 쌍이 되는 다른 한 인물과의 거리에 의해 조명되고 있다. 그 두 인물은 형제이거나 친구이거나 선후배 관계인데, 경쟁관계나 갈등관계를 유지하며 서사를 풍요롭게 만들어간다. 형제사이인 유일민과 유일표, 친구사이인 유일표와 허진 혹은 원병균과 박준서, 선후배 사이인 김선오와 이규백의 관계가 바로 이런 대조적인 인물의 구체적 예이다.

유일민과 유일표 형제는 핍박당하는 지식인을 대표하는 인물이다. 이 유형은 온갖 고난과 고초를 겪는 인물이라는 점에서 공통점을 보인다. 두 사람은 최고의 학벌을 가지고 있음에도 불구하고 연좌제 때문에 아웃사이더로 살아간다. 유일민이 모든 인간관계에서 스스로를 소외시킴으로 단독자의 삶을 선택하는 데 비해 유일표는 적극적인 인간관계를 맺음으로 더불어 살아가는 삶을 선택한다. 사색적인 형 유일민과 행동적인 동생 유일표는 『아리랑』에서의 송중원과 송가원의 모습으로도 볼 수 있다. 유일민은 소극적 삶의 자세를, 유일표는 적극적 삶의 자세를 대변하는 인물로 볼 수 있다. 사색적인 유일민을 구원하는 것은 임채옥의 지고지순한 사랑이다. 이는 『아리랑』에 나타나는 '옥비의 사랑'과 여러 면에서 닮아 있다. 유일민 역시 채옥의 남편이 죽은 이후에 그녀와의 사랑을 완성하게 된다.

　다음으로 유일표와 허진의 관계를 들 수 있다. 이 유형은 주류와 비주류로, 4.19 학생운동의 주역들이 그 이후 어떤 인생 행로를 걸어갔는가를 보여준다. 절친한 친구 사이인 허진과 유일표는 고등학교 때 4.19 운동을 했던 인물이다. 유일표는, 독립투사의 후예로 집안이 어려워 학교를 그만두고 공장에 다니는 허진을 위해 모금운동을 하고, 그의 여동생을 취직시켜주고, 그가 대학에 다닐 수 있도록 도와준다. 그러나 사회에 나온 후 허진은 대기업에서 출세의 길을 걷게 되고, 유일표는 야학을 돌보며 노조활동을 후원하는 일을 하면서, 서로 다른 길을 가게 된다. 특히 허진이 유일표가 돌보는 넝마주이 아이들을 공장에서 자르는 사건을 계기로 둘은 갈라서게 된다. 이런 유형은 박준서와 원병균의 관계에서도 드러난다.

　그 다음으로, 김선오와 이규백을 들 수 있다. 이 유형은 신분상승에 성공했다는 점에서는 공통점을 보이나 자신의 삶에 만족하느냐 양심에 가책을 받느냐에 따라 차이를 보인다. 김선오는 '출세 지향적인 지식인'을 가장 극대화한 인물이다. 가난한 농부의 아들인 김선오는 국립대 법대생으로 강기수의 장학회에 몸담고 있는데 4.19 때도 방관자로 행동했다. 친구사이인 박영자와 안경자 사이에서 결혼을 저울질하다 둘 다 놓치자 부유한 여의사와 결혼한다. 그는 출세에 지장이 있다고 본적까지 서울로 옮기며 가난한 식구들을 짐으로만 여기는 전형적인 속물로 그려지고 있다. 이에 비해 이규백은 김선오와 같은 삶의 궤적을 걸어왔으나, 애정 없는 결혼에 갈등하기도 하고, 법조계의 비리에 회의하기도 하는 인물로 등장한다.

> 고의적인 침묵과 외면은 묵인과 동조였지 더 이상 아무런 의미가 없었다. 아니 검사라는 권력행위자들의 경우에는 거기서 끝나는 것이 아니라 더 심하게 공범이라고 할 수 있다. 그 대표적인 것이 인혁당 사건 관련자들에 대한 법 집행이었다. … (중략) … 검사는 권력의 주구라는 오명을 벗어날 수 없었다. 젊은 층에서는 4.19세대의 타락과 출세주의에 대한 불신과 지탄의 소리가 높았다. 어찌 보면 그 표본이 바로 자신이었다. 이규백은 새삼스럽게 막내 동생에게 따귀라도 얻어맞은 기분이었다. 왈칵 끼쳐오는 부끄러움에 그는 술잔을 단숨에 비웠다.
> ─조정래, 『한강』, 제9권, 88-89쪽.

이규백은 막내 동생의 데모와 실형을 계기로 검사에서 쫓겨나 변호사가 된다. 그 후, 그는 자신의 삶이 허깨비의 삶이었음에 대해 자기반성을 하게 되는 인물이다. 반성 작업이 시작되면 인물은 타자의 시선을 통해 자신을 객관화시킬 수 있게 된다.

역사적 사건과 허구적 인물들이 만들어내는 조화는 한 시대를 드러내는 대하소설의 가장 중요한 모습이다. 다양한 면모를 갖고 있는 깡패 서동철, 다정다감한 강숙자, 술집마담 박보금, 자살한 고시생 김선태, 자살한 상이군인의 아내 모두 그 시대를 힘들게 살아간 인물들이다. 깊고 큰 강의 흐름을 이루는 것이 작은 물방울이듯, 역사를 만들어내는 것은 이름 없는 사람들의 낱낱의 삶이라는 작가의식은 『한강』에서도 변함없이 유지되고 있다.

5. 풍속의 고증과 작가의 지향점

대하소설에서 뼈대를 이루는 것은 역사적 사건이지만 그것만으로 소설이 완성되는 것은 아니다. 그 소설에 호흡과 맥박을 주어 소설의 숨결을 완성해내는 것은 세부적인 장치들일 것이다. 『한강』의 경우에도 이런 장치는 다양하게 작품 속에 녹아들어 있다. 특징적인 것을 살펴보면 당대 풍속의 세밀한 묘사와 전라도 사투리의 활용 등이다.

소설에는 당대의 풍속을 고증하는 수많은 에피소드가 등장한다. 자식들 교육이라면 목숨을 내걸고 덤비는 어머니들, 음력설의 금지나 궐기대회, 가정교사를 하며 어렵게 공부하는 고학생들의 모습, 회충약 사건이나 곗돈바람과 나이롱 옷의 유행, 물 사정이 어려운 서울 모습, 여자들의 파마와 새나라 자동차와 텔레비전의 보급, 공무원들의 부패와 뇌물과 지방색과 남녀차별, 요정정치와 기생관광과 미국에 대한 선망과 이민 바람, 장발 단속과 아파트의 등장과 무허가 산동네의 철거 등이 묘사되고 있다.

조정래의 소설이 전라도 사투리의 보고임은 익히 알려진 사실인데, 이 작품에서의 사투리는 『아리랑』과 『태백산맥』에서처럼 사투리의 활용이라는 의미만이 아니라 서울에서의 전라도 사투리가 갖는 사회사적 의미를 부여받게 된다.

　"무신 소리여? 한강에 배 지내가기란 말 듣지도 못했냐? 미친 개헌티 물린 것이 흠이 나이디끼 다 맘만 깨끔허면 암시랑토 안 헌 것이여"
　어머니의 천연덕스러운 대응이었다.
　"아니 엄니, 엄니 메누리가 그런 여자라도 암시랑토 안 헌 것이여?"
　"힝, 니가 오기 부리니라고 애맨 소리 퍼질르고 앉었는디, 하면 워쩔 것이냐. 흘러가는 물은 앞만 보고 묵는 것이고 오짐도 오짐인지 몰르고 부처님 전에 올려

정성 바치면 효험을 보는 것잉께"

— 조정래, 『한강』, 제4권, 250쪽.

"그런데…, 말씨가 좀 이상한데 고향이 시골인가 부죠?"

"예…, 호남입니다"

이규백은 가슴이 덜컥하는 것을 느끼며 전라도를 피해 호남이라고 했다.

"전라도로군요?"

여자의 미간이 약간 찌푸려지는가 싶더니 이내 환한 웃음을 피우며 말했다.

"잘 알았어요. 우리 사장님하고 상의해서 다시 연락하겠어요."

다시 연락은 오지 않을 것이다. 미간이 찌푸려지는 것이 그녀의 진심이었고, 환한 웃음과 다시 연락하겠다는 말은 세련된 거절이었다.

— 조정래, 『한강』, 제2권, 113-114쪽.

앞의 예문은 김선오의 어머니가 과거 때문에 결혼을 하지 않겠다는 딸과 나누는 대화이고, 뒤의 부분은 서울로 유학 온 이규백이 가정교사가 되기 위해 한 중년부인을 만나는 장면이다. 대화는 수식과 인용이 화려하고 해학이 넘치는 전라도 사투리의 정감을 잘 표현해주고 있다. 아직 고향에 뿌리박고 있는 인물들이나 서울로 올라왔으나 고향을 지향하는 인물에 의해서 활용되는 사투리는 소설 읽는 재미를 배가한다. 그러나 교육을 받은 사람들에게 전라도 사투리는 감추고 싶은 숙명과 같은 것인데, 이는 전라도에 대한 그 시대의 차별과 관련된다. 이처럼 『한강』에서의 사투리는 이중적인 의미를 갖고 있다.

군사독재는 무너졌고 세상은 엄청나게 빠른 속도로 변해왔다. 21세기에도 변함없는 것은 우리는 누구이며, 올바른 삶이란 무엇인가에 대한 질문을 제기해야 된다는 것이다. 분명한 것은 이런 질문의 소임이 소설가에게 있다는 것이다. 그런 점에서 조정래의 작업은 20세기를 결산하는 하나의 좌표이면서 동시에 21세기로 나가기 위한 하나의 디딤돌일 것이다.

　좋은 소설이란 환부를 감추는 것이라기보다 환부를 덧내는 것이며, 우리를 편하게 만드는 것이라기보다는 우리를 불편하게 만드는 것이다. 남정네들이 사라진 시대에 생존과 교육을 책임져야했던 할머니들의 한과 고향을 떠나와 서울에서 살아내느라 고생했던 아버지들의 무거운 짐과 무수한 폭력 앞에 짓밟힌 자식들 때문에 흘렸던 어머니들의 피눈물이 고스란히 녹아들어 있기 때문에, 조정래의 대하소설을 읽는 것은 고통스럽다. 그러나 현대사의 아킬레스건을 역사의 수면 아래로 가라앉히기보다는 수면 위로 끌어올려야 한다. 모순의 역사일지라도 역사인 이상 우리는 내출혈의 삶을 감수해야 한다. 당신은 너무 쉽게, 모순의 역사에서, 고통스런 20세기에서 도망가려고 하는 것은 아닌가. 『한강』은 우리에게 그런 질문을 다시 한번 던진다.

(2002)

제Ⅲ부

주체의 분열과 소멸

- 최수철, 정영문

1. 근대적 주체의 해체

근대적 주체는 '나는 생각한다. 고로 나는 존재한다(cogito ergo sum)'라는 데카르트의 철학처럼 신의 은총이 아닌 인간의 이성으로 탄생하였다. 근대적 주체는 확실한 지식에 이르기 위해 방법적 회의를 진행시킨다. 근대적 주체가 도달해야 할 목표는 진리 탐구였다. 과학에 의지한 근대적 주체는 진리탐구를 위하여 계몽적 이성을 작동시킨다. 근대철학의 정점인 헤겔에 이르면 진리란 절대정신의 자기의식이며 역사는 절대정신의 실현을 향해 발전해 가는 목적론적 과정이 된다. 그러나 탈근대 시대에 이르면 주체와 진리에 의거한 근대철학의 문제설정 자체가 해체되기 시작한다. 주체철학과 과학주의에 대한 거부, 계몽주의에 대한 비판에 의해 근대적 주체는 해체의 과정을 겪게 된다.

전통적 인식론이란 드러난 현상이 아니라 잠재된 것, 기표가 아닌 기의를 인식의 토대로 보는 지식이론이다. 이에 반해 탈근대 사회는 깊이보다 표면적 현상을 중시한다. 탈근대 미학의 주창자들은 표면 아래 숨어 있거나 결코 알아낼 수 없는 의미는 존재하지 않는 만큼 표면에 천착하는 것이야말로 중요하다고 말한다. '기원이 없는 세계'라는 개념은 사물을 깊이 파고드는 것을 미덕으로 여기는 전통적 일원론에 대한 탈근대 사회의 도전이다. 전체성은 이제 종말을 고하고 있다. 깊이보다는 드러난 표면을, 실제세계보다는 시뮬레이션을, 진지함보다는 유희를 중시하는 탈근대가 바짝 다가와 있다.

이렇게 근대가 해체되는 지점에서 '주체는 어떻게 존재할 수 있을까'라는 물음을 화두로 삼아 글쓰기 작업을 하는 작가로 최수철과 정영문을 들 수 있다. 그들은 인물과 사건과 플롯이 있는 형식이 아니라, 토막 난 문장과 단어들과 관념들의 기술로 이루어진 새로운 실험을 시도한다. 그들의 소설은 언어의 정당한 선상(線上)에 이야기(fabula)의 기본적인 차원을 이루는 것이 아니라, 대화를 고갈시키고 단어를 그 자리에서 멈추게 하고 문법의 가능성에 대해서는 이의를 제기하고 우리가 사용하는 문장의 서정을 고갈시킨다. 서술의 형태에 있어서도 두 작가는 독백을 선호한다. 그들은 의미를 드러내기 위해서가 아니라 침묵하기 위하여, 소통하기 위해서가 아니라 고립되기 위해서 쓴다. 우리가 나누는 모든 대화는 립싱크에 불과한 것이기에 인물들은 아예 말을 거부하고 어두운 곳을 응시하며 하릴없이 시간을 흘려보낸다. 말하고자 하는 것은 말할 수 없는 것에 숨어 있다는 '말에 대한 절망감'이야말로 최수철과 정영문 소설의 출발점이다.

두 작가는 우리를 새로운 소설 세계로 초대한다. 그들에게 중요한 것은 의미의 구성이 아니다. 그보다는 표면 아래의 심층에서 말을 파괴하는 것, 신체의 고통스러운 열정을 변형시키는 것이 중요하다. 그들의 소설은 우리를 분열과 소멸의 세계로 초대한다. 그들의 소설은 낯설기에 다가서기 힘들고 읽어내기 고통스럽다. 그러나 나는 고통과 전율 속에서 그들의 초대에 기꺼이 응하고자 한다.

2. 자의식 과잉과 주체의 분열 - 최수철

최수철이 지속적으로 갖고 있는 문제의식은 자의식에 관한 것이다. 그는 일반적으로 상황을 서술(敍述)하는 소설이 아니라 한 인물의 모호한 의식을 표현(表現)하는 소설을 선호한다. 첫 번째 작품집인 『공중누각』(문학과지성사, 1985)에서는 모든 것을 주체의 의식에 투영시켜 되돌아보았으며, 두 번째 작품집인 『화두, 기록, 화석』(문학과지성사, 1987)에서는 말 이전의 상념, 시선, 몸짓언어에 관한 고찰을 담고 있다. 최수철은 온통 훼손되어 있는 삶속에서 소통을 가능하게 하는 언어는 존재할 수 없기에 주체는 무기력과 권태에 빠진다고 진단한다. 그래서 언어 이전의 언어, 문장이나 명제로 조직되기 이전의 가능성의 장, 질료상태의 장인 '언표장(言表場)'에 관한 관심을 지속적으로 드러낸다. 세 번째 작품집인 『분신들』(문학과지성사, 1999)에서는 이러한 기존의 문제의식을 더욱 심화시키고 있다.

『분신들』에는 작중 인물이 자신의 내면을 진술하는 형식의 단편들이 수록되어 있다. 이 중에 「영혼의 피」와 「분신들」은 살인의 동기를 추리해내는 범죄소설의 형식을 빌리고 있으며 살인자의 내면을 추적함으로써 자의식 과잉과 분열의 문제를 다루고 있다는 공통점을 드러낸다. 그러나 「영혼의 피」가 살인자의 시각으로 서술되고 있다면, 「분신들」은 살인자의 시각과 검사의 시각과 신경정신과 의사의 시각이 다각적으로 서술되고 있다는 점에서 차이점을 드러낸다.

「영혼의 피」는 정신병원에 감금된 인물 '나'가 왜 서유석 변호사를 죽였는가에 대해 진술하는 형식으로 구성되어 있다. '나'는 자신이 운명이 다 된 사람의 최후를 직접 거두어 가는 저승사자와 같은 역할을 맡은 신이라고 주장한다. '나'는 어느 날 서유석 변호사의 개원축하 초대장을 받고서 그의 운명을 거두어야 할 자신의 소명을 느낀다. 축하장소에 가보니 그곳에는 원한과 복수심에 가득 찬 서유석의 옛 애인, 정략적인 결혼이 올바른 선택이었는지를 회의하는 서유석의 아내, 현재의 그를 이끌어준 그의 장인, 서유석에게 의뢰를 맡긴 다세대주택의 대표, 서유석의 무성의로 억울하게 감옥살이를 하다 감옥에서 자살한 아들의 복수를 꿈꾸는 늙은 노파 등이 이미 모여 있었다. 서유석은 자신의 과오를 반성하는 듯한 이야기를 통해 그곳에 와 있던 자신의 적들과 어설픈 화해를 시도한다. 그러나 나는 자신의 운명을 완수하는 의미에서 칼로 서유석 변호사를 찌른다.

「분신들」은 검사가 연쇄살인사건의 범인이라고 자백하는 '한두조'라는 인물에 관해 전달하는 이야기 방식을 취하고 있다. 살인자는 자신이 살인을 한 까닭이 자신의 분신을 없애기 위해서였다고 한다.

> 연구의 대상인 나 자신의 자아가 분열을 하면서, 마치 시험관에서 실험 대상이 빠져나가듯이 나로부터 달아나기 시작한 거지요. 그리하여 도처에서 암약하고 있는 내 분신들 때문에 나로서는 아무 것도 제대로 할 수가 없었어요.
> —최수철, 「분신들」, 『분신들』, 262쪽.

보드리야르에 의하면, 주체의 쪼개짐을 다룬 이미지 가운데 분신은 가장 오래된 것이다. 그러나 분신은 어떤 영혼, 그림자, 거울 속의 이미지와 같이 어떤 주체에 망령처럼 붙어 다니는 상상적인 형상이다. 이 형상은 주체가 그 자신이면서 동시에 자신과 결코 닮지 않도록 하는 것이고, 내쫓긴 죽음처럼 주체에 항상 붙어 다니는 것이다. (장 보드리야르, 『시뮬라시옹』, 민음사, 1992, 166쪽) 분열증적 주체는 내 안의 타자들로 인해 분열되어 있다. 이 소설의 인물 역시 내 안의 타자를 제거하지 않으면 주체를 확립할 수가 없다. 그로 인해 주체는 자신의 분신들을 제거하기에 나선다.

검사는 자신이 살인자 '한두조'에게 끌리고 있음을, 그리고 그것이 어떤 파국을 초래할 것이라는 것을 짐작하면서도 거부할 수 없는 운명 속에 발을 들여놓는다. 특히 그의 애인이기도 했던 송인경 정신과 의사에게 범인에게 집착하지 말라는 경고와 살인자가 자살을 꿈꾸고 있다는 진단을 듣는다. 검사는 한두조를 무혐의로 풀어주었고 얼마 후 정남길 반장으로부터 살인자에게 자동차 사고가 생겼다는 소식을 전해듣고 가서 사고현장을 확인한다. 그리고 죽은 한두조를 보면서, 자신과 그가 쌍생아임을 깨닫는다. 증식의 가능성이 없는 존재의 손을 빌어 자살을 꿈꾸는 살인자의 모습이야말로 무(無)를 향한 주체의 욕망을 드러낸다.

「영혼의 피」와 「분신들」은 살인의 동기를 추적하면서 '주체의 분열'에 관한 관념을 진술하고 있다. 자신을 신이라고 믿으면서 명이 다한 인간을 죽이는 「영혼의 피」의 인물과 자신의 분신을 죽이면서 자신의 운명을 완수하는 「분신들」의 한두조는 주체가 분열되어 무(無)를 향하여 나가는 모습을 보여준다.

「토카타와 푸가」, 「어둠의 후광」, 「낙마」는 모두 일상적인 생활을 정리하고 무위(無爲)의 삶을 즐기는 자의식이 강한 30대 후반의 남자를 주인공으로 설정하고 있다. 「토카타와 푸가」에는 다니던 여행사에 사표를 내고 8평 작업실에서 살며 자신이 알고 있는 여자에 관해 글을 쓰는 서른 중반의 인물이, 「어둠의 후광」에는 타인의 존재에서 아우라(aura)를 보는 능력을 가진 의사가, 「낙마」에는 여자 제자와의 관계 때문에 가정과 직장을 잃고 성욕을 주제로 한 그림을 그리는 한 화가를 요양원으로 데려가는 일을 하는 사내가 등장한다.

> 나는 창가에 앉아서 어두운 거리를 바라보며 하릴없이 시간을 흘려보냈다.
> ─최수철, 「토카타와 푸가」, 『분신들』, 17쪽.

나는 주로 내 방에 누워서 시간을 보냈어요.

—최수철, 「낙마」, 『분신들』, 232쪽.

　　최수철 소설의 주인공은 이렇듯 하릴없이 시간을 흘려보내거나 잠을 자며, "자기 내면의 벽에 갇혀 버린"(115쪽) 사람들이다. 그들은 세상이나 타인들과 경계선을 긋고 그 경계선을 의식하며, 그 경계선에 의지하여 살아온 사람들이다. 그들이 타인과의 소통을 거부하고 단절된 공간으로 숨어들어간 것은 대화의 불가능, 소통에 대한 절망 때문이다.

　　대화라는 게 대부분 우리 의지나 본심과는 상관없이 꼬이고 얽히고 하면서 오해를 낳는 쪽으로 치닫다가 문득 서둘러 끊어지곤 하는 법이니까.

—최수철, 「어둠의 후광」, 『분신들』, 89쪽.

　　그런 의례적인 말, 그따위 죽어버린 말은 참을 수가 없어. 다른 건 다 참아도 나는 사람들이 내 앞에서 그런 말을 하는 건 정말 견딜 수가 없어. 세상살이에 그저 구색을 맞추기에 급급한 자들이 그 따위 헛튼소리 뒤에 숨어서 살아가고 있지. 거짓을 내뱉는 대가로 숨을 들이쉴 수 있는 약간의 공기를 공급받는 거야.

—최수철, 「낙마」, 『분신들』, 196쪽.

　　앞의 예문이 말이 전달되는 과정에서 발생하는 이해와 오해의 문제를 다루고 있다면, 뒤의 예문은 말 자체가 갖는 진실과 거짓의 문제를 다루고 있다. 대화란 기본적으로 발신자와 수신자 사이에 말을 주고받음으로 이루어진다. 그런데 발신자의 의도가 제대로 전달되었을 때 말은 이해될 수 있지만, 발신자의 의도가 제대로 전달되지 않았을 때 말은 오해될 수도 있다. 발신자와 수신자의 소통이 제대로 이루어졌을 경우에도 발신자가 전달한 말이 진실된 것인가 거짓인가 하는 문제가 또다시 놓이게 된다. 결국 수신자와 발신자가 제대로 된 말을 소통한다는 것은 거의 불가능에 가깝게 된다.

최수철 소설의 인물들은 자신과 비슷한 부류의 인물을 만나게 되면서, 그동안 묻어두었던 내면의 고통을 들여다보게 된다. 그리고 그 컴컴한 동굴속으로, 무의식의 회랑(回廊)으로 걸어 들어가 어둠 속에서 자신을 응시하게 된다. 「토카타와 푸가」에서 주인공은 유럽 여행 기간동안 함께 시간을 보낸 한명주를 다시 만나면서, 「어둠의 후광」에서 주인공은 식당 주인과 연극배우 친구와 대학시절의 은사인 노교수와 여자를 만나면서, 「낙마」에서 주인공은 제자와 동거를 하고 성교와 관련된 그림을 그리면서 자식들에 의해 요양소에 감금되어야 하는 장홍수를 만나게 되면서, 내면을 응시한다. 그리고 소설에서 주체와 대상은 의사와 환자, 소환하는 사람과 소환되는 사람, 범인과 검사로 변주되어 나타나는데, 그들은 결국 서로가 분신이며 그림자라는 사실을 마지막에 가서 확인하게 된다. 때로는 그 분신은 다른 인물이 아닌 자신 혹은 자신의 그림자로 나타나기도 한다.

> 이야기 속의 여자들을 자기 분신으로 만들어놓고서, 그 여자들에게 둘러싸여 살아가려고 하는 건 아니겠죠?
> —최수철, 「토카타와 푸가」, 『분신들』, 64쪽.

> 나는 대체 어떤 생명체들의 복합첸가요? 이런 복합체는 왜 존재하는 건가요? 그래요, 나는 반으로 찢겨져서 반쪽난 몸으로 나머지 반을 바라보고 있었어요.
> —최수철, 「낙마」, 『분신들』, 229쪽.

그들은 모두 분열된 자신, 즉 분신을 통해 자신의 내면의 어둠에 눈을 뜨고 어둠 속으로 침잠해 들어가는 모습으로 형상화된다. 그런 인물들이 취하는 포즈도 다양하다. 「토카타와 푸가」에서는 한동안 사막에 더 머물러 있는 고립을 택하였으며, 「어둠의 후광」에서는 어둠 속에서만 자신을 응시할 수 있다는 깨달음을 드러내며, 「낙마」에서는 장흥수를 대신하여 집에 침거하기로 한 남자의 결심이 드러난다.

최수철 소설은 분열된 의식을 추적하는 분신에 대한 기록이다. 그의 글은 쪼갬과 나누어짐을 드러내는 방식이며, 혼돈에서 출발해 혼돈을 무릅쓰고 말하는 방식이다. 그러기에 그의 소설은 분열과 광기의 경계선상에서 죽음의 이미지를 드러낸다. 그의 소설은 분열이라는 화두(話頭), 그 화두 속으로 파고 들고자 하는 기록(記錄), 그리고 그 실험을 극단으로 밀고 나가 화석(化石)으로 만들려는 집념에 의해 이루어졌다. 최수철의 소설은 이처럼 무(無)를 지향하는 분열에 의해 형성된다. 그런 점에서 최수철은 '나는 무엇인가'라는 하나의 텍스트만을 쓰고 있는 소설가라 할 수 있다.

3. 반복과 주체의 소멸 ─정영문

정영문이 지속적으로 갖고 있는 문제의식은 죽음에 관한 것이다. 정영문 소설도 최수철과 같이 사건을 서술(敍述)하는 형식이 아니라, 한 인물의 의식을 진술(陳述)하는 형식을 띤다. 정영문은 최수철의 문제의식을 극한으로 밀고 나간 작가로 보인다. 어둡고 그로테스크한 상상력에 의거한 짧은 글들의 모음인 『검은 이야기 사슬』(문학과지성사, 1998)이나 두 남자가 동물원의 벤치에 앉아 내뱉는 무의미한 대화의 연속으로 이루어진 『하품』(작가정신, 1999) 등 그의 작품에는 시작도 없고 끝도 없이 토막난 말들이 가득하다. 『더없이 어렴풋한 일요일』(문학동네, 2001)에는 이러한 말의 사슬들이 더욱 심화되어 나타난다.

『더없이 어렴풋한 일요일』에는 죽음에 관한 진술이 주를 이루는 9편의 단편이 수록되어 있다. 이 가운데에 「무게 없는 부피」와 「끝」은 '마지막 순간'을 기다리는 노인의 의식을 드러내는 소설이다. 소설은 "눈을 뜬다"와 "눈을 감는다" 사이 의식의 주름을 좇아간다. 그들은 죽음을 응시하거나 죽음 너머를 향해 현재를 비켜간다. 이 소설들은 창가에 앉아 어두운 창 밖을 응시하며 아주 낮고 가라앉은 목소리로 독백하는 모노 드라마와 같이 전개된다.

「무게 없는 부피」는 하반신 불수인 노인이 조직폭력배 아들에게 유언을 남기는 소설이다. 노인은 이층 자신의 방에 유폐되어 휠체어에 의지한 채 캠코더를 향해 유언을 녹음하는 일로 하루를 보낸다. 죽은 자가 남은 자에게 사랑을 전하는 유언의 일반적인 통념과는 달리, 노인은 남은 자에게 사랑하지 않는다는 사실을 전하려고 애쓴다. 유언이라는 형식과 거기에 담기는 내용은 충돌을 일으킨다. 형식을 배반하는 내용은 통념을 파괴하며 역설을 생성해낸다.

> 너를 낳은 건 실수로 점철된 나의 인생에서도 가장 큰 실수였다. 나의 실수는, 조금의 실수도 용납되어서는 안 되었던 상황에서 이루어진 것이었고, 그래서 그만큼 더, 실수로는 돋보이는 것이었다. 너는 적어도 나의 계산에는 없던 존재였다…(중략)… 나와 네 어머니는 사랑하는 사이가 아니었다. 아니, 어쩌면 우리는 그 말의 가장 피폐한 의미에서 사랑하는 사이였는지도 모르겠다. 일종의, 이상한 친분관계 같은 것이었다. 어쨌든 우리는 우연히 알게 되었고, 쉽게 버리지 못하는 습관처럼 서로를 만났다. 만나면서도 우리는 서로를 안이하게 상대했고 부당하게 취급했지.
> ―정영문, 「무게 없는 부피」, 『더없이 어렴풋한 일요일』, 60-61쪽.

노인은 아들에게 남기는 유언 속에서 "너를 낳은 것은 인생의 가장 큰 실수였다"고 말한다. 노인은 사랑하지 않는 여자와 원치 않는 관계를 했고 아들을 볼모로 자신을 잡으려는 여자를 지긋지긋해했고 아이의 몸에서 나는 젖비린내 때문에 구역질을 일으켰으며 결국 여자와 아이를 떠났다고 고백한다. 그러면서도 아들에 대한 역겨움을 충분히 살려내지 못한 것을 안타깝게 여긴다. 이 작품에서 작가는 가족이라는 관념을 철저히 야유하며 가족에 의해 호명되기를 거부한다. 정영문은 다른 소설에서 "내게는 조국 고향 가족과 같은, 나의 선택과는 무관하게 주어진 것들에 대한 무조건적 사랑만큼 기이한 사랑의 형태는 없어, 나로 하여금 내게 주어진 것들에 대한 끝없는 근본적인 배반을 꿈꾸게 하는 것은 그것들에 대한 헤아릴 길 없는 사랑의 강요에 실린 중압감 때문이기도 하지만, 그것보다, 그것에 전제된 당위에 대한 혐오감 때문이지, 그것들에 대해 의심스런 눈초리를 보내는 것은, 다름 아닌 나의 진정한 사랑이지"(『검은 이야기 사슬』, 144쪽)와 같이 말한다. 그는 한 문화의 기본적인 규약인 당위를 혐오한다. 사랑으로 이루어졌다고 믿어 의심치 않는 가족이야말로 당위와 코드화된 시선을 전복시키기 위해 작가가 가장 통렬하게 부인하는 대상이다.

노인은 휠체어를 탄 채 이층에 있기 때문에 사실 그는 그의 방안에만 있는 상태이다. 그의 방을 제외하면 움직일 수 있는 장소는 거의 전무하다. 갇혀 있는 노인이 할 수 있는 일이란 극히 단조로운 반복인데, 소설 속에서는 두 가지의 반복된 행위로 나타난다. 하나는 방안의 풍선을 잡아 내렸다 올렸다 하는 반복이고, 또 다른 하나는 캠코더에 자신의 유언을 녹음하고는 이내 지우고 또다시 녹음하는 것이다. 이 반복은 "끝내 끝을 낼 수 없는"(55쪽) 행위이다. 노인은 유언을 남기려는 의도보다 죽음을 기다리며 주체할 수 없는 시간을 견디는 놀이를 하고 있다. 이 소설에서, 노인이 캠코더에 녹음을 했다가 이내 지우는 행위는, 의미를 생산하기 위한 것이 아니라 의미를 지우기 위한 행위이다.

나는 나의 삶을 통틀어 아무런 노력도 기울이지 않았지, 아무런 노력 없이 내가 얻게 된 것, 또는 이르게 된 것만이 온전한 나의 것으로 여겨졌던 거야.

―정영문, 「무게 없는 부피」, 『더없이 어렴풋한 일요일』, 74쪽.

통념적으로 주체는 목표에 도달하기 위해 의지적으로 행동한다. 그러나 그는 인간의 의지가 범접하지 못하는 것, 노력하지 않아도 저절로 이루어진 것이야말로 온전히 주체의 것임을 말한다. 노인이 지향하는 무(無)란 무엇일까? 이는 "신이란 존재하는 모든 것에 완벽하게 무관하고 무감각할 수 있는 어떤 절대적인 능력을 두고 일컫는 것"(53쪽)이란 진술에서 그 답을 유추해 볼 수 있을 것이다. 그가 지향하는 무(無)란 '완벽하게 무관하고 무감각한 경지', 즉 죽음의 경지인 것이다. 그렇다면 이 소설은 무의미를 획득하기 위해 의미를 지우고, 일상을 반복함으로 죽음을 향해 나가는 모습을 담고 있다.

「끝」도 앞 작품과 마찬가지로 죽음을 기다리는 노인의 독백으로 이루어진 작품이다. 노인의 독백은 한 노파와의 만남에 대한 것이다. 인물의 독백은 무의식에 가라앉은 것을 의식의 수면 위로 떠올리기에 논리의 구도를 따라가는 것이 아니라 "아니"나 "문득"이나 "갑자기"나 "그 순간"과 같은 단어에 의해 계속 첨가되고 부연되며 끝없이 갈라지는 말의 사슬, 환유의 고리가 된다. 이 소설의 노인 역시 앞 작품의 노인처럼 죽음을 기다리는 인물이다. 무를 지향하는 인물의 행위는 '필사적인 잠'으로 드러난다.

> 나는 깨어 있는 것을 견딜 수가 없었고, 그래서 거의 필사적으로 잠을 잤어. 하루의 거의 대부분을. 거의 아무 것도 먹지 않았지. 거의 아무것도 먹지 않아 거의 기운이 없었고, 거의 기운이 없어 거의 잠만 잤고, 거의 잠만 자 거의 기운이 없었고, 거의 기운이 없어 거의 아무것도 먹지 않았지. 아무런 의욕이 없었던 거야.
> ―정영문, 「끝」, 『더없이 어렴풋한 일요일』, 23쪽.

위 예문은 "거의"라는 단어가 반복되면서 꼬리에 꼬리를 무는 말의 연쇄가 진행되고 있다. 위 예문은 살아있는 것이 견디기 어려워 필사적으로 잠만 자는 노인의 현재 상황을 특징적으로 드러내준다. 주체에게 삶은 "아무 것도 아닌 것(nothing at all)"이기에 깨어있는 것이 고통스럽다. 주체는 삶의 법칙을 회피하는 한에서만 그의 증상을 향유할 수 있다. 정영문 소설에서 '잠'은 그의 소설을 특징짓는 중요한 단어이다. 노인은 산책 중에 역시 자궁암을 선고받고 죽음을 기다리는 한 여자를 우연히 알게 된다. 남자는 여자에게 자신이 살인을 저지른 경험을 가지고 있다고 말한다. 그들은 고요 속에 몸을 맡기고는 두서없는 이야기를 주고받는다.

> 우리는 아무 말 없이, 이미 죽은 사람들처럼 누워있었어. 모든 것이 끝나고 지워진 느낌 속에서, 그 느낌마저도 더이상 남아 있지 않은 듯한 느낌 속에서, 모든 것이 바닥이 난 듯한 느낌 속에서, 그 느낌 속에서 스스로가 바닥을 이루고 있는 듯한 느낌 속에서.
> —정영문, 「끝」, 『더없이 어렴풋한 일요일』, 29쪽.

"모든 것이 끝나고 지워진 느낌"이라는 단어는 "--하는 느낌 속에서"라는 구절의 변주와 반복을 통해 구체화되기보다는 점점 모호하게 표현된다. 그의 소설 속에서는 살아있는 자와 죽어있는 자의 경계도 흐려진다. 얼마 후 남자는 죽어있는 노파를 발견하고 그 뼛가루를 가져와 자신의 방에 있는 화분에 뿌리고 자신의 죽음을 기다린다. 죽음을 응시하는 정영문의 소설 역시 모래사막처럼 형체를 남기지 않는다. 그리하여 그의 소설은 "사라짐으로, 부재와 침묵으로, 무한과 영원으로"(『검은 이야기 사슬』, 33쪽) 완성되어 가고 있다.

「고문하는 고문당하는 자」와 「보이지 않는 균열」은 정상과 비정상, 적의와 친밀감의 경계가 와해되는 상황을 그려낸다. 「고문하는 고문당하는 자」에서는 고문하는 자가 당하는 자에게 누구에게도 하지 않는 어린 시절의 내밀한 기억에 대해 중얼거리며, 「보이지 않는 균열」에서는 자신의 성기를 잘라버린 스물 두 살의 청년이 정신과 의사에게 자신의 망상을 이야기한다.

「고문하는 고문당하는 자」에서 '고문'은 의미를 지우며 무의미로 나가는 힘으로 작동한다. 중립적인 입장에서 서술되는 이 작품에서 고문의 목표는 고문을 통해 고문하는 자가 고문당하는 자에게 죄를 자백 받는 것이다. 그러나 범죄 현장을 재구성하기 위한 추궁의 도구인 고문은 범죄를 구체적으로 드러내기는커녕 점점 모호한 것이 되어간다.

> 고문 자체는 이미 의미를 상실한 것이다. 고통은 이제 완전한 무의미를 향해 치닫고 있을 뿐이다. … (중략)… 이 고문은 갈수록 네게 어떤 기억을 떠오르게 하기보다는 너의 생각들을 말끔하게 지워나가는 것이 되어가고 있다.
> ―정영문, 「고문하는 고문당하는 자」, 119-120쪽.

즉 고문이란 의미를 지우며 무의미를 향해 나가는 중요한 동력일 뿐이다. 반복되는 고문은 더 이상 차이를 만들어내지 못한다. 차이를 만들어내지 못하는 고문은 고문으로서의 존재가치를 잃게 된다. 차이를 만들어내지 못하는 고문은 기의를 탈각한 기표, 끝없이 미끄러지는 기표가 된다.

> 너는 그 말들의 울림만을 느낀다. 그의 모든 말은 네게 다가오지 못하고 네 주변에 머물 뿐이다. 너 또한 무슨 말인가를 하고자 한다. 자신으로서도 그 의미를 알 수 없다는 것을 알 수 있는 어떤 말을. 의미를 벗어나 있으며, 그 상태로 자족적인 어떤 말을.
> ―정영문, 「고문하는 고문당하는 자」, 123쪽.

그리하여 오히려 주체와 대상의 역전과 전이가 일어난다. 고문당하는 자의 기억이 지워지는 것에 비례하여 고문하는 자는 자신의 기억을 되찾게 된다. 그리하여 고문하는 자는, 어머니가 죽고 아버지와 여름 바다에 갔다가 경험했던 내밀한 기억을 이야기한다. 그런데 이 때의 말이란 의미전달과 소통을 목표로 하는 대화라기보다 그것 자체로 자족적인 '무(無)를 지향하는' 독백의 형태를 띤다.

「보이지 않는 균열」에서 '망상'도 의미를 지우며 무의미로 나가는 힘으로 작동한다. 자신의 성기를 잘라버린 청년은 자신의 죽은 쌍둥이 동생에 대해 이야기한다. 그러나 그의 어머니에 따르면 그에게는 그런 동생이 존재하지 않았다는 것이다. 그는 자신이 군대에서 몽롱하게 눈발이 날릴 때 자신의 안에서 균열이 일어나는 것을 경험했다고 진술한다. 정신과 의사는 그런 분열증 환자에게 공감을 느끼고 있다.

> 단지 과도한 환상이 때로 그의 현실감각을 굴절시키며, 그에 따라 그는 현실과 환상 사이의 경계를 분명하게 긋지 못하는 것처럼 보인다. 나는 그가 속해 있는, 누군가의 접근을 쉽게 허용하지 않는 그 세계가 부럽기도 하다. 그것은 그 자체로 풍요로운, 자족적인 세계다.
>
> ─정영문, 「보이지 않는 균열」, 249쪽.

그리하여 오히려 주체와 대상의 역전과 전이가 일어난다. 정신병 환자의 진술이 명확해지는 것에 비례하여 정신병 환자를 치료하는 자는 점점 몽롱한 상태에 이끌리게 된다. 오히려 서로의 소통을 목적으로 하는 이해가 요구되는 대화보다 오해가 요구되는 대화를 선호하기에 이른다. 그들이 주고받는 대화는 그것 자체로 자족적인, '무(無)를 지향하는' 독백의 형태를 띤다.

정영문의 소설은 울림만을 가진 말에 대한 편력이다. 그의 글은 기의를 탈각한 기표들의 부유(浮遊)를 드러내는 방식이며, 결핍에서 출발해 결핍을 무릅쓰고 말하는 방식이다. 그러기에 그의 소설은 불구와 광기와 죽음의 어두운 이미지로 가득 차 있다. 기의는 없고 기표만으로 가득한 말, 기표만으로 자족적인 말들의 유희이다. 소설의 명맥을 유지하는 것은 단단한 구조에 의한 묶임에 의해서가 아니라, 말 사이의 여백에 스며들어 말들을 해체하는 풀림에 의해서이다. 정영문의 소설은 이처럼 무를 지향하는 동어반복에 의해 유지된다. 그런 점에서 정영문 역시 영원히 하나의 텍스트만을 쓰고 있는 소설가라 할 수 있다

4. 어둠을 응시하는 소설

사건의 존재론은 우리 삶을 지배하는 일정한 코드 즉 일정한 방향과 통념을 벗어나 무의미와 역설의 세계로 우리를 초대한다. 이 무의미와 역설을 현실화할 수 있는 원초적 힘을 들뢰즈는 욕망이라고 부른다. 들뢰즈는 우리에게 이렇게 말한다. "욕망과 사건을 사유하라." 그렇다면 최수철과 정영문은 욕망과 사건을 사유하는 대표적인 작가에 속한다.

최수철과 정영문은 의식에 의해 순간적으로 솟아나는 말들을 분출해낸다. 그것은 말무리일 뿐 계열화되어 의미생성에 기여하지 않는다. 오히려 기존의 의미를 해체하고 제도에 균열을 일으키며 차이를 지워버린다. 최수철은 어둠과 무의식을 응시하며 정영문은 죽음을 사유한다. 두 소설가의 소설은 간신히 존재하는 말의 덧붙임과 잘라짐으로 읽는 사람을 불편하게 만든다. 그래서 두 작가의 소설을 읽고 나면 순간적으로 느낌이 올 뿐 지속적으로 기억되지 않는다.

이런 점에서 최수철과 정영문은 의미를 생성하기 위해서가 아니라 의미를

지우기 위해서 소설을 쓴다. 이 세상에서 의미 있는 것은 아무 것도 없다는 것을, 무(無)야말로 가장 의미 있는 것이라는 역설을 증명하기 위해 소설을 쓴다. 그들의 소설은 기존의 소설 문법을 거부하고 겨우 존재하는 주체가 스스로를 지워가는 과정을 보여준다. 그리하여 스스로를 지우는 주체는 리비도의 방출을 자제하며 무감하게, 무관하게 중얼거릴 뿐이다. 그것은 애초부터 소통을 위한 방식이 아니라 단절을 위한 방식이며 의미를 담기 위한 작업이 아니라 의미를 비우기 위한 작업이다. 그들 소설 속에서, 주체가 자신의 존재를 증명할 수 있는 유일한 행위는 '독백'이다. 그래서 주체는 후각을 상실하거나 불면증에 시달리거나 자폐증에 걸림으로써, 즉 조금씩 지워짐으로서만 존재할 수 있다. 주체는 지워져 가면서, 단 하나의 소실점으로 완강하게 사라지는 '소멸의 형식'을 통해서 존재한다. 주체는 서서히 해체되기 시작했다.

일찍이 최인훈은 정체성을 찾을 수 없는 우리사회에 대한 불안을 '어질 머리'라고 표현했지만, 우리의 발 밑에서 불안하게 꿈틀대는 대지의 요동은 '어질 머리'를 지나 '구토'에 가까울 지경이다. 정체성 규정 불가능성의 시대에 우리가 할 수 있는 것은 존재의 그림자나 되어 자아도취적 반영을 고통스럽게 지켜보거나 주체가 동일 증식되는 과정을 유령처럼 바라보는 것이다. 말에 대한 절망과 의식에 대한 거부조차도 말과 의식의 기표를 띨 수밖에 없음에 두 작가의 절망감이 있다. 두 작가의 소설이 대화가 아닌 독백의 형태를 띠는 것도 이런 인식의 결과이다.

(2001)

저잣거리의 삶

— 한창훈, 김종광

1. 이야기꾼의 후예들

발터 벤야민에 따르면, 모든 이야기꾼이 들려주는 이야기의 원천은 입에서 입으로 전해지는 경험담이다. 사람들은 먼 곳으로부터 온 사람들의 이야기와 함께 정직하게 생업을 꾸리면서 살아가는 자기 고향사람의 이야기 듣기를 좋아했다. 먼 곳의 이야기를 전해주는 선원과 고향의 이야기를 들려주는 농부는 이야기꾼의 가장 전형적인 두 가지 모습이다. 선원이 머나먼 공간의 매혹을 이야기한다면 농부는 오래된 시간의 매혹을 이야기 한다. 이야기는 드러난 형태이든 숨겨진 형태로든간에 유용함을 내포하고 있다. 이야기꾼이란 이야기를 듣는 사람에게 조언을 해줄 줄 아는 사람이다.

그러나 이야기의 가치가 오늘날에 와서 빛을 잃고 있음은 우리 모두가 알고 있는 사실이다. 이야기가 그 힘을 잃어가는 것은 지금의 사회가 지혜가 아닌 정보(information)를 필요로 하기 때문이다. 먼 곳으로부터의 소식은 그 것이 비록 검증되지 않았더라도 권위를 지니고 있었다. 그러나 정보는 재빨리 검증되어야 한다. 이야기가 기적적인 일로부터 그 원천을 빌어오는 경향이 있었다면, 정보에서 필수불가결한 것은 그럴듯함이다. 정보는 그것이 새로운 바로 그 순간에 이미 그 가치를 상실한다. 그것은 오로지 그저 한순간 속에서만 생명력을 가진다. 또 정보는 스스로를 완전히 그 순간에 대해 설명을 하지 않으면 안된다. 그러나 이야기는 스스로를 완전히 소모하지 않는다. 이야기는 자신이 지닌 힘을 집중된 상태에서 그대로 유지하고 있을뿐더러 또 많은 시간이 지난 후에도 여전히 다시 펼칠 힘을 갖고 있다. 이야기란 결국 공동체의 경험을 통해 지혜와 모랄을 전수하는 작업이며, 이야기꾼이란 그의 삶의 심지를 조용히 타오르는 이야기의 불꽃에 의해 자연스럽게 연소시키는 독특한 아우라를 갖은 사람이다.

　우리 소설에도 이러한 이야기꾼의 후예가 존재해 있었다. 이문구가 바로 우리 소설의 가장 유명한 이야기꾼이다. 그러나 90년대 이후 이야기꾼의 계보는 그 힘을 많이 잃어가고 있었다. 실험 의식과 첨단의 감각으로 무장한 젊은 작가군이 주류를 형성했기 때문이다. 그 가운데에서 이야기꾼의 후예로 볼 수 있는 젊은 작가가 등장했으니, 이들이 바로 한창훈과 김종광이다. 한창훈은 『가던 새 본다』(창작과 비평사, 1996)와 『세상의 끝으로 간 사람』(문학동네, 2001)을 출간했으며, 김종광은 『경찰서여, 안녕』(문학동네, 2000)을 출간했다. 두 작가는 도시의 전위적이고 감각적인 소설들이 주류를 이루는 요즘의 추세와는 동떨어져 농촌과 어촌사람들의 풍속도를 그리고 있다. 그들의 소설은 흑백사진 같고, 뚝배기 장맛 같다. 그들의 소설은 육담과 해학에 의거하며, 토속적 상상력을 기반으로 한다. 실험과 기법에 치중하는 대부분의 젊은 작가들과는 달리 한창훈과 김종광은 이야기와 입담에 치중하는 이야기꾼의 후예들이다.

2. 걸쭉한 육담의 세계 - 한창훈의『세상의 끝으로 간 사람』

한창훈의 세 번째 작품집인『세상의 끝으로 간 사람』에는 바닷가 체험을 배경으로 한 소설들과 죽은 여성을 향한 애절한 그리움을 드러내는 소설들이 함께 수록되어 있다. 죽은 여성을 향하는 애절한 고백이 이번 작품에 특징적으로 드러나는 경향이라면, 바닷가 체험의 소설들은 그의 개성을 드러내는 본원적 영역으로 보인다. 그가 이전에 발표했던 두 번째 작품집인『가던 새 본다』나 장편소설인『홍합』을 함께 읽어보면, 한창훈 소설의 핵심적인 테마는 바다임을 알 수 있다.

그의 개성이 잘 드러나는 작품은「숭어」,「춘희」,「접붙이는 여자」등이다. 이 작품들은 생명력이 강한 여성들을 등장시키면서, 밑바닥 인생들의 삶을 드러낸다. 특히 작가는 대도시가 아닌 바닷가나 농촌에서 지리멸렬한 인생을 살아가는 사람들의 모습을 가감없이 그려내는 데에 초점을 맞추고 있다.「숭어」는 평생 바다를 벗어나지 못하는 남자가 뭍에서 겨우 데려온 여자를 붙잡아두기에 안달복달하는 이야기를,「춘희」는 비닐 하우스를 하며 살아가는 억척스러운 여인네의 이야기를,「접붙이는 여자」는 물고기가 말라버린 섬의 이야기를 다루고 있다. 그의 작품은 억척스럽게 살아가는 사람에 대한 따뜻한 시선과 그런 삶을 걸쭉한 육담(肉談)으로 풀어내는 특징을 갖고 있다. 이런 작품들에서 중요한 것은 생생한 저잣거리 삶의 현장과 생존 감각이다.

「숭어」는 섬에서 살아가는 사람들의 모습을 보여준다. 섬에 고기가 잡히지 않아 고기잡이를 더 이상 할 수 없게 되자, 젊은 사람들은 모두 그곳을 떠나버렸다. '문환'은 섬을 떠나 살 자신이 없어 모두가 떠나버린 섬에서 고기잡이를 하며 살아간다. 문환은 뭍의 나이트클럽에서 만난 성자의 오 백만 원 빚을 대신 갚아주고 섬으로 데려온다. 뭍에서 살아온 성자가 섬 생활을 견디지 못하고 두 번이나 나갔다. 그럴 때마다 문환은 성자를 달래서 데리고 온다. "섬에서 사는 팔자에 내 집에 내 몸 맞출 수 있는 여자 하나 있다는 게 얼마나 큰 복인지" 너무나 잘 알고 있기 때문이다. 게다가 문환에게 성자는 매혹적인 여성으로 다가온다.

성자는 참으로 요상한 구석이 있었다. 한마디로 말해 얼음부터 시작하는 물방울이었다. 남자 맛 몰라 꼿꼿이 얼어있는 여자처럼 닦고 문지르고 해도 왜 이래 징그럽게, 싫은 내색만 내비치다가 점차 녹아서 슬렁슬렁 흘러가는 물이 되고 급기야는 펄펄 끓어 넘치는 냄비 속의 수증기가 되는 게 정해진 순서였다. 달려드는 문환이를 귀찮아하면서 삿대처럼 밀어내던 손은 고체에서 액체가 되면 노가 되어 슬슬 문환이의 팔뚝을 쓸다가 액체에서 기체로 변할 때쯤은 아예 갈고리로 변해 손아귀에 들어오는 것들을 꽉 움켜쥐고 제 쪽으로 인정사정 없이 끌어당겼다. 한번도 먼저 원한 적은 없으나 한번 시동이 걸렸다하면 되레 문환이가 코피 냄새를 내며 나가 떨어져야 끝나는 것이었다.

　　　　　　　　　　　　　　　　　　 —한창훈, 「숭어」, 『가던 새 본다』, 38쪽.

소설 속의 성자는 '물'로 대표되는 일종의 원형질에 가까운 인물로 그려지고 있다. 사실 소설 속에서 성자는 문환의 시선을 통해서만 그려지고 있기에 그 성격은 구체적으로 드러나지 않는다. 성자는 문환을 싫어하지는 않지만 영원히 섬에서 썩게 될까봐 두려워 그에게 완전히 마음을 열지 않는다. 문환의 친구들 때문에 성자가 화가 난 어느 날, 문환은 친구의 손에 이끌려 친구들과 귀한 숭어회를 먹으며, 숭어회를 좋아하는 성자를 떠올린다. 그리고 숭어를 잡아 주겠다며 화가 난 성자의 마음을 달랜다. 여기서 숭어는 성자를 섬에 있게 만드는 하나의 매개체로 등장한다.

「춘희」는 척박한 농촌의 현실과 그 가운데에서도 희망을 잃지 않고 열심히 살아가는 사람들의 모습을 꾸밈없이 보여준다. 마을 사람들은 백 살이 다

되어 혼자 자리보전하고 누워 있는 연춘 노인의 생일 잔치를 열어주기로 한다. 그런데 그만 잔치를 하다가 노인이 죽어버리는 사건이 발생한다. 그래서 잔칫집은 상갓집으로 변하고 마을 사람들은 술렁이게 되었다. 거기에 춘희의 비닐 하우스에서 불까지 나서 한바탕 난리를 치른다. 그러나 노인의 죽음은 이내 노인의 천복으로 마무리되고, 춘희네 불도 부자가 되기 위한 징조로 해석된다. 그런 낙관이야말로 팍팍한 저잣거리 삶을 유지할 수 있는 저력으로 보인다.

춘희와 춘희의 남편은 오이농사를 지으며 살아간다. 그녀는 마을 다리공사 현장에서 남편을 만났다. 그녀의 어머니는 항상 "사내란 여자를 위해 집을 지어줄 줄 알아야 한다"라고 말했는데 남편이 바로 무더운 공사현장에서 그녀에게 천막을 지어준 인물이었다. 남편 역시 그녀가 낚시하는 모습이 좋아 결혼을 결심했다. 그들 부부는 더할 나위 없이 궁합이 좋은 부부였다.

> 몸이란 그런 것인가 생각해보면 참으로 알쏭달쏭한 게 바로 몸이다. 그 육덕좋던 어머니도 결국 나뭇가지처럼 빼빼 말라서 죽지 않았던가, 살이 생기는 곳도 그곳이요 살이 빠지는 곳도 바로 그곳이었다. 적당히 있어야 보기 좋고 너무 없거나 많으면 불안한 게 살인데 서로 몸을 탐해대는 부부도 마찬가지다. 아무리 사랑스러운 존재라 할지라도 상대방의 심장이나 콩팥 또는 두개골이나 어깨뼈가 예뻐서 예뻐하는 것이 아니지 않은가. 서로 보고 쓸고 만지고 꼬집으며 좋아하는 것이 바로 살, 아닌가.
>
> ─한창훈, 「춘희」, 『세상의 끝으로 간 사람』, 38쪽.

춘희가 말라버린 연춘 노인을 보며 몸에 관해 생각하는 부분은 저잣거리 사람들의 경험에서 우러난 '몸의 철학'을 담고 있다. 몸 하나로 노동하여 생명을 부지하는 사람들에게, 몸이란 일하고 생산하는 생명력의 전부가 된다. 몸이란 노동과 섹스를 통해 일용할 양식과 자식을 생산하는 구체적인 도구인 것이다.

한창훈 소설에 유난히 남녀의 성행위가 많이 등장하는 것은 바로 세상에 대한 제의(祭儀)를 담고 있기 때문이다. 남녀의 성행위에 대한 외경에는 더 이상 고기가 잡히지 않는 죽어버린 섬, 더 이상 풍년을 기약하지 못하는 농토에서 살아가는 이들이 품고 있는 풍성한 수확에 대한 갈구가 들어있다. 이런 제의로서의 성행위를 하나의 알레고리로 밀고 나갈 때 나온 작품이 「접붙이는 여자」이다.

「접붙이는 여자」는 「돛 낚는 어부」와 연결된 소설이다. 「돛 낚는 어부」에는 홀아비 어부와 홀어미 잠녀(潛女)가 등장한다. 두 사람은 서로에게 마음이 있으면서도 다른 사람들 눈이 무서워 함께 살지 못한다. 그러다 두 사람은 노루섬으로 고기 낚고 물질하러 간다. 어부는 깊은 바다에 살다가 어쩌다 한번 나온다는 돛을 낚으면 여자와 함께 살자는 말을 하기로 결심한다. 그러나 어부는 돛을 낚는 순간, 도리어 낚싯대에 끌려가 바다 속으로 사라져 버린다. 「접붙이는 여자」는 어부가 죽어버린 다음에야 함께 살지 못한 회한과 상실감을 느끼는 잠녀를 중심으로 전개되는 소설이다. 그녀는 어부가 없는 상실감과 남의 이목 때문에 알뜰히 살아보지도 못한 허무한 자신의 삶 때문에 탄식한다. 그녀는 고통 속에서 남근 바위라 불리는 바위 쪽으로 간다. 그곳에는 미친 여자인 질네가 춤을 추고 있었다.

질네는 바위 속으로 파고들었다. 부풀어오른 젖은 한쪽으로 쏠리다 틈을 만나 처음 모습을 회복했고 다시 한쪽으로만 팽창했다. 아랫도리는 튀어나온 부분을 만나 순간 움찔했다가 더욱 진득하게 밀착해갔다. 바위 속에 한 삼 천 년 묵은 능숙한 사내 하나가 있어 그를 끌어당기는 듯 했다. 눈이 돌아가고 입에서는 뜨거운 기운이 뿜어져 나오기 시작했다. 그리고는 마침내 바위에서 솟아 나온 어떤 덩어리처럼 변해갔다.
　　　　　　　　　　－한창훈, 「접붙이는 여자」, 『세상의 끝으로 간 사람』, 264-265쪽.

질네는 원래 수소를 한 마리 키우며 마을의 소들에게 씨를 나누어주는 인물이었다. 그러나 마을에 기근이 들자, 마을 청년들은 질네의 수소까지 잡아먹어 버린다. 이후 질네는 미쳐서 남근 바위에서 성행위를 암시하는 춤을 추게된 것이다. 잠녀는 질네와의 대화를 통해 그녀가 미친 것이 아니라, 단지 미친 세상의 인간들과 상종하기가 싫어 바위와 몸 섞으며 살아가는 것뿐이라는 사실을 알게 된다. 질네는 일종의 무녀로 그려지고 있다. 잠녀는 질네를 헤치려는 동네 남자들과 맞서서 그녀를 자신의 집에 데려와 노루섬 밑에서 따온 전복을 대접한다. 수소를 잃은 질네와 정붙일 어부를 잃은 잠녀의 동병상련은 서로에 대한 연민으로 발전한다.

한창훈의 소설에서 눈길을 끄는 것은 바로 바닷가 특유의 걸쩍지근한 육담이다. 피폐해 가는 사람들의 삶의 모습과 성에 대한 농도짙은 육담은 잃을 것도 감출 것도 더 이상 없는 사람들의 생활을 생생하게 드러내준다. 그들에게 성은 힘든 삶을 유지할 수 있게 생명력을 충전해주는 기쁨이다. 그의 소설은 하릴없이 일을 벌이는 시골 남정네들, 쓸쓸하게 늙어 가는 노인들, 빚 때문에 섬으로 들어가는 술집여자, 접붙이는 수소를 잃어버리고 미쳐버린 여자, 누이나 아내를 잃고 괴로워하는 남자 등 소외된 사람들이 살아가는 모습을 걸쭉한 육담으로 풀어 나간다. 한창훈의 소설은 밑바닥 인생의 절망과 끈질긴 생명력을 드러낸다. 한창훈은 자신만의 세계를 꿋꿋이 지켜가는 뚝심의 소설가이다.

3. 능청맞은 해학의 세계 - 김종광의 『경찰서여, 안녕』

김종광의 첫번째 작품집인 『경찰서여, 안녕』에는 농촌체험을 배경으로 한 소설들과 군대와 도시 체험을 배경으로 한 소설들이 함께 수록되어 있다. 군대와 도시 체험의 소설들보다는 농촌체험의 소설들이 그의 개성을 드러내는 본원적 영역으로 보인다. 디지털 세대의 현란한 감각이 압도적인 요즈음 토속적인 농촌 체험과 사투리의 미학을 능청맞은 해학으로 구사해 내는 젊은 작가의 등장은 오히려 신선하기까지 하다.

그의 개성을 드러내는 작품은 「많이많이 축하드려유」, 「모종하는 사람들」, 「중소기업 상품설명회」 등이다. 이 작품들은 동일한 공간에 모인 다양한 인물들의 개성과 삶의 내력을 드러내는 방식을 취하고 있다. 특히 작가는 대도시가 아닌 소도시나 시골에서 지리멸렬한 인생을 살아가는 사람들의 모습을 가감 없이 그려내는 데에 초점을 맞추고 있다. 「많이많이 축하드려유」는 시골의 오토바이 시험 면허장에 모여든 사람들을, 「모종하는 사람들」은 비오는 날 공공근로로 모종을 하기 위해 모인 사람들을, 「중소기업 상품설명회」는 상품 설명회에 모여든 시골여인네들을 다루고 있다. 그의 작품은 어울려서 끈끈하게 살아가는 사람살이에 대한 따뜻한 시선과 그런 삶을 구성진 충청도 사투리로 능숙하게 풀어내는 해학이 특징적이다. 이런 작품들에서 중요한 것은 단일한 구성이라기보다는 다양한 삽화들이고, 특정한 개인이 아니라 같은 공간을 점유한 사람들의 다양성이다.

「많이많이 축하드려유」에는 면허 시험을 보러 시험장에 모여든 사람들의 모습을 보여준다. 그들은 성별도 나이도 사연도 모두 각양각색이지만 면허를 따야겠다는 공통된 열망으로 묶여 있다. 다양한 인물들을 한 명씩 소개한 후 필기시험과 실기시험과 안전교육을 받는 장면을 보여주면서 소도시 사람들의 삶의 현장을 생동감있게 보여준다. 시험을 치러온 사람들은 오토바이로 폼을 잡고 싶은 고등학생부터 다방 레지와 아주머니들과 노인들까지 다양하다. 인물들이 다양한 만큼 다양한 에피소드도 등장한다. 각각의 인물들을 소개하는 방식인, 인물 옆 괄호 속에 넣어두는 인물의 나이와 성별은 연극적

생동감을 불러일으킨다. 또한 어느 한 인물에게 편중되지 않고 동네 사람들 모두에게 고루고루 배분되어있다. 그러기에 작가는 노인들에게는 관대하고 10대들에게는 가혹한 경찰관의 판정에도, 일자무식인 노인네들이 필기시험을 치는 웃지 못할 광경에도, 눈이 맞은 남녀의 수작에도, 국가가 보증하는 증명서를 처음 땄다며 감격해하는 모습에도 따뜻한 시선을 보인다.

「모종하는 사람들」역시 공공근로로 모종을 하기 위해 모인 사람들의 이야기이다. 시청 뒤의 모종판에서 작업을 시작하여 빗줄기 속에서 구덩이를 파고 꽃모종을 심는 작업을 하며 보이는 시골 사람들의 반응과 모습은 갖가지이다. 공공근로를 하는 사람들의 사연도 반응도 가지가지이다. "정해진 시간에 출근하고 맞춰진 시간에 퇴근하는 재미"(147쪽)를 느끼는 중늙은이 아줌마가 있는가 하면, 공익근무요원으로 일하는 청년도 있으며, 통장인데 지원자가 없어 스스로 나온 아저씨도 있으며, 일자리를 잃어 나온 사람도 있다. 일을 하는 태도도 다양한데 구덩이 판 모습을 통해 그 다양함을 드러내고 있다.

> 시현이 판 구덩이는 제 몸집 부끄럽지 않게 넉넉했다. 한 주먹이 아니라 두 주먹도 우기면 들어갈 만했다. 양수의 구덩이는 갓난아기 주먹도 못 들어갈 만큼 좁았다. 몸 약한 태가 괭이질 하나에도 드러난 것이어서, 뒤따르며 매만지는 여자들이 호미로 넓혀놓아야 했다. 동해의 구덩이는 털털했다. 팠다기보다는 파헤친 것 같았다. 공익근무요원 지영의 구덩이는 깊이가 모자랐다. 깊이 따위에는 연연하지 않고 어서 끝내야겠다는 작심이 강박이 되어 속도전을 펼쳤기 때문이었다.
> ─김종광, 「모종하는 사람들」, 130쪽.

위 인용문은 마을 사람들이 구덩이를 판 모습을 묘사한 부분이다. 그런데 여기서는 구덩이 모습을 통해 구덩이를 판 각각의 개성을 드러내고 있다. 구덩이를 열거하는 모습은 전형적인 이야기꾼의 이야기 방법이기도 한데, 김종광의 소설에는 과장과 함께 열거의 수법이 애용된다. 작가는 다양한 사람들의 모습을 카메라가 비추듯 한사람씩 비추면서 우리네 농촌의 모습을 보여주고 있다.

「중소기업 상품설명회」에도 상품설명을 듣기 위해 같은 공간에 모인 시골 여인네들 각각을 소개하면서 작품을 시작한다. "구경은 맨 앞에서"라는 신조를 가진 아줌마, 드라마에 목숨 건 아줌마, 자전거 타는 아줌마, 노래방 마이크를 잡으면 놓을 줄 모르는 아줌마, 관광버스 춤에 신이 난 아줌마, 그 다양한 여인네들이 모여 벌이는 한바탕의 잔치를 흥겹게 그려낸다. 작가의 관심은 가짜 물건을 비싸게 사기쳐서 파는 장사꾼이나 뻔한 사기에 속아넘어가는 어리석은 여인네들을 보여주는 데 있는 것이 아니라, "평생을 자식들한테 치마 속곳까지 내주고 38 따라지 된 여인들이 구입하는 것은 물품이 아니라 한 여름밤의 즐거운 추억, 사기꾼들은 그들에게 추억을 선사한 대가로 따뜻한 겨울을 보낼 것"이라는 넉넉한 모습을 보여주는 데에 있다.

그러나 무엇보다도 김종광의 소설에서 눈길을 끄는 것은 바로 풍자와 해학이 넘치는 그의 문체이다. 사실 김종광 소설이 독자에게 웃음을 주는 것은 작가의 입담 때문이다. 의뭉스런 충청도 사투리와 사회에 대한 풍자와 성과 삶에 대한 해학이 넘치는 한바탕의 말 잔치가 소설을 풍성하게 만들어준다.

장덕호(68세)는, 한때 원동기의 대명사로 일컬어졌던 88(대림, 88CC)을 목욕 재계해주고 있었다. 수돗물 아까운 줄 모르고 흠뻑 적신 뒤에 퐁퐁 묻혀 구석구석 훔쳐내기를 세 차례, 상추 씻고 있던 아내에게 남우세당하고 있는 것도 못 알아챌 만큼 오랜 시간 공을 들였다. 마침내 유월 땡볕에 보송보송하게 잘 마른 행주로 물기를 가셔냈다. 덕호는 검은 선글라스를 쓴 뒤에 담배 한 대를 꼬나물고, 오토바이와 나란히 서서 짝다리를 짚었다.

"할망구 어떤가? 신성일이 뺨치나?" "이른 점심 자시더니 가관이시네유. 생전 안 닦던 오토바이 광을 내질 않나, 신성일이 들으면 기겁할 말씀 하시질 않나." "임자 결전의 날이 밝았구만." 아내는 중천에 뜨겁게 떠 있는 해를 흘깃 보았다.

"날 밝은 지가 언젠디." 덕호는 오토바이에 올라타서 시동을 걸었다. "오늘은 어떤 다방이서 죽치실 거래유? 긴급 사항 있으면 바로바로 연락해 드려야쥬?" "해튼 할망 구하고는. 국가고시 보러 가는 길이여" "구까고시 다방유? 알겠슈. 댕겨오슈."

— 김종광, 「많이많이 축하드려유」, 61-62쪽.

먼허 시험을 보러 가는 정덕호 할아버지가 그의 아내와 주고받는 대화를 풀어내고 있는 위의 부분만 보아도 쉽게 짐작할 수 있듯이, 김종광 소설은 해학의 정신에 기반해 있다. 즉 이야기꾼이 인물을 희화화시키는 데에서 오는 간극이 웃음을 자아내는 것이다. 정덕호 할아버지의 모습을 묘사하는 부분에서도 "꼬나 물고"나 "짝다리"같은 표현을 보면 인물을 희화화하고 있음을 쉽게 알 수 있다. 또한 할머니가 할아버지에게 하는 대화도 "가관이시네요"처럼 비속어와 존대어가 섞인 채 희화화되고 있으며, "국가고시"를 다방의 이름으로 알아듣는 할머니의 행동도 웃음을 자아낸다. 또한 시험 보는 날을 "결전의 날"이라고 과장하는 모습에도 웃음을 유발한다.

뭐가 되었든 오늘은 나도 한번 몇 만원 짜리 사서 스타 한번 되어 보겠다고 작정했던 여인, 마음은 혹하였는데 너무 비싸다 싶어 결단이 안 서는 여인, 사고 싶은 마음은 굴뚝 같은데 돈이 안 되어 안타까운 여인, 이건 명백히 사기다 타인들을 비웃으면서도 왠지 흥겨움에 도취되어 있는 여인, 저년은 돈이 얼마나 많길래 몇만 원 짜리를 날마다 사는가 시기하는 여인, 바그라팬티를 받자마자 품질보증서부터 꺼내 지갑에 넣는 여인, 신토불이에 맞춰 어깨를 덩실거리는 여인, 여장 남자 정태석의 허벅다리에 시선을 집중하고 있는 여인, 바그라팬티를 모자처럼 써서 좌중을 웃기는 여인…, 여인들의 도가니였다.

— 김종광, 「중소기업 상품설명회」, 295-296쪽.

위 인용문은 마을회관에 모인 여자들의 모습을 묘사한 부분이다. 다양한 여인들을 열거하는 방법을 통해 작가는 각각의 여인들이 살아왔을 고단한 인생을 나름대로 의미매김하고 감싸안으려는 태도를 드러낸다. 이는 특별한 인물이나 특별한 삶을 살아온 사람만이 아니라 이렇듯 평범하다 못해 조금 못난 사람들의 삶도 나름대로 자리 매김 하려는 작가의식의 소산 때문이다. 하릴없이 늙어 가는 노인들, 시골로 밀려난 다방레지, 취직을 못한 백수, 개 값도 못 받는 소를 키우는 농부 등 소외된 사람들이 어울려 살아가는 모습을 충청도 사투리로 재미나게 풀어 나가는 그의 소설을 읽으면 유장하게 풀어대는 입담에 웃음을 자아내게 된다. 그리고 오래된 세계를 아우르는 미학을 지켜가는 개성 있는 신인이 탄생했다는 것을 알게 된다.

한창훈과 김종광은 이제는 주류에서 밀려나는 농촌과 바닷가의 삶에 대해 섣부른 낙관론도 어설픈 비관론도 유보하고 있다. 단지 희망을 잃고 술로 연명하는 모습은 모습대로, 절망을 딛고 생명력을 갈구하는 모습은 모습대로 현실을 구체적으로 드러내려고 노력한다. 그러나 능청맞은 입담을 내세우는 이야기꾼인 한창훈과 김종광에게는 커다란 벽이 있다. 그것은 그들을 '억압하는 과거'인 선배 이문구가 이미 존재하기 때문이다. 그들에게는, 그들보다 앞선 뛰어난 이야기꾼인 이문구의 영향을 벗어나 자신들만의 소설 세계를 어떻게 구축할 것인가 하는 어려운 문제가 남겨져 있다.

(2001)

환상의 매혹

― 윤대녕, 박상우, 하성란

1. 환상

　최근 발표되는 소설들 가운데에는 환상과 관련된 작품들이 많다. 이렇듯 환상이 부상하기 시작한 데에는 그 동안 우리 소설을 주도해오던 역사적 상상력에 대한 반발도 있다. 환상은 현실의 모방이라는 리얼리티를 의도적으로 거부한다. 환상은 사회적 금지에 의해 억눌린 욕망의 분출로서 문학을 변형시킬 새로운 돌파구로 보인다. 이렇듯 환상은 상상력의 확대를 가져다주고 독자에게는 즐거움을 준다.

　환상에 관한 논의는 그 스펙트럼이 넓다. 토도로프가 환상을 장르적으로 접근하는데 비해 캐서린 흄은 문학의 본질로 설명한다. 토도로프는 환상문학의 핵심이 독자나 작중인물이 작품 속에 등장하는 초자연적 현상을 자연적인 것으로 받아들일 지 아니면 초자연적인 것으로 받아들일 지 결정하지 못하는 망설임에 있다고 본다.

　이에 비해 캐서린 흄은 문학에는 두 가지 충동이 함께 존재한다는 것을 강조한다. 충동의 하나는 경험을 공유할 수 있다는 핍진감과 사건, 사람, 상황,

대상을 모방하려는 욕구인 '미메시스(Mimesis)'이고, 다른 하나는 권태로부터의 탈출, 결핍된 것에 대한 갈망, 리얼리티를 바꾸려는 욕구인 '환상(Fantasy)'이라고 설명한다.

사람들은 오늘은 어제와 다르지 않고 내일 역시 오늘과 다르지 않을 것이라는 권태를 느낀다. 지리멸렬한 나날들은 무한궤도처럼 끝없이 반복될 것이다. 어쩌면 우리는 영원히 이 일상의 세계에서 벗어날 수 없을 것 같다는 공포도 맛본다. 이런 반복과 일상의 세계에서 그나마 숨쉴 수 있는 것은 환상이라는 숨트임이 있기 때문이다.

그리하여 소설가들은 일상에서 꿈꾸기라는 마지막 비상구로의 탈주를 시도한다. 최근에 발표된 작품 가운데 환상을 주요한 테마로 다룬 소설이 많이 등장하는 것은 이런 맥락 때문이다.

1999년 여름에 문학잡지에 발표된 작품 가운데 윤대녕의 「에스키모 왕자」(『작가세계』, 1999년 여름호), 박상우의 「쓸쓸한 사막의 이미지」(『문예중앙』, 1999년 여름호), 하성란의 「악몽」(『문예중앙』, 1999년 여름호) 등은 환상으로 탈주를 시작한 작가들의 모습을 여실히 보여준다. 현실에 환멸을 느낀 작가들은 지리멸렬한 일상을 벗어나기 위해 낯선 이국으로 여행을 떠나기도 하고, 암울하고 음습한 사막에서 실종되기도 하고, 한바탕의 악몽을 꾸기도 한다.

그리하여 소설가들은 에스키모 왕자를 만나기도 하고, 사막의 한 복판에서 사갈(蛇蝎)을 만나기도 하고, 배꽃 날리는 밤의 환영과 만나기도 한다. 젊은 작가들이 시도하는 환상으로의 탐닉은 최근 소설이 보여주는 변화의 모습을 살펴볼 수 있는 작은 단서로 보인다.

2. 시간의 틈바구니에 끼인 자의 여행 - 윤대녕의 「에스키모 왕자」

윤대녕의 「에스키모 왕자」는 죄의식 때문에 과거의 시간에 갇혀 살던 주인 공이, 여행을 통해 과거의 고통에서 벗어나는 내용을 다룬 소설이다. 윤대녕의 작품들 가운데 여행소설의 형식을 띠고 있는 것이 많은데, 「에스키모 왕자」역시 '여행소설'의 특징을 그대로 드러내고 있다. 윤대녕 여행소설에서 이국으로의 공간 이동은 과거와 내면으로 시간 이동을 하기 위한 매개이고, 여행의 중요한 매개자는 신비한 여자이며, 여행을 통해 비밀스러운 기억과 조우하는 방식을 통해 존재의 비밀을 탐구한다.

「수사슴 기념물과 놀다」(『문학과 사회』, 1999년 봄호)는 백남준의 작품과 동성애에 대한 내용을 담고 있다. 서른 여섯 살의 남자는 어느 날 자신이 동성연애자라는 사실을 깨닫고 회사를 나오게 된다. 그는 '백남준과 요셉 보이스전'을 유심히 보는 남자를 만나 자신의 집으로 데려온다. 남자는 그 사람을 '수사슴 기념물씨'라고 부르는데, 그는 연극배우였다. 동성애자인 자신이 있을 공간이 이 곳에는 없다는 사실을 알게 된 남자는 늘 꿈꾸던 프라하로 떠난다. 이 소설의 마지막 부분은 "2월 2일 나는 오전 비행기를 타고 프라하로 떠났다. 지나간 미래 속에 현재를 일치시키기 위해"로 끝맺음 된다 「에스키모 왕자」는 바로 이 「수사슴 기념물과 놀다」가 끝나는 지점에서 시작되고 있다.

「에스키모 왕자」의 작중화자는 29세의 사내이다. 그는 5년 동안 시계회사에서 근무하다 갑자기 사표를 제출하고 자신 내부에 존재하는 낯선 그림자의 실체와 만나기 위해 유럽 여행을 떠난다. 소설에서 이국으로의 공간적 이동은 주인공이 과거의 시간으로 이동하여 내면 세계를 드러내기 위한 장치에 불과하다. 그는 "일곱 살 때나 여덟 살 때, 부지불식간에 느리고 무겁게 등을 껴안으며 내게 개입하는 방식으로" 다가오는 '내면의 목소리'를 찾아 유럽을 떠돈다. 그 목소리는 스무 살 이후로 다시는 찾아오지 않다가 사표를 제출한 날 다시 찾아온다.

소설 속에는 과거의 여자와 현재의 여자가 등장한다. 과거의 여자가 그 존재에게 붙인 이름이 '에스키모 왕자'임에 비해 현재의 여자가 붙인 이름은 '성성이'이다 현재의 여자 '서하원'은 마치 별처럼 그의 여행을 인도하여 그가 내면의 존재를 만날 수 있도록 이끌어주는 신비한 인물이다. 서하원은 현실의 살아있는 인물이라기보다 마치 그가 자신의 기억을 찾아가게 인도하는 정령처럼 묘사된다.

유럽 여행의 정점에서 그가 만난 것은 바로 망각 속에 묻어두고 있던 기억, 스무 살의 상처이다. 갓 대학에 입학한 그는 '이남원'이라는 여자와 신입생 야유회에서 사랑에 빠지고 별이 많은 밤에 첫 경험까지 하게된다. "어서 결혼해서 아이를 낳고 싶다"고 말하는 여자의 임신 사실을 알았을 때 그는 어떤 결정도 내리지 못하고 멈칫거리고, 이에 좌절한 여자는 노란 장미가 가득한 방에서 비틀즈 음악을 틀어놓고 죽는다.

시간과 시계는 이 소설의 중요한 장치이다. 볼 수도 만질 수도 느낄 수도 없는 것이 시간이기에 인간은 시계를 통해 시간과 만난다. 그러나 인간이 시계를 통해 만날 수 있는 것은 시간의 그림자일 뿐이다. 시간과 시계란 이데아와 그림자 같은 관계가 아닌가.

"… (중략) 아무튼 시계의 사용 이후 인류는 아이러니하게도 시간의 지배를 받으며 살게 됐죠 그때부터 고유한 시간과 더불어 순수의 시대가 가버린 겁니다."
"고유한 시간?"
"과거와 현재와 미래가 막힘 없이 하나로 이어져 있는 시간 말입니다. 사람들이 영원이라고 부르는 시간 말이죠"

— 윤대녕, 「에스키모 왕자」, 168쪽.

프라하 시청의 시계탑에 대한 자세한 묘사에서 나타나듯, 고통스런 과거의 기억은 그로 하여금 현실의 시간에서 떠나 과거에 붙잡힌 상태로 살아가게 만들었다. 그는 여행을 통해 자신의 고통스러운 과거와 대면함으로, 시간의 틈바구니에 끼인 상태에서 현실의 시간 속으로 편입된다. 그리하여 이 소설은 다음과 같은 사색으로 끝맺는다.

> 에스키모 왕자. 그는 나를 데리고 여행하는 자이다. 그는 또한 내가 존재하기 전부터 이미 나로 존재하던 자이다. 그는 아주 추운 곳에서 뾰족한 창 하나를 들고 시간의 이름으로 내게로 왔다. 에스키모 왕자. 그는 또한 나보다 일찍 죽은 아이. 그로부터 성성이로 변해 내 북쪽 창고에 갇혀 있던 자이다. 그러니까 바로 나 자신. 또한 무한한 시간대를 앞뒤에 둔 나인 나이며 동시에 나 아닌 무한 자유이다. 나는 다만 그가 멀리서 끌고 온 시간 위에서 잠시 춤을 추고 있는 자일 뿐이다.
>
> — 윤대녕, 「에스키모 왕자」, 203쪽.

우리 모두 시간 위에서 잠시 춤추는 자들이다. 그런 존재들이 '내면의 목소리'를 듣고 미지의 영역으로 떠나는 환상여행은 매혹적이다. 누군들 그런 여행을 꿈꾸지 않겠는가. 그러나 그 미려한 이국풍경과 이미지와 환각이 반복될 때, 윤대녕은 매너리즘에 빠져들게 된다. 이 작품도 그런 위험에서 자유롭다고는 할 수 없다. 폴 매카트니의 노래와 노란 장미를 암시하는 골든 로즈를 말해주는 신비한 여자 서하원과 모호하고 신비한 분위기를 내는 많은 소품들은 이 작품을 이미지의 늪으로 끌고 가는 것은 아닌지?

다행히도 최근에 묶은 작품집에서 "내가 가진 언어의 껍질을 날려보내고 생에 대한 정념(情念)과 그 그립던 일념을 회복하겠다"(윤대녕, 『많은 별들이

한 곳으로 흘러갔다』, 생각의 나무, 1999, 388쪽)고 쓰고 있는 것으로 보아, 작가 스스로 이 문제를 예민하게 자각하고 있는 듯하다. 그런 점에서 「에스키모 왕자」의 마지막 부분에 드러나듯 유럽에서 돌아온 주인공이 '서하원'과 함께 현실의 땅에 발을 내딛은 것은 미세하나마 현실에 대한 관심을 회복하는 징후로 볼 수 있다. 일상을 전복하려는 윤대녕의 탈주가 새로운 가능성으로 열릴지 아니면 나른한 분위기로만 머물지 우리는 관심을 갖고 지켜보아야 될 것이다.

3. 샤갈의 마을에서 만난 사갈(蛇蝎) - 박상우의 「쓸쓸한 사막의 이미지」

박상우의 「쓸쓸한 사막의 이미지」에는 허무와 절망의 시대를 살아가는 '나'의 의식과 '나'에게 보내는 한 여자의 독백이 번갈아 나타난다. 서사를 이루는 최소한의 정보는 여자의 편지를 통해 재구성할 수 있을 뿐, 내가 드러내는 의식은 현실과 경계가 불분명한 환상 혹은 환각에 의해 표출된다.

연구소를 다니던 나는 어느 날 아침 거울에 비친 자신의 얼굴을 보고 거울을 깨고는 종적을 감춘다. 나와 동거했던 여자는 남자가 떠난 후에 그의 아이를 가졌음을 안다. 남자는 떠나고, 여자는 남자를 기다린다. 남자가 죽어 가는 도시에서 만난 것은 단절된 상태로 삶을 살아가는 모래알갱이의 인간들이며, 분열과 허무와 거대한 몰락의 분위기였다. 박상우 소설의 사막은 "다리가 절단된 꼽추가 고무다리를 끌고 기어가고, 부풀어오른 배를 드러낸 물고기 떼와 신의 역병에 걸린 인간들"이 있는 곳이며, "칠흑 같은 어둠 속에서 육체를 강탈당하는 어린 영혼들의 울부짖음, 그리고 가학성으로 절정을 만끽하는 인간들의 거칠고 음습한 숨소리"가 들리는 세기말의 저주와 예언의 도시이

다. 그가 사막에서 본 것은 바로 그로테스크한 한 마리의 사갈(蛇蝎)이다

> 나는 숨이 가빠지는 걸 느끼며 더욱 긴장된 눈빛으로 그것을 내다보았다. 머리와
> 꼬리가 서로 다른 이형일체의 생물은 끝없이 원을 그리며 꼬리는 머리를, 머리는
> 꼬리를 향해 공격을 감행하고 있었다. 독이 머리 부분에 있는 뱀의 형상은 전갈의
> 꼬리 부분을 물어뜯기 위해 끝없이 머리를 뒤채고 있었고, 독이 배 아랫부분에 있는
> 전갈의 형상은 뱀의 머리 부분을 겨냥하기 위해 쉴 새 없이 요동질을 쳐대고 있었다.
> ─박상우, 「쓸쓸한 사막의 이미지」, 74쪽.

도시를 벗어나 사막에서 만난 것은 "머리와 꼬리가 서로 다른 이형일체의
생물이 끝없이 원을 그리는 모습"이다. 여기서 드러나는 원의 이미지는 이상
적인 원의 이데아도 아니며, 순환하면서 균형을 유지하는 가상적인 것도 아니
며, "기우뚱하게 흔들리면서 헛도는" 환상의 이미지를 형상화한 것이다. 결국
그 절망의 끝을 나는 자살로 마감하면서 허무의 극한을 보여준다. 세기말의
허무 속에서 고독한 존재의 의식을 담아낸 이 작품은 제목에 드러나는 "쓸쓸
한"이라는 수식어에서 풍기듯 감상적인 시선을 드러낸다. 그래서 박상우의
환상은 위태롭게 느껴진다.

박상우의 「쓸쓸한 사막의 이미지」는 그가 예전에 발표한 「샤갈의 마을에
내리는 눈」과 함께 읽어 나갈 때 그 온전한 의미가 드러난다. 그럴 때 「쓸쓸한
사막의 이미지」는 단순히 황폐화된 개인의 환멸만이 아니라 90년대에 대한
작가의 선언으로 보인다. 90년대는 우리에게 무엇이었던가? 그들이 부정함으
로 그들의 존재기반이 되었던 80년대처럼, 90년대 역시 새롭게 막을 올리는
연대에 의해 부정되어야 할 존재가 아닌가. 새로운 21세기의 물결에 의해
스러져야 하는 모래성이 아닌가. 90년대를 눈 내리는 '샤갈'의 마을에서 시작
한 박상우가 90년대의 마지막을 휘몰아치는 모래 폭풍의 사막에서 마무리하
고 있다. 그 모래폭풍의 사막에서 그가 만난 것은 끝없이 원을 그리며 꼬리와

머리를 무는 한 마리 '사갈' 의 모습이었다.

'우리'라는 연대감에서 뿔뿔이 흩어진 채 샤갈의 마을에서 90년대를 보내며 작가가 내린 진단은 여전히 암울하다. "앞으로 내 앞에서 정치의 정자도 꺼내지마. 그런 얘기를 꺼내는 새끼는 그냥 두지 않겠어"(박상우, 『샤갈의 마을에 내리는 눈』, 세계사, 1991, 14쪽)라며 절망하던 인물은 "사랑 따위 그런 고상한 말 내 앞에서 하지마. 이 사막에 아직도 사랑이 남아있다고 생각하는 얼간이가 있다니"(박상우, 「쓸쓸한 사막의 이미지」, 57-58쪽)라고 말한다. 작가는 정치에 대한 환멸에서 사랑에 대한 환멸로 바뀌었을 뿐이다.

작가는 미래에 대한 한줄기 가능성을 "인간적"이라는 모호한 단어로 드러낸다. "이제 내 가슴에 남겨진 것은 극단적인 허무뿐이고, 그리고 그 허무 속에서 끝끝내 되찾고 싶은 건 인간적인 낭만 뿐이야"(「샤갈의 마을에 내리는 눈」, 20쪽) 라고 말했던 인물은 여전히 "말은 못해도, 언제나 내가 말하고 싶어한 것은 인간적인 것"(57쪽) 이라고 말한다. 그러기에 여자의 "사막과 사랑 사이에 새로운 초원의 길이 열릴 수 있다면 그곳으로 편지를 발송해주세요"라는 독백은, 거대한 절망의 어둠 앞에서 깜깜한 밤하늘을 인도할 등불 역할을 하기에는 미약해 보인다. 그가 말한 '인간적인 낭만' 혹은 '인간적인 것'이라는 것 역시 추상적인 선언 이상으로 보이지는 않는다. 박상우에게는 그가 말하는 바 '인간적인 것'이 무엇인지를 소설로 형상화 할 과제가 남게 된다.

4. 한여름 밤의 나쁜 꿈 – 하성란의 「악몽」

하성란의 「악몽」은 현실과 환상의 경계를 흐리기 위하여 여자의 내밀한 무의식에 꿈을 끌어들임으로 효과를 배가시킨 작품이다. 이 소설은 계속되는 숨김과 반전의 진술을 연결시킴으로 사실과 환상의 경계를 흐린다.

「악몽」은 과수원 딸인 여자의 의식을 진술한다. 여자는 어느 새벽, 이층 방에 어떤 사내가 숨어들어 자신을 겁탈하였다고 진술하지만, 부모는 그건 실제로는 일어나지 않은 일이며, 여자가 사다리에서 떨어진 후 잠만 잤다고 말한다. 여자는 범인으로 추측되는 과수원 일꾼인 사내에게 직접 물어보지만 사내 역시 그건 처녀들이 꾸는 꿈이라고 하며 다음에 그런 일이 일어나면 사실인지 아닌지 가위를 꽂으라고 말한다. 일년이 지난 후 사내가 다시 여자의 방에 숨어들었을 때 여자는 사내의 등에 가위를 꽂고, 그 시신을 배나무 밑에 파묻고는 부모에게 자신이 살인을 했다고 말한다. 그러나 시신을 묻었다는 배나무는 찾지 못하고 부모는 또다시 여자에게 꿈이라고 말한다.

이 작품은 어디까지가 실제 일어난 일이고 어디까지가 처녀의 환상인지 현실과 환각의 경계가 불분명하다. 여자가 첫 번째 겁탈을 당했다고, 그리하여 시계를 던지는 바람에 시계가 멈추었다는 것이 여자의 주장처럼 현실의 일인지 부모의 말처럼 여자의 꿈인지, 또한 여자를 겁탈한 남자를 교통사고로 가장하여 아버지가 시체를 유기(遺棄)했다는 여자의 생각이 현실의 일인지 환각인지, 또다시 겁탈을 하는 남자의 등에 가위를 찔러 죽인 후 배나무 밑에 파묻었다는 것 역시 현실인지 환상인지 작가는 분명한 정보를 주지 않는다. 이 두 번의 겁탈과 살인이 모두 현실의 일인 것도 같고 이 모두가 여자의 꿈인 것도 같다. 작가는 겁탈이나 살인과 같은 사건이 악몽이고, 여자가 경험한 현실을 환상이라고 치부해버리는 그런 상황이 악몽이고, 현실인지 환상인지 구분할 수 없는 이러한 상황 자체가 어쩌면 "영원히 깨지 않을 악몽"이라고 말하는 것도 같다. 특히 현실과 환상을 가르기 힘든 환각은 배나무 과수원이라는 공간에 의해 더욱 신비한 분위기를 띤다. 밤에 하얗게 피어있는 배꽃의 시각적 효과와 과일이 익어가는 후각 이미지는 소설의 분위기를 조성하면서 동시에 성적 욕망과 살인의 가능성을 밀도있게 드러내준다.

「악몽」에 드러나는 그녀의 악몽의 비밀을 풀 수 있는 단 하나의 열쇠는 그녀의 국민학교 시절에 숨겨 있다. 여자아이는 과수원으로 바쁜 부모의 무관심 속에서 혼자 깨어 혼자 밥을 먹고 학교를 가는 일상을 보냈다. 그녀가 자주 가는 문방구 주인은 여자아이들에게 공짜로 많은 물건을 주곤했다. 그런데 그 문방구 주인이 여자아이를 감금하여 겁탈한 사건이 발생한다.

> 문방구 주인 남자는 가끔 공책을 사러간 여자아이들을 무릎에 앉히고 볼을 비비거나 허벅다리를 쓰다듬었다. 주인 남자의 손바닥은 차고 축축했다. 여자아이들이 앙탈을 부리면 사탕 한 개를 더 주었다. 어느 날 초등학교 6학년 여자아이가 행방불명되었다. 그 아이는 문방구 제일 안쪽 주인 남자의 방에서 묶인 채 발견되었다. 주인 남자는 그 아이에게 인형을 주겠다고 꾀어 그 방으로 데리고 갔다. 문방구가 문을 여는 낮 동안 여자아이는 입에 재갈이 물리고 두 손이 문고리에 묶인 채로 인형과 단 둘이 방에 남겨졌다.
>
> ─하성란, 「악몽」, 227쪽

그런데 작가는 겁탈 당한 여자아이가 바로 과수원집 딸인지에 대한 정보를 정확하게 주지 않고 있다. 여자는 어릴 때 문방구 주인남자에 대해 "차고 축축한 손바닥"을 기억하고 있으며, 과수원 이층에 숨어든 사내에 대해서도 "사내는 손바닥으로 여자의 입을 틀어막았다"라고 기술하고 있다. 또 어린 시절에 "입에 재갈을 물렸다"는 표현과 과수원 이층에서 일어난 사건에 대해 "입 속에 재빨리 수건을 쑤셔 넣었다"라고 기술하고 있다. 축축한 손바닥과 소리를 지르지 못하도록 입에 무엇인가를 물리는 행동의 일치를 통해 그 여자아이가 바로 과수원집 여자라는 사실을 미루어 짐작해볼 뿐이다. 그렇다면 "어두운 지하실에 던져진 것들 위로 먼지가 쌓이고 거미줄이 드리워지듯" 어린 시절의 치유되지 못한 생채기가 그녀에게 지속적으로 겁탈의 악몽을 꾸게 하는지도 모르겠다.

> 여자는 비명을 질렀다. 아버지의 손바닥에 갇혀 비명은 소리로 터져 나오지 못했
> 다. 여자에게 현실은 영원히 깨어나지 않을 악몽이었다. 어슴푸레 사위가 밝아오고
> 있었다. 이제 얼마 후면 일꾼들이 잠에서 깰 시간이었다. 아버지가 여자의 뒤에
> 선 어머니와 모종의 눈길을 교환했다. 어머니가 텅 빈 구덩이를 가리키며 걱정스러
> 운 듯 말했다. 이것 좀 보렴. 얘야, 이건 전부 꿈이란다. 꿈. 그러니 이제 제발 꿈에서
> 깨어나렴.
>
> —하성란, 「악몽」, 242-243쪽

「악몽」은 현실과 환상의 경계를 흐리면서도 내밀한 무의식의 영역으로
꿈을 끌어들임으로 환상의 효과를 배가시킨 작품이다. 더구나 흰 배꽃이 끝없
이 펼쳐진 과수원의 이층집에 사는 여자란 설정 자체가 얼마나 몽환적인가.
작가는 어쩌면 한여름 밤에 처녀가 꾼 한 바탕의 악몽을 하얀 배꽃의 환각
이미지로 만들어내는지도 모르겠다.

5. 환상의 매혹, 그 너머

현실과 소설의 상관관계를 이야기할 때 경험적 현실에 대한 감각적 일치를
의미하는 개연성(probability)의 원리를 중시해왔다. 그리고 이 개연성은 시
대에 따라 몇 차례의 의미수정을 겪게되는데 최근에는 개연성보다는 핍진성
에 주의를 기울이기 시작한다. 핍진성(verisimilitude)은 개연성에 비해 상대적
으로 상상의 공간을 존중한다. 이럴 때 환상이 소설의 중요한 테마로 떠오르
게된다.

환상이 90년대에 주목받기 시작한 이유를 사회학적으로 분석해내는 것은 이미 진부한 논의가 되 버렸다. 환상은 고유한 매력으로 빛을 발한다. '환상'이 하나의 신드롬으로 부상하는 현상만은 부인할 수 없는 상황이다. 현실의 리얼리티보다는 환상과 감각적인 이미지로 무장한 소설들이 최근 우리 소설의 주요 흐름으로 자리잡는 듯하다. 이제 소설 속의 환상은 낯익은 모습으로 현실의 경계에 함께 존재하거나 때로는 현실을 압도한다. 이런 소설들은 현실과 환상의 경계를 모호하게 하거나 해체하며 우리 소설의 새로운 영역을 개척하고 있다.

그러나 이런 긍정적인 역할 뒤에 부정적인 역할이 우려되는 것도 사실이다. 후기자본주의 욕구에 편승하여 최근 환상과 이미지에 대한 관심이 고조되고 있고, 자본은 이런 관심을 상품으로 재빠르게 만들어 유행시킨다. 컴퓨터 공간에 힘입어 등장한 환타지 소설이라는 문화상품이 광고라는 물량공세에 힘입어 서점을 휩쓸고 있다. 이럴 때 우려되는 현상 또한 최근에 논의가 활발해지고 있다.

이제 우리는 단순히 세기말이 아니라 세기말 그 너머를 생각해야 한다. 그리고, 환상의 매혹 또한 환상의 매혹, 그 너머를 생각해야 할 것이다. 개인의 환상이나 욕망을 꿈꿀 수 없던 시대는 지나갔고, 환상이나 욕망을 마음껏 꿈꾸는 시대도 지나가고 있다. 이제 우리는 환상 너머에 있을 무엇을 진지하게 성찰해야 할 때이다. 그것이 단순히 환상의 부정이 아니라 환상과 현실의 행복한 만남이 되어야 한다는 것에는 많은 사람들이 공감할 것이다. 이제 우리에게 남은 것은 현실과 환상에 관한 새로운 질문을 모색하는 것이다.

(1999)

고립된 존재의 소통 욕망

— 김인숙, 조경란, 윤성희

1. 고립된 존재의 내면성

근대의 양식인 소설은 '개인의 길 찾기'를 주요 테마로 다룬다. 자아를 구축하는 모험이야말로 소설의 가장 오래된 테마이다. 근대적 자아의 구축에 내면성의 문학이 커다란 기여를 했다는 것은 주지의 사실이다. 내면이란 욕망, 기억, 지각, 사고 등과 같은 인간의 심리적 활동 일체가 이루어지는 영역이다. 그렇다면 내면성이란 문학 자체의 고유한 본질이기도 하다. 개인의 내면에 대한 성찰이 비단 특정한 시기에 국한되는 것은 아니다. 그럼에도 90년대 문학에서 내면성을 다시 거론하는 이유는 상대적으로 80년대와 비교하여 '내면성'이 90년대 소설의 지배적인 경향으로 표면에 떠올랐기 때문이다.

90년대 대표적인 작가로 거론되는 신경숙과 윤대녕은 문학성과 대중성을 함께 얻은 행복한 작가이다. 두 작가 모두 존재의 내면탐구에 초점을 맞추어 창작활동을 했다. 신경숙의 경우 내면을 고백하는 인물을 창조하였고, 윤대녕의 경우 과거로의 여행에서 타자로 설정된 자아와 조우(遭遇)함으로 진정한 자아를 찾는 인물을 창조하였다. 두 작가의 소설 경향에서도 볼 수 있듯, 고립된 존재의 내면 탐구가 90년대의 대표적인 경향이라는 것은 어렵지 않게 알 수 있다. 물론 이런 경향은 단순히 두 작가만의 것이라기보다는 90년대의 지배적인 흐름으로 볼 수 있다.

1999년 가을에 발표된 작품 가운데에 김인숙의 「개교개념일」(『문학동네』, 1999, 가을호), 조경란의 「오늘의 요리」(『문학사상』, 1999, 10월호), 윤성희의 「당신의 수첩에 적혀있는 기념일」(『세계의 문학』, 1999, 가을호)은 모두 일상적인 인간관계에서 단절되고 어긋나 밀폐된 공간에서 고립되어 살아가는 인물의 내면 심리를 다루고 있다. 이들은 모두 개인적인 상처를 안고 인간관계에서 고립되어 살고 있다. 고립된 인물들의 타자와의 소통 욕망은 이루어지지 않는다. 이 작품들을 함께 논의하고자 하는 이유는 바로 이 때문이다. 김인숙의 「개교개념일」에는 남편이 죽은 뒤에 문방구에서 살아가는 인물이, 조경란의 「오늘의 요리」에는 어린 시절 부모의 죽음을 목격한 기억 때문에 고립되어 살아가는 인물이, 윤성희의 「당신의 수첩에 적혀있는 기념일」에는 지하셋방에서 컴퓨터로 남의 기념일을 알려주는 일을 하는 인물이 등장한다. 이 인물들은 모두 타자와의 소통을 포기하고 고립되어 살아가고 있다. 우리는 고립된 주인공이 처한 상황과 인물들의 욕망을 통해 '오늘의 현실'에 대한 작가들의 공통적인 진단을 읽어낼 수 있을 것이다. 타자와의 소통이 이루어지지 않고 고립되고 소외된 채 살아가는 오늘의 모습을 구체적으로 살펴보기로 하자.

2. 몸에 대한 욕망 - 김인숙의 「개교기념일」

김인숙의 「개교기념일」은 자신의 존재가 사라졌다고 느끼는 두 인물에 관한 이야기이다. 이 작품은 전지적 작가 시점에서 '문방구 집 여자'와 '컴퓨터 가게 오씨'를 번갈아 보여주는 방법으로 진행된다. 이런 방법은 남자인물과 여자인물을 번갈아 보임으로 단일한 목소리의 위험을 제거하고 한 인물로의 몰입을 차단하여 객관적인 거리를 유지하려는 작가의 의도로 보인다.

'문방구 집 여자'는 3년 전 남편을 잃고 문방구를 하는 친정으로 온 후 치매에 걸린 어머니를 모시고 고립되고 단절된 삶을 살고 있는 인물이다. 그런데 그녀는 단순히 미망인이 된 것이 아니라 이혼녀가 되려는 순간 미망인이 된 복잡한 사연을 갖고 있다. 그녀는 남편과의 이혼수속을 위해 법원 앞에서 남편을 기다리고 있다가 남편의 차 사고를 목격하게 된다. 이혼녀(離婚女)는 대적할 적이 존재하고 주체적인 선택에 의한 것이지만, 미망인(未亡人)은 대적할 적 자체가 소멸되고 수동적으로 주어지는 상황이다. 주체는 그 주체를 인지하는 타자에 의해서만 주체로 성립될 수 있다. 왜냐하면 타자란 단순히 나와 대립되는 타인이 아니라 주체의 일부로서, 배려하지 않으면 주체 그 자체가 망가지는 필연적인 인물이기 때문이다. 타자는 자아와 대립되는 온전한 개체가 아니라 자아의 일부로서 피할 수 없는 얼룩이다. 주체는 타자를 품지 않고는 존재하지 않는다. 여자가 남편이 죽은 이후 자신의 존재가 '사라졌다'고 느낀 것은 바로 이 타자가 사라졌기 때문에 생긴 현상이다. 그리하여 그녀는 '혼인을 깬' 여자가 아니라 '아직 죽지 못한' 여자가 되어 고립된 삶을 이어가고 있다.

'컴퓨터 가게 남자' 역시 고립된 삶을 살아가고 있다. 문방구 집 여자가 남편의 죽음으로 인해 고립되었듯이, 남자도 엄마의 재혼과 애인의 변심이라는 과거의 상처로 인해 인간관계에서 벗어난 삶을 살고 있다. 서른 중반이 훨씬 넘도록 혼자 살면서 그는 "누군가의 인생을 한쪽 어깨에 같이 짊어지고 가는 일이 그러면서 평생 그 짐과 대화를 나누어야 한다는 사실이, 그에게는 감당할 수 없게 무겁거나, 불가능한 일로만 여겨지는 것이었다."(132쪽) 그래서 그는 그저 타인을 조금만 엿보는 것으로 살고 있다.

두 인물은 각각의 공간에 유폐되어 있기에 3년이나 마주보는 가게에서 살지만 서로의 존재를 발견하지 못하였다. 그런데 남자는 개교기념일 날, 텅 빈 학교 운동장을 힘차게 달리는 어떤 사람을 홀린 듯이 바라보고 있는 여자를 목격하면서, 문방구집 여자의 존재를 인지하게 된다. 이제 컴퓨터 가게 남자는 타자를 인식하기 시작하면서 자신의 존재 자체를 실감하게 된다.

남자는 여자의 컴퓨터 파일을 훔쳐보고 거기에서 "어느 날 나는 사라져버렸다"라는 여자의 글을 발견한 후 자신의 존재에 대해서 생각하게 된다. 자신이 처음부터 아예 존재하지도 않았다고 느끼는 남자는 아직 타자를 만나지 못했다. 문방구 집 여자는 아직 남자의 존재를 인지하지 못하고 있으니까. 여자가 힘차게 달리는 다른 남자를 보며 몸에 대한 욕망을 드러내듯, 남자 역시 '몸에 대한 욕망'과 관련된 기억을 갖고 있다. 그것은 여자들을 매혹시킬 수 있는 몸을 가진 남자에 대한 부러움이었는데, 아이러니컬하게도 그 남자는 자신의 애인을 빼앗아간 권투선수였다.

> 그 여자가 내게 소중하였던 것은 그나마 나를 자신만의 존재로서 생각해주고 있는 유일한 사람이라고 판단했기 때문이었습니다. 그 여자가 내가 알지 못하는 낯선 곳으로 떠나버린 순간, 나는 희미하다 못해 투명해졌습니다. 그런 생각이 듭니다. 바로 그때, 형(권투선수: 필자 주)의 살아 있는 몸이, 정액이 채 마르지 않은 형의 성기가, 얼마나 싱싱한 생명으로 여겨졌는지 형은 상상도 하지 못할 것입니다. 아마도 나는 그 때 형과 소통하고 싶었을 것입니다.
> — 김인숙, 「개교기념일」, 『문학동네』, 1999, 가을호, 139쪽.

이 소설에서 몸은 단순한 성적 욕망을 넘어서 존재론적 소통 욕망을 드러내는 도구이다. 몸이야말로 존재를 존재로 규정하는 가장 확실한 징표이다. 몸에 관한 발견은 주체의 존재 욕망이며 동시에 타자와의 소통욕구이다. 우리는 몸을 통해서만 다른 사람의 몸을 볼 수 있으며 상호 관계를 가질 수 있다. 말하자면 몸은 세계 안에 있는 우리들의 실존적 장소이다.

그러나 문방구집 여자와 컴퓨터가게 남자의 소통 욕망은 어긋난다. 치매였던 엄마를 병원에 데려가기 위해 여자가 남자의 가게에 들어선 순간, 자신의 파일을 훔쳐 읽는 남자와 마주치게 된다. 자신의 파일을 훔쳐 읽는 남자를 발견한 이후, 여자는 남자의 존재를 인지하고 자신에게 관심을 갖는 남자에게 호감을 갖는다. 그러나 그러한 사실을 알지 못하는 남자는 여자를 대할 면목이 없어서 오히려 점포를 내놓고 동네를 떠나려 한다. 여자가 남자를 받아들이는 순간, 남자는 오히려 여자를 포기하고 있다. 두 사람 모두 누군가 자신의 존재를 발견해주기를 절실히 원하면서도 그 채널을 알지 못한다. 그리하여 여자는 닫힌 두 가게 사이의 골목에 또다시 홀로 서 있을 뿐이다.

김인숙은 「유리구두」에서 이미 남자와 여자의 소통이 생기려는 순간 어긋나는 구도를 시험한 바 있는데, 이 작품에 와서는 타자와의 소통에 대해 더욱 비관적인 시선을 드러낸다. 여자가 자신을 드러내는 유일한 방식이 컴퓨터에 글을 쓰는 것이고 남자는 그 파일을 여자 몰래 훔쳐 읽는다. 그 사실이 발각되는 순간 남자는 여자를 떠나게 된다. 타자와의 소통은 가상의 공간에서만 이루어지고 현실의 공간에서는 이루어지지 않는다. 결국 이 작품은 몸과 몸이 만나지 못하는 우리 사회의 소통불가능에 대해 말하고 있다.

3. 요리에 대한 욕망 - 조경란의 「오늘의 요리」

조경란의 「오늘의 요리」 역시 일상의 인간관계에서 고립된 인물에 관한 이야기이다. 가스총을 파는 가게에서 점원으로 일하는 '그'는 요리하는 것 이외에는 달리 시간을 보내는 방법을 알지 못하는 인물이다. 그가 고립되고 단절된 삶을 살고 있는 것은 과거의 고통스런 기억 때문이다. 그 정신적 내상은 부모의 죽음과 관련되는데 억압된 기억이기에 꿈을 통해서 드러난다.

그는 일곱 살 때 교통사고를 당했다. 자신과 누이는 살아남고 차안에 있던 부모는 차가 폭파하여 죽게되었다. 그는 "닫힌 자동차 유리문을 손바닥으로 두드려대며 공포로 일그러진 두 개의 얼굴"(245쪽)인 부모를 구하지 못했다는 죄책감에 시달린다. 그 죄책감은 부모가 죽지 않았고 세상이 자신을 속이고 있을지도 모른다거나, 자신이 그들의 자식이 아닐지도 모른다는 망상으로 흘러간다. 그는 부모의 공원묘지에 가서 손바닥에 피가 흐를 때까지 무덤의 흙을 긁어대다가 사지를 벌린 채 봉분(封墳)을 끌어안고 잠을 자는 그로테스크한 행동을 할 만큼 고통에 시달린다. 그러나 이런 그의 고통을 그의 누이조차 이해해 주지 않는다. 그는 죄책감과 자기방어 사이에서 분열을 일으킨다.

총을 머리에 대고 자신의 사진을 찍는 장면은 인물의 분열적인 행동을 선명하게 보여준다. 이 장면은 죽음에 관한 제의(祭儀)로도 볼 수 있다. 죽음에 관한 제의는 조경란의 데뷔작인 「불란서 안경원」에서부터 지속적으로 나타나는 테마이다. 「불란서 안경원」의 여주인공은 '그'가 떠난 이후 세상과 단절되어 고립된 채 스스로를 안경원 안에 가둔 채 살아간다. 이 작품에서도 "하루 종일 한 명의 손님도 늘지 않는" 가게에서, "유리로 된 출입구의 문을 잠그고 셔터를 반쯤 내린 채" 행하는 상징적인 죽음과 그 죽음을 인화하는 장면으로 변주되어 나타난다.

　폴라로이드에 새 필름 한 장을 밀어넣었다. 총의 안전 장치를 뒤로 젖혔다. 방아쇠만 당기면 숨이 턱 막힐 정도의 가스가 일시에 분사될 것이다. 총을 든 왼손을 관자놀이에 갖다 댔다. 오른손으로 폴라로이드를 들고 팔을 앞으로 쭉 내뻗었다. 카메라 렌즈가 얼굴 쪽을 향했다. 무거운 총과 폴라로이드를 들고 있는 양쪽 팔이 후들후들 떨렸다. … (중략)… 셔터를 눌렀다. 플래시가 터졌다. 등줄기로 식은땀이 흘러내리고 있었다. 필름 한 장이 테이블 위로 툭 떨어졌다. 인화가 막 시작되고 있는 중이었다. 희미한 형체가 점점 더 선명하게 윤곽을 드러내고 있었다. 사진을 바람이 나오는 에어컨 위쪽에 갖다 대고 흔들었다. 윤곽이 또렷해지기 시작했다. 자신의 관자놀이에 총을 겨냥하고 있는 남자가 눈을 부릅뜬 채 정면으로 카메라를 응시하고 있었다. 플래시 때문인지 두 눈은 붉게 물들어 있었다.

—조경란, 「오늘의 요리」, 『문학사상』. 1999 10월호, 256-257쪽.

그는 또한 8년 전 헤어진 여자 '지정민'을 수소문하여 그녀가 살고 있는 집의 주소를 찾아낸다. 그는 그녀가 아이와 둘이 살고 있으며 자주 집을 비운다는 사실을 알아낸다. 찾아낸 후 그는 그녀의 집에 몰래 들어가 음식을 냉장고 안에 두고 온다. 그가 주고 온 음식이 썩으면 썩은 음식을 버리고 다시 새 음식을 넣어두는 일을 반복한다. 그와 그녀는 딱 한번 전화통화를 하는데 그들의 대화는 소통되지 않고 겉돌 뿐이다.

이런 인물이 유일하게 관심을 쏟는 것이 요리이다. 요리는 '그'가 자신의 고독과 만나는 극점이면서 동시에 타자와의 소통을 갈망하는 지점이다. 그에게 '요리'란 바로 음식을 함께 나눌 타자에 대한 욕망을 대변한다. 이 작품에서 요리에 관한 묘사가 상세하게 드러나는 이유는 이 때문이다. 요리에 대한 집착이 커지면 커질수록, 달콤한 냄새가 가득하면 할수록, 식탁이 화려하면 할수록, 그의 고립과 고독은 선명하게 부각된다. 고독이라는 관념은 그녀의 소설에서 '요리하기'라는 외피를 쓰고 등장한다. 그래서 공들여 요리를 하고 근사한 식탁을 차린 후 양복을 입고 3인분의 식탁 앞에 홀로 앉아있는, 이 소설의 마지막 장면은 고립된 주인공이 타자와 소통하고자 하는 좌절된 욕망을 상징적으로 보여준다.

4. 꽃에 대한 욕망-윤성희의 「당신의 수첩에 적혀 있는 기념일」

윤성희의 「당신의 수첩에 적혀 있는 기념일」도 역시 일상에서 고립된 인물에 관한 이야기이다. 김인숙과 조경란의 작품이 가족의 죽음과 관련되어 고립되는 것에 비해 윤성희의 작품에서는 콤플렉스와 관련되며 스스로 고립을 선택했다는 점이 흥미롭다. 김인숙과 조경란의 인물은 가족들이 죽거나 흩어져 홀로 남게되지만, 윤성희의 인물은 처음부터 가족이 부재하다. 30대 작가들이 존재의 고립 원인을 가족의 부재로 최소한 설명해 내는데 비해, 20대의 신예작가는 존재의 고립 자체를 기정 사실로 규정하고 원인조차 설명하지 않고 있다.

> 내 삶이 어긋나기 시작한 것은 아무리 우스운 이야기를 들어도 이빨을 드러내며 웃지 않았던 때부터였는지 모른다. 윗입술로 윗니를 가리고는 도저히 발음할 수 없는 이름을 가진 이들이 있기도 했는데, 다른 반이 되어 헤어질 때까지 한번도 이름을 부르지 않기도 했다. 나는 사람들에게서 한 발짝씩 떨어졌다. 이빨을 감추는 대신 나는 나 자신을 소외시키는 방법을 선택했다. 혼자가 되면 윗니를 가릴 필요도 없었다. 친구들은 내게 무관심해졌지만, 그전에 나는 그들을 내게서 소외시켰다. 그 결과 벌어진 이를 이용해서 휘파람을 부는 나만의 악기를 얻을 수 있었다.
> ─윤성희, 「당신의 수첩 위에 적혀있는 기념일」,
> 『세계의 문학』, 1999 가을호, 37쪽.

이를 드러내지 않기 위해 친구들의 이름을 부르지 않는 장면은 상징적이다. 모든 인간관계에서 스스로 소외된 '나'가 선택한 공간은 지상에 편입되지 않은, 창이 없는 지하 셋방이다. 윗집의 물소리가 그대로 들리고 개미가 상주하고 화장실의 수챗구멍에 오줌을 눠야 하는 지하는 고립된 인물의 고독을 여실히 드러내줄 수 있는 효과적인 공간이다. 그녀는 지하에서 컴퓨터로 대행

해주는 '기념일 서비스 사업'으로 생계를 유지한다. 서비스 사업이란 고작 고객의 잡다한 기념일들을 챙겨 고객의 기념일들을 대신하여 컴퓨터로 메시지를 보내는 일이다. 그러나 정작 그 일도 이제 점점 일감이 떨어지고 있는 상황이다. 그러기에 '나'가 관계 맺는 것은 이름을 가진 존재가 아니라 4-21 같은 기호일 뿐이다. '나'는 생일날 초가 있는 크림 케이크 모양의 컴퓨터 화면을 켜놓고 앉아 있다. 이 부분은 원자화된 존재의 결핍과 고독을 섬뜩하게 드러낸다.

어느 날 '나'는 지하실에서 이불을 널기 위해 옥상에 갔다가 네 채 정도 건너 보라색 꽃이 피어있는 것을 보고 이웃집 옥상으로 몰래 올라간다. 올라가며 '나'는 자신이 사람들과 한 걸음씩 어긋나게 살아왔으며 소중한 것이 빠져나갔다고 생각한다. 이 소설에서 꽃을 발견하고 다가서는 것 역시 존재에 관한 발견, 타자와의 소통욕구이다. 스스로를 고립시켰지만 소통하고픈 욕망은 꽃이라는 생명체를 통해 은폐된 채로 표출된다. 그러나 멀리서 보라색 꽃으로 보이던 것이 나무에 묶여 있는 비닐이라는 것이 드러나면서, 생명체와의 소통이란 불가능함이 백일하에 드러난다. '나'는 그저 멀리서 지켜보는 게 나았을 것이라 회의한다. 현실에서의 소통불가능을 다시 한번 확인한 '나'가 할 수 있는 것은 이제 아무 것도 없다. 그래서 '나'는 빨래를 향해 총을 쏘는 시늉을 하며, 옥상바닥으로 하얗게 떨어지는 환각을 본다. 욕망은 충족되지 않고 그 욕망의 결핍은 환각을 통해서만 해소된다.

5. 소통불가능의 시대

소설 속의 인물들은 타자와의 관계맺음이라는 평균적인 삶의 방식에서 어긋나 있다. 김인숙의 인물은 투명인간처럼 자신의 존재가 사라졌다고 느끼고, 조경란의 인물은 매일 죽음을 꿈꾸며 죽음을 인화하고, 윤성희의 인물은 지상의 현실에서 사라져 컴퓨터 속인 가상으로 투신한다. 그래서 김인숙의 인물은 투명하고, 조경란의 인물은 기이하고, 윤성희의 인물은 건조하다. 그러나 동시에 이들은 타자와의 접속을 갈망하고 있다. 김인숙의 인물은 '몸'이라는 소통의 도구를 통해, 조경란의 인물은 '요리'라는 나눔의 수단을 통해, 윤성희의 인물은 '꽃'이라는 생명체를 통해, 그들의 소통 욕망을 드러낸다. 그러나 인물들의 절실한 욕망에도 불구하고 타자와의 소통은 실패로 끝난다.

「개교기념일」의 '그녀'는 닫힌 골목에 홀로 서 있고, 「오늘의 요리」의 '그'는 막 축제가 시작되려는 듯한 성찬의 식탁에 홀로 앉아 있고, 「당신의 수첩에 적혀있는 기념일」의 '나'는 옥상에 홀로 서서 환각을 본다. 몸과 몸은 만나지 못하고, 함께 하는 저녁 식사는 이루어지지 않으며, 변두리 옥상의 나무에는 꽃이 아닌 비닐 봉지만 달려있다. 작가는 밀폐된 공간에서 고립된 삶을 살아가며 죽음이나 환각에 시달리는 인물을 통해 우리시대의 소통 불가능을 말한다.

90년대의 많은 작가들이 개인의 내면 세계로 관심을 집중하고 있다. 소외된 인물의 내면탐구가 여성작가만의 특징은 아니지만 특히 여성작가들의 작품들에서 이렇게 고립되고 소외된 삶을 살아가는 인물에 대한 관심이 집중되어 나타난다. 고립된 존재의 문제가 여성성과 어떤 관계를 갖는지, 여성적 글쓰기라는 것이 존재하는 지에 대해 이 글에서 논의하지는 않겠다. 하지만 아직은 우리 사회에서 남자들에 비해 상대적으로 '타자'로 살아가는 작가들의 실존적 경험을 은밀하게 드러내기 때문은 아닐까. 상대적으로 고립된 공간에서의 소외가, 인간으로서의 보편성과 여성으로서의 특수성 사이에서의 분열이, 여성작가에게 현대인의 단절이나 소통불가능을 민감하게 감지할 수 있는 촉수를 심어준 것은 아닌지 생각해볼 문제이다.

이제 우리는 20세기의 끝에 서 있다. 성숙한 남성들이 고개 숙인 사이 '신세대 아이들'과 '불륜의 여자들'만이 문학공간을 활보하고 다니고 있다는 소리도 들린다. 소설의 종말을 선언하는 소리도 여기저기에서 들린다. 인문학을 경시하는 풍조가 인간의 위기를 자초하고 있다는 소리도 들린다. 전근대와 근대와 탈근대가 뒤엉켜 있고 인터넷으로 무장한 새로운 세대들이 등장하는 시기에, 근대의 적자인 소설은 여러 대중문화의 위협 앞에 직면해 있다. 이제 다시 새로운 세기를 향한 출발점에서 소설은 저 막막한 21세기의 속도감을 어떻게 헤쳐나갈 것인가. 소설은 다양한 영역의 도전을 받아들이며 유연하게 몸을 바꿀 것인가? 아니면 소수 매니아의 전유물로 전락할 것인가?

(1999)

아이는 어떻게 늪을 빠져 나왔는가

— 심상대, 전경린, 이응준

1. 아프고 환한 욕망의 흔적

발터 벤야민에 따르면 기억이야말로 이야기의 핵심이다. 편견 없는 청자에게 가장 중요한 점은 들은 이야기를 다시 재현할 수 있는 가능성에 대한 자기 확신이다. 기억의 여신 므니모치니(Mnemosyne)가 그리스 서사시의 신(神)이었음은 이와 관련된다. 기억이야말로 이야기의 예술적 요소이다. 벤야민은 이 지속적 기억을 회상이라 부른다. 소설의 예술성이 기억과 회고에 있음은 이로서 자명해진다.

과거를 돌아보는 모든 이야기는 아프고 환한 욕망에 주석을 다는 '흔적모으기'에 지나지 않는다. 그 가운데 어른이 된 화자가 어린 시절을 회상하는 방식이 흔히 다루어지는데, 이 경우 미성숙한 아이가 성숙한 어른으로 진입하기 위한 통과제의는 성과 죽음과 관련된다. 바타이유에 의하면 금기에 관계하는 근본적인 것이 두 가지 있는데 하나는 '죽음의 세계'이고 다른 하나는 '성의 세계'이다. 욕망의 대상은 언제나 우리 앞에서 어른거리며 우리를 거기에 끌어들인다. 아이는 성의 세계와 죽음의 세계를 목격함으로 아이의 세계를 빠져나와 어른의 세계로 진입한다.

1999년 겨울에 발표된 작품들 가운데에 심상대의 「美」(『문학동네』, 1999, 겨울호), 전경린의 「첫사랑」(『현대문학』, 1999, 12월호), 이응준의 「옛사람」(『문학동네』, 1999, 겨울호)은 모두 화자가 아이였을 때 겪은 인물과 사건을 기억하는 회상의 형식으로 이루어진 작품이다. 성과 죽음의 세계를 목도하면서 아이는 어른의 세계로 진입한다. 이 작품들을 통하여 우리는, 아이는 어떻게 욕망과 혼돈을 빠져나와 어른이 되었는가, 그 아프고도 환한 욕망의 흔적들은 그들의 기억 속에 어떻게 자리잡았는가를 살펴볼 수 있다.

2. 붉은 열기의 안 - 심상대의 「美」

심상대의 「美」는 화자가 유년 시절을 보낸 마을에서 일어난 여대생의 죽음과 관련된 기억을 회고하는 소설이다. 화자가 유년시절을 보낸 곳은 "검은색에 가까운 명도 낮고 채도 높은 어두운 빛깔로 삭막하고 우울하기 그지없는"(182) 동해의 항구도시였다. 나는 고깃배를 타고 늘 바다에 나가 있는 늙은 아버지와 화냥년으로 소문난 엄마와 애꾸눈의 동생과 함께 산다. 나는 그런 이상한 집안의 아이답지 않게 학교에서는 우등생인 조숙한 아이였다. 엄마는 남자들을 집안으로 끌어들일 때면 나에게 돈을 주어 만화방으로 내쫓았다. 그러기에 나의 어린 시절은 온통 만화방에서 이루어진다.

동생과 나는 여러 면에서 대조된다. 우선 나는 영리하고 잘 생겼는데 동생은 지능이 약간 떨어지는 데다가 애꾸눈이다. 그래서 엄마가 남자를 방에 끌여들일 때, 나는 안방의 밖에 있지만 동생은 안방의 안에 있다. 여기서의 안과 밖은 바로 금기와 욕망의 경계, 아이와 어른의 경계선을 상징한다. 내가 볼 수 없는 어른의 세계를 동생은 목격한다. 나는 엄마의 성교도 여대생의 죽음도 목격할 수 없고 이야기로 전해들어야 하지만, 동생은 그 장면을 모두 목격한다. 나의 온전한 눈이 보지 못하는 것도 동생의 애꾸눈은 볼 수 있다. 동생은 엄마의 사랑을 독차지하는 경쟁자이기에 질투심의 대상이 된다.

과거의 기억이란 오래된 흑백사진처럼 흐릿한데 그 가운데 선명한 사건이 끼여든다. 그것은 그 마을에서 일어난 살인사건과 관련된다. 못생긴 노처녀 미용사가 동네의 모든 남자들이 흠모하던 읍장 딸인 여대생의 목에 미용 가위를 꽂아 죽인 사건이다. 머리를 만지던 미용사가 머리 손질이 다 끝나지 않았는데 시간이 없다며 여대생이 가려 하자, 여대생의 목에 가위를 꽂고는 머리를 만진 엽기적인 살인 사건이 발생한다.

나도 그녀에게 현혹된 적이 있었다. 어느 날 우연히 읍장님 댁 뒷길을 지나던 나는 집 뒷마당에서 빨래를 널고 있는 그녀의 뒷모습에 반한 일이 있었다. 당시 여고생이었던 그녀는 까치발을 하고 빨랫줄에 매달려 새하얀 교복을 널고 있는 중이었다. 내가 본 건 잠깐 동안 보였다가 사라진 희고 보드라운 등허리의 속살이었다. 털어 펼친 교복 상의를 빨랫줄에 널려고 두 팔을 쳐들던 그녀의 블라우스가 한 뼘 위로 들어올려졌던 것이다. 내가 본 건 겨우 그녀의 허릿살 반 뼘 정도였지만, 어린 내게는 그만큼으로도 충분했다. 바칠 수만 있다면 내 영혼이라도 드릴 것 같은 감동으로 깊이 현혹되고도 남음이 있었다. 그리고 또 한번은 늦은 밤 주산학원에서 돌아오던 밤길에서 마주친 그녀의 화사한 얼굴이었다. 가로등 불빛에 드러난 그녀의 얼굴은 진정 사무치는 아름다움으로 가득 차 빛나고 있었다. 하지만 나는 어쩔 수 없는 늙은 일용 어부와 화냥년의 아들이었고 그녀는 만화 속에나 등장하는 공주처럼 귀하고 은밀한 성곽 속에 존재하는 하나의 상징이었다.
　　　　　　　　　　　　　　　　－심상대, 「美」, 『문학동네』, 1999, 겨울호, 190쪽.

마을의 유일한 여대생은 읍장의 막내딸인데다 서울에서 대학을 다녔다.

아름다운 여대생에 대해 어린 나 역시 연정을 가졌다. 나는 그녀가 빨랫줄에 빨래를 널고 있을 때, 잠시 보였다가 사라진 희고 보드라운 등허리 속살에 대해 "바칠 수만 있다면 내 영혼이라도 드릴 것 같은" 감동을 느꼈다고 고백한다. 어렸지만 그녀의 얼굴을 "사무치는 아름다움"으로 인식하게 된다. 마치 그녀는 어린 내가 만화 속에서나 만날 수 있는 공주의 현현(顯現)이다. 마을의 모든 남자들의 욕망의 대상이면서 동시에 아무도 소유할 수 없는 인물이란 결국 실체가 아닌 하나의 상징인 것이다. 즉 미(美)란 닿을 수 없는 것에 대한 매혹이다. 삭막하고 음울한 어린 시절에 한 줄기 화사한 빛으로 여대생을 인식하는 것은 바로 미(美)에 눈뜨는 순간을 포착한 것이다.

읍장 부인이 미장원에 들어갔을 때 미용사는 환희에 찬 모습으로 자신이 죽인 여대생을 보고 있었다는 것이다. 그것은 죽음에 관한 아이의 눈뜸과 연관된다. 성과 죽음에 눈을 뜨며 아이는 아이의 숲을 빠져 나와 어른의 세계로 들어가기 시작한다.

> 나는 아직도 그 미장원 안으로 들어가 보고 싶다는 생각을 가지고 있다. 그곳에 들어가기만 한다면, 그곳에는 여전히 세상에서 가장 아름다운 여자가 미용의자에 앉아 있고, 그녀의 목에 꽂힌 은빛을 반사하는 조그마한 미용 가위 손잡이로는 가느다란 한 줄기 피가 흘러나오고 있으며, 붉붉은 이십사공탄 구멍에서 피어오른 붉디붉은 스물 네 개의 불꽃이 무더운 열기 속에서 날름대며 춤추고 있으리라 믿고 있다. 나는 진정 아름다운 광경을 내 눈으로 목격하고 싶다. 하지만 나는 어린아이를 지나 어른이 되도록 기어이 그 미장원에 들어가 보지 못하고 말았다.
>
> ─심상대, 「美」, 『문학동네』, 1999, 겨울호, 194쪽.

여기서 성과 죽음이 일어나는 어른의 세계는 '붉디붉은 열기의 안'임에 비해 어린 나는 '차가운 밖'에 존재한다. 안과 밖은 아이와 어른의 금기와 위반의 경계선이기도 하다. 그러기에 나는 안으로 들어가고 싶은, 혹은 안에서의 광경을 직접 목격하고 싶은 욕망에 시달릴 수밖에 없다. 이 '붉디붉은 열기의 안'이란 연탄배달부 사내의 붉은 성기 앞에 무릎 꿇은 엄마와 살인이 일어나는 붉은 피와 불꽃이 너울거리는 원초적인 욕망의 세계이다. 그것은 무채색의 일상과 대비된 성과 죽음의 세계이며, 금기의 세계이다.

그런데 그 미장원 안에 어떻게 된 것인지 엄마와 아우가 있었는데 그들은 미장원 안에서 그들이 목격한 장면을 이야기하지 않았다. 화자가 이야기꾼으로 등장함으로, 화자의 진술은 목격한 것이 아니고 들은 이야기의 엮음이다. 들은 이야기란 본디 논리의 공백을 상상으로 메우는 작업이다. 엄마가 연탄배달부의 성기 앞에 꿇어앉아 왜 눈물을 흘렸는지, 미장원 안에서 동생과 엄마가 목격한 것은 무엇인지 화자는 영원히 알지 못한다. 그러기에 독자 역시 이런 불분명한 상태를 간직할 수밖에 없는데 그것은 독자에게 강한 여운을 남겨준다. 본능적 요구와 현실적 금기 사이의 창조는 의식적 배열과 이전의 이미지들을 끊임없이 재구성하는 무의식적 분류의 상호 작용에 의해 일어난다. 지나간 것을 회상하는 데다가 이제는 존재하지 않는 인물이라면, 그 어조가 애절할 수밖에 없다. 과거를 회상할 때의 활발함에 비해, 마지막에 애잔한 그리움을 전해주는 것도 이 때문일게다.

『묵호를 아는가』를 통해 이야기꾼임을 알린 심상대는 새로운 금오신화인 「신금오신화」(『동서문학』, 1999, 가을호)를 발표하는가 하면 '선데이 마르시아스'라는 이름으로 개명까지 하고 작품을 발표했다. 그의 고향인 묵호를 배경으로 이야기꾼다운 적절한 재미를 곁들여 보여준 이 소설은 최근 발표한 그의 작품 가운데 돋보이는 작품이다. 바야흐로 그가 탐미적인 소설로 확실하게 나가고 있는 것이 아닐까 싶다.

3. 푸른 이끼의 늪 - 전경린의 「첫사랑」

심상대의 소설에 등장하는 읍장 딸이 화자가 되어 소읍에서의 어린 시절과 자신을 흠모했던 한 남자를 회상한다면 바로 전경린의 「첫사랑」과 같은 소설로 나타나지 않을까. 전경린의 「첫사랑」은 은무가 사촌언니가 사는 자신의 고향을 방문하면서 첫사랑을 회상하는 소설이다. 소설의 에필로그에 나오는 "첫사랑이란 실은 둘 사이에 아무 일도 일어나지 않은 어떤 억눌린 감정에 관한 추억이거나, 명료하지도 않고 약속도 없는 하나의 이미지가 존재의 결계가 되기도 하는 것"이라는 구절은 이 소설을 간략하게 정리하고 있다. 여기서 두 가지 유형의 첫사랑이 등장하는데, 사촌언니의 첫사랑이 존재의 결정적인 의미를 갖는 사랑이라면, 은무의 첫사랑은 아무 일도 일어나지 않은 어떤 억눌린 감정에 관한 추억이다.

군청 내무과장의 딸인 소녀 은무는 하록과 어린 시절부터 서로 알고 있었다. 그들은 같은 초등학교를 다녔는데 하록은 체조선수였고 은무는 발레를 했다. 딱 한번, 은무가 발레를 그만 두었을 때 하록은 은무를 때린 적이 있었다. 그런 어린 시절의 기억이란 희미한 안개 속처럼 불분명하다. 그러나 은무는 고등학교 2학년 여름 방학 때 하록에게 첫사랑의 감정을 느낀다. 도시에서 학교를 다니던 그녀는 방학을 맞아 집에 와 있는데 하록이 보냈다는 아이의 오토바이에 실려 마을에서 떨어진 늪으로 간다. 하록은 체조선수로 체육고등학교를 다니고 있었는데 키가 갑자기 많이 커서 방황하고 있었다. 그 늪에 버려진 집이 한 채 있었고, 그 집은 불량한 청년들이 모여 술을 마시거나 담배를 피거나 잠을 자는 곳이었다. 늪에 저녁 안개가 내릴 즈음, 하록은 은무를 오토바이로 데려다 주었는데, 그녀에게 내내 말 한 마디도 하지 않았다.

심상대 소설에서 어른과 아이의 경계가 안과 밖으로 설정되는데 비해, 전경린 소설에서는 마을과 늪으로 설정된다. 마을이 엄격하게 양육된 얌전한 아이들의 세계라면, 늪은 술과 담배가 있는 불량한 아이들의 세계이다. 여기서 늪은 성적 무의식의 세계를 드러낸다.

> 늪으로 들어가는 길은 황폐했다. 길 양쪽엔 은무의 키보다 큰 잡초들이 두꺼운 먼지를 덮어쓰고 시들어가고 작은 늪지에는 농약이라도 부었는지 죽은 고기떼가 배를 뒤집고 떠있었다. 햇볕에 탄 듯 검붉은 수풀이 우거진 공터엔 군데군데 페타이 어들이 내던져져 있었고 길가 미루나무는 잎사귀마다 흙먼지가 두껍게 덮여 아래로 축 늘어진 채 무릎께까지 물에 빠져 있었다. 미루나무 숲이 끝나자 갑자기 늪이 드러났다.
> —전경린, 「첫사랑」, 『현대문학』, 1999년, 12월호, 163-164쪽.

은무는 늪에 대해 "고여있는 늪이 빨아들이는 집요하고 끈적한 기운"이라든가 "나른하고 몽롱한 느낌"이라고 표현하고 있다. 또한 늪을 다녀온 후 은무가 느끼는 "숨고 싶을 정도로 부끄러우면서도 동시에 대담한 비밀을 가진 성숙한 처녀라도 된 듯한 자긍심"은 소녀의 무의식적인 성적 욕망을 드러낸다. 늪에서의 일은 욕망이기에 꿈속에서처럼 흐릿할 수밖에 없다.

겨울 방학에 은무가 다시 돌아왔을 때 하록은 체육고등학교를 퇴학당한 상태였다. 또한 소읍에는 끔찍한 강간 사건이 있었고 사람들은 그 용의자로 하록을 지목하고 있었다. 은무는 그 겨울방학에 강에서 우연히 하록을 만나는데 하록의 오토바이를 타지 않는다. 그러자 하록은 체념하는 듯한 표정을 지었고 그것이 은무가 하록을 본 마지막이 된다. 하록이 죽고 2년이나 지난 후에 은무는 다른 사람에게 하록의 오토바이가 늪에 빠져 죽었다는 소식을 전해듣는다.

그는 너를 많이 좋아했어, 라고 말했다. 너를 생각하면 기분이 좋아진다고 너를 언제부터 알았는지 모른다고 했어. 처음부터 알고 있었다고. 그게 수수께끼처럼 늘 이상하다고 했어. 은무는 그 말을 듣자 하록이 죽음에 빠져들던 순간의 아름다운 얼굴을 오래 전 꿈속에서 보았다는 생각이 들었다. 늪의 푸른 이끼들이 담요처럼 부드럽게 하록의 몸을 둘러싸안는 것을. 물의 흙 속에 묻혀가듯 하록의 손과 손톱과 손마디들과 손금과 치아와 눈동자가 자세히 보였던 것 같았다. 넓은 어깨와 곧은 척추와 웅크린 다리와 잠들어가듯 윤곽이 흐려지던 얼굴. 웃고 있던. 웃음이 잘 어울리던 부드럽게 휘어진 분홍색 입술… 하록은 그 해에 열 아홉이었다.
　　　　　　　─전경린, 「첫사랑」, 『현대문학』, 1999년, 12월호, 175쪽.

심상대의 미의식이 붉은 열기에 의해 나타나는데 비해, 전경린의 미의식은 푸른 이끼의 늪으로 나타난다. 이는 성교와 살인이라는 역동적인 사건에 비해 은무에게는 아무 일도 일어나지 않았고 죽음도 살인이 아닌 자살이라는 차이에서 온다. 심상대와 마찬가지로 전경린 역시 "죽음에 빠져들던 순간의 아름다운 얼굴"이라는 표현에서 보여주듯 죽음을 공포가 아닌 황홀함으로 바라보고 있다는 점에서 미(美)에 대한 경사를 드러낸다.

전경린은 「염소를 모는 여자」(문학동네, 1996)를 통해 평범한 일상에 갇혀있던 여성이 내면에 잠재해있는 야성에 눈을 뜨는 모습을 그렸다. 또한 견고한 일상에 균열을 내며 다가오는 치명적인 사랑 이야기인 『내 생에 하루뿐인 특별한 날』(문학동네, 1999)도 내놓았다. 탐미적인 의식과 아름다운 문체를 가진 전경린은 장편보다는 단편에서 좀더 빛을 발하는 듯싶다. 전경린이 그녀의 빛나는 문체를 어떤 쪽으로 펼쳐나갈지 다음 작품을 좀더 지켜보아야 할 것 같다.

4. 보랏빛의 털 뭉치 - 이응준의 「옛사람」

심상대의 「美」와 전경린의 「첫사랑」이 퇴락한 소읍의 고즈넉한 분위기에서 이루어진다면, 이응준의 「옛사람」은 도시의 학교를 배경으로 일어난다. 이응준의 「옛사람」 역시 어른 화자가 소년 시절의 한 인물을 회상하는 방식으로 전개된다. 광고회사를 7년간 다니다가 그만두고 놀고 있는 '나'는 강남 8학군인 고등학교를 다녔는데, 의사와 건축사 동창생들을 만나 이미 십 수년이나 연락이 끊긴 정호가 엉뚱하게도 포르노 배우가 되었다는 소식을 듣게된다. 그리고 그가 나왔다는 비디오를 빌려본다.

정호와 나는 고등학교 2학년 때 단짝 친구였다. 그가 온화한 성격에 상위권의 성적을 유지한 반면 나는 불만에 가득 찬 성격에 중위권의 성적을 유지하고 있었다. '나'는 그 시절 모순적인 교육제도와 야만적인 정치제도에 이를 갈며 빨리 대학교에 진학하여 운동권이 되기를 갈망하는 예민한 학생이었다. 그가 사회 문제에 예민하게 된 배경으로 두 가지 사건이 작용하는데, 그의 아버지가 정권에 의해 강제로 퇴직당한 신문기자라는 점과 그의 반에 여당 정치인의 늦둥이가 있었다는 사실 때문이다. 그런 그에 비해 정호는 종교와 신화에 관심이 많은 학생이었다. 정호가 이야기를 할 때의 빛나는 모습에 대해 화자는 "빛으로 타오르던 정호의 눈동자를 나는 아직도 함부로 잊을 수 없다"라고 말하고 있다.

그러나 나는 친하게 지내던 정호에게 낯선 모습을 알게된 후 심각한 배신감에 휩싸인다. 하나는 정호가 육군사관학교를 가려한다는 사실이었다. 신문기자를 꿈꾸던 나는 그 시절 군대와 권력에 환멸을 느끼고 있었는데 순수하다고 생각했던 정호가 육군사관학교를 가려고 한다는 사실에 충격을 받는다. 다른 하나는 정호의 초라한 집을 우연히 방문하게 되는 사건이다. 정호의 결석을 계기로 정호의 집을 찾아간 나는 귀공자 타입의 정호와는 어울리지 않은 가난한 집과 그 집에서 나온 정호 아버지의 모습을 보게 된다. 그러던 중 정치인의 늦둥이 돈이 없어지는 사건이 발생하고, 그것이 정호의 소지품에서 발견되어 정호는 학교를 떠나게 된다.

동창을 만난 며칠 후 나는 정호의 전화를 받고 까페에서 그를 만난다. 그는 근사한 차를 타고 나와 보랏빛이 감도는 칵테일을 마시며 포르노 배우가 된 자신을 당당하게 말한다. 그리고 며칠 후 친구들과 함께 만나자는 약속을 한다. 며칠 후 다시 까페를 찾은 나는 바텐더에게 정호와 함께 마신 칵테일을 달라고 했다가, 바텐더로부터 자신이 혼자 왔다는 소식을 듣고 황당해하며 친구에게 전화를 건다. 그리고 밝혀진 사실은 정호는 화물트럭을 몰다가 지난 달에 죽었고, 며칠 전 만난 자리에서 술에 취해 내가 횡설수설했다는 사실이다. 당황한 나는 집에 와 다시 그 비디오를 빌려다 보는데 거기에는 정호가 아닌 다른 사람이 있었다. 정호에 관한 모든 기억들은 나의 환각이 만들어낸 허상이었던 것이다. 의식 밖으로 몰아내려는 힘을 억압이라 할 때 이런 억압의 중압으로 환상을 만들어내기도 한다. 그렇다면 정호를 만난 것은 죄의식이 만들어낸 환각이었던 것이다. 화자는 이런 환각을 '보랏빛 요정'으로 명명하고 있다.

마지막에 가서야 내가 죄의식을 갖게 된 까닭이 드러난다. 정호는 학교를 떠나면서 다른 사람은 몰라도 너는 나의 결백을 믿어야 한다는 혈서를 써서 그의 서랍에 넣었던 것이다. 그리고 기실 늦둥이의 돈을 훔쳐 정호의 소지품에 넣은 것은 바로 자신임을 고백한다. "그때 그는 사랑하는 사람에 관해서라면 자신이 모두 알아야 한다고" 믿었기에 사랑의 배신감으로 그런 일을 저지른 것이다.

　　보랏빛이 감도는 털뭉치 요정은 크게 째진 눈으로 함박 웃음을 터뜨리며, 높지도 낮지도 않은 허공에서 럭비공처럼 통통 튀어 경비실 뒤편 공원으로 사라진다. 나는 그곳을 향해 천천히 걸어간다. 그를 만난다. 괜찮다고 너의 탓만은 아니라고 모두 잊었으니 이제 더 이상 서로 괴로워하지 말자며, 냉정한 히말라야시다 가지 끝에서, 내 오래 곪은 죄의식처럼 잠시 흔들리다 어디론가 불어 가는 그는, 나의 옛사람, 가을바람이었다.

— 이응준, 「옛사람」, 『문학동네』, 1999, 겨울, 213쪽.

결국 "보랏빛 요정"으로 명명되는 것은 나의 죄의식이 빚어낸 환각이었다. 그런데 그 환각의 색채 이미지는 보랏빛으로 각인(刻印)되어 나타난다. 정호와 만나서 마신 칵테일의 빛깔도 보라색이었으며 그가 보는 요정도 보랏빛이다. 성교와 살인이 일어나는 심상대의 「美」가 강렬한 붉은 색의 이미지로 나타나고, 아무 일도 일어나지 않은 전경린의 「첫사랑」이 몽롱한 푸른색의 이미지로 나타나는데 비하여, 은밀한 동성애 욕망과 죄의식을 숨기고 있는 이응준의 「옛사람」은 신비한 보라색의 이미지로 나타난다.

이응준의 첫 번째 소설집인 『달의 뒤편으로 가는 자전거 여행』(문학과지성사, 1996)이 어린 시절의 성장 기록인데 비해, 두 번째 소설집인 『내 여자친구의 장례식』(문학동네, 1999)은 열정에 사로잡힌 청년들의 성장을 다루었다. 그래서 그의 첫 번째 소설집이 '가족'의 문제에 집중되는데 비해 두 번째 소설집은 '연애'의 문제에 집중된다. 그런 점에서 「옛사람」 역시 혼돈의 숲을 빠져 나온 청년들의 방황과 자기연민을 담고 있는 이응준 소설의 주된 흐름에서 크게 벗어나지 않는 작품으로 보인다.

5. 탐미적 세계

소설의 화자는 모두 이제는 흑백사진의 한 장면처럼 흐릿한 과거의 기억

가운데 유난히 선명하게 빛나는 아프고도 황홀한 유채색의 한 장면을 회상한다. 그 기억은 성적인 욕망과 관련되기에 은밀하고, 죽음과 관련되기에 고통스럽고, 시간에 풍화되지 않기에 아름답다. 아프고도 아름다운 기억의 진술이기에 시적이고 모호한 분위기의 문체로 나타난다. 아이들은 은밀하고, 고통스럽고, 아름다운 경험을 통해 열정과 혼돈의 세계를 통과할 수 있었다. 그런 의미에서 화자들이 회상하는 인물들은, 화자가 어른의 세계에 진입하기 위한 희생물이기도 하다.

「美」의 희생양은 살인에 의해 바쳐졌기에 붉은빛으로, 「첫사랑」의 희생양은 자살에 의해 바쳐졌기에 푸른빛으로, 「옛사람」의 희생양은 모함에 의해 바쳐졌기에 보랏빛으로 표현된다. 모든 죽은 자들은 산 자의 가슴에 아프고도 황홀한 기억을 남긴다. 하물며 통과제의로서의 죽음이란 환상적일 수밖에 없다. 또한 그 죽음은 목격한 것이 아니라 타인의 입을 통해 전해들은 것이기에 화자의 머리 속에서 하나의 환상으로 자리 잡는다. 「美」의 화자가 은빛의 가위 손잡이로 흐르는 붉은 피를, 「첫사랑」의 화자가 늪의 푸른 이끼를, 「옛사람」의 화자가 보랏빛의 털뭉치의 환상을 보는 것은 이 때문이다.

그렇다면 소설이란 무채색의 과거 속에서 빛나는 유채색을 길어 올리는 작업이며, 소설가란 희미한 기억들에 고유의 색을 부여하는 자들이라고도 할 수 있다. 또한 소설은 미래를 향해 나가기보다는 과거로 되돌아가고, 소설가는 미래를 예언하는 예언가이기보다는 흐릿한 과거를 애써 떠올리는 기억 상실자이다. 이러한 회상의 형식은 아찔한 속도의 질주 속에 살아가는 사람들에게 지나간 기억을 떠올리게끔 질주에 제동을 거는 역할을 한다.

(2000)

새로운 세대의 정치적 모험

— 박청호, 우광훈

1. 정치와 육체

1990년대는 가벼움과 일상과 육체의 시대였고, 도시를 배회하며 감각을 향유하는 나르시스의 시대였다. 이렇듯 1990년대의 담론은 1980년대를 타자로 설정함으로 이루어졌는데, 이런 담론의 배후에 1980년대와의 단절과 거부를 표명하는 '배제의 욕망'이 작동하고 있음은 쉽게 알아차릴 수 있다. 그렇다면 2000년대의 작가는 1990년대의 담론구도를 넘어설 수 있는 새로운 담론의 공간을 모색해야 하는데, 이럴 때의 새로운 담론이란 '배제의 욕망'이 아닌, '포괄의 욕망'이 작동하는 공간에서 이루어져야 한다. 2000년대를 시작하는 작가들은 새로운 가능성을 모색하는데, 그 새로운 가능성 가운데 하나로 1980년대와 1990년대의 행복한 만남을 시도하는 작품을 들 수 있다.

2000년 봄에 발표된 작품 가운데에 박청호의 「DMZ: 빛의 동굴」(『문학과 사회』, 2000년 봄호)과 우광훈의 「즐거운 식물나라」(『세계의 문학』, 2000년 봄호)처럼 80년대 정치성과 90년대 감각을 결합한 작품이 있다는 점은 주목을 요한다. 박청호의 「DMZ: 빛의 동굴」은 남북 분단을, 우광훈의 「즐거운 식물나라」는 미군 문제를 다루고 있다. 이런 문제야말로 80년대 소설사를 풍미했던, 그러나 90년대에는 완전히 잊혀진 소재이다. 물론 두 작품이 단지 90년대 소설에서 소외된 소재를 다루었기 때문에 의미 있는 것은 아니다. 이들은 정치적인 무거운 소재를 가벼운 감각으로 어떻게 다룰 수 있는가에 대한 가능성을 보여준다. 이런 새로움은 2000년대의 감수성으로 무장된 새로운 시대의 정치적 모험을 드러내는 변화의 징후로 파악할 수 있다.

변화된 상황에는 변화된 미적 모험이 필요하다. 아니 새로운 미적 모험만이 변화를 이끌어낼 수 있다. 물론 이들 젊은 작가들은 그 앞 세대가 지닌 부채의식으로부터 자유롭기에 무거운 소재를 가볍게 다룰 수 있는지도 모르겠다. 이런 점에서 역사성과 일상성을, 정치와 육체를 결합하는 새로운 세대의 미적 모험은 이제 막 생성되고 있는 중이다. 그들의 소설은 과거형이 아닌 현재 진행형이다.

2. 유토피아적인 모성의 공간

박청호의 『단 한편의 연애소설』(문학과지성사, 1996)은 권태와 무위에 사로잡힌 남자와 여자의 죽음에의 경사와 섹스에의 탐닉을 다룬 소설집이다. 우찬제는 『단 한편의 연애소설』에 대해 '절망'보다는 '장난'에 머물고 있음을 우려하며 앞으로 작가가 나가야 할 길이 '장난스러운 절망'이 아닌 '절망적인 장난'임을 지적한 바 있다. 사실 박청호의 작품 『단 한편의 연애소설』속에는 전복의 에너지가 들어있음에도 불구하고 적절한 방향을 잡지 못하고 무의미하고 나른한 일상의 자족적인 기표의 놀이로 빠져드는 경향을 보였다.

그런데 최근에 박청호는 「DMZ; 통음난무(通淫亂舞)」(『문학과 사회』

1998 여름호) , 「DMZ: 빛의 동굴」(『문학과 사회』, 2000 봄호), 「DMZ: 한국
은행을 털기 위한 시민연대」(『문학사상』, 2000 4월호) 등 「DMZ」연작을 발
표했다. 그의 연작은 야심만만한 시도로 보여지는데, 이전 소설의 기본 분위
기인 가벼운 포르노그라피의 외양을 유지하면서도 그 핵심에 남북 분단이라
는 정치적 문제를 담아내고 있기 때문이다. 이런 면에서 '휴전선에서의 섹스'
라는 박청호의 「DMZ」연작은 카니발적인 특징을 보여준다. 카니발은 유희적
이고 비폭력적인 방법에 의존하며, 웃음이라는 형태로 나타나는 전복의 형식
이다. 카니발은 세속적인 것과 신성한 것을, 하류층과 상류층을, 정신적인
것과 물질적인 것을 자유롭게 혼합함으로, 현실질서가 이루고 있는 무미건조
함과 단조로움을 깨뜨린다. 결국 'DMZ'에서의 섹스란 이념과 이데올로기라
는 무거움을 가볍게 비트는 유쾌한 반항의 몸짓이다.

「DMZ」에는 비정상인 쌍둥이형을 죽이고 자신이 형인 체하며 살아가는
정수, 아버지를 죽게 만든 사채업자를 죽인 철호, 동성연애자인 은채 등 세
명의 젊은이가 등장한다. 그들은 희망 없는 현실을 상대로 싸움을 벌이기
위해서는 그들 스스로 더 큰 악이 되는 방법밖에 없다고 판단한 후, 섹스와
살인과 은행털이 등 위악(僞惡)적인 행동에 뛰어든다. 난교, 정치인 살해,
동성애, 도피, 한국은행을 털기 위한 시민연대 등 체제에 저항하는 광기에는
세상에 대한 환멸과 냉소가 숨겨져 있다.

올 봄에 발표한 「DMZ: 빛의 동굴」은 연작 중에서도 가장 돋보이는 작품이
다. 이 작품은 「DMZ; 통음난무(通淫亂舞)」(『문학과 사회』 1998 여름호)에
이어지는 작품이다. 「DMZ; 통음난무」에서 정수와 철호는 최전방에서 보초
를 서는 군인이다. 총기사고를 낸 그들은 철호가 군대에 말뚝을 박는 것으로
사건을 무마한다. 철호는 휴가를 나가는 정수에게 여대생과 초소에서 섹스를
하고 싶다고 장난스럽게 말한다. 정수는 사회에 나가 은행원 친구를 협박하여
은행의 돈을 털고 우연히 만난 여대생 은채에게 초소에 있는 자신의 친구와

섹스를 해주면 돈을 주겠다고 말한다. 여자는 결국 정수의 제안을 수락하여 초소로 와서 철호와 섹스를 한다. 그런데 장난기가 발동한 정수와 은채는 비무장지대에 들어가 거기서 갓 스물이 돼 보이는 북한 병사를 만났고 망설이는 북한 병사를 설득해서 비무장지대에서 섹스를 한다.

「DMZ: 빛의 동굴」은 철호가 남한 영역으로 내려온 북한 병사를 만나는 장면에서 시작된다. 북한 병사가 휴전선을 내려온 이유는 남한 여자에게 반해서였다. 그리고 철호는 북한 군사가 반한 여자가 바로 얼마 전 휴가 나갔던 정수가 데리고 와 자신과 섹스를 했던 은채라는 사실을 알게 된다. 북한 군사는 남한 여자와 DMZ에서 섹스를 했고, 그 여자를 못 잊어 DMZ의 한 동굴에 숨어 있는 것이다. 북한 병사는 여자를 다시 만나려는 일념으로 남쪽으로 숨어들었던 것이다. 철호는 돈이 사람을 우습게 아는 남한에 환멸을 느끼고 있고, 북한 군사는 자유가 없는 북한에 역시 환멸을 느끼고 있다. 그런 의미에서 두 사람은 모두 이념과는 거리를 둔 아웃사이더라 할 수 있다.

남북한 병사가 벌인 '그 여름날의 난교'란 한판의 난장판이었다. 적이라 간주한 북한 군사가 자신과 똑같이 성욕에 사로잡힌 인간이라는 사실을 깨닫게 되며, 이러한 깨달음은 남한 군사가 북한 군사에게 보이는 명칭의 변화에서 드러난다. 이를 통해, 작가는 남과 북의 문제를 이념이 아닌 육체의 문제로 새롭게 접근하고 있다. 북한 군사를 겨우 돌려보낸 철호는 여자 때문에 사지(死地)를 넘어온 북한 병사를 통해 '열정'에 대해 생각한다. 철호는 여자에게 순수하게 빠져들 수 있는 열정을 가진 북한 병사에 관해 의문을 품고 그를 다시 만나보기 위해 비무장 지대로 들어간다. 그리하여 다시 북한 병사를 만난 철호는 "널 만난 뒤로 미칠 것만 같아. 몸에 이물질이 들어온 느낌이야"라고 고백한다. 철호는 북한 병사가 숨어 있는 동굴 속으로 따라 들어간다. 남한 병사와 북한 병사는 환상적이고 유토피아적인 공간인 동굴에서 만난다. 어두운 동굴의 한 복판에는 빛의 비무장 지대가 가로놓여 있고, 동굴의 벽에는 다산을 기원하듯 벌거벗은 여인의 풍만한 나체가 새겨 있었다.

> 자연도 시간도 공기도 물도 이곳에 들어오면 부드럽게 휘어진다. 사람의 마음도
> 몸도 감각도 느낌도 둥글고 가볍게 반죽된다. 물이 몸을 구부려 어느 틈에라도 숨어
> 들 수 있듯이 이곳은 모든 사물의 결정체들을 이완시킨다. 모든 것이 다 풀어진다.
> 흐물거리면서 서로가 서로를 빨아들인다. 남과 북도 서로를 빨아 당긴다. 서로가
> 서로에게 흡수된다. 여자와 남자도, 전쟁과 이데올로기도, 무기와 쟁기도, 총과 칼과
> 노리개와 장신구도, 경계가 없다. 빛과 어둠이 공존한다. 이곳에서는 모든 것이 통일
> 된다.
> ─박청호, 「DMZ: 빛의 동굴」, 『문학과 사회』, 2000년 봄호, 161-162쪽.

모든 대립을 해체하고 경계를 지우는 동굴에 대한 위의 묘사는 모성적
육체에 대한 관심과 경계선에 대한 관심을 동시에 보여준다는 점에서 특히
크리스테바가 말하는 코라(chora)의 공간을 떠올리게 한다. 자아와 타자의
경계가 지어지면서도 불분명한 공간, 주체가 생성되는 동시에 부정되는 곳,
주체의 통일성이 그를 생성하는 변화와 정지의 과정 앞에 굴복하는 원형적
어머니로서의 공간이 '코라'이다. 코라는 형이상학적인 틀로서 측정할 수 있
는 태초의 물질이 구성되기 이전의 터전이자, 카오스가 생성의 운동을 전개하
는 장이다.(줄리아 크리스테바, 『사랑의 정신분석』, 민음사, 1999, 30쪽) 모든
대립이 무너지고 조화롭게 통일되는 동굴에 대한 설명은 그러기에 환상적으
로 처리될 수밖에 없다.

이런 면에서 'DMZ에서의 섹스'나 '정치인 살인'이나 '한국은행 털이' 등
은 지긋지긋한 일상에서 달아나기 위하여, 현실에서 그들이 꿈꾸어 볼 수
있는 신나고 유쾌한 반항의 몸짓이다. 세속적인 것과 신성한 것을, 물질적인
것과 정신적인 것을 혼합하는 자유로움은 견고한 현실의 감옥에 유폐된 개인
이 꿈꾸어볼 수 있는 장난 같은 반란이요, 반란 같은 장난이다. 그것은 현실질

서가 이루고 있는 무미건조함과 단조로움을 깨뜨리는 불온한 일탈이다. 그들은 혁명을 꿈꾸는 투사가 아니라 악(惡)을 공모하는 갱이다. 그들이 벌이는 테러는 그런 면에서 장난에 불과할 우려를 항시 내포하고 있다. 그러나 그들이 'DMZ'라는 역사적 공간을 발견해 넘으로써 단순한 장난이 아닌 한층 깊은 의미를 갖게 된다.

이성과 이념의 공간이 아닌 감성과 생명의 공간이 남과 북의 문제를 해결할 수 있을 것이라는 설정은 리얼리즘을 넘어서고자 하는 새로운 세대의 미적 모험이다. 남북문제에 대한 자유로운 상상력이 돋보이는 「DMZ: 빛의 동굴」은 그 전에 발표된 「DMZ; 通淫亂舞」나 같은 시기에 발표한 연작인 「DMZ: 한국은행을 털기 위한 시민연대」보다 동굴이 갖는 상징적 의미 때문에 소설의 깊이를 획득한다. 박청호 소설은 연애소설이라는 '장난스러운 절망'에서 시작되었지만 DMZ라는 상처이자 동시에 유토피아인 공간을 찾아냄으로 '절망적인 장난'쪽으로 나가고 있다. 그러기에 박청호는 단순한 장난이 아닌 작란(作亂)같고, 작전(作戰)같은 반란(反亂)을 향해 한 걸음 전진한다.

3. 모욕당한 모성의 공간

우광훈은 『플리머스에서의 즐거운 건맨 생활』(민음사, 1999)로 '오늘의 작가상'을 수상한 신예작가이다. 그의 작품은 제목에서 유추할 수 있듯 재치와 유머로 가득 차 있다. 우광훈의 등단작인 「유쾌한 바나나씨의 하루」는 바나나에 씌워진 콘돔 광고와 관련된 소설이다. 광고를 본 대학 초년생인 주인공은 그것이 과연 가능한가에 관해 호기심을 품고 변두리 극장에 숨어들어 진짜 바나나에 콘돔을 씌워보는 행위를 한다. 「한 송이 장미꽃이 낙타를 구원할 순 없다」에서 주인공은 여자친구에게 받은 장미꽃 한 송이를 창녀에게 주는데 주인공에게 창녀란 낙타와 같다. 그에게 낙타나 창녀는 멀리 있는 존재라는 의미에서 신비한 이미지로 인식되어 있다. 기실 바나나에 콘돔을 씌우는 행위나 창녀에게 신비한 감정을 갖는 것은 성에 관하여 미숙한 환상을 갖고 포르노 잡지를 몰래 돌려보는 10대 후반의 감수성과 연관된다. 그의 작품이 가벼운 포르노그라피의 외양을 갖고 있는 것도 성에 대한 자유로운 연상과 관련된다.

　우광훈의 「즐거운 식물나라」(『세계의 문학』, 2000년 봄) 역시 섹스에 관한 기발한 상상력을 펼치고 있다는 점에서 기존 작품과 동일한 선상에 놓여있다. 그러나 이 작품은 앞의 작품보다 돋보이는데, 그것은 바로 재치와 유머로 가득 찬 섹스와 공동체의 꿈을 입체적으로 연결시킬 수 있는 사고의 유연함과 성숙함 때문이다. 작가 스스로 말하고 있듯, 이 소설은 코카콜라가 주는 미국에의 동경과 환상에 관한 이야기가 아니라 그 환상이 깨어지는 과정을 다룬다. 이 소설은 주인공이 '윤금이 사건'의 사진을 다시 보게 되는 장면에서 시작한다. 그것은 미군이 윤금이라는 여자의 성기에 코카콜라 병과 우산을 꽂아 죽인 엽기적인 살인사건이었다. 윤금이 사건의 사진을 다시 보게 된 주인공은 치기 어린 고등학교 때를 기억해낸다. 고등학교 때의 기억은 성적 호기심과 관련된 에피소드였다.

　감옥 같은 고등학교 생활에 진력을 내던 주인공과 친구는 여자의 성기 속에 코카콜라 병이 들어간다는 이야기를 듣고, 학교의 처녀 선생님에게 물어보기로 내기를 한다. 성에 관해 왕성한 호기심을 가진 고등학교 남학생들로서 처녀 선생님에게 이런 금기의 질문을 던진다는 것이 일탈과 전복을 의미했을 것이다. 그 학교의 처녀 선생님으로는 생물 선생님과 지리 선생님이 있었다. 치기 어린 고등학교 남학생의 이런 질문에 두 명의 처녀 선생님은 상당히 다른 반응을 보인다. 친구가 먼저 질문을 던진 지리 선생님은 울면서 교무실로 달려갔고 친구는 정학이 논의되고 있다는 것이다. 다음으로 주인공의 차례가 되어 주인공이 생물 선생님에게 질문을 던졌을 때, 질문을 던지는 당사자는 물론 친구들 모두 불안 속에서 선생님의 반응을 기다리고 있었다. 그러나 의외로 생물 선생님은 따스한 목소리로 "아무렴. 들어가고 말고요 코카콜라보다 더 큰 것도 들어갈 수 있죠. 하지만 그런 것은 중요한 것이 아녜요. 여자의 그곳은 그런 것을 넣을 만큼 하찮은 곳이 아니에요, 그 곳으로 생명이 탄생한다는 것, 이것이 중요하고 성스러운 일이에요"(189쪽) 라고 대답해주었던 것이다. 그렇게 하여 주인공은 정학을 모면하게 되었다.

　"코카콜라 나무는 있다"라는 문장으로 시작하는 이 작품은 코카콜라의 원료가 코카인이라는 마약 성분과 관련된다는 것을 알고 코카콜라에 대한 환상을 품고 있었던 고등학교 시절을 이야기한다. 그리고 그 환상이 깨어지는 과정이 바로 성장의 과정임을 보여준다. 대학생이 되어 고속버스터미널에서 본 대형 코카콜라 네온사인 조형물과 관련된다. 그 때 대학생이 되면서 운동권에 투신했던 친구는 그것을 "네온사인으로 뭉쳐진 거대한 골리앗"이라고 말했고, 바로 그 며칠 후 구호와 함께 분신을 했던 것이다. 코카콜라는 말할 필요도 없이, 친구를 분신 자살하게 만들었고 윤금이를 죽음으로 몰고 간 미국의 상징물이었다. 그렇다면 소설의 제목이기도 한 '즐거운 식물나라' 라는 이름 이면에는 눈물나는 '비참한 동물세계'가 음험하게 도사리고 있었던 셈이다. 이 소설은 가벼운 포르노그라피의 외형을 띠고 있지만 친구의 분신이라는 상당히 아픈 기억을 담아내고 있다.

　　"왜 그런 멍청한 눈으로 날 바라보는 거야"라고 마치 윤금이 양이 나에게 말하고 있는 듯하다.
　　"중요한 건 그 콜라 병이 아직도 나의 그곳에 박혀 있다는 사실이야. 어때 네가 한번 빼내어보지 않을래?"

환각이었을까? 아니면 취기 때문이었을까? 차츰 그녀의 일그러진 얼굴이 고등학교 때 그 고마웠던 생물 선생님과 일치하고 있다는 사실이.

윤금이.

아직도, 저 북쪽 동두천이라는 곳에서는 간간이 그녀와 유사한 사건으로 일생을 마감하는 접대부들의 슬픈 이야기가 전설처럼 이곳 대구까지 전해 내려온다.

—우광훈, 「즐거운 식물나라」, 『세계의 문학』, 2000, 봄호, 191-192쪽.

윤금이 사건과 같은 이야기가 인터넷과 디지털 세대에게 '전설'처럼 느껴지는 것은 당연하다. 전설로 표현되는 거리감은 동두천에서 대구까지의 공간적 거리이면서 동시에 80년대에서 2000년으로 오는 시간적 거리이다. 진짜 그런 전설의 시대가 있었다. 대학에 들어가 채 스무 살도 되지 못했던 나이에 광주비디오를 보고 코카콜라 맛에 매혹 당했던 자신을 부끄러워하며, 어떤 학생들은 가두로, 어떤 학생들은 공장으로, 어떤 학생들은 감옥으로, 어떤 학생들은 대학에서 분신자살하기도 했던, 그런 시대 말이다. 민중과 함께 하지 못하는 자신의 소시민적인 혹은 부르주아적인 근성을 부끄러워했던 그런 시절 말이다. 섹스는커녕 이성간의 연애조차도 개인적 감정이라며 떨쳐버려야 했던 그런 시대 말이다.

"미국 녀석들의 그것은 무지무지하게 큰가봐"라고 부러워하는 사람들에 대해, "아직도 그곳에 코카콜라를 박고 죽어있는 윤금이의 이야기를 들을 때마다 눈물이 난다"라고 말하는 것에서, 대문자 기표로서의 성차(性差)를 구분해 주는 남근중심의 사고에 대한 작가의 비판이 드러난다. 죽은 친구와 윤금이와 생물 선생님의 얼굴이 겹쳐지는 구도를 눈여겨보아야 한다. 지리 선생님이 보였던 반응과 비교할 때 생물 선생님이 보였던 그 관대함이야말로 남근적인 폭력성을 감싸안을 수 있는 모성적인 생명력을 대표하는데, 이는 제국주의라는 폭력이 모욕하고 파괴한 모성의 공간을 생명을 잉태하는 공간으로 다시 살려내고자 하는 작가 의식의 소산으로 보인다.

4. 파괴의 남신(男神)에서 코라의 여신(女神)으로

이성에 대한 믿음이나 진보에 대한 열정이 사라진 시대에, 열정에 들떠 외치던 투사들의 목소리가 사라지고 냉소적이고 나른한 나르시스들의 목소리만 가득한 시대에, 정치적 문제를 풀어갈 수 있는 돌파구는 어디에 있을까. 통일이 되지 않고 미군이 서울 한복판에 주둔해 있는 상황에서 박청호와 우광훈이 제기한 문제의식은 여전히 유효해 보인다. 결코 그것은 시대착오적이거나 진부한 문제는 아니다. 그런 소재를 장엄하고 진지하고 엄숙하게만 풀어내려는 강박관념에 빠진 것이 80년대 문학이었다면, 완전히 무시하고 외면하면서 감각적이고 가벼운 문제로만 내달린 것이 90년대 문학이다.

철학은 개념으로 사건들을 생겨나게 하고 예술은 감각으로 기념비들을 세우고 과학은 기능으로 사태들을 건설한다. 문학은 무위와 환멸을 드러내는 착란일 수도 있지만 무위와 환멸을 열정과 구원으로 끌어안는 치유(治癒)일 수도 있다. 박청호와 우광훈 소설은 새로운 시도로 보여진다. 그들은 통일과 섹스 혹은 미국 제국주의와 섹스라는 극단적인 것을 연결시킴으로 웃음을 유도한다. 그러기에 그들의 소설은 80년대 이야기를 담아내면서도 엄숙하지 않고, 무거운 소재이지만 가볍게 들어올린다. 그들 소설의 어조는 권위주의적이거나 엄숙하지 않고 경쾌하고 장난스럽고 재치가 넘친다.

어머니 땅의 허리에 철조망을 두르고, 생명을 창조하는 잉태의 공간에 콜라 병을 쑤셔넣는 제국적 남근중심주의가 자행한 폭력이란 근대의 야만인인 '죽임의 구도'를 여실히 드러낸다. 자연에 대한 정복이라는 근대적 패러다임은 끝없이 자연을 약탈함으로 생명을 죽음으로 내몰았다. 이러한 '죽임의 구도'는 이제 '살림의 구도'로 바꾸어야 하는데, 그러한 돌파구로 박청호는 열정의 문제를 우광훈은 구원의 문제를 제시한다. 통일이나 미군의 문제는 이제 시각이 아닌 촉각에, 계몽이 아닌 감각에, '남근(phallocentrism)의 신(神)'이 아닌 '생명의 여신(女神)'만이 풀어낼 수 있다. 그들의 새로운 모험은 '아버지의 법'이 아닌 '어머니의 몸'과, '파괴의 신'이 아닌 '코라의 여신'과 상통한다. 그것은 분노와 미움의 어조가 아닌 유희와 웃음의 어조가 될 것이며, 소리 높인 외침이 아닌 낮은 목소리의 속삭임이 될 것이다. 젊은 세대의 정치적 모험이 단지 시도로 끝날지, 새로운 문학정신의 대두로 연결될 지에 우리의 관심이 놓여질 것이다.

(2000)

그토록 잔인한 아버지

— 윤영수, 윤형진, 이화경

—너는 너자신 아버지가 되기 위해 아비를 죽이고자 했다.
이제 너는 아버지가 되었다. 그러나 너는 죽은 아비밖에는 될 수가 없다. (Freud,
「도스또예프스끼와 아버지 살해」, 『창조적인 작가와 몽상』) 중에서

1. 이야기의 뿌리, 뿌리의 이야기

작가들은 어떻게 끊임없이 이야기를 만들어내는 것인가? 이에 대한 의문은
이야기의 기원, 기원의 이야기에 관한 질문이 될 것이다. 그 질문을 풀어나가
기 위해 아이가 말을 배워가는 과정을 생각해보자. 아이가 태어나 한 단어를
배우고 문장을 배우고 나면, 어느 날 문득 이야기를 하기 시작한다. 자아가
싹트는 시기에 아이가 하는 이야기에는 사실과 거짓, 현실과 상상이 뒤섞여
있다.

프로이트는 「가족 로맨스」, 『성욕에 관한 세 편의 에세이』(열린 책들,
1996)에서 아이의 거짓말이란 부모에 대한 맹목적인 숭배가 끝난 아이가
그의 실망을 극복하기 위해 궁여지책으로 만들어낸 이야기라고 설명한다.

즉 부모와의 관계를 상상 속에서 변경하는 환상을 보이는 것인데, 이러한 환상의 기초에는 오이디푸스 콤플렉스가 놓여 있다는 것이다. 프랑스 비평가 마르트 로베르는 『기원의 소설, 소설의 기원』(문학과지성사, 1999)에서 프로이트가 말하는 '가족 로맨스'를 소설 유형의 커다란 틀로 받아들인다. 가족 로맨스는 어린 시절의 목가적인 풍경에 대한 욕망으로 어린아이에게는 의식적으로, 정상적인 어른에게는 무의식적으로, 신경증환자에게는 집요하게 드러나는 이야기 유형이다. '가족 로맨스'는 두 가지로 나타나는데, 그 하나는 사생아(énfant trouve) 유형이고 다른 하나는 업둥이(le bâtard) 유형이다. 아비만을 부정하고 아비와 정면으로 맞서 싸우는 리얼리스트가 사생아라면, 부모 둘 모두를 부정하고 세계와의 싸움을 회피하는 낭만주의자는 업둥이이다.

우리 문학 속에서도 아버지의 존재론은 글쓰기의 근원을 이룬다. 미당에게 아비는 '종'이었고, 김원일에게 아비는 '빨갱이'였고, 이성복에게 아비는 '씹새끼'였고, 김소진에게 아비는 '개흘레꾼'이었다. 사실 부모의 곁에서 사랑받으며 결핍 없이 어린 시절을 보낸 작중인물은 없다. 작중인물은 그들의 부모로 인해 불우한 어린 시절을 보낸 상처입은 영혼이며, 가족 소설이란 이러한 상처입은 영혼의 이야기이다. 그러므로 가족 소설은 자신의 상처와 불행을 들쑤시는 행위이고, '그토록 잔인한 아비'를 부정하고 거부함으로서만 존재하는 이야기이다. 죽음을 유예하고 연장시키는 천일야화처럼 아비를 부정하고 거부함으로서만 이야기는 계속된다.

1999년 겨울에 발표된 소설 가운데 윤영수의 「성주(城主)」(『세계의 문학』, 1999 겨울), 윤형진의 「코트」(『문학과 사회』, 1999 겨울), 이화경의 「고통」(『세계의 문학』, 1999 겨울)은 모두 잔인한 아버지와 매 맞고 자란 아들의 심리를 다룬 작품이다. 주인공은 하나같이 잔인한 아버지로 인해 불우한 유년기를 보내고 어른이 되어 정상적이지 못한 삶을 꾸려가는 인물이며, 소설은 주인공의 삶을 지배하는 연결고리를 거슬러 올라가 잔인한 아버지로 인해 받은 상처를 드러내는 구조로 되어있다. 이 작품을 대상으로 잔인한 아버지에 대한 증오와 아버지의 죽음을 통해 승리감과 해방감을 맛보려고 하는 아이의 은밀한 욕망이 어떻게 형상화되어 나타나는지 그 존재양상을 살펴보기로 한다.

2. 가학적인 사생아 - 윤영수의 「성주」

윤영수의 「성주」는 비천한 아버지를 부인하고 사회적으로 성공한 인물을 다루고 있다. 이 작품의 작중인물은 냉혹한 78세 노인이다. 그는 자신의 부모에게 버림받고 의전학생과 육군 군의관을 거쳐 유복한 집안의 사위로 의사 아들과 교수 딸을 둔 입지전적인 인물이다. 그의 사회적 성공은 "화강암의 축대를 높이 쌓은 삼백여 평의 저택"으로 나타난다. 지금 아내는 뇌졸중으로 쓰러져 7년째 병원에 있으며, 그는 저택에서 가정부와 기사 내외와 함께 살아가고 있다.

「성주」의 작중인물은 여자문제로 아내를 음독자살에 빠뜨리고, 아내가 죽지 않았는데도 새로운 장가를 가려고 하는 인물이기에 그의 아들의 적대감의 대상이 된다. 그럼에도 그는 여자 문제 따위야 속 좁은 어미에게나 음독을 꾀할 만큼 대단한 일일지 몰라도 성형외과 의사인 아들은 같은 사내로서 공감해주리라 믿는 자기중심적인 인물이기도 하다. 그는 자기 중심적 사고에 사로잡혀있고 약육강식의 생존법칙을 철저하게 추종한다. 그가 이렇듯 아들에게 잔인한 아버지가 된 배경에는 잔인한 아버지에게 버림받은 과거의 상처가 놓여있다.

늙은 그에게도 아비가 있었다. 고주망태가 되어 집에 들어와서는 온갖 행패를
부리던 아버지. 여덟 살이 되어 아버지 손에 이끌려 간 곳은 학교가 아니라 대전
변두리의 푸줏간이었다. 도끼, 칼, 큰 갈고리, 그의 몸통 만한 고깃덩어리, 수북이
쌓인 뼈, 내장들. 피와 비곗덩어리로 더께진 작업장 바닥을 물로 씻어내는 일은
어린 그에게는 살아서는 절대 갈 수 없는 지옥의 풍경이었다. 주인의 눈을 피해
겨우겨우 도망쳐 집으로 찾아들면 눈을 부라리던 아버지. 빤히 보고 들으면서도
모른 채 외면하던 어머니, 형들. 화물차에 숨어들어 서울역 근처 약국 앞에 쓰러진
것이 그가 열두 살 때였다.

―윤영수, 「성주」, 22쪽.

어린 그는 자신을 푸줏간으로 밀어넣던 아버지를 도저히 받아들일 수 없었
을 것이다. 그래서 그는 온 힘을 다해서 비천한 아버지를 부인하고 새로운
아버지를 찾는다. 의사라는 직업을 통해 부잣집 사위가 됨으로 완벽하게 새로
운 아버지를 찾을 수 있었다. 그는 비천한 아버지를 부인하고 성공한 인생을
살아왔다고 자부하고 있다. 가혹했던 아버지에게 종속되지 않기 위해 격렬하
게 스스로를 보호하다보니 자기 이외의 것에는 관심도 없다.

사회적인 성공에도 불구하고 그는 타인을 사랑함으로써 사랑의 대상을
가치있게 해야하는 과정을 전혀 알지 못한다. 사랑을 받아보지 못한 그는
아내와도 아들과도 사랑을 주고받지 못한다. 아내가 아직 죽지 않고 버젓이
살아있는데도 다른 여자에게 청혼하려는 이기적인 사람이다.

장 여사에게서 바라는 것은 단 하나, 그녀의 뻔뻔스럽도록 강인한 생명력이다.
비늘 떨어진 잉어를 내치고 팔팔한 잉어를 들여놓듯이, 물을 빨아들이지 못하는
나무를 뿌리째 뽑고 새 나무를 심듯이, 그는 그의 곁에 건강한 생명을 돈을 주고
사서라도 두기로 했다. 산사람이 죽음을 향해 자진하여 걸어갈 필요는 없다.

―윤영수, 「성주」, 19쪽.

그가 장여사에게 청혼하려는 이유는 '사랑' 때문이 아니라 '강인한 생명력' 때문이다. 이 작품의 작중인물인 '그'가 젊은 여자를 탐하는 것은 기실 죽음이 두렵기 때문이다. 항상 싱싱하던 연못의 잉어는 그의 아내가 매년 새로 산 것이라는 사실을, 아내가 병원으로 가버린 뒤에야 알게 된다. "정열의 이십대를 체험해 본 인간들에게 사양길의 기나긴 오륙 십 년은 참아내기 힘든 모독이며 저주의 세월이다."(24쪽)라는 진술을 통해 드러나듯, 삶에 대한 그의 집착은 강렬하다.

그러나 그의 의지와는 달리 그의 육체는 세월의 무게 앞에 무너진다. 가정부가 집을 비워 아무도 없는 텅 빈 저택에서, 그는 과거로 기억을 반추하면서 서서히 분열증을 일으킨다. 그는 정신이 흐려지는 가운데 연상의 고리를 거슬러 과거로 향한다. 현재와 과거, 현실과 상상의 혼란스러운 조각들이 뒤섞인 가운데, 그의 아들이 교통사고를 당했다는 전화와 그의 집에 불이 났다는 외침이 들려오지만, 그는 꼼짝도 하지 못한다. 그의 정신은 분열되어 여덟 살의 어린 시절에 고착되어 나타난다. 불이 났다고 대문을 두드리는 사람의 목소리를 들으며 손가락을 입에 넣고 "아빠도 엄마도 집에 없는데 나쁜 사람이 자꾸만 문을 열라고 한다"며 우는 마지막 장면은 성공한 주인공의 파멸을 여실히 드러내 보여준다.

「성주」의 주인공은 그의 부모가 폭격으로 전쟁통에 몰사함으로 비천한 아버지를 부정하는데 성공한다. 아비 죽이기에 성공한 그는 결혼을 통해 신분을 상승시키고 성공을 위해 적극적으로 행동한다. 그런 면에서 주인공은 가족소설의 유형에 따르면 사생아 유형으로 볼 수 있다. 비천한 원래의 아버지를 부인하고 새로운 아버지가 되었기 때문이다. 그러나 소설의 마지막은 성공을 향해 달려온 한 사생아의 숨가쁜 삶이 철저한 파멸로 떨어지는 모습으로 마무리되고 있다.

3. 자폐적인 업둥이 - 윤형진의 「코트」

윤형진의 「코트」는 자신의 비천한 아버지를 부정하지만 동시에 그 비천한 아버지와 완전히 절연하지도 못하는 사내가 죽음의 세계로 도피하는 모습을 그린 소설이다. 비천한 아버지를 부인하고 가족들과 떨어지기 위해 결혼을 선택한 '박'은 13평 아파트에서 사는 평범한 남자이다. 그러나 그의 아내가 육교를 내려오다가 모피코트를 밟는 바람에 굴러 떨어져 죽으면서 그의 불행은 다시 시작된다. 그는 아내의 황당한 죽음을 도저히 받아들일 수 없어 모피코트를 방에 걸어두고 생각에 잠긴다. 도대체 아내가 왜 모피코트를 입었는지 납득이 되지 않기 때문이다. 그런데 정작 그의 더 큰 불행은 아내의 죽음이 아니라, 궁색하고 더러운 아버지와 가족이 슬그머니 그의 집을 점령하면서 시작된다. 그에게 아버지와 가족들과 함께 산다는 것은 "기껏 깨끗한 옷을 차려입고서 다시 구정물 속에 주저앉는 것"과 같은 의미를 지닌다.

> 박이 태어나던 밤, … (중략) … 돼지를 잃고 빚더미에 앉은 박의 아버지는 읍내로 나와 공장에 취직했다.
> 깡통공장에서 알루미늄 절단하는 일을 하게 된 박의 아버지는 날마다 엄청난 소음에 시달렸다. 그래서인지 젊은 나이에 귀머거리가 되지 않을까 걱정하는 날이 많았다. 그런 날이면 박의 식구들은 아버지의 작은 두 귀를 괴롭히지 않기 위해 긴 혓바닥을 돌돌 말아 입천장으로 꽉 눌러놔야 했다. 술을 마시고 들어오는 날이면 박의 아버지는 혼자 히죽히죽 웃다가도 괜히 트집을 잡아 박이나 박의 누나를 두들겨 패기도 했다. 사실 박의 형제들이 맞아야 했던 이유는 한 가지였다. 봉사 아비 눈을 뜨게 해주지는 못할망정 멀쩡한 아버지를 귀머거리로 만들다니! 술 취한 박의 아버지는 자신을 귀머거리로 만들기 위해 자식들이 태어났다고 확신했다.
>
> ─윤형진, 「코트」, 1488쪽.

그의 아버지는 무능한데다가 무책임한, 그야말로 잔인한 아버지이다. 어린 시절의 기억에서 짐작할 수 있듯 아버지의 가혹한 폭력 앞에 아이는 무방비 상태로 노출되어 있다. 그런 아버지를 부인하고 아버지로부터의 탈출을 꿈꾸는 것은 당연한 욕망이다. 그리고 그 욕망은 결혼을 통해 이루어진 듯 했다. 그러나 그의 집에 아버지 식구들이 들어옴으로 인해 그는 아버지와 다시 함께 살게 되었다는 절망감에 사로잡힌다.

그리고 그는 이십 년 전, 옴이 옮아 잠을 잘 수 없어 괴롭던 어린 시절의 공포를 떠올리게 된다. 어린 시절 그의 가족 모두가 옴에 옮은 적이 있었다. 간지러움과 고통 속에서 그는 갑충의 등처럼 단단한 자신의 엉덩이를 보며 절망을 맛본다. 그는 끔찍한 가족을 벗어날 수 있는 방법은 죽음밖에 없다는 생각에 정육점 냉장고 안으로 숨어든다. 그러나 어린 시절 그의 자살 시도는 정육점 주인에게 발각되어 실패로 끝나고 만다. 아내의 죽음 이후, 절연한 가족과의 삶이 다시 시작될 지도 모른다는 '박'의 공포는 아내를 죽음으로 몰고 간 모피코트에 대한 증오로 바뀐다. 그래서 모피코트에 얼굴을 대고 울다가 문득, 모피코트의 따스함을 느낀다. 박은 모피 코트의 부드러움에 매혹되어 속으로 숨어든다.

어쩌면 인류가 최초로 몸에 두른 모피는 추위로부터 자신들을 보호하기 위한 것이 아니라 죽은 자를 기억하기 위한 것일지도 모른다. 죽은 동족의 존재를 한시라도 잊지 않기 위해서. 그들과 함께 살기 위해서 그들 몸의 일부를 이루었던 가죽. 그 속에 들어가는 것이다. 그것은 망각이라는 귀신들로부터 스스로를 보호하기 위한 부적이다.

　　　　　　　　　　　　　　　　　　　　　　－윤형진, 「코트」, 1497쪽.

어린 시절 그는 이미 세상에 절망을 느끼고 냉장고에 숨어들면서 아버지의 학대로부터 도피하려고 했다. 그는 아내가 죽은 이후 부모와 형제들이 또다시 그를 진흙탕으로 끌어들이려하자, 다시 한번 모피코트 속으로 숨어들면서 부모로부터 도피하려한다. 그가 모피코트 속으로 숨어들며 "따뜻한 냉장고"라고 중얼거리는 마지막 장면은 주인공의 도피 심리를 선명하게 보여주고 있다. 프로이드는 아버지가 거칠고 폭력적이고 잔인했다면, 아들의 경우 초자아는 가학적이 되고 반면에 자아는 자학적이고 수동적인 모습을 보인다고 했다. 「코트」의 경우에는 냉장고나 외투 속으로 들어가는 자폐적이고 자학적인 모습을 보여준다. 이는 죽음을 꿈꾸는 나르시즘적 도취와도 연관시켜볼 수 있다.

「코트」의 주인공은 자신의 비천한 아버지와 어머니를 동시에 부정하지만 자신의 비천한 아버지와 완전히 절연하지도 못한다. 아비 죽이기에 성공하지 못한 업둥이는 행동에 실패하고 냉장고 안으로 숨어들거나 아내의 코트 안으로 숨어들어 죽음의 세계로 도피하는 퇴행 심리를 드러낸다. 그런 면에서 「코트」는 업둥이 유형의 가족 소설로 볼 수 있다.

4. 사생아와 업둥이의 공존 - 이화경의 「고통」

이화경의 「고통」은 사생아와 업둥이 유형을 합쳐놓은 소설이다. '선천성 고통 무감각증'이라는 희귀한 병을 앓는 아들을 핑계로 아내를 학대하여 결국 아내가 자살을 하게끔 만드는 과정에는 사생아 유형의 모습이 드러나며, 아내의 죽음 이후 비디오방을 하며 자폐적인 삶을 살아가는 과정에는 업둥이 유형의 모습이 투영된다. 아무런 감각을 느끼지 못하는 아들과 살아가면서, 남자는 언젠가 자신과 아들도 세상을 떠나면 고통이 주제가 되었던 가족극도 끝나고 무대는 텅 빌 것이라고 생각한다. 아내가 살아있을 때, 사내는 정상이 아닌 아들의 질환에 대한 분노와 공포를 자신은 전혀 책임지지 않았고 아내에 게만 쏟아냈다. 그의 내면에 잠재해있던 파괴충동은 아이를 계기로 아내에게 향해졌다. 아내의 처녀성을 의심하고 아내에게 잔인하게 행동했다.

> 사내는 구석에 무릎을 끌어안고 고개를 처박고 있는 아내의 머리카락을 와살스 럽게 잡아챘다. 그녀의 얼굴이 덜렁, 사내의 사나운 손길에 흔들렸다. 진동을 일으키 듯 아내의 전신에 퍼져 가는 경련이 사내에게 거세게 전해졌다. 신음소리조차 내지 못한 채 벌려진 입술, 공포에 급체해서 숨도 제대로 쉬지 못하는 하얀 얼굴이 사내의 시울에 걸렸다. 그녀의 얼굴 위에 형의 얼굴이, 어머니의 얼굴이, 어린 자신의 얼굴 이 오버랩 됐다.
>
> —이화경, 「고통」, 69쪽.

그가 지금의 아내와 결혼을 결심한 까닭은 아버지와의 의절, 아무도 초대 하지 않을 결혼식을 순순히 받아줄 여자로 아내가 안성맞춤이었기 때문이었 다. 그가 아버지와 의절한 까닭은 아버지의 잔인함 때문이었다. 아버지와 의절함으로 그는 아버지의 영향권에서 벗어나는 듯 보이지만, 그 역시 아버지 의 잔인한 행동을 따라하고 있다는 점에서는 아버지의 영향권을 결국 벗어나 지 못했다. 기실 그 자신이 파시스트이자 사디스트라고 명명했던 아버지의 모습을 그대로 보인 것이었다. 피학에서 가학으로 변하는 그의 모습은 매 맞고 자란 아이가 보이는 전형적인 모습이다.

> 사내의 아버지는 총을 사랑했다. 총은 아버지에게 권력의 상징이었다. 아버지는 권력의 핵심에도, 힘의 피라미드 꼭지점에도 다다를 수 없는 사람이었다. 갑종으로 단기 장교 교육을 받아 전시 상황에서 급조된 장교는 끝이 빤히 보이는 인생이었다. 별을 달지 못할 것이라는 것을 그는 누구보다도 잘 알고 있었다. 잘해야 매 급으로

전역할 자신의 볼품없는 미래에 대해 너무나 잘 알고 있는 그는 그 울화를 가족을
향해 아낌없이 퍼부었다. 자신의 처지에 대한 불안이 군내에서 확인된 날이면 어김
없이 잔혹극을 벌이던 아버지. 술도 먹지 않고 맨정신으로 온 가족을 혼란과 불안으
로 몰고 가는 요령부득의 광기 앞에 오들오들 떨어야 했던 수난의 절규. 전혀 진부해
지지 않는, 어리석고도 통제 불가능한 정신 착란에 가까운 광태가 벌어지면 어린
사내는 존재 지우기 게임을 했다. 나는 지금 여기에 없다 나는 없다.

―이화경, 「고통」, 72쪽.

그의 아버지는 별을 달기에는 역부족인 기반에서 군대생활을 시작하였다.
그래서 권력에 대한 지향에도 불구하고 권력의 정점에는 오를 수 없는 상황이
었다. 그의 아버지는 그런 자신의 처지에 대한 분노를 가족들에게 잔인한
행동으로 해소함으로 온 가족을 공포로 몰아넣었다. 잔인한 아버지가 광기를
보일 때 그는 자신의 존재를 지움으로 그 고통을 벗어나려 하는데 여기에는
도피 심리가 드러난다.

그렇게 잔인한 아버지가 총을 사랑한 에피소드는 흥미로운 분석을 제공한
다. 군수참모였던 아버지에게 뇌물이 줄을 이었는데, 다른 뇌물에는 꼼짝
않던 아버지가 장총에는 매혹되어 뇌물을 받아들인 것이다. 아버지가 총에
그토록 매혹된 까닭은 무엇일까? 총은 아버지의 전부, 아니 아버지 그 자체였
다. 「코트」의 모피코트나 냉장고가 자궁의 이미지라면, 「고통」의 총은 남근을
상징한다. 아버지가 멧돼지 사냥을 나갔다가 실수로 다리 한쪽을 절단하는
것은 바로 거세를 의미한다. 잔인한 아버지가 다리를 절단한 후, 사내는 비로
소 아버지를 벗어날 수 있게 되었다.

「고통」의 주인공이 아버지의 다리 절단 이후 의욕적으로 사회적 성공을
이루는 과정은 사생아의 유형에 가깝지만, 비정상의 아들로 인해 스스로 잔인
한 아버지가 되어 아내를 죽음으로 몰아넣은 후에 비디오방을 운영하며 폐쇄
적인 삶을 살아가는 부분은 업둥이의 유형에 가깝다. 그렇다면 그는 아버지를

부인하고 새로운 아버지를 창조하는 사생아 유형과 아버지를 거부하지 못하고 죽음으로 도피하는 업둥이 유형이 공존해 있는 인물이라고 볼 수 있다.

5. 불운을 되씹는 더듬거림

지금까지 살펴본 윤영수의 「성주(城主)」, 윤형진의 「코트」, 이화경의 「고통」은 모두 잔인한 아버지와 매를 맞으며 자라난 아들의 이상 심리를 다룬 작품들이다. 주인공은 하나같이 잔인한 아버지로 인해 불우한 유년기를 보내고 어른이 되어 정상적이지 못한 삶을 꾸려가는 인물이다. 「성주」의 주인공은 그의 부모가 전쟁 중에 폭격으로 몰사함으로 비천한 아버지를 부정하는데 성공한다. 아비 죽이기에 성공한 사생아는 결혼을 통해 신분을 상승시키고 성공을 위해 적극적으로 행동한다. 반면에 「코트」의 주인공은 자신의 비천한 아버지와 어머니를 부정하지만 동시에 자신의 비천한 아버지와 완전히 절연하지도 못한다. 아비 죽이기에 성공하지 못한 업둥이는 행동하기에 실패하고 냉장고 안으로 숨어들거나 아내의 코트 안으로 숨어들어 죽음의 세계로 도피한다. 「고통」의 주인공이 아버지의 다리 절단 이후 의욕적으로 사회적 성공을 이루는 과정은 사생아의 유형에 가깝지만, 비정상의 아들로 인해 스스로 잔인한 아버지가 되어 아내를 죽음으로 몰아넣은 후에 비디오방을 운영하며 폐쇄적인 삶을 살아가는 부분은 업둥이의 유형에 가깝다. 마르트 로베르의 유형으로 말하면 윤영수의 「성주」는 사생아 유형에 위치하고, 윤형진의 「코트」는 업둥이 유형에 위치하며, 이화경의 「고통」은 이 둘의 중간에 위치한다. 윤영수의 「성주」가 가학적이라면, 윤형진의 「코트」는 자폐적이고, 이화경의 「고통」은 가학과 자폐가 공존하고 있다.

가족소설 유형의 이야기들은 시시하고 잡다한 이야기를 다루면서도 모든 사람을 사로잡는 소설의 근원적 힘에 관하여 답을 던져준다. 즉 가족소설이란 고갈되지 않는 그 잠재성으로 아비 살해의 욕망과 그 심층을 드러내는 것이다. 가족을 다룬 소설을 읽는다는 것은 불행한 어린 시절을 보낸 인물의 숨겨진 상처를 되새기는 일이고, 동시에 독자 자신의 욕망을 분석해보는 일이기도 하다. 이럴 때의 소설이란 소설가와 독자가 서로의 욕망과 결핍을 나누어 가지는 행위이며 또한 소설에서 삭제된 소설의 여백으로, 소설 속의 글자들을 뚫고 느릿느릿, 무의식의 공간 속으로, 주저하고 머뭇거리면서 무한히 확장시키는 행위이기도 하다. 행간에, 의미의 가장자리에, 언어의 경계에서 끝없이 되풀이되는 이야기이다. 그러므로 가족 소설은 소설가에게도 독자에게도 고통스럽다. 그러나 세상의 사생아와 업둥이들은 치유받지 못하는 상처를 안고 되풀이해서 그들의 불운을 되씹는다.

(2000)

화해와 포용

- 중견작가를 중심으로

1. 혈연이라는 덫 - 문순태와 현길언

반 백년만에 이루어진 이산가족 상봉은 모든 국민을 텔레비전 앞으로 끌어들인 역사적인 사건이었다. 오랫동안 헤어져서 그리워하며 살아온 어머니와 아들이, 형과 동생이, 남편과 아내가 만나는 풍경은 한 편의 드라마였다. 모자나 형제자매의 만남이 눈물바다였던 것은 우리 사회가 혈연으로 이루어진 사회임을 드러내는 단적인 예로 보인다. 우리 사회에서 시간과 공간을 뛰어넘고 이념을 무화(無化)시켜 버리는 혈연이란 과연 어떤 의미를 갖는 것일까?

문순태의 「느티나무 아래서」(『문예중앙』, 2000 가을)와 현길언의 「우리 빗물이 되어 바다에서 만난다면 서로 알아볼 수 있을까」(『문예중앙』, 2000 가을)는 이념이나 종교적 갈등 때문에 불화(不和)했던 혈연들이 죽음을 계기로 화해하게 되는 과정을 다루고 있다. 문순태의 「느티나무 아래서」가 죽은 형을 향한 사형곡(思兄曲)이라면 현길언의 「우리 빗물이 되어 바다에서 만난다면 서로 알아볼 수 있을까」는 죽은 어머니를 향한 사모곡(思母曲)이다.

문순태의 「느티나무 아래서」에는 간첩으로 남파된 후 장기수로 평생을 살아온 형과 그런 형으로 인해 고통받으며 살아온 동생이 등장한다. 소설은 화장터로 향하는 버스 안에서 형에 대한 애증에 시달려온 동생의 회상으로 시작된다. 형으로 인해 동생은 어린 시절 고향에서는 빨치산 동생이라고 시달림을 당하고, 고향을 떠난 뒤에는 형사들에게 감시를 당하며 살아왔다. 그런 동생이기에 형이 감옥에서 출소한 뒤에도 만남을 피해왔고, 형이 가게에 찾아왔을 때에 공산주의자는 데려갈 수 없다며 가족에게도 형의 존재를 숨긴다. 형은 결국 감옥을 나와서도 동생과 만나지 못한 채, 양로원에서 홀로 죽는다. 형은 동생에게 두 장의 사진을 유품으로 남기는데, 형이 남긴 사진 가운데 한 장은 북에 두고 온 형의 가족 사진이고, 다른 한 장은 형과 동생이 어렸을 때 찍은 사진이다.

> 그것은 고향 마을 앞 느티나무 아래서 형님과 내가 함께 찍은 사진이었다. 형님은 중학교 교복에 모자를 쓰고 있었고 대여섯 살쯤 된 나는 윗도리만 잠방이를 입었고 아랫도리는 새끼손가락 만한 고추를 내놓은 벌거숭이인 채였다. 형님은 오른손으로 키가 겨우 형님의 허리춤에 닿은 내 어깨를 다정하게 감싸고 있었다. 사진 아래쪽에는 '1948년 사랑하는 아우 형구와 함께'라고 흘림체로 씌어 있었다.
> —문순태, 「느티나무 아래서」, 12-13쪽.

동생은 어린 시절 고향 느티나무 아래에서 함께 찍은 사진을 보면서, 형의 유골을 느티나무가 있는 저수지에 뿌려준다. 결국 살아서 그토록 형과 반목했던 동생은 형이 죽은 뒤에야, "나는 신념을 위해서 살아왔다. 인생은 실패했지만 변하지 않는 신념은 강하고 아름답다는 것을 알았다"던 형의 목소리를 환청으로 들으며 오래된 애증을 풀고 형과 화해한다.

현길언의 「우리 빗물이 되어 바다에서 만난다면 서로 알아볼 수 있을까」에는 일찍이 남편을 잃고 아들 셋을 키우면서 맏며느리 역할을 하며 살아온 어머니와 목사인 아들이 등장한다. 아버지는 제주 4.3 사건 때 폭도로 몰려 죽음을 당하고 어머니는 종갓집 며느리로서의 고단한 삶을 살아왔다. 남편을 잃은 경황에도 아들을 각각 이 집 저 집에 나누어 숨겨놓았던 어머니의 강단이라든가, 제주 종갓집 며느리로서의 한 평생이 그려진다. 전통적인 유교의 관습을 신념으로 지키며 살아온 어머니에 비해 아들은 어린 나이에 이미 교회의 한 청년을 따라 도시로 나가 어머니의 품을 벗어난다. 그러기에 어머니와 아들 사이에는 무엇인가 말로 할 수 없는 서먹함이 존재하는데, 그것은 어머니의 육체에 대한 낯섦으로 표현된다.

> 누렇게 변색된 살갗에는 검버섯이 듬성듬성 나 있고, 뼈 위에 살갗을 씌운 것처럼 안면의 골상이 그대로 흉하게 드러나 있다. 곡기를 끊은 지 한 달이 넘었고, 그동안 제대로 음식물을 섭취하지 못했으니 육체는 이름뿐이었다. 생소한 그 모습에 모자의 관계가 전혀 다르게 설정되고 있음을 알았다.
> ─현길언, 「우리 빗물이 되어 바다에서 만난다면 서로 알아볼 수 있을까」, 29쪽.

자신이 기억하는 어머니와 현재 실존하는 어머니의 간극 앞에서, 아들은 어머니와 자신 사이에 놓인 거리감을 확인한다. 그것은 어머니와 자신의 신념 사이에 놓인 건널 수 없는 강을 표상하기도 한다. 목사로서 살아가는 자신과 한평생을 종갓집 며느리로 살아온 어머니 사이에는 기독교와 유교라는 깊은 골이 패여 있다. 목사인 아들로서는 돌아가시기 전에 어머니를 개종(改宗)시키고 싶은 갈망이 있는데 비해, 어머니로서는 아들의 뜻을 받아들일 수 없는 어미로서의 미안함이 있다.

> 청상과부로 지금까지 살아온 어머니 삶의 뿌리가 어디 있다고 생각하느냐? 그것을 붙들고 고집스럽게 살아오신 분이다. 이제 네 말대로 하나님을 믿게 되면 그분

이 살아온 그 모든 것을 다 스스로 부정하는 결과가 된다. 그 일이 괴롭지 않고 가능하겠니? 그 고통을 어떻게 당신이 감당하시겠니?

　　－현길언, 「우리 빗물이 되어 바다에서 만난다면 서로 알아볼 수 있을까」, 44쪽.

　　어머니는 아들과 함께 맛있는 식사 한끼를 함으로 어머니에 대한 아들의 추억을 만들어 준다. 그러나 어머니는 아들의 종교를 받아들일 수 없는 자신의 처지를 분명히 밝힌다. 목사로서의 종교적 소명과 인간적인 도리 사이에서 갈등하던 아들은 어머니의 결심을 꺾을 도리가 없음을 알게되고 어머니의 뜻을 받아들인다. 그리하여 이 소설은 다음과 같이 끝을 맺는다. "이제 나에게는 낳아주신 어머니는 이 땅 위에 존재하지 않는다. 우리가 언제 빗물이 되어 혹 그 바다에서 만난다면 서로 알아볼 수나 있을까?" 라고

　　문순태의 「느티나무 아래서」가 죽은 형을 향한 그리움의 노래라면, 현길언의 「우리 빗물이 되어 바다에서 만난다면 서로 알아볼 수 있을까」는 죽은 어머니를 향한 그리움의 노래이다. 두 작품은 모두 죽음을 앞에 두고 이념이나 종교적 갈등에 놓인 혈연간의 포용과 화해를 그리고 있다. 그들에게 혈연은 서로의 삶을 옭아매는 덫이자 동시에 서로의 삶을 끌어안는 닻이었다. 중견작가의 넉넉하고 여유있는 시선은 우리네 삶 속에서 생겨나는 이념이나 종교의 갈등을 혈연간의 화해와 포용으로 풀어내고 있다.

2. 향기를 머금은 현자(賢子) - 이윤기와 송기원

　　이윤기의 「노래의 날개」(『21세기문학』, 2000 가을)와 송기원의 「폰개 성」(『창작과 비평』, 2000 가을)은 심성이 깊고 곧은 처사(處士)나 현자(賢者)의 일대기를 다루고 있다. 이윤기의 「노래의 날개」(『21세기문학』, 2000 가을)가

도를 닦는 처사에 관한 작품이라면, 송기원의 「폰개 성」(『창작과 비평』, 2000 가을)은 우직하게 종손 노릇을 고수하는 현자(賢者)에 관한 작품이다. 이윤기와 송기원은 요즘에는 찾아보기 힘든 우직한 인물에게 따뜻한 시선을 보이고 있다.

이윤기의 「노래의 날개」는 '현자'에 관한 이야기라는 점에서 그의 기존 작품과 경향을 같이 한다. 이윤기는 『하늘의 문』을 계기로 본격적인 소설창작에 들어선 이후 『나비넥타이』, 『햇빛과 달빛』, 『뿌리와 날개』, 『나무가 기도하는 집』, 『두물머리』 등을 내놓은 중견작가이다. 「숨은 그림 찾기」의 '일모 선생'이야말로 삶의 지혜를 간직한 대표적인 인물인데, 「노래의 날개」의 '하인 선생'은 바로 이 '일모 선생'의 변형으로 보인다.

하인 선생은 즐도 혹은 빗섬이라고 부르는 섬에 거주하는 사람으로 주인공에게 삶의 지침이 되는 인물이다. 하인선생은 속인도 도인도 아닌 자칭 '절집 처사'이다. 화자는 젊은 시절, 하인 선생으로부터 들은 노래에 관한 이야기를 가슴 깊이 간직하고 있다.

> 두 권의 노래 책 중 어찌하여 한 책은 전설에 나오는 대로 여전히 '비상 든 책'인데 견주어, 다른 한 책은 어찌하여 그 비상이기를 그만두었겠느냐? 한 책은 구원의 절창, 다른 한 책은 당대의 절창이었기 때문이 아니겠느냐? 책을 쓰자면 마땅히 구원한 절창이어야 하고 책을 읽으려면 마땅히 구원한 절창을 읽고 책의 목숨도 끊어지고 사람의 목숨도 끊어지는 그런 경지가 되어야 마땅할 터… 그런데도 너는 어찌자고 비상이 들기는커녕 해가 몇 번 바뀌면 필경은 쓰레기가 될 책들을 싸 가지고 다니면서 읽으니.
>
> ─이윤기, 「노래의 날개」

책을 쓰고자 하는 주인공에게 하인선생은 '비상 든 책'에 관한 옛이야기를 통해 글쓰기의 조심스러움을 일깨운다. 어느 날 하인 선생은 하루에 세 번

밥 먹으러 오는 화자에게, 올 때마다 돌 하나씩을 가지고 오라고 한다. 이에 주인공은 오랫동안 그 일을 행한다. 하인 선생이나 화자 모두 그 돌을 무엇에 쓸 것이냐고 묻지도 않았고 답할 이유도 없었다. 그들에게 그것은 하나의 화두였다. 세월이 흐른 후 주인공은 '돌 나르기'가 자신이 만들어내는 노래의 날개가 될 것이라고 생각한다.

그런데 이 작품의 매력은 그런 특이한 인물뿐만이 아니라, 인물을 엮어내는 작가의 입담과 솜씨에 있다. 노래, 악몽, 도동 아지매, 날개라는 소제목의 짧은 에피소드는 그 자체로도 재미있는 이야기이면서 '하인선생'을 그려내는 데 일조 한다. 특히 노래의 힘으로 상징되는 문학의 힘에 관한 이야기는 오늘의 시대에도 귀기울여야 할 덕목임에는 틀림없다.

송기원의 「폰개 성」은 '폰개 성'이라 불렸던 사촌형에 관한 이야기이다. 아버지의 얼굴도 모르고 의부와 사는 어린 나는 명절이면 의부의 매를 감수하면서도 자신을 큰아버지 집으로 보내는 엄마의 행동도, 근본을 잊으면 사람노릇을 할 수 없다던 큰아버지도 이해할 수 없었다. 그 큰집 사촌형이 화자가 '폰개 성'이라는 사투리로 불렀던 사촌형이다. 그를 떠올릴 때 가장 먼저 생각나는 두 가지 기억을 이야기한다. 하나는 큰아버지가 죽었을 때 애절하게 울부짖는 사촌형의 모습이고, 다른 하나는 자신이 감옥에 있을 때 경찰서로 찾아왔던 모습이다. 이를 통해 사촌형이 부모에게 효도하고 일가친지에게 우애있게 대하는 옛날의 덕목을 여전히 고수하는 인물임을 알 수 있다.

사촌형은 큰 배움은 없으나 사람이 곧고 우직하여 택시 운전사를 하면서도 주인공이 어려울 때마다 집안어른 역할을 톡톡히 한다. 사촌형은 철도청 공무원도 하다가 택시운전도 했다. 그러나 "매사에 원리원칙을 중요시하는 이들이 흔히 그렇듯이 융통성마저 별로 없는 데다가 남들처럼 악착스럽지도 못해"(169쪽) 힘든 생활을 전전한다. 그러다 중소기업사장의 눈에 들어 자가용 운전사 노릇을 하며 집을 장만하고 먹고 살만해지는 행운을 갖기도 하고,

친척 보증을 잘못 서서 집을 날리고 어렵게 지내는 불운을 겪기도 한다. 다시 예전 사장의 도움으로 일자리도 얻고 집도 마련한다. 사장의 눈에 든 이유를 묻는 나에게 사촌형은 "만약에 나한테도 재주가 딱 한가지 있다면, 남의 돈은 단 일원도 넘보지 않는다는 것뿐이네"(173쪽)라고 말한다.

나는 집안이니 일가친척이니 혈연이니 하는 것을 내세우는 사촌형을 내심 무시했다. "나에게 가문이란 얼굴도 미처 알 수 없는 생부를 둔 사생아에다가 의부의 눈칫밥을 먹고 자라난 치부이자 치욕의 근원에 다름 아니었다. 그렇듯 가문 자체를 치욕으로 여기는 부도덕하고 패륜적인 행패를 일삼는 나와, 그런 나에게 가문의 영광을 다짐하는 폰개 성의 관계는 어쩔 수 없이 일 막의 코미디에 방불했다."(164쪽) 그러나 세월과 함께 화자는 바보같을 만큼 우직한 사촌형의 진가를 알게 된다. 특히 자신의 유산을 자식들에게 주지 않을 것이며, 자신이 죽으면 화장을 할 것이며, 고향 마을에 나무나 심어 자신을 기억해줄 것을 당부하는 사촌형을 보며, 나는 사촌형이야말로 이 시대에는 참으로 귀하고 드문 '현자'임을 깨닫게 된다.

이윤기의 「노래의 날개」와 송기원의 「폰개 성」은 요즘 세상과는 동떨어진 듯한 현자의 일대기를 다룬 작품이다. 작가는 이러한 도를 닦는 인물이나 종손 노릇을 고수하는 인물을 통해 옛 사회의 덕목 중에 현대 사회에도 여전히 유효한 것이 존재함을 말하고 있다. 그러기에 두 작가는 처사(處士)나 현자(賢者) 같은 향기를 머금은 성실한 인물에 대해 따뜻한 시선을 보이고 있다.

3. 죽음 앞에 선 육체 - 김원일과 유순하

김원일의 「나는 누구인가: 치매에 관한 보고서」(『문학과 사회』, 2000 가을)
와 유순하의 「똥싸는 시어머니」(『한국문학』, 2000 가을)는 치매를 앓는 노파
와 화장(化粧)이라는 소재를 엮은 작품이다. 김원일 소설 속의 노파가 정신적
인 치매를 앓고 있다면, 유순하 소설 속의 노파는 육체적인 치매를 앓고 있다.
작가는 미화(美化)할 무엇도 남아있지 않은 죽음 앞에 놓인 인간의 적나라한
모습을 직시하며 인간과 죽음을 탐구하고 있다.

김원일의 「나는 누구인가: 치매에 관한 보고서」는 양로원에 들어와 있는
한경자라는 노파가 치매에 걸려 죽어가면서 자신의 과거를 조금씩 드러내는
과정을 보여준다. 한경자는 하루의 시작을 화장과 함께 하는데, 노인으로서는
도가 지나친 화장 때문에 주위의 비웃음을 산다. 주위의 시선에도 불구하고
그녀가 그토록 화장에 집착을 하는 데에는 그녀 나름의 상처가 있기 때문이
다. 그녀에게 화장은 단순한 얼굴치장에 끝나는 것이 아니라 자신의 불행하고
오욕으로 가득 찬 삶을 감추기 위한 수단이다.

한경자의 말에 의하면, 아비 없는 외동아들을 키웠으며, 아들은 대학 졸업
후 유학을 떠났고 미국에 주저앉아 그곳 여자와 살림을 차렸으며 자신에게
편지를 보내온다는 것이다. 그러나 그것은 화장한 얼굴처럼 그녀 자신의 상상
에 의해 만들어진 거짓 삶일 뿐이고 실제는 화장을 지운 맨 얼굴처럼 다른
모습을 갖고 있다.

이년아. 넌 한경자도, 게이코도, 한안나도 아냐. 넌 한점아가야. 이름을 바꾸고
네 인생을 망쳤어! 어디서 언제 나타났는지. 어둠 속에서 낯을 처든 아버지가 소리친
다. 여름 땡볕 아래 소꼴을 베어 지게에 한 짐 지고 삽짝으로 들어선 아버지의
얼굴이 노기로 가득 찼다. 그래요 난 그때부터 한점아가가 아니었어요 내장이며,

쓸개며, 간까지 내주고 살아왔어요.

　　　　　　　　　　　　　－김원일, 「나는 누구인가」, 『문학과 사회』, 1014쪽.

　한경자의 여러 이름에서 알 수 있듯 그녀는 우리 역사의 질곡을 그대로 온몸에 새기며 살아온 여자이다. 그녀는 시골에서 태어나 방물장수에게 팔려 일본인 빵가게에서 일했다. 그러다 정신대에 끌려가고 다시 돌아와서는 양공주가 되고 아들을 미국에 입양시키고는 빵가게를 운영한다. 그래도 그녀 삶에서 가장 아름답고 평안했던 시기는 빵가게를 하며 돈 많고 점잖은 노인네를 만나 연애를 하고 그 노인네의 유산을 받은 50대 후반이다. 그리고 그 돈이 밑천이 되어 양로원이라도 들어올 수 있게 된 것이다. 그런 한경자가 극심한 치매상태로 병동을 옮기자 같은 방을 쓰던 윤여사는 그녀를 종교의 세계로 귀의시키는 데에만 관심을 보이며 조카는 이모의 유산에만 관심을 보인다. 결국 그녀는 자신이 누구인지조차 인식하지 못하면서 죽음 앞에 맨 얼굴로 무력하게 놓여있게 된다.

　유순하의 「똥싸는 시어머니」는 거동을 못하는 시어머니의 똥오줌을 받아내는 며느리의 심리를 깊이있게 파고들고 있다. 정신은 멀쩡하지만 육체적으로는 거동을 못하는 시어머니를 모시고 사는 셋째며느리가 화자로 등장한다. 화자는 오랜 병수발로 정신적으로나 육체적으로 피폐해져 있다. 특히 아침에 노인의 문을 열 때마다 노인이 어서 죽어 이 고통에서 해방되기를 바라는 기대감과 그 기대를 저버리는 노인의 모습으로 인한 배반감이 교차하는 모습은 화자의 심리상태를 생생하게 보여준다.

　큰아들은 부부교수임을 핑계로 작은아들은 이민 갈 준비를 한다는 핑계로 시어머니를 셋째며느리에게 떠넘긴 가족들의 복잡한 심리가 그려지고 있다. 그녀는 다른 가족들의 행동뿐만이 아니라 자신과 남편의 행동도 비판적으로 관찰하고 있는데, 어머니를 돌보는 자신의 행위에 대해 "나의 알량한 도덕성

이란 남편의 우유부단함과 마찬가지로 우스운 위선에 지나지 않는다"(59쪽)
고 진단하고 있다. 병을 앓는 노인을 돌보는 일이란 경험해보지 못한 사람은
도저히 상상도 할 수 없는 고통이다. 그것은 수발하는 사람의 육체를 갉아먹
을 뿐더러 정신까지 갉아먹는다. 며느리 역시 노인의 죽음을 고대하는 자신의
모습을 보면서 "가까운 사람들마저 오히려 미워하는 내가 원수마저 사랑하라
는 그 절대자 앞에 어찌 무릎 꿇고 기도를 올릴 수 있겠는가"(69쪽) 하는
자괴감 때문에 모태신앙까지 포기하고 만다. 그러기에 매일 시어머니의 방문
을 열 때마다 이제 그만 노인이 돌아가셔서 고통에서 해방되었으면 하는
은밀한 욕망과 시어머니의 다 망가진 아랫도리를 보았을 때 느꼈던 연민이
뒤섞인 심리묘사는 정직하게 다가온다.

> 내가 노파에 대해 구체적으로 연민의 정을 느낀 것은, 며느리 앞에서는 한사코
> 맨몸을 보이지 않으려 하는 노파가 그야말로 어쩔 수 없는 형편에서 처음으로 옷을
> 벗고 자신의 몸을 내게 맡겼던 그날, 그토록 망가진 노파의, 특히 아랫도리를 보아야
> 했을 때였다. 거미는 제 새끼들을 다 키워낸 다음에, 새끼들에게 제 속을 다 파
> 먹히고 나서 바람에 불려 날아간다 했는데, 거미 어미의 그런 경우는 사람의 경우에
> 견준다면 아주 형이상학적으로 호사스러워 보였다. 필사적 생애, 그 끝에서 맞이하
> 게 되는 이토록 참혹한 종말이라니?
>   ─유순하, 「똥 싸는 시어머니」, 『한국문학』, 2000 가을, 65쪽.

며느리가 시어머니의 참혹하게 망가진 아랫도리를 목격하고 받은 충격은
아이를 낳고 키워 본 경험을 공유한 같은 여자로서의 공감 때문이기도 하지
만, 죽음 앞에서 어쩔 수 없이 무력해지는 인간존재에 대한 깊은 성찰 때문이
다. 며느리가 시어머니에게 연민의 정을 느끼는 것은 죽음 앞에 선 육체의
무력함을 깨닫게 되는 장면에서이다. 며느리에게 똥 싼 모습을 보이기 싫어하
는 시어머니와 그런 시어머니를 결국 씻길 수밖에 없는 며느리의 신경전이

계속되던 어느 날, 시어머니는 며느리에게 화장을 해달라고 말한다. 그리고는 당신이 죽은 사람의 얼굴을 여러 번 보았는데 그때의 얼굴이 너무 무서웠다며 당신이 죽거든 다른 사람이 얼굴을 보기 전에 화장을 예쁘게 해달라고 부탁한다. 자신의 최후를 알았음일까. 결국 남편이 출장 가고 없는 사이 시어머니는 숨을 거두고 며느리는 복받치는 감정 속에서도 약속대로 시어머니의 얼굴에 화장을 해준다.

김원일의 「나는 누구인가: 치매에 관한 보고서」와 유순하의 「똥싸는 시어머니」는 치매를 앓는 노파와 화장이라는 소재를 통해 죽음 앞에 무력하게 놓여있는 인간존재의 근원적인 비극을 다룬 작품들이다. 다가오는 죽음 앞에서, 미화할 무엇도 남아있지 않은 죽음 앞에서, 애증의 혼동과 무기력 속에서 있을 수밖에 없는 것이, 인정하고 싶지 않지만 인정할 수밖에 없는 우리 모두의 현실이다. 인간은 모두 아름답게 죽어가기를 희망하지만 그 누구도 자신이 어떤 모습으로 죽어갈지 예측할 수 없다. 중견작가들은 누구나 겪게되는 죽음의 모습을 통해 인간존재를 진지하게 파고들고 있다.

(2000)

새로움과 독창성

— 신춘문예 당선작을 중심으로

1. 신춘문예에 대한 기대

문학하는 사람에게 신춘문예는 첫사랑처럼 아련한 유혹이다. 문학도들은 초겨울로 접어들어 신춘문예 공모가 신문지상을 달구면 가슴앓이를 시작한다. 절 같은 데 들어가 글을 쓰는 '고시형'이 있는가 하면, 잠 못 이루고 애꿎은 술만 축내는 '주사형'도 있고, 바싹바싹 마르는 '노심초사형'도 있다. 각 신문사들은 공고를 내고 마감을 하고 당락을 결정하는 숨가쁜 작업들을 끝내면, 새해 첫날 일제히 신춘문예 당선작을 발표한다. 신춘문예의 당선작으로 문단에 등장한 작가들은 수상소감과 함께 새해 벽두 신문에 작품을 싣는 영광을 누리게 된다.

최근 들어 신춘문예의 영광이 예전에 비하여 빛을 바랜 느낌이 있지만, 신춘문예는 여전히 문학을 꿈꾸는 사람들에게는 매혹으로 작용한다. 이런 영광을 누릴 신인에게 새로운 소재에 대한 도전과 참신한 형식에 대한 패기를 요구하는 것은 당연하다. 이 새로움과 독창성에 대한 기대 때문에 우리들은 신춘문예작품을 주목한다. 21세기의 시작을 알리는 2000년 이후의 신춘문예 작품을 검토함으로 새로운 경향을 짚어보려는 것이 이 글의 목적이다.

2. 아로새김과 통증 – 2000년 신춘문예

　2000년 신춘문예 작품 가운데 돋보이는 작품은 천운영의 「바늘」(동아일보)과 송은상의 「환지통」(조선일보)이다. 두 작품의 신선함은 우선 독창적인 소재에서 온다. 천운영은 '문신'을 송은상은 '환지통(幻脂痛)'을 소설의 영역으로 끌어들였다. 문신과 통증은 모두 '육체(몸)'와 관련된다. 문신이 고통을 육체에 아로새기는 작업이라면, 환지통은 육체의 고통에 대한 흔적이다. 이런 면에서 천운영과 송은상의 소설은 몸의 고통을 내면화한 작품이다. 그들의 글쓰기에 있어 몸이란 실존이 드러나는 자리이다.

　천운영의 「바늘」은 사람의 몸에 문신을 새기는 여자의 이야기이다. 이 작품은 한 남자의 허벅지에 거미 문신을 새기는 묘사로 시작되는데, 독자들을 빨아들이는 흡인력을 보여준다. 신춘문예 작품의 경우, 소설의 첫 부분에서 승패가 결정됨은 이미 알려진 사실이다. 대개의 경우 소설의 첫 부분만 읽어보면 끝까지 읽을 가치가 있는지 없는지 판단 내릴 수 있다. 이 소설은 문신과 관련된 묘사만으로도 충분히 읽는 재미를 준다.

　　여덟 개의 바늘을 알코올 램프에 달구어 각각의 바늘귀에 명주실을 꿴다. 바늘 끝에서부터 0.5센티미터가 남을 때까지 조심스럽게 명주실을 감는다. 명주실을 감을 때는 실이 겹치지 않도록 조심해야 한다. 그래야만 잉크가 뭉치거나 한꺼번에 나오는 일이 없다. 바늘귀 부분에는 손으로 잡을 수 있도록 1센티미터 정도 맨몸으로 남겨두는 것도 잊지 않는다. 명주실에 먼저 베네치안 레드를 묻힌다.
　　살에 꽂는 첫 땀. 나는 이 순간을 가장 사랑한다. 숨을 죽이고 살갗에 첫 땀을 뜨면 순간적으로 그 틈에 피가 맺힌다. 우리는 그것을 첫 이슬이라고 부른다. 첫 이슬이 맺힘과 동시에 명주실이 품고 있던 잉크가 바늘을 따라 천천히 흘러 내려온다. 붉은 색 잉크는 바늘 끝에 이르러 살갗에 난 작은 틈 속으로 빠르게 스며든다.

— 천운영, 「바늘」, 동아일보

이 소설의 주인공인 문신하는 여자는 툭 튀어나온 광대뼈와 꼽추를 연상시킬 정도로 둥그렇게 붙은 목과 눈살을 찌푸리게 하는 목소리 등으로 추하게 묘사되고 있다. 거기에다가 여자는 피가 뚝뚝 흐르는 육류를 즐겨먹는다. 여자는 엄마에게 버림받았다는 상처 때문에 어떤 소통도 거부하고 살아간다. 여자가 희열을 느끼는 것은 문신을 하는 일뿐이다.

「바늘」에는 주인공 여자를 중심으로 두 명의 인물이 배치되어 있다. 한복 바느질을 하는 어머니와 예쁘게 생긴 남자가 이들이다. 엄마와 여자는 여러 가지 면에서 대칭을 이룬다. 두 사람은 모두 '바늘'로 생계를 유지한다. 그녀의 엄마는 한복 바느질을 해서 그녀를 키웠다. 바늘로 생계를 꾸려간다는 점에서 그녀는 엄마와 비슷한 삶을 살고 있다. 그러나 엄마가 바늘을 가지고 옷감에 수를 놓았다면 여자는 인간의 육체에 수를 놓는다. 엄마는 여자와 머물던 절의 스님을 사랑했는데 그 스님을 자신이 죽였다고 자백한 후 자살한다.

하얗고 아름다운 얼굴의 남자는 여자와 아파트의 같은 층에 살고 있다. 그 남자는 아름다운 얼굴로 인해 군대에서 고참에게 남색의 대상이 되어 강간을 당했다. 그로 인한 상처로 남자는 강한 것을 추구한다. 여자가 여자답지 못한 외모로 고통을 받았듯이 남자 또한 남자답지 못한 외모 때문에 고통을 당해왔다. 그런 점에서 여자와 남자는 공통점을 갖고 있다. 전쟁기념관에서 일을 하는 남자는 여자에게 문신을 부탁하고 여자는 남자에게 바늘을 문신해 준다.

「바늘」은 탐미적인 경향을 보이는 소설이다. 소설의 제목이기도 한 '바늘'은 다양한 상징성을 획득한다. 우선 바늘은 여자와 엄마의 생계를 책임져 주는 도구라는 점에서 생계의 수단이다. 또한 아름다운 옷이나 문신을 창조해 낸다는 점에서 그것은 미(美)의 창조와 연관된다. 그리고 마지막으로 엄마가 스님을 살해한 방법이 뾰족한 바늘귀를 갈아 먹인 것으로 미루어 살상의 무기가 될 수도 있다. 이렇듯 바늘은 아름다움과 강함을 동시에 갖고 있는 사물이다. 마지막에 여자가 남자의 가슴에 바늘을 문신해주는 장면은 인상적이다.

> 나는 그의 가슴에 새끼손가락 만한 바늘 하나를 그려주었다. 티타늄으로 그린 바늘은 어찌 보면 작은 틈새 같았다. 어린 여자아이의 성기 같은 얇은 틈새. 그 틈으로 우주가 빨려 들어갈 것 같다. 그는 이제 세상에서 가장 강한 무기를 가슴에 품고 있다. 가장 얇으면서 가장 강하고 부드러운 바늘.
> ─천운영, 「바늘」, 동아일보

「바늘」은 자신의 추한 외모에 콤플렉스를 가진 여자와 자신의 아름다운 얼굴에 콤플렉스를 가진 남자를 배치함으로 미(美)와 추(醜) 혹은 강함과 아름다움에 대해 이야기하고 있다. '바늘'이라는 사물에 대한 깊은 통찰력과 문신이라는 신선한 소재 그리고 그것들을 엮어내는 단단한 문장력이라는 삼 박자가 다 갖추어졌기에 신춘문예 당선작으로 손색이 없다.

송은상의 「환지통」은 환상지에 관한 소설이다. 광고일을 오래 해오면서 '간지러움'이라는 병을 앓는 남자와 수술로 다리를 잃은 남편의 병간호를 오랫동안 해 온 여자의 이야기이다. 간지러움을 앓는 남자라는 설정은, 현대인이 모두 눈에 보이지 않는 자신만의 병을 갖고 있다는 점에서 특별한 것은 아니다. 또한 자신의 고통을 이해해 줄 수 있는 여자에게 친밀감을 느낌으로 단자화(單子化) 된 세계에서 소통가능성을 추구한다는 주제도 이 작가만의 독창성이라고는 볼 수 없다. 이 소설을 독창적인 소설로 만들어준 결정적인 것은 바로 '환지통'이라는 소재에 있다.

환지통이란 말 들어보셨나요? 잃어버린 다리에 가려움증을 느끼는 거예요. 퇴원해서 한 달쯤 되었을 때니까 환부는 거의 회복되었을 때죠. 한번은 엄지발가락과 두번째 발가락 사이가 간지러우니 긁어달라는 거예요. 저는 당연히 절단하지 않은 왼쪽 발가락인 줄 알았죠. 그런데 오른쪽을 긁어달라는 거예요. 제발 긁어 줘. 내 오른 쪽 다리……처음엔 호소하지만 점점 더 견디기 힘들어지면 마구 울부짖는 거예요. 그런데도 나는 아무 것도 해 줄 수가 없어요. 그 고통 앞에서 나는 타인이 될 수밖에 없었어요.

—송은상, 「환지통」, 조선일보

여기에서 이야기하는 환지통은 환상지(membre fantome)라고도 하는 것인데, 팔다리를 잃은 환자가 여전히 자신의 팔다리가 있다고 느끼는 현상을 말한다. 이러한 '환상지 현상'에 대해 철학적인 의미를 부여한 사람은 메를로 퐁티인데, 그에 의하면 환상지 현상은 절단되기 이전에 자신의 신체가 속해있던 습관적인 세계를 향해 운동해 가는 경향 때문에 나타난다는 것이다. 환상지는 잃어버린 사지에 대한 애도이며, 몸의 통합성, 총체성, 완전성에 대한 향수를 표현하는 것이다. '환지통'으로 인해 간지러움이라는 심리적인 병을 앓는 남자나, 남편이 이미 없는데도 있다고 생각하는 여자의 병은 개인의 문제이면서 동시에 모든 신체를 가진 인간의 존재론적 문제로 보인다.

2000년도 신춘문예 작품인 천운영의 「바늘」과 송은상의 「환지통」은 몸에 대한 관심의 대두라는 점에서 20세기와 구별되는 21세기의 특징을 드러내준다. 마음과 몸의 이분법을 넘어서려는 시도는 최근 들어 몸에 대한 관심으로 나타나고 있다. 이런 점에서 '아로새김'과 '통증'을 소설화한 두 작품은 새로움과 독창성을 고루 갖춘 소설이다.

3. 갇힘과 사라짐 — 2001년 신춘문예

　2001년 신춘문예 작품 가운데 백가흠의 「광어」(대한매일)와 노희재의 「그
날 저녁, 그는 어디로 갔을까」(동아일보)는 모두 실존의 문제를 다루고 있다.
백가흠의 「광어」가 회를 치며 살아가는 남자가 가졌던 희망이 사라지며 먹이
사슬의 세상에 갇히는 소설이라면, 노희재의 「그 날 저녁, 그는 어디로 갔을
까」는 버스를 몰며 살아가는 남자가 자신의 존재를 잃어버리게 되는 소설이
다. 백가흠의 「광어」가 '갇힘'을 다루고 있다면, 노희재의 「그날 저녁, 그는
어디로 갔을까」는 '사라짐'을 다루고 있다. 두 소설은 자신의 존재를 확인받
지 못하는 왜소한 현대인의 모습을 상징적으로 드러내고 있다.

　백가흠의 「광어」(대한매일)는 횟집에서 회를 뜨는 일을 하는 사내가 유곽
에서 몸을 파는 여자에게 쏟는 사랑의 모습을 보여주는 작품이다. 이 소설에
는 횟집에 갇혀 사는 사내와 유곽에 갇혀 사는 여자의 암울한 상황이 그려진
다. 세상에 버림받은 고독한 존재의 사랑 이야기가 새로운 것은 아니다. 그러
나 이 소설이 신선하게 다가오는 것은 이러한 평범한 소재를 자연스럽게
연결시키는 짜임새 때문이다. 특히 회를 치는 장면의 묘사와 수족관에 갇힌
광어와 유곽에 갇힌 여자를 연결시키는 상상력의 고리는 신선하다.

　사내는 아이를 지우려고 입원한 여자에게 싱싱한 광어회를 가져다주기
위해 종종걸음 친다. 사내는 수족관에 엎드려 있는 광어와 산부인과 병동에
누워있는 여자가 같다는 생각을 하면서 여자를 자유롭게 해주고 싶어한다.
사내와 여자는 춘천을 떠나자고 말했지만 두 사람 모두 춘천 말고는 익숙한

곳이 없다. 여자를 유곽에서 자유롭게 해주고 싶은 남자는 여자를 샀던 남자에게 뜯어낸 돈과 자신의 돈을 합쳐 빚을 갚을 자금을 마련한다. 그러나 여자는 남자가 잠든 사이에 돈을 갖고 사라져버린다.

> 당신이 자리에서 일어남과 동시에 나도 잠에서 깼다. 방 안에는 창 밖의 가로등에 비친 당신의 형체만 있다. 나는 모른 척, 이마에 팔을 얹고 당신을 본다. 당신은 무엇인가 망설이는 듯하다. 당신은 우두커니 서서 움직이지 않고 나를 본다. 내가 수족관 안의 광어를 보듯 나를 본다. 당신은 소리가 나지 않게 문을 열고 밖으로 나간다. 광어가 죽기 전에 내뱉는 가냘픈 바람 소리가 당신을 따라 나간다. 당신은 당신의 오백만 원이 들어 있는 통장을 들고 밖으로 나간다. 나를 깨우지 않고 말이다. 나는 어떻게 해야 할지 망설여진다. 어머니가 나를 버리던 날이 기억나는 것도 같다.
> ─백가흠, 「광어」, 대한매일

횟집에 갇힌 사내나 유곽에 묶인 여자는 모두 세상과 소통이 단절된 고립된 존재이다. 어머니로부터 버림받고 횟집에 갇혀있는 사내는, 여자를 사랑하게 되면서 처음으로 세상 밖으로의 외출을 준비한다. 그러나 사내의 희망은 사라지고 사내는 또다시 수족관의 광어처럼 닫힌 세계에 유폐된다.

노희재의 「그 날 저녁, 그는 어디로 갔을까」는 현실과 환상을 섞으면서 존재에 대한 불안감을 형상화한 소설이다. 소설은 버스 운전사인 영환이 화장실에 갔다온 사이 자신의 버스가 온데간데없이 사라지면서 시작된다. 영환은 버스를 찾기 위해 회사에도 가보고 아파트에도 가보나 회사도 아파트도 사라져버렸다. 영환은 "실체를 알 수 없는 어떤 것이 자신의 삶을 뿌리부터 흔들고 있는 것이 아닌지 하는 불안감"에 사로잡힌다. 그것은 버스를 잃어버렸을 때의 당혹과는 다른 것이었다.

> 그제서야 영환은 한 번도 생각해본 적 없는 사실을 깨달았다. 자기를 증거해주는

것은 자기 자신이 아니라 자기 아내였고 아이였으며 직장 동료들이었던 것이다. 어느 날 문득 자기가 몰던 버스가 사라지자 모든 것이 사라졌다.

　　　　　　　　　　　　　　　—노희재, 「그 날 저녁, 그는 어디로 갔을까」, 동아일보

존재를 존재로 증명해주는 것이 어느 날 갑자기 사라져버릴 수 있다는 깨달음은 섬뜩한 느낌을 불러일으킨다. 작중인물의 영환이란 이름은 기실 환영(幻影)을 거꾸로 써놓은 것이다. 작가는 사실과 환상이란 쌍생아와 같으며 우리의 삶을 뿌리 채 흔들 수 있는 것은 복병처럼 언제나 숨어 있다는 전언을 전해주고 있다.

「광어」와 「그 날 저녁, 그는 어디로 갔을까」는 인간 실존에 관한 진지한 성찰을 다루고 있다. 닫힌 공간에 갇혀 있는 인간의 모습이나 현실 공간에서 갑자기 사라져버린 인간의 모습을 보여줌으로 실존의 문제를 제기하고 있다.

4. 출구 없는 미로에서 더듬거리기 - 2002년 신춘문예

2002년 신춘문예 가운데에서 돋보이는 작품은 권정현의 「수(繡)」(조선일보)와 김지현의 「사각거울」(문화일보)이다. 두 작품은 모두 남자들이 사라지거나 죽은 이후, 병든 노인을 모시고 사는 30대 여성의 내면 심리를 섬세하게 묘사하고 있다는 점에서 공통점을 갖고 있다.

권정현의 「수(繡)」는 사내를 기다리는 한 여성의 내면심리를 수를 놓는 행위를 통해 묘사하고 있다. 뇌졸중으로 쓰러진 아버지와 사는 32살의 여자는 자신보다 열 살이나 많은 대학강사를 사랑한다. 그러나 그 남자는 좀처럼 일상에 안착하는 사람이 아니다. 여자는 병든 아버지를 돌보며 살고 있는데, 절에 들어갔다가 훌쩍 인도로 떠나간 사내를 기다린다. 그 기다림은 여자가

목어(木魚)를 수놓는 것으로 표현된다. 겨울 내내 수놓은 목어가 완성되어도 사내는 오지 않고, 마침내 여자는 자신의 집착을 깨닫고 목어 수(繡)를 다른 사람에게 준다.

> 당신은 수를 놓는다. 봄 풍경이다. 당신은 어제 남자와 헤어진 후 수예점에 들러 그 도안을 골랐다. 수목이 우거진 산등성이에 한 채의 초가집이 보인다. 봄 풍경에는 총 일흔 세 가지의 색실이 사용된다. 당신은 실을 가지런히 보조 탁자에 놓은 후 풀어 바늘에 꿴다. 천 중앙의 십자 표시에 조심스럽게 바늘을 찌른다. 첫 땀은 647번 비버 그레이다. 흰 아이다 한 가운데 봄빛이 번진다. 비버 그레이는 안개를 표현하기에 가장 좋은 색깔이다. 수를 놓아가며 당신은 그가 안개가 아니었을까 생각한다. 당신은 집착이라는 실을 풀어 안개 위에 어긋난 수를 놓아 왔다. 그의 공간에 하나의 존재가 되기 위해 몸부림쳤지만 당신이 찌른 곳은 허방이었으며 무엇도 존재하지 않는 바람 속이었다.
>
> ─권정현, 「수」, 조선일보

남자와 함께 사진 한 장을 찍으려는 여자의 소망은 끝내 결실을 맺지 못한다. 여자는 비로소 남자가 "안개"가 아니었을까 생각한다. 그리고 남자를 잡으려는 자신의 노력이 허방이며 헛된 집착임을 깨닫는다. 권정현의 「수」는 한 땀 한 땀 수를 놓는 장면의 치밀한 묘사와 남자를 기다리는 여자의 정적인 심리묘사를 통해 세상과의 소통이 단절된 여자의 고독을 그려낸 작품이다.

김지현의 「사각거울」은 치매를 앓는 시어머니와 딸 아이 하나를 데리고 다리모델을 하며 살아가는 여자의 심리를 묘사하고 있다. 시아버지가 영화에 미쳐 한 평생을 떠돌았기에 시어머니는 도배를 하며 생계를 꾸렸고, 여자의 남편 역시 영화 소품 챙기는 일을 하다 사고로 죽었다. 이 작품은 영화에 미친 남자 때문에 겪는 여자의 고통스러운 삶과 시어머니에 대한 여자의 애증(愛憎)을 그리고 있다.

첫 부분에 등장하는 시어머니와 며느리의 싸움의 묘사, 아이의 무릎상처, 하강과 비상의 이미지라는 상징의 배치를 통해 여성의 고단한 삶이라는 주제를 향해 나가는 작가의 역량을 읽어낼 수 있다. 사각 거울을 다리 사이에 놓고 음부에 분칠을 해대는 시어머니의 모습은 충격적이다. 나아가 여자의 남편이 남기고 간 유품인 사각거울을 빼앗기지 않으려고 며느리의 머리채를 휘두르고 손톱자국을 내는 싸움 장면은 엽기적이다. 절망적인 상황은 여자로 하여금 툭하면 아이에게 손찌검을 하게 만들고, 그에 비례하여 아이는 자신의 무릎 상처를 덧내는 불안정한 정서를 드러낸다. 그러나 사각거울이 깨어지면서 시어머니에 대한 여자의 증오는 연민으로 바뀌게 된다. 왜냐하면 시어머니 치마 속으로 화상 입은 허벅지가 드러났기 때문이다. 그 상처는 시아버지가 집에 지른 불로 인해 생긴 것이었다. 흉하게 얼룩진 시어머니의 허벅지나 스타킹 모델로 다리를 팔아먹고 사는 여자의 미끈한 다리나 모두 고단한 삶을 짊어진 여자들의 모습을 상징하고 있다.

아파트에 갇혀 수를 놓는 30대 여자나, 단칸방에 갇혀 악다구니를 쓰고 사는 여자에게 어떤 희망이 있을지, 지금으로는 알 수 없다. 그러나 두 작가는 절망에 빠져있는 것 같지는 않다. 겨울 내내 수를 놓던 목어 도안을 타인에게 주어버리는 것은 그런 답답한 상황을 벗어나고자 하는 의지의 소산으로 읽힌다. 출구는 보이지 않고 영원히 미로를 벗어날 수 없을지라도 더듬거릴 수밖에 없는 것이 그들에게 주어진 몫인지도 모른다. 그것은 인물을 그려낸 작가들, 작품을 읽는 우리에게도 해당되는 것인지도 모르겠다. 두 작품은 닫힌 사회의 완고함 앞에서 하루하루 절망에 절망을 더할지라도, 희망을 포기하지도 못하는 우리의 모습을 보여준다.

5. 독창성을 찾아서

우리 소설은 현실에서 과연 무슨 일이 일어나고 있는가를 검토한다. 이기영은 채만식과 함께 역사에 뿌리내리는 인간을 발견한다. 염상섭은 그때까지 미지의 세계였던 일상의 지평을 탐사한다. 김동리는 사람들의 결정과 행위에 영향을 행사하는 비합리적인 힘의 개입에 관심을 기울인다. 소설은 또한 내면을 탐사한다. 이상은 과거와 현재의 시간에 끼인 인간의 분열을 다룬다. 최수철은 이인성과 함께 붙잡을 수 없는 무의식의 심연을 다룬다. 박상륭과 더불어 우리네 삶을 조정하는 신의 역할을 묻는다.

밀란 쿤데라의 말처럼, 소설의 정신 역시 연속의 정신이다. 모든 소설은 그것에 앞선 작품들에 대한 대답이며 소설의 기왕의 체험을 포함하는 것이다. (밀란 쿤데라, 『소설의 기술』, 책세상, 1990, 32쪽) 그러나 모든 사물이 차이를 통해 자신의 존재를 드러내듯, 소설 역시 차이를 통해 문학사 속에서 자신의 존재를 확보할 수 있다.

신인에게는 기존 작가들이 다루지 않은 새로운 소재와 형식에 대한 도전정신과, 기존 작가와는 다른 개성적인 목소리를 내려는 패기가 있어야 한다. 신문들이 새해 벽두에 그들의 작품을 싣는 이유도 독자들이 신인에게 거는 기대도 바로 이 새로움과 독창성과 관련된다. 그렇다면 신인 앞에는 작게는 당선작 보다 더 좋은 작품을 지속적으로 써야 한다는 부담이 놓여있고, 크게는 그들을 키운 선배들의 영향을 벗어나 자신의 목소리를 찾아야 한다는 부담이 놓여 있다. 이제 화려한 조명도 박수 소리도 사라졌다. 작가란 미래의 글쓰기로 나가는 통로를 새롭게 발견하는 존재이다. 그렇다면 이제 그들에게는 묵묵히 작품을 쓰는 일만 남아 있다.

(2002)

■ 새미비평신서 17

비밀과 공모

인쇄일 초판 1쇄 2004년 10월 25일 / 발행일 초판 1쇄 2004년 10월 30일
　　　　　2쇄 2015년 10월 15일 /　　　　2쇄 2015년 10월 25일
지은이 서 재 원 / 발행인 정 진 이
발행처 새미 / 등록일 1994.03.10, 제17-271호

서울시 강동구 성내동 447-11 현영빌딩 2층
Tel : 442-4623~4 Fax : 442-4625
www. kookhak.co.kr
E- mail : kookhak2001@hanmail.net
ISBN 978-89-5628-140-7 93800
가 격 13,000원